*Morgan Grey* wurde 1971 geboren und lebte lange Jahre in Edinburgh, bevor sie der Liebe wegen nach Deutschland zog. Nach Stationen unter anderem im Buchhandel ist sie heute als freiberufliche Journalistin tätig. Da die Arbeit an ihren Romanen immer mehr Zeit in Anspruch nimmt, will sie sich bald voll und ganz dem Schreiben widmen – am liebsten in Schottland. Zurzeit lebt Morgan Grey mit ihrem Mann, zwei Computern und einem Laptop in München.

Morgan Grey

# Der Schwur des Mackenzie-Clans

UEBERREUTER

ISBN 3-8000-5217-2

Umschlaggestaltung von Init unter Verwendung von Fotos von Mauritis,
Mittenwald (Landschaft) und Corbis, Düsseldorf (Mädchen)

Druck: Ueberreuter Print
5 7 6

Ueberreuter im Internet: www.ueberreuter.at

# 1

Leise Schritte schreckten Alasdair MacDonald aus dem Schlaf. Ohne die Augen zu öffnen lauschte er in die Dunkelheit. Jemand näherte sich seinem Bett. Vermutlich Diarmid, der ihn zu einem Ausflug in den Weinkeller überreden wollte. *Nicht heute Nacht, Vetter. Ich bin müde.* Er vernahm das Rascheln von Stoff, begleitet von einem leisen Knarzen. Eine Lederrüstung? Wozu? In den dreiundzwanzig Jahren seines Lebens war Burg Finlaggan stets der sicherste Ort gewesen, den er kannte. Er riss die Augen auf. Der Eindringling war näher, als er angenommen hatte. Zuckender Fackelschein fiel vom Gang in das Zimmer und hüllte die Gestalt, die über ihm aufragte, in einen feurigen Ring. Ein Axtblatt blitzte auf. Alasdair warf sich herum. Der Hieb, der ihn hätte töten sollen, riss eine klaffende Wunde in seine Seite. Schmerz explodierte in seinem Körper und raubte ihm den Atem. Keuchend vollendete er die Drehung, riss seinen Dolch vom Nachttisch und rollte sich über die Bettkante. Der Aufprall war hart. Schwärze breitete sich vor seinen Augen aus. Geräusche drangen nur noch gedämpft an sein Ohr. Mit seinem Bewusstsein schwand der Schmerz. *Ich will nicht sterben!* Dieser Gedanke riss ihn in die Welt zurück. Seine Finger klammerten sich um das Heft des Dolches. Schritte. Er wälzte sich auf den Rücken und blickte geradewegs in die grimmigen Züge des Fremden, der mit erhobener Waffe über ihm stand. Ein Nordmann! Fassungslos starrte er dem blonden Krieger entgegen. Alasdair wusste, dass er nur einen Versuch hatte. Für mehr reichte seine Kraft nicht. Als der Nordmann ausholte, warf Alasdair seinen Dolch. Die Klinge bohrte sich in das linke Auge und drang tief in den Schädel. Ein markerschütternder Schrei erfüllte die Luft, gefolgt von einem Poltern, als der Nordmann seine Axt fallen ließ. Alasdair sah nicht mehr, wie er in die Knie brach. Alles verschwamm vor seinen Augen. Der Schmerz hüllte die Welt in Dunkelheit.

Der Lärm war unerträglich.

Finstere Dämonen fegten durch seinen Geist und hielten ihn in der Dunkelheit gefangen. Er versuchte ihnen zu entfliehen. Kreischend und schreiend zerrten sie an ihm, weigerten sich, ihn freizugeben. Schon bald dröhnte das Getöse so sehr in seinem Schädel, dass er die Hände hob, um sich die Ohren zuzuhalten. Er *wollte* die Hände heben. Sobald er sich bewegte, flammte brüllender Schmerz in seiner Seite auf. Plötzlich begriff er, dass die Verletzung ihm das Bewusstsein geraubt hatte, das jetzt langsam und qualvoll in seinen Körper zurückkehrte. Er spürte den kalten Steinfußboden unter sich und öffnete die Augen.

Schreie drangen vom Gang her an sein Ohr, tanzten durch die Luft und bohrten sich in seinen Verstand. Der Nordmann war nicht allein gekommen.

Keuchend hob Alasdair den Kopf und sah sich um. Der Angreifer lag reglos da, den Dolch im Schädel. Alasdair kämpfte sich auf die Knie, griff nach der Axt des Toten und stemmte sich auf die Beine. *Was haben Wikinger in Finlaggan zu suchen?* Seine Knie gaben nach, sodass er sich am Bett abstützen musste, um nicht erneut zu Boden zu gehen. Mit der Axt in Händen taumelte er auf den Gang hinaus – mitten hinein in einen Albtraum. Überall war Blut und Tod. Sämtliche Türen standen offen. In einigen Zimmern wurde noch gekämpft. In anderen war es entsetzlich still. Menschen lagen reglos in ihren Betten, die Laken dunkel von Blut. Menschen, die weniger Glück gehabt hatten als er und nicht rechtzeitig erwacht waren. Seine Freunde, seine Familie. Er zwang sich ihren Anblick aus seinem Geist zu verdrängen. Er musste zu seinem Vater. *Wenn er noch lebt.*

Immer wieder musste er innehalten um Kraft zu schöpfen. Obwohl überall Schreie zu hören waren, traf er auf keine weiteren Kämpfer. Sichtlich hatten sie sich inzwischen in einen anderen Teil der Burg vorgearbeitet.

Alasdair folgte der engen Treppe nach oben und betrat den Flur, auf dem die Gemächer seiner Eltern lagen. Als er sah, dass auch hier alle Türen offen standen, beschleunigte er seinen Schritt.

Das Bild, das sich ihm im Schlafzimmer seiner Eltern bot, brannte sich für alle Zeit in sein Gedächtnis. Sein Bruder Angus war im Zimmer des Chiefs gewesen, als die Wikinger über sie hergefallen waren. Er lag nahe der Tür. Daneben ... Alasdair stand wie erstarrt da, unfähig den Blick von der Leiche seiner Mutter zu lösen.

»Alasdair.« Die schwache Stimme seines Vaters riss ihn aus seiner Erstarrung. Er fuhr herum und fand ihn auf dem Boden vor dem Bett, das mächtige Claymore, mit dem er sich und die Seinen verteidigt hatte, noch in Händen. In seinem silbergrauen Haar klebte Blut, ebenso in seinem Gesicht. Sein Körper war von unzähligen Wunden gezeichnet. Dennoch versuchte er sich aufzusetzen.

»Vater!« Alasdair fiel neben ihm auf die Knie. »Bleib liegen! Ich hole Hilfe.«

Donald, der Chief und Begründer des Clans Donald, schüttelte den Kopf. »Du musst fort.« Seine Finger klammerten sich um das Handgelenk seines Sohnes, als sollte sein Griff die Dringlichkeit seiner Worte unterstreichen. »Bring dich in Sicherheit. Geh!«

»Du kommst mit mir.«

»Mein Bein ist gebrochen.«

»Dann werde ich dich tragen.« Sein Vater musste nichts erwidern. Alasdair wusste auch so, dass er sich kaum selbst auf den Beinen halten konnte.

Schritte erklangen. Sein Vater rief eine Warnung. Alasdair reagierte nicht. Sein Vater wollte hier sterben? Was machte es dann aus, wenn er mit ihm starb? Sein Leben hatte in einer einzigen Nacht jeden Sinn verloren. Die sichere Burg seiner Familie hatte sich in eine steinerne Grabstätte verwandelt.

Die Schritte kamen näher. »Alasdair!«, keuchte sein Vater.

Das Knarzen einer Lederrüstung, unmittelbar hinter ihm. Mehr von Reflex als von Überlebenswillen getrieben fuhr Alasdair herum. Die Bewegung bereitete ihm entsetzliche Schmerzen, dennoch riss er die Axt in die Höhe und fing die Klinge des Wikingers ab. Unter Aufbietung seiner letzten Kräfte stemmte er sich gegen seinen Gegner und warf ihn zurück. Schon fürchtete er, der Nordmann würde nachsetzen, als ein dumpfer Schlag erklang – gefolgt von einem unterdrückten Stöhnen. Der Wikinger sackte zu Boden, einen Pfeil zwischen den Schulterblättern. Alasdairs Blick flog zur Tür, wo Diarmid den Bogen sinken ließ und, gefolgt von Iain, in den Raum trat.

»Bringt meinen Sohn von hier fort«, befahl der Chief den beiden Clansmen. »Ich lege seine Sicherheit in eure Hände.«

»Was ist mit Euch, Herr?«

Der Chief schüttelte den Kopf. »Geht ohne mich. Aber nehmt den Schwurstein mit euch.« Seine Finger gruben sich in Alasdairs Arm. »Du bist jetzt die Zukunft der MacDonalds.«

*Ich bin nicht die Zukunft! Angus ist es!*, wollte er schreien. Sein Blick glitt zur Tür, wo Angus mit durchschnittener Kehle lag, die leeren Augen starr zur Decke gerichtet. Es gab keine Zukunft mehr.

Diarmid nahm Alasdair die Axt aus der Hand und half ihm auf die Beine. »Gehen wir.«

Alasdair musste nur in die angespannten Gesichter seiner Freunde sehen um zu wissen, dass es sinnlos war, sich ihnen zu widersetzen. Er wandte sich noch einmal seinem Vater zu, prägte sich die kantigen Züge und die warmen, dunklen Augen ein, während er krampfhaft versuchte sich an sein freundliches Lächeln zu erinnern. Alles, was er sah, war ein Mann, der sterbend in seinem Blut lag.

Später wusste er nur noch lückenhaft, was in den folgenden Stunden geschah. Er wusste, dass Iain den Schwurstein in ein Tuch gewickelt und an sich genommen hatte und zwei weitere Clansmen – Colin und Bran – auf dem Gang zu ihnen gestoßen waren. Immer wieder mussten sie sich verstecken, um nicht von den Nordmännern entdeckt zu werden. Bald war Alasdair nicht mehr in der Lage, sich aus eigener Kraft auf den Beinen zu halten, sodass Diarmid ihn stützen musste.

Einmal blieb Colin vor einer Leiche stehen. Er stand einfach nur da und starrte den Toten an. Bran wollte ihn weiterziehen, doch Colin riss sich los. Tränen rannen über seine Wangen. Sein Atem dampfte in der kalten Februarluft. »Die Überlebenden ... Wir müssen ihnen helfen!«

Iain nickte. »Du und Bran – tut, was ihr könnt. Diarmid und ich bringen Alasdair fort.«

Bran und Colin verschwanden mit gezückten Schwertern, während Diarmid, Iain und Alasdair sich an den Feinden vorbei in den Bergfried schlichen. Sie durchschritten eine Geheimtür und stiegen einige Stufen hinab, bis sie auf einen schmalen Gang stießen. Burg Finlaggan erhob sich auf Eilean Mor, einer Insel inmitten des Loch Finlaggan. Es gab eine schmale Brücke zum Festland, die jetzt jedoch von den Eindringlingen besetzt war. Der Weg, den Alasdair und seine Begleiter beschritten, war nur wenigen bekannt.

Alasdairs Welt schrumpfte auf eine endlose Abfolge rauer Mauern zusammen, während er sich darauf konzentrierte, einen Fuß vor den anderen zu setzen. Der Gang veränderte sich, als sie die inneren Mauern von Finlaggan hinter sich ließen. Erde trat an die Stelle des Steins. Die Luft roch feucht und modrig. Zeit und Raum verloren für Alasdair mehr und mehr an Bedeutung. Der Gedanke, zu fliehen, während über ihm Familie und Freunde starben, quälte ihn. Mehr als einmal war er drauf und dran, kehrtzumachen. Er wollte die erstbeste Waffe ergreifen und die Klinge in kaltem Wikingerblut baden. Die Verletzung hielt ihn nicht davon ab. Wenn er seine letzten Kräfte aufbot, konnte er es zurück auf den Burghof schaffen. Er würde sein Leben teuer verkaufen und so viele Nordmänner wie möglich mit ins Grab nehmen. Er stemmte sich gegen Diarmids Griff und versuchte sich loszureißen, doch seine Kraft reichte nicht aus. Immer wieder kämpfte er gegen seinen Freund an. *Ich bin ein Sohn Schottlands, unbeugsam und stark wie das Land selbst!*

»Hör endlich auf!«, fuhr Iain ihn an. Seine Stimme klang ungewöhnlich rau. »Denkst du etwa, wir wollen kampflos fliehen?« Er packte Alasdair bei den Schultern und zwang ihn, ihn anzusehen. »Wir haben deinem Vater geschworen dich in Sicherheit zu bringen! Dein Überleben ist für den Clan von größter Bedeutung. Hörst du, Alasdair? Für den *gesamten* Clan! Nicht nur für die Menschen von Finlaggan!«

Nur langsam erreichte der Sinn von Iains Worten seinen Verstand. *Der gesamte Clan.* Eine eiserne Faust schloss sich um seine Eingeweide. Iain hatte Recht. Es ging um weit mehr als nur Finlaggan.

Schließlich öffnete sich der Gang zu einer kleinen Grotte, in der ein Ruderboot vertäut lag. Diarmid machte es los und griff nach den Rudern. Iain half Alasdair ins Boot, stieß es vom Ufer ab und sprang hinein.

Das Wasser klatschte in leisen Wellen gegen den Bug. Der Geruch von Algen stieg ihm in die Nase. Noch immer hallten die Schreie in seinen Ohren wider. Seine Finger waren klebrig von Blut. Alasdair lag auf dem Rücken und starrte an die niedrige Decke. Eine Weile blieb es finster.

Dann fuhr ein eisiger Windhauch über ihn hinweg und plötzlich sah er den Sternenhimmel über sich. *Sollte sich der Himmel nicht blutrot verfärben?* Es erschien ihm unglaublich, dass er hoch oben am Firmament kein Anzeichen für das Blutbad dieser Nacht entdecken konnte. Alles, was er sah, war ein samtschwarzes Tuch, in dem unzählige Diamanten funkelten. Die Stille und der Friede, den er bei diesem Anblick empfand, erstaunten ihn selbst dann noch, als sich bereits die Bewusstlosigkeit über ihn senkte und die Sterne auslöschte.

## *2*

Wispernd und raunend fuhr der Wind durch die Ritzen und fing sich im hohen Gebälk. Von der zaghaften Wärme der ersten Frühlingssonne war hinter den kalten Steinmauern von Burg Eilean Donan nichts zu spüren. Fröstelnd zog Sessany ihren Wollschal enger um sich. Ihre Augen wanderten durch die Halle, die hufeisenförmig angeordneten Tische entlang – eine Barriere aus dunklem, schartigem Holz, die sie von den Männern des Chiefs trennte. Bohrende Blicke versengten ihre Haut. Geflüsterte Worte krochen zischelnd wie eine Schlange von Ohr zu Ohr und ließen die unsichtbare Mauer zwischen ihr und diesen Menschen weiter anwachsen. Sie musste die Worte nicht verstehen um zu wissen, worüber sie sprachen. *Wie kann sie nur so herumlaufen? Warum ist sie noch nicht vermählt? Warum ist sie so anders?* Es waren immer dieselben Fragen, die ihr begegneten – laut ausgesprochen oder hinter einem höflichen Lächeln verborgen. Sie wünschte, der Chief würde endlich das Wort an sie richten und damit das Getuschel zum Verstummen bringen. Hilfe suchend blickte sie zur Empore an der Stirnseite des

Raumes, wo der Chief in seinem Sessel thronte und leise mit Murdoch, seinem engsten Vertrauten und Berater, sprach. Selbst als man Sessany in die Halle führte, hatte er sein Gespräch nicht unterbrochen. Er hatte sie noch nicht einmal angesehen. Bemüht dem durchdringenden Starren der Männer zu entfliehen richtete sie den Blick an die Wand, wo zwischen zwei gekreuzten Schwertern das Wappen der MacKenzies hing. Golden schimmerte der Hirschkopf auf dunkelblauem Grund. Ein lebloses Abbild der Natur, das ebenso wenig hierher zu gehören schien wie sie selbst.

Sessany konnte sich kaum erinnern, wann der Chief sie das letzte Mal hatte rufen lassen. Wie oft hatte sie sich nach seiner Aufmerksamkeit gesehnt, doch Kenneth MacKenzie schien die meiste Zeit zu vergessen, dass er eine Tochter hatte. Ihr Bruder Iomaér hingegen war sein ganzer Stolz. Auf ihn konzentrierte sich all sein Interesse. Iomaér war die einzige Familie, die Sessany kannte, denn an ihre Mutter, die früh gestorben war, konnte sie sich kaum erinnern. Die Menschen sprachen nur wenig über sie und Sessanys Fragen blieben zumeist unbeantwortet. Wann immer sie an ihre Mutter dachte, erschien in ihrem Geist ein bleiches, von Krankheit gezeichnetes Gesicht.

Nach ihrem Tod hatte man Sessany in die Obhut einer Erzieherin übergeben. Deórsa hatte ihre Pflicht ernst genommen und sich bemüht ihrem Schützling die Dinge beizubringen, die eine junge Dame wissen musste. Eine Freundin oder gar Mutter war sie ihr dabei jedoch nie gewesen.

Seit Deórsas Gemahl nach einem Kampf gegen die Nordmänner schwer verletzt nach Eilean Donan zurückgebracht worden war, hatte sie ihre Aufgaben als Erzieherin ruhen lassen und sich einzig und allein der Pflege ihres Mannes verschrieben. Fünf Jahre war sie nur selten von seinem Krankenlager gewichen, bis er im vergangenen

Sommer starb. Ein harter Schlag für Deórsa, die sich seither trauernd zurückgezogen hatte.

Niemand hatte je daran gedacht, eine neue Erzieherin für Sessany zu bestimmen, weshalb sie während der vergangenen Jahre alle Freiheiten genoss. Sie ging mit Iomaér jagen und fischen und maß sich in unzähligen Übungsgefechten mit ihm. Während er zu einem kräftigen Mann heranwuchs, war sie ihm dabei immer deutlicher unterlegen. Längst maß er sich mit anderen im Kampf – vorwiegend mit den jungen Clanskriegern, die ihm treu ergeben waren und nur selten von seiner Seite wichen. Einzig im Bogenschießen konnte Sessany ihm noch das Wasser reichen.

Seit dem letzten Jahr waren ihre gemeinsamen Ausflüge selten geworden. Ihr Vater beanspruchte zunehmend die Zeit seines Sohnes, um ihn darauf vorzubereiten, eines Tages den Clan zu führen. Daraufhin hatte Sessany begonnen allein durch die Highlands von Wester Ross zu streifen.

Sie war gerade von einem Ausflug zurückgekehrt, als eine Torwache ihr eröffnet hatte, dass der Chief sie zu sprechen wünsche – sofort.

Sessany blickte an sich hinab. Ihre Stiefel waren voller Schlamm, das bequeme dunkelgrüne Wollkleid übersät mit Erd- und Grasflecken. Verstohlen zupfte sie ein Blatt aus ihrem Zopf. Als hätte ihre Bewegung den Chief an ihre Anwesenheit erinnert, richtete er plötzlich seine Aufmerksamkeit auf sie. Mit einem Wink bedeutete er ihr vorzutreten, bis sie nur noch zwei Stufen von seinem strengen Blick trennten. Wie ein Raubvogel, der über seiner Beute kreist, ragte er über ihr auf – bereit jeden Augenblick zuzustoßen. Im Gegensatz zu seinen Clansmen trug der Chief keinen Plaid, sondern war nach englischer Sitte mit Wams und Beinlingen bekleidet. Die Kappe mit dem daran gehefteten Pinienzweig – dem Erkennungszeichen der MacKenzies – war das einzige Zugeständnis an die übliche schottische Gewandung.

»Du wirst heiraten.«

Sessany konnte ihn nur anstarren. Sie hatte immer gehofft, dass dieser Tag niemals kommen würde. Die meisten Mädchen ihres Alters waren bereits seit zwei oder drei Jahren verheiratet. Dass sie es mit ihren siebzehn Sommern noch immer nicht war, hatte sie hoffen lassen. Sie war anders als diese Mädchen. Modische Gewänder und komplizierte Frisuren waren ihr ebenso lästig wie Handarbeiten. *Wer sollte mich schon heiraten wollen?*

Der Chief betrachtete sie aus eisgrauen Augen. »Du wirst die Burg nicht mehr verlassen.«

»Aber Vater –«

»Schweig!« Sein harscher Tonfall ließ sie verstummen. »Sieh dich nur an! Du läufst herum wie ein Bauernmädchen! Ich lasse mich von dir nicht zum Gespött machen!« Die Wände fingen seine donnernde Stimme auf und warfen sie zurück. Seine Raubvogelaugen verengten sich zu schmalen Schlitzen. »Deine Erziehung wurde lange genug vernachlässigt. Damit ist jetzt Schluss! Ab sofort bist du wieder Deórsas Obhut unterstellt. Noch vor dem Sommer wirst du vermählt sein!« Mit einem Blick auf ihre drahtige Gestalt schüttelte er den Kopf. »Es ist ein Wunder, dass Lachlan dich überhaupt will.«

*Lachlan? Lachlan MacMathain?* Der Sohn von Chief Cormac MacMathain war letzten Sommer Gast auf Eilean Donan gewesen. Sie war ihm einige Male begegnet, doch sosehr sie sich auch bemühte, sie vermochte nicht, sich zu erinnern, wie er ausgesehen hatte. Ehe sie etwas erwidern konnte, entließ der Chief sie. Mit einer Verneigung floh Sessany aus der Halle und wäre beinahe mit Deórsa zusammengestoßen, die sie auf dem Gang erwartete.

Das einst rabenschwarze Haar der Erzieherin war größtenteils ergraut und streng zurückgebunden. Das schlichte Kleid zeugte ebenso von ihrer Trauer wie die tiefen Linien, die sich in ihre hageren Züge gegraben hatten. Ihr strenger

Blick wanderte über ihren Zögling. »Dein Vater hat Recht. Es ist höchste Zeit, dass ich meine Aufgaben wieder wahrnehme. Wir haben einiges nachzuholen.«

Nur mühsam gelang es Sessany, ein Stöhnen zu unterdrücken. Nach all den Jahren der Freiheit hatte sie angenommen, dass die Maßreglungen und endlosen Ermahnungen längst hinter ihr lagen.

Deórsa geleitete Sessany in einen kleinen Raum neben der Küche, wo ein großer Waschzuber bereitstand. Zwei Mägde schrubbten sie, bis ihre Haut brannte, entwirrten ihre honigfarbenen Locken und wuschen ihr Haar. Deórsa packte Sessanys Kleid und warf es ins Feuer. »Hol ein angemessenes Kleid für die Herrin«, wies sie eines der Mädchen an.

»Ich bin gewachsen«, protestierte Sessany, obwohl das Mädchen schon zur Tür hinaus war. »Meine *angemessenen* Kleider sind mir schon vor zwei Jahren zu klein geworden.«

Erneut ließ Deórsa ihre kritischen Augen über sie wandern. Unwillkürlich wickelte Sessany sich enger in das Wolltuch, das man ihr zum Abtrocknen gereicht hatte. »Du bist größer geworden, aber du bist noch immer mager. Deine Kleider dürften dir kaum zu eng geworden sein. Es wird gehen, bis wir dir neue nähen lassen.«

Die zweite Magd machte sich daran, Sessanys Haar aufzustecken und unter einer mit Spitzen besetzten Haube zu verbergen. Sie war gerade fertig, als das Kleid gebracht wurde. Ein Kleid aus fliederfarbener Seide, vor einigen Jahren nach der damaligen englischen Mode angefertigt. Während Sessany sich in das eng anliegende Gewand helfen ließ, dachte sie an die Worte ihres Vaters. *Du wirst noch vor dem Sommer vermählt sein.* Vor dem Sommer! Der Winter war gerade zu Ende gegangen und sie hatte sich gefreut, die kalten Mauern Eilean Donans endlich wieder für längere Ausflüge hinter sich lassen zu können. Und das alles sollte jetzt ein Ende haben?

Statt in ihre bequemen Stiefel zu schlüpfen musste sie

ihre Füße in enges, knöchelhohes Schuhwerk zwängen, das mit einer silbernen Schnalle geschlossen wurde. Sie musste nicht in den Spiegel blicken um zu wissen, wie lächerlich sie in dem viel zu kurzen, engen Kleid aussah. Die Gesichter der Mägde sprachen Bände.

Deórsa wirkte, als hätte sie am liebsten die Hände über dem Kopf zusammengeschlagen. »Gehen wir.«

Ohne eine Antwort abzuwarten führte Deórsa sie ins Frauengemach, einen düsteren und zugigen Raum unter dem Dach des Haupthauses, hoch über dem Hof. Die fünf Damen, die hier über ihren Handarbeiten saßen, erhoben sich und knicksten artig, als die Tochter des Chiefs eintrat. Trotz der zur Schau gestellten Höflichkeit entgingen Sessany die verstohlenen Blicke, die sie wechselten, keineswegs.

»Was glaubst du, was du da tust!«, fuhr Deórsa sie an, als sie sich mit untergeschlagenen Beinen niederlassen wollte. »Setz dich, wie es sich für eine Dame gehört! Rücken gerade. Kinn nach oben. Beine zusammen.« Die Anweisungen prasselten auf sie ein. Nachdem sie endlich eine Haltung angenommen hatte, mit der Deórsa zufrieden war, spürte sie jeden einzelnen Muskel in ihrem Körper.

»Hier!« Deórsa wedelte mit einem Stück Leinen vor Sessanys Nase. »Ich will sehen, wie weit deine Stickkünste gediehen sind.«

*Künste?* Sie war in der Lage, Löcher in ihren Gewändern auszubessern – von Kunst konnte dabei keine Rede sein. Sosehr sich die Damen auch bemüht hatten, ihr die Meisterschaft mit Nadel und Faden beizubringen, es war ihr noch nie gelungen, die nötigen akkuraten Stiche zu setzen, um Verzierungen und zierliche Bilder auf Tuch zu bannen.

Als Deórsa sah, dass Sessany die Nadel wie einen Dolch in Händen hielt, seufzte sie. »Stell dich nicht so an! Hier«, sie griff nach der Nadel und drehte sie zwischen Sessanys Fingern, »so musst du das machen. Und jetzt fang an.«

Als nachmittags Unruhe auf dem Hof von der Ankunft eines Boten kündete, reckte Sessany den Hals und fing sich sofort einen Tadel ein. »Hör auf zu glotzen! Das schickt sich nicht!« Obwohl sie vor Neugierde brannte, blieb ihr nichts anderes übrig als ihre Aufmerksamkeit erneut ihrer Stickerei zuzuwenden.

Am späten Abend, nachdem Deórsa sie endlich entlassen hatte, verkroch sie sich in ihr Zimmer. Sie warf die lästige Seidenhaube zur Seite, streifte die drückenden Schuhe ab und machte sich im Dunkeln an den Schnüren ihres Kleides zu schaffen. Sie schälte sich aus dem Gewand und schlüpfte in ein bequemes Wollkleid, ehe sie sich mit einem Seufzer der Erleichterung aufs Bett fallen ließ. Die Ruhe währte nicht lang. Ein Klopfen schreckte sie auf. Einen Atemzug später steckte ihr Bruder den Kopf zur Tür herein. »Darf ich eintreten?«

»Seit wann fragst du?«

Iomaér kam herein und entzündete eine Talgkerze. »Wie ich hörte, hattest du das Vergnügen mit Deórsa.« Er zog sich einen Schemel heran und setzte sich. Iomaér war eine jüngere Ausgabe ihres Vaters. Er hatte die eisgrauen Augen und die scharfen Züge des Chiefs geerbt, ebenso sein dichtes blondes Haar. Zu ihrer Erleichterung endete die Ähnlichkeit damit. Die Kälte des Chiefs lag nicht in seiner Natur.

»Als Vergnügen würde ich es nicht bezeichnen. Ich nehme an, du hast von Vaters Plänen gehört?«

»Heute Nachmittag.«

Sie war versucht ihn zu bitten, mit dem Chief zu sprechen, in der Hoffnung, er würde auf seinen Sohn hören, wenn dieser ihm sagte, dass ihre Heirat nicht von Nutzen sei. Doch ihr war klar, selbst Iomaér würde es nicht gelingen, ihren Vater umzustimmen. Ihre Verbindung mit den MacMathains würde das Bündnis stärken, das zwischen den beiden Clans bestand. *Er verschachert mich, um seinen*

*Einfluss zu vergrößern.* Das passte zu ihrem Vater. Die MacKenzies gehörten nicht umsonst zu den mächtigsten Highland-Clans. *Und jetzt macht er mich zu einem Teil seiner Politik.* »Wie kann er das tun? All die Jahre hat er sich einen Dreck um mich geschert und plötzlich nimmt er mir alles, was mir etwas bedeutet.«

»Übertreibst du jetzt nicht ein wenig?«

Sie kniff die Augen zusammen. »Er hat mir verboten Eilean Donan zu verlassen. Ich darf nicht einmal mehr an den Loch Duich, von Ausflügen in die Highlands ganz zu schweigen. Und noch vor dem Sommer werde ich die Gemahlin irgendeines … eines, ich weiß nicht was, sein!«

»Die Frau eines künftigen Chiefs! Vielleicht wird alles gar nicht so schlimm, wie du es dir im Augenblick vorstellst. Immerhin scheint Lachlan ernsthaft an dir interessiert zu sein. Wer weiß, womöglich magst du ihn ja auch. Warum wartest du nicht erst einmal ab?«

»Als ob ich eine Wahl hätte.« Um sich von ihrem Kummer abzulenken, wechselte sie das Thema. »Ich habe einen Boten ankommen sehen. Schlechte Nachrichten?«

»Im Gegenteil.« Iomaér grinste. »So wie es aussieht, werden uns die MacDonalds künftig keine Schwierigkeiten mehr bereiten.«

Sessany sah auf. Seit sie denken konnte, lagen die MacKenzies mit den MacDonalds von Islay in Fehde. Obwohl sie den Grund für diese Feindschaft nicht kannte, wusste sie, dass sich die beiden Clans seit einem Vierteljahrhundert erbittert bekämpften. Doch der Zwist der beiden Familien war nicht der einzige Unruheherd in den Highlands. Wie oft hatte sie abends mit Iomaér zusammengesessen und seinen Ausführungen über die Lage Schottlands gelauscht, bis sie beinahe ebenso vertraut mit der Politik der Clans war wie er selbst.

Obwohl Somerled – Donalds Urahn –, in dessen Adern noch das Blut der Nordmänner floss, die Wikinger vor beinahe hundert Jahren von den westlichen Inseln vertrieben hatte, hatte es immer wieder Kämpfe mit plündernden Nordmännern gegeben, die mit ihren Langbooten an der schottischen Küste gelandet waren. Seit einigen Jahren herrschte ein zerbrechlicher Friede zwischen Schotten und Wikingern, doch die Highlands kamen trotzdem nicht zur Ruhe. Immer häufiger flammten Kämpfe unter den Clans auf. Ein Streit um Vorherrschaft, der mit jedem Mal erbitterter geführt wurde. Viele litten Hunger. Einige waren bereits gezwungen sich den großen Clans zu unterwerfen, um ihre Familien zu retten. Andere trachteten danach, ihren Einfluss zu vergrößern. Während auch Sessanys Vater bedacht war, seine Macht auszubauen, schwebte dem alten Donald etwas anderes vor. Er sprach davon, dass das Land von einem Rat der mächtigsten Chiefs beherrscht werden sollte, dem sich alle Clans zu unterwerfen hatten. Chief Donald war der Ansicht, dass es auf diese Weise gelingen konnte, die Kämpfe zu beenden und die Clans zu einen. Nur vereint konnten sie auf Dauer gegen die Engländer bestehen, denn auf die Hilfe des schottischen Königs konnten sie nicht zählen. Obwohl ihm die Chiefs die Treue geschworen hatten, reichte König Alexanders Einfluss nicht bis in die Highlands. *Womöglich ist das ja der Grund, warum die Chiefs ihm überhaupt Gefolgschaft gelobt haben.* In den Highlands galten eigene Gesetze und bisher hatte sich niemand die Mühe gemacht, etwas daran zu ändern. *Bisher haben sich die Engländer auch nicht wirklich für Schottland interessiert.* Alexander vermochte es ebenso wenig, die Clans in Zaum zu halten, wie es ihm gelang, sich gegen die Engländer zur Wehr zu setzen. Trotz der Oberhoheit Englands war der schottische König stets unabhängig von London gewesen. Jetzt jedoch streckte Edward von England seine Hände nach Schottland aus. Einige Lords in den Lowlands hatten sich ihm bereits unterworfen. Und schon bald würde er versuchen sich ganz Schottland untertan zu machen.

Donald von Islay vertrat die Belange seines Clans weniger mit dem Schwert als mit dem Wort. Das machte ihn gerade bei den kleineren Clans beliebt, die oft seine Hilfe erbaten, wenn es darum ging, in Auseinandersetzungen zu vermitteln. *Ohne ihn wäre der Clan MacKenzie längst die stärkste Macht in den Highlands.* Sessany hatte nur zu oft mit angehört, wie ihr Vater Donalds ständige Einmischung verfluchte. *Was weiß der schon, wie es bei uns auf dem Festland zugeht!*, hatte sie ihren Vater mehr als einmal schimpfen hören. Tatsächlich lagen die größten Teile von Donalds Ländereien auf den westlichen Inseln – Islay, Kintyre und Mull –, sodass sein Clan von den zunehmenden Auseinandersetzungen mit der englischen Krone bisher verschont geblieben war. *Wie kann er behaupten zu wissen, was für die Highland-Clans das Beste ist?*

»Was soll das heißen, die MacDonalds machen keine Schwierigkeiten mehr?«

Iomaérs Grinsen wurde breiter. »Es gab eine Schlacht auf Islay – in Finlaggan. Chief Donald und seine Erben sind tot. Das Treffen wird nicht stattfinden.«

Donald war es gelungen, die Chiefs zu einem Treffen zu bewegen. Die Zusammenkunft hätte noch vor dem Sommer stattfinden sollen. Zweifelsohne war es dabei um seinen Wunsch gegangen, den Rat ins Leben zu rufen, von dem er stets gesprochen hatte.

»Was, wenn ein anderer dieses Treffen einberuft?«, gab sie zu bedenken.

Iomaér schüttelte den Kopf. »Dazu hat keiner den Mumm.«

»Was geschieht jetzt mit dem Land der MacDonalds?«

»Wenn sich nicht binnen kürzester Zeit in den Reihen der Überlebenden ein neuer Chief findet, der in der Lage ist, den Clan auch zu schützen, werden sich die umliegenden Clans auf die Ländereien stürzen und sich dabei gegenseitig zerfleischen.«

»Wer war verrückt genug, die Macht der MacDonalds herauszufordern?«

Er zuckte die Schultern. »Das wusste der Bote nicht. Vielleicht war es MacDougal von Argyll. Grund genug hätte er, nachdem Donalds Ältester seinem Erben letzten Sommer die Braut ausgespannt hat.«

Iomaér hatte früher oft Geschichten von beeindruckenden Schlachten erzählt. Sessany versuchte sich vorzustellen, wie die Schlacht um Finlaggan gewesen war. Sie sah Krieger der MacDonalds vor sich, die einer undurchdringlichen Reihe von MacDougals gegenüberstanden. Mann gegen Mann traten sie einander im ehrenhaften Kampf entgegen. Zweifelsohne war es eine gute Schlacht gewesen.

Der nächste Morgen brachte Regen.

Nachdem Sessany das Kleid angezogen hatte, zwängte sie ihre Füße erneut in die drückenden Schuhe. Sie war kaum fertig, da erschien Deórsa. Während eines langen Vormittags ließ die Erzieherin endlose Litaneien über das richtige Benehmen auf sie herniederprasseln. Alles Dinge, die Sessany schon hundertmal gehört, sich aber nie zu Eigen gemacht hatte. Als es endlich an der Zeit war, zu Mittag zu essen, ließ Deórsa das Mahl auftragen. Sie belehrte Sessany so lange darüber, wie sie ihren Gemahl bei Tisch zu bedienen hatte, dass der Braten kalt war, als sie endlich essen durfte.

»Und nun geh und mach dich frisch«, sagte Deórsa, kaum dass die Reste des Essens abgetragen waren.

Sessany wusste, dass Deórsa erwartete, sie würde auf ihr Zimmer gehen und ihr Haar und das Gewand richten. Nachdem sie jedoch den ganzen Vormittag im Haus verbracht hatte, hatte sie das Gefühl, verrückt zu werden, wenn sie jetzt keine frische Luft bekam. Statt sich zurückzuziehen machte sie sich auf den Weg zur Hintertreppe.

Inzwischen regnete es nicht mehr. Die letzten dunklen

Wolken hatten sich verzogen und einem blassblauen Himmel Platz gemacht. Freudig begrüßte Sessany den Schwall erdiger Frühlingsluft, der ihr bereits an der Tür entgegenströmte. Sie sprang die steilen Stufen zum Küchenhof hinunter – und versank bis zu den Knöcheln im Schlamm. Fluchend hob sie ein Bein und betrachtete den Schuh, der sich mit einem schmatzenden Laut aus dem Boden löste.

*Deórsa wird mich umbringen.* Da es ohnehin zu spät war, zog sie beide Schuhe aus, nahm sie in die Hand und setzte ihren Weg barfuß fort. Kalter Schlamm quoll zwischen ihren Zehen hervor und kühlte ihre schmerzenden Füße.

Am Eingang zum Küchenhaus entdeckte sie einen Mann in einem einfachen Plaid, das silbergraue Haar mit einem Lederband im Nacken zusammengebunden. Fearghas! Zum ersten Mal an diesem Tag hellte sich ihre Miene auf. Seit ihr Vater ihn von seinem Posten als Hauptmann der Burgwache entbunden und durch einen Jüngeren ersetzt hatte, lebte er zurückgezogen in einem Haus an der Küste und kam nur noch alle paar Wochen nach Eilean Donan, um seine Vorräte aufzufrischen. Schon als er noch in der Burg gelebt hatte, hatte sie gerne seinen Geschichten gelauscht, und nachdem er fortgezogen war, hatten sie und Iomaér begonnen ihn zu besuchen.

Als sie ihn sah, ließ sie die Schuhe fallen und rannte los. Der hoch gewachsene Krieger hatte sie gerade entdeckt, da fiel sie ihm schon in die Arme. Sein dichter Bart bebte, als er sie lachend auffing und mit seinen Pranken umfangen hielt, ehe er sie wieder absetzte und eingehend betrachtete. »Bei Gott, Sessany! Seit wann freust du dich so mich zu sehen?«

Fearghas' gutmütiges Gesicht, mit der mehrfach gebrochenen Nase und den buschigen Augenbrauen, war so sehr mit dem Gedanken an die Highlands und ihre verlorene Freiheit verbunden, dass ihr plötzlich die Tränen in die Augen stiegen. Hastig blinzelte sie sie fort. »Ich habe dich eben vermisst.«

»Und du bist sicher, dass dein Verhalten nicht zufällig mit einer bevorstehenden Vermählung zu tun hat?«

»Woher ...?«

»Die ganze Gegend spricht von dir und MacMathain«, grinste er. »Einen richtig guten Fang hast du da gemacht. Da kann ich dir wohl nur gratulieren.« Als sie das Gesicht verzog, runzelte er die Stirn. »So sollte niemand dreinblicken, der bald die Frau eines zukünftigen Chiefs sein wird. Was ist los?«

»Deórsa hat mich wieder unter ihre Fittiche genommen und ich soll noch vor dem Sommer vermählt sein!« Plötzlich sprudelten die Worte aus ihr hervor, als hätte Fearghas einen Damm zum Einsturz gebracht. »Vor dem Sommer! Das sind nur noch ein paar ... Es ist viel zu kurz! Und ich kenne ihn nicht einmal! Ich weiß einfach nicht –«

»Sieht aus, als hättest du hier nicht die Ruhe, um über alles nachzudenken. Warum kommst du nicht mit mir? Vergiss Deórsa und den ganzen Rummel für ein paar Tage.« Er deutete in Richtung des Haupthauses. »Pack deine Sachen. Sobald ich meine Vorräte verladen habe, brechen wir auf.«

Sessany stand wie angewurzelt da. »Vater hat mir verboten die Burg zu verlassen.« Zum ersten Mal wurde ihr wirklich bewusst, was diese Heirat für sie bedeutete. Bald würde sie von Eilean Donan fortgehen müssen. Ihr Ziel war nicht das östliche Cromarty, wo Chief Cormac MacMathain seinen Sitz hatte, sondern Dùntràth, der Landsitz der MacMathains am Loch Linneh. Dort würde Lachlan sie erwarten. Die Highlands lagen dann für immer hinter ihr – ebenso wie ihr altes, ungezwungenes Leben. Sie wäre den Wünschen ihres Gemahls ausgeliefert. Als Frau des künftigen Chiefs war es ihre Pflicht, ihm einen Erben zu gebären. Allein der Gedanke, dass sie mit einem Fremden das Lager teilen sollte, ließ sie schaudern. »Ich bin eine Gefangene«, brachte sie mit erstickter Stimme hervor.

»Himmel, Sessany! Dein Anblick bricht mir das Herz. Diese Haube, das Kleid. Das bist nicht du.«

»Ich …« Es fiel ihr schwer, sich nicht einfach an seine Brust zu werfen. Fearghas verkörperte alles, was sie sich bei ihrem Vater immer gewünscht hatte. Er spendete Trost, hörte ihr zu und nahm sie ernst.

»Sessany MacKenzie!« Schneidend durchfuhr Deórsas Stimme die Stille. Sessany fuhr herum und blickte geradewegs in das erzürnte Gesicht ihrer Erzieherin, die – mit Sessanys verdreckten Schuhen in Händen – vor ihr stand. Ohne den Krieger eines Blickes zu würdigen packte Deórsa sie beim Arm und schob sie zum Haus zurück. Ihr blieb nicht einmal Zeit, sich von Fearghas zu verabschieden.

Deórsa brachte sie in eine Kammer und warf ihr die Schuhe vor die Füße. »Du wirst diesen Raum erst verlassen, wenn sie sauber sind. Ich werde in einer Stunde wieder nach dir sehen.« Sie rauschte zur Tür hinaus und ließ Sessany allein zurück.

Eine Weile starrte sie finster auf die schlammverkrusteten Schuhe. Schließlich seufzte sie, holte eine Bürste und einen Lumpen und machte sich daran, sie zu reinigen. Ein mühsames Unterfangen, das nur von mäßigem Erfolg gekrönt war. Der feuchte Schlamm verteilte sich bloß immer mehr, je länger sie das weiche Leder mit der Bürste bearbeitete. Auch der Lumpen brachte sie nicht voran. *Sie weiß genau, dass sie ruiniert sind!* Wutentbrannt schleuderte sie die Bürste zu Boden, packte die Schuhe und stürmte aus dem Raum. Sie stürzte auf den Hof und überquerte ihn mit langen Schritten. Vor der Pferdetränke hielt sie inne und versenkte die Schuhe darin. Kleine Blasen stiegen auf, als sie untergingen. Schlammbröckchen trieben an die Oberfläche und färbten das Wasser braun. Als sie die Schuhe schließlich herausfischte, waren sie triefnass, aber frei von Schlamm. Mit grimmigem Lächeln kehrte sie zum Haus zurück und wartete.

Deórsa zeigte sich bei ihrer Rückkehr wenig beeindruckt. Mit knappen Worten befahl sie Sessany, die nassen Schuhe anzuziehen und ihr zu folgen. Den Rest des Tages verbrachte sie in einer düsteren Kammer, wo Deórsa sich abmühte, ihr die Grundregeln von Anmut und Grazie beizubringen. Als sie spätabends endlich in ihr Zimmer zurückkehrte, waren ihre Füße übersät mit großen schmerzhaften Blasen.

## 3

Während sich Sessany in den folgenden Wochen weiter unter Deórsas wachsamen Blicken in Benimm übte, erreichten immer wieder Nachrichten über blutige Zusammenstöße zwischen den MacLennans von Glen Affric und den Männern ihres Vaters die Burg. Schon länger hatte ihr Vater Interesse am Land des benachbarten Clans im Osten. Zu Lebzeiten des alten Donald hatte er jedoch nie gewagt so offen gegen die MacLennans vorzugehen.

Schließlich hatte der Chief Eilean Donan verlassen, um Lachlan MacMathain aufzusuchen und mit ihm die Bedingungen der Vermählung zu besprechen. In dieser Zeit gelangte Sessany endgültig zu der Überzeugung, dass sie nicht heiraten wollte – nicht heiraten *würde*. Schon jetzt hielt sie es kaum noch in dem steinernen Gefängnis aus, zu dem Eilean Donan geworden war. Die kleine Insel, auf der Eilean Donan lag, war kaum größer als die Burg selbst und erhob sich am östlichen Ufer des Loch Duich, dem letzten Ausläufer eines Atlantikfjordes. Sessany sehnte sich danach, das Rauschen der Blätter zu hören und den Wind im Haar zu spüren. Oft stand sie am Fenster und blickte auf den Loch Duich und die dahinter liegenden Highlands hinaus. Dann wurde sie von einer Wehmut erfasst, die ihr das

Herz zu zerreißen drohte. In diesen Momenten war sie drauf und dran, ihre Sachen zu packen und davonzulaufen, doch sie wusste, dass sie nicht einmal an den Torwachen vorbeigekommen wäre. Ihr Vater hatte seinen Männern befohlen sie nicht passieren zu lassen. Sie durfte nicht einmal einen Fuß auf die Brücke setzen, die die Insel mit dem Festland verband. Im Laufe der Zeit war ein Plan in ihr gereift. Sie würde sich scheinbar in ihr Schicksal fügen und sich auf den Weg zu ihrem Bräutigam begeben, sobald es von ihr verlangt wurde. *Nur dass ich dort niemals ankommen werde.* Wie es dann weitergehen sollte, wusste sie noch nicht. Womöglich würde sie erst einmal zu Fearghas gehen. Vielleicht konnte er ihr weiterhelfen.

Es war ein sonniger Apriltag, drei Wochen nach der Abreise ihres Vaters, als sie mit Deórsa und den anderen Damen im Frauengemach saß. Längst hatten ihr die Näherinnen neue Kleider angefertigt, sodass sie nicht mehr in dem viel zu kurzen Gewand umherlaufen musste. Wohl fühlte sie sich dennoch nicht, entsprachen die Gewänder doch einmal mehr der unpraktischen englischen Mode. Erfüllt von einer Ungeduld, die jeden Tag stärker wurde, plagte sie sich mit der immer selben Stickerei. Die Nadel zuckte zwischen ihren rastlosen Fingern, ohne dass es ihr gelingen wollte, einen vernünftigen Stich zu setzen. Immer wieder glitten ihre Blicke aus dem Fenster. Sie hörte den Gesang der Vögel und spürte mehr denn je den Drang, hinauszugehen. Verdrossen blickte sie auf den Stickrahmen. Seit Wochen plagte sie sich nun schon mit demselben Stück Stoff. Gestern Abend war ein Viertel des eingespannten Tuchs verziert gewesen. Heute Morgen hatte Deórsa ihre Arbeit in Augenschein genommen. Beim Anblick der ungelenken Stiche hatte sie den Kopf geschüttelt und Sessany die Arbeit von zwei Tagen auftrennen lassen. Schon wieder. So kam es, dass sie erneut über einem leeren Tuch saß.

Plötzlicher Lärm auf dem Hof weckte ihre Aufmerksamkeit. Rufe mischten sich unter das Stampfen von Hufen. Sessany fuhr herum.

»Wenn du ständig aus dem Fenster starrst, wirst du es nie lernen«, wies Deórsa sie zurecht ohne den Kopf zu heben.

*Werde ich ohnehin nicht.* Sessany reckte den Hals, bis es ihr gelang, einen Blick auf den engen Hof zu erhaschen. Dort hatten sich einige Menschen versammelt, um die Männer in Empfang zu nehmen, die eben ihre Pferde durch das Tor führten. Enttäuscht stellte sie fest, dass es nur Moran, der Jagdaufseher ihres Vaters, und sein Gehilfe Pádraig waren. Dann entdeckte sie den Mann, den Moran an einem Strick hinter seinem Pferd herzerrte. Seine Hände waren auf den Rücken gefesselt und das Seil in einer Schlinge um seinen Hals gelegt. Er taumelte und schien kaum in der Lage, sich auf den Beinen zu halten. Moran zügelte sein Pferd. Hustend fiel der Gefangene auf die Knie.

Die Neugierde hielt Sessany nicht mehr auf ihrem Platz. Sie warf ihren Stickrahmen zur Seite und sprang auf. Nadel und Garn rutschten von ihrem Schoß und fielen zu Boden. Ohne auf Deórsas Rufe zu achten stürmte sie aus dem Raum.

»Ein Wilderer«, erklärte Moran gerade, als sie auf den Hof trat. Eine Front aus den Rücken Schaulustiger verstellte ihr die Sicht, sodass sie kaum mehr als Morans strohblonden Schopf und einen Teil seines wettergegerbten Gesichts zu sehen bekam.

Sie stellte sich auf die Zehenspitzen um zu erkennen, mit wem er sprach, als sie Iomaérs Stimme vernahm. »Wo hast du ihn gefunden?«

»Am südlichen Ende des Loch Duich, Herr. Er hat einen Hirsch des Chiefs erlegt. Teile davon hatte er bereits beiseite geschafft. So wie es aussah, kam er ein weiteres Mal, um auch noch den Rest zu holen.«

Sessany reckte sich, um einen Blick auf den Gefangenen zu erhaschen. Im Gegensatz zu allen anderen Männern auf dem Hof trug er keinen Plaid, sondern ein einfaches Hemd und Wollhosen, beides starrte vor Dreck. Sein Gesicht lag unter einer dicken Schmutzschicht, das lange Haar und der zottige Bart waren grau vor Staub. Einzig seine dunklen Augen waren deutlich zu erkennen.

Moran wandte sich seinem Gefangenen zu. »War dies das erste Mal, dass du das Wild meines Herrn erlegt hast?« Als der Mann nicht antwortete, zog der Jagdaufseher so heftig am Seil, dass er umgerissen wurde. »Rede!« Moran packte ihn am Kragen und zerrte ihn auf die Beine. Schwankend kam der Gefangene zum Stehen. Noch immer sagte er kein Wort. Er stand nur da. Sessany drängte nach vorn, während Moran seinen Gefangenen schüttelte. »Rede, verdammter Wilddieb!«

»Moran!« Iomaérs Tonfall rief den Jagdaufseher zur Räson. Augenblicklich gab er den Gefangenen frei. Taumelnd tat der einen Schritt zur Seite, ehe er in aufrechter Pose verharrte.

Sessany bahnte sich ihren Weg zwischen den Leuten hindurch. Einige machten Platz, um sie passieren zu lassen, an anderen musste sie sich vorbeizwängen.

Moran wandte sich seinem Herrn zu. »Auf Wilderei steht der Tod. Er soll hängen, Herr.«

An der Miene des Gefangenen war nicht zu erkennen, ob er begriff, was Moran forderte. »Ich glaube nicht, dass er ein Wort von dem versteht, was wir sagen«, meinte Pádraig mit einem Blick auf die verwahrloste Gestalt. Er umrundete den Gefangenen langsam und versperrte Sessany die Sicht. Für eine Weile sah sie nur Pádraigs schlanke Silhouette. Dann war endlich der Weg frei. Sie trat zu Iomaér.

Er bedachte sie mit einem missbilligenden Blick. »Du solltest im Haus sein.«

Sie tat seine Worte mit einem Schulterzucken ab.

»Womöglich ist er ein Fremder, der unsere Sprache nicht spricht«, überlegte Pádraig weiter. »Seinen Gewändern nach zu urteilen vielleicht ein Nordmann.«

»Ja«, rief jemand aus der Menge, »oder ein Schwachkopf, der nicht sprechen kann.« Der Zwischenruf wurde mit Gelächter belohnt.

»Willst du ihn wirklich hängen?«, fragte sie Iomaér leise genug, dass nur er sie verstehen konnte.

»Das ist die Strafe, die einem Wilddieb zusteht«, gab er gedämpft zurück. Immer mehr Stimmen wurden laut, die eine Entscheidung forderten, wie mit dem Gefangenen zu verfahren sei.

Sessany rückte näher an ihren Bruder heran. »Sieh ihn dir an, Iomaér.« Sie hatte Mitleid mit diesem Mann, der trotz der Fesseln und seines erbärmlichen Zustands Stolz und Würde ausstrahlte. »So wie er aussieht, wäre er ohne das Fleisch verhungert.« Als sie klein war, hatte sie einmal mit ansehen müssen, wie ein Mann gehängt wurde. Der Anblick hatte sie lange nicht losgelassen. »Er hat Unrecht getan«, fuhr sie leise fort. »Dafür soll er bestraft werden, aber nicht gehängt. Pádraig hat Recht. Der Mann ist ein Fremder, der sichtlich nicht einmal unsere Sprache versteht. Wie sollte er da unsere Gesetze kennen?«

»Du verlangst von mir, auf eine Hinrichtung zu verzichten?«

»Wir können ihn doch nicht für etwas töten, von dem er nicht einmal wusste, dass es Unrecht ist.«

Iomaér betrachtete den Gefangenen abschätzend. »Zwanzig Peitschenhiebe, dann sperrt ihn ein«, fällte er sein Urteil ohne das Raunen zu beachten, das wie eine Welle über den Hof ging. Noch nie hatte man auf Eilean Donan einen Wilddieb verschont!

Sessany hätte um ein Haar aufgeschrien. *Peitschenhiebe!* Sie hatte geglaubt, dass er ihn in den Kerker werfen und nach ein paar Tagen oder Wochen wieder auf freien Fuß setzen würde. Sie biss sich auf die Unterlippe und hielt den Mund. Immerhin würde der Mann leben.

Ihr Blick heftete sich auf die ausdruckslose Miene des Gefangenen. Ihre Augen begegneten seinen. Erschöpfung spiegelte sich darin. Sessany schenkte ihm ein zaghaftes Lächeln und wandte sich ab. Sie wollte nicht dabei sein, wenn seine Bestrafung begann.

Statt zu den Frauen zurückzukehren ging sie auf ihr Zimmer und schloss die Tür hinter sich. Sie vermied es, aus dem Fenster zu blicken. Sie wollte nicht sehen, wie Iomaérs Männer dem Gefangenen das Hemd vom Leib rissen, wollte nicht wissen, ob sie ihn festhielten oder an einen Pfosten fesselten, damit er der Peitsche nicht entgehen konnte, und ganz sicher wollte sie nicht mit ansehen, wie der Lederriemen seine Haut zerriss und in sein Fleisch schnitt! Ein kühler Lufthauch fuhr durch die Fensteröffnung, streifte über ihre Arme und überzog sie mit einer Gänsehaut. Mit einem Ruck wandte sie sich ab und warf sich aufs Bett. Geräusche drangen vom Hof empor. Stimmen schwebten durch den Raum. Unverständliches Gemurmel, durchbrochen vom Knallen der Peitsche. Jeder Schlag gefolgt von einer quälend langen Pause. Angespannt lauschte sie, wartete auf die Schreie des Gefangenen, doch sie blieben aus. War da ein unterdrücktes Keuchen? Wieder knallte die Peitsche. Zum wievielten Mal? Sollte es nicht längst vorbei sein? Abermals biss das Leder zu. Sessany sprang auf, warf die Fensterläden zu und sperrte die quälenden Geräusche aus. Doch was sie gehört hatte, ließ sich nicht mehr aus ihrem Geist bannen. Immer wieder stahlen sich ihre Gedanken zu dem Wilderer. Wie mochte er sich jetzt fühlen? Es dämmerte bereits, als sie – getrieben von Mitleid und Neugier – ihre Kammer verließ.

# 4

Alasdair erwachte zitternd vor Kälte.
Stimmen hatten ihn aus dem Schlaf geschreckt. Im ersten Moment konnte er sich nicht erinnern, was geschehen war, doch mit seinen Sinnen kehrte auch die Erinnerung zurück. *Eilean Donan – ausgerechnet!* Der Jagdaufseher hatte ihn aufgegriffen, als er die Reste des Hirschs hatte holen wollen. Fleisch für die Familie, in deren Obhut Diarmid und Iain ihn gegeben hatten, ehe sie selbst nach Islay, zum Loch Finlaggan, zurückgekehrt waren, um nach Überlebenden zu suchen. Seither nagten Sorge und Furcht an ihm. Wochen waren verstrichen, während er jeden Tag gehofft hatte, Iain oder Diarmid würde endlich durch die Tür treten und ihn aus seiner Ungewissheit erlösen. Doch es gab keine Nachricht aus Finlaggan – kein Lebenszeichen von seinen Freunden oder seiner Familie.

Seine Wunde war gut geheilt und mit jedem Tag war seine Ungeduld gewachsen, bis er es kaum noch erwarten konnte, endlich nicht länger ans Bett gefesselt zu sein. Der Winter war lang und hart gewesen und hatte die Vorräte schrumpfen lassen, sodass Seamus und Rhoda es sich nicht leisten konnten, ein weiteres hungriges Maul zu stopfen. Deshalb war er auf die Jagd gegangen, doch die Gegend fern seiner Heimat war ihm fremd. Ohne es zu ahnen war er zu weit in den Norden geraten – auf MacKenzies Land.

Er erinnerte sich daran, dass sie ihn hatten hängen wollen. Dann war die junge Frau erschienen. Irgendwie war es ihr gelungen, sein Leben zu retten. *Wenn du wüsstest, wer ich bin, hättest du das nicht getan.* Zu seiner Erleichterung kannte ihn hier niemand. Statt ihn also am nächsten Baum aufzuknüpfen, hatten sie ihn ausgepeitscht und danach in einer Kerkerzelle ins Stroh geworfen.

Alasdair ließ sich nicht anmerken, dass er wach war. Stattdessen lauschte er auf die leisen Stimmen in seinem Rücken und versuchte herauszufinden, wie schlimm seine Lage war.

Eine der Stimmen gehörte dem Mann, der das Urteil verhängt hatte – Iomaér, der Erbe des alten MacKenzie. Die andere war die der jungen Frau. Er vernahm das leise Rascheln von Stoff und Stroh, als sie neben ihm niederkniete. Um ein Haar wäre er zusammengezuckt, als er ihre Hände spürte. Sie schob die Fetzen seines Hemdes zur Seite und machte sich daran, die blutigen Striemen auf seinem Rücken zu reinigen. Obwohl sie vorsichtig war, stöhnte er auf. Dennoch gab er weiter vor, nicht bei Bewusstsein zu sein.

»Du weißt, dass du dir Ärger einhandeln wirst«, hörte er Iomaér sagen.

»Nicht, wenn du mich nicht verrätst.« Wie Iomaér auch sprach sie in jenem harten Dialekt, wie er für die Bewohner in diesem Teil der Highlands typisch war. Behutsam tupfte sie seine Wunden mit einem feuchten Tuch ab. Alasdair biss knirschend die Zähne zusammen.

Iomaér seufzte. »Das würde ich nie tun! Aber wenn Deórsa dich hier erwischt ...«

Er glaubte zu spüren, wie sie die Schultern zuckte. »Das lass mal meine Sorge sein.«

»Ich wollte dir nur Ärger ersparen.«

Ihr Gewand raschelte, als sie herumfuhr. »Was glaubst du eigentlich, was mein Leben ist, Iomaér? Ein einziger großer Spaß?« Hatte er sie zuvor noch beinahe mühelos verstanden, ließ ihre Wut sie jetzt in einen breiteren Dialekt verfallen, der es schwer machte, ihren Worten zu folgen. »Ich lebe in einem Gefängnis. Ich kann keinen Schritt mehr machen, ohne dass mir jemand sagt, was ich zu tun oder wie ich mich zu verhalten habe. Glaubst du, das will ich?«

»Das Leben ist nicht immer einfach.«

»Früher war es das.«

»Du übertreibst.«

Statt zu antworten begann sie eine Paste auf Alasdairs geschundenen Rücken aufzutragen. Glühende Feuerbälle explodierten vor seinen Augen. Er unterdrückte ein Keuchen. Schweiß trat auf seine Stirn. Seine Finger krallten sich ins Stroh.

»Ich muss gehen«, drang erneut Iomaérs Stimme an sein Ohr. »Ich habe jetzt das Vergnügen, Murdoch zu erklären, warum ich ihn nicht gehängt habe.«

Ihre Röcke raschelten leise, als sie sich bewegte. »Danke, Iomaér.«

»Schon gut.« Schritte entfernten sich, dann fiel eine Tür ins Schloss.

Sie war fertig und zog die kümmerlichen Reste seines Hemdes zurecht. Eine Weile wagte er nicht zu atmen, aus Furcht, die Besinnung zu verlieren. Nur langsam ließ der Schmerz ein wenig nach. Alasdair war versucht ihr zu danken – nicht nur für die Behandlung seiner Wunden –, doch er schwieg. Wie alle anderen auch hielt sie ihn dank seiner Gewandung und seines Schweigens für einen Nordmann, der ihre Sprache nicht verstand. Allein deshalb war er noch am Leben. Ursprünglich hatte er nur geschwiegen, da er sich nicht vor einem MacKenzie für eine Tat rechtfertigen wollte, auf die ohnehin der Tod stand. Wenn sie ihn für einen Fremden hielten – umso besser. Vielleicht war das seine Möglichkeit, davonzukommen.

Sie erhob sich. »Ich werde bald wieder nach dir sehen.« Ein Knarren verkündete, dass sie die Tür erreicht hatte. Dann war auch sie fort.

Endlich öffnete er die Augen und setzte sich auf. Sein Gefängnis aus rauem Stein war kaum größer als sechs auf neun Fuß, verschlossen von einer massiven Eichentür. Dämmerlicht fiel durch einen schmalen Lichteinlass über ihm und hüllte die Zelle in ein Gewirr aus wachsenden Schatten. Ein kühler Luftzug strich über ihn hinweg und ließ ihn frösteln. Erschöpft rollte er sich im Stroh zusammen. Es gab keine Decke, seine Stiefel hatten sie ihm genommen und das, was von seinen Gewändern übrig geblieben war, hielt ihn kaum warm. Dennoch schlief er ein.

Als er später erwachte, war es finster. Bohrender Hunger plagte ihn. Sein Magen verkrampfte sich schmerzhaft, sein Mund war trocken und ihm war übel. Wann hatte er das letzte Mal etwas gegessen?

Ein Geräusch schreckte ihn auf. Knarrend wurde der Riegel zurückgeschoben und die Tür geöffnet. Licht strömte in die Zelle und füllte sie bis in den letzten Winkel aus. Die plötzliche Helligkeit schmerzte. Geblendet kniff er die Augen zusammen und setzte sich auf. Ein massiger Kerl kam herein mit einem Tablett, das er neben der Tür auf den Boden stellte. Hinter ihm trat die junge Frau ein, eine Laterne in der einen und eine Decke in der anderen Hand.

»Seid Ihr sicher, dass ich Euch allein lassen soll, Herrin?« Als sie nickte, verließ der Wachmann die Zelle und schloss die Tür hinter sich.

Sie stellte die Laterne ab und ging zu ihm. »Ich habe gesehen, wie du gezittert hast. Hier.« Sie hielt ihm die grobe Wolldecke entgegen. Im Gegensatz zu vorher, als sie wütend gewesen war, sprach sie jetzt fast ohne Dialekt, sodass es ihm leicht fiel, sie zu verstehen. Überrascht und ein wenig zögernd nahm er die Decke an sich. »Wie fühlst du dich?« Ihre Fürsorge hätte ihn beinahe dazu gebracht, sein Schweigen zu brechen. Hastig wandte er den Blick ab und starrte ins Nichts. »Du verstehst mich ja nicht. Das hatte ich vergessen. Du bist sicher hungrig. Ich habe dir etwas zu essen gebracht. Zuerst möchte ich mir noch einmal deine Wunden ansehen.«

Mit ausdrucksloser Miene beobachtete er, wie sie nach einem Tiegel griff, der neben einer Schale mit dampfender

Suppe und einem Becher auf dem Tablett stand. »Dreh dich um.« Als er nicht reagierte, griff sie nach seinen Schultern und drehte ihn sanft herum, ehe sie ihn von seinem Hemd befreite. Halbherzig versuchte er sich ihrer Behandlung zu entziehen und zuckte zusammen, als sie begann die Paste aufzutragen.

»Halt still. Es wird gleich besser.«

Alasdair starrte an die Wand, bemüht den verlockenden Duft der Suppe zu ignorieren, der ihm immer stärker in die Nase stieg.

»Hast du einen Namen?« Schweigen antwortete ihr. »Ich bin Sessany. Kannst du mich denn gar nicht verstehen?« Er glaubte ihre Blicke in seinem Rücken zu spüren und zwang sich reglos zu verharren. Als sie fertig war, verschloss sie den Tiegel und stand auf. Er wandte sich zu ihr um. Ihr Blick blieb an der frischen Narbe hängen, die sich quer über seine rechte Seite zog. Die Wunde war inzwischen verheilt, auch wenn der Schmerz jener Nacht niemals vergehen würde.

»Wie ist das geschehen?« Vorsichtig streckte sie die Finger aus. Seine Hand schoss vor. Er packte sie am Handgelenk und hinderte sie daran, die Narbe zu berühren. Sie zuckte erschrocken zusammen. Ihre Augen schimmerten hell wie Eis. Als er die Furcht in ihrem Blick sah, gab er ihre Hand frei. Den Salbentiegel gegen die Brust gepresst wich sie zurück. Sie war gut zu ihm gewesen und es tat ihm Leid, dass er sie erschreckt hatte, doch der Gedanke, dass sie die Narbe berührte, war ihm unerträglich.

»Iss etwas und ruh dich aus«, presste sie hervor. »Womöglich bist du schneller wieder frei, als du denkst.« Sie rief nach der Wache und schlüpfte hinaus, sobald die Zellentür geöffnet wurde.

# 5

In den folgenden Tagen suchte Sessany den Gefangenen regelmäßig auf. Sie behandelte seine Wunden mit einer Salbe aus Johanniskraut, Arnika und Kamille. Ihr Schützling kam rasch wieder zu Kräften und schon bald brauchte er ihre Fürsorge nicht mehr. Dennoch ging sie weiterhin zu ihm. Sie brachte ihm täglich sein Essen und strich Salbe auf seinen Rücken, um die heilende Haut geschmeidig zu halten. Währenddessen sprach sie über all die Dinge, die sie belasteten: die bevorstehende Ehe und wie sehr sie sich davor fürchtete, die Gemahlin eines Fremden zu sein – wie sehr sie es hasste, sich von anderen Menschen sagen lassen zu müssen, was sie zu tun hatte. Sie erzählte ihm von den Highlands und dem Frieden, den sie dort fand. Dabei wurde die Sehnsucht in ihr so stark, dass sie mit den Tränen zu kämpfen hatte. Es tat gut, sich den Kummer von der Seele zu reden. Dass er sie nicht verstand, spielte keine Rolle. Wenn überhaupt war es eine Erleichterung, denn andernfalls hätte sie niemals über diese Dinge gesprochen.

Einmal, als sie sich erhob um die Zelle zu verlassen, griff er nach ihrer Hand und hielt sie zurück. Sie erschrak und wollte sich schon losreißen, als ihre Augen seine trafen. Darin lag nichts Bedrohliches, ebenso wenig wie in seiner Berührung. Wie ein Lufthauch ruhten seine Finger auf ihrer Hand, so sacht, dass sie sich ihm jederzeit mühelos hätte entziehen können. Es war sein Blick, der sie gefangen nahm. Ein Blick, so beredt wie das Schweigen, das ihn in diesem Moment umgab. Ein stummer Dank, der zuletzt in einem leisen Lächeln seinen Ausdruck fand. Erfüllt von plötzlichem Herzklopfen streifte sie seine Finger ab und verließ die Zelle.

In der ersten Maiwoche – die Tage waren bereits lang und angenehm warm – kehrte ihr Vater in Begleitung zweier Abgesandter ihres Bräutigams zurück. Sessanys Fluchtpläne rückten in greifbare Nähe, als er ihr mitteilen ließ, dass sie Eilean Donan bereits am nächsten Morgen verlassen würde um zu Lachlan zu reisen.

Am Nachmittag erschien Deórsa mit zwei Mägden, um ihr Gepäck herzurichten. Sessany lag auf dem Bett und gab vor, sich nicht wohl zu fühlen, während sie beobachtete, wie die Mädchen Kleider, Unterröcke, Schuhe und allerhand Tand in zwei großen Truhen verstauten. Es schien Ewigkeiten zu dauern, bis sie endlich fertig waren und sich zurückzogen. Ehe Deórsa ging, bedachte sie Sessany mit einem langen Blick. »Eine Magd wird dich begleiten – Nita. Sie wird darauf achten, dass du alles hast, was eine Dame benötigt.«

Sobald Sessany allein war, sprang sie auf und öffnete die erste Truhe. Sie packte ihr bequemes Wollgewand und ein Paar Stiefel hinein. Zu guter Letzt verstaute sie eine Decke, ihren Dolch und ein paar andere Kleinigkeiten in einem Bündel und verbarg alles sorgfältig unter Kleidern und Unterröcken.

»Du hast schon gepackt.«

Sessany fuhr zusammen. Sie war so beschäftigt gewesen, dass sie nicht bemerkt hatte, wie Iomaér eingetreten war. Ertappt ließ sie den Truhendeckel fallen und wandte sich ihm zu.

»Ich muss morgen fort.« Zum ersten Mal wurde ihr bewusst, dass sie ihn für immer verlassen musste. Plötzlich war ihr Mund trocken. »Du wirst mir fehlen.«

»Ich werde dich so bald wie möglich besuchen. Versprochen.«

Was als Aufmunterung gedacht war, steigerte ihre Traurigkeit nur. *Du wirst mich nicht finden. Niemand wird das.*

Iomaér griff nach ihrer Hand. »Lass uns spazieren gehen«, sagte er und führte sie auf den Hof. Am Horizont zogen Gewitterwolken auf und verdunkelten den blassen

Himmel zunehmend. Der Wind frischte auf, zupfte an Iomaérs Plaid und drohte Sessany die Haube vom Kopf zu wehen. Eine Weile gingen sie schweigend nebeneinanderher. Sie überquerten den Hof zum westlichen Ende der Burg. Über eine schmale Stiege gelangten sie auf eine zinnenbewehrte Mauer, hinter der sich der Loch Duich erstreckte. Die Sicht war klar und gewährte einen herrlichen Blick auf die Insel Skye, die sich im Westen erhob.

»Vater war wütend, als er von dem Wilderer erfuhr«, begann Iomaér. »Selbst Murdoch hatte Mühe, ihn zu besänftigen.«

»Tut mir Leid, wenn ich dich in Schwierigkeiten gebracht habe.«

Er zuckte die Schultern. Mit einem Mal veränderte sich etwas in seiner Miene. Sie kannte ihn gut genug um zu wissen, dass er ihr etwas zu sagen hatte. Etwas, das ihr nicht gefallen würde.

»Was ist es?«

»Ich kann nichts lange vor dir geheim halten, was?« Er lächelte ein wenig schief, dann seufzte er. »Vater hat beschlossen ihn als Sklaven an Lachlan zu übergeben. Eine Art Brautgeschenk.« Sessany blieb abrupt stehen. Ein wenig kleinlaut fügte er hinzu: »Immerhin ist er am Leben.«

»Am Leben? Als Sklave? Was für ein Leben soll das sein?« Hatte sie ihm nicht voller Zuversicht erklärt, dass er bald frei sein würde? Stattdessen hatte sie ihn vor dem Tod bewahrt, damit er als Sklave endete!

Später an diesem Nachmittag suchte sie den Kerker auf.

Das Gewitter war inzwischen mit voller Wucht losgebrochen. Der Sturmwind jagte heulend durch die Gänge. Immer wieder zuckten Blitze vom Himmel, gefolgt von krachenden Donnerschlägen.

Als sie die Zelle betrat, saß er vor der Wand im Stroh und musterte sie mit derselben ausdruckslosen Miene, wie er es immer tat. Zum ersten Mal fragte sie sich, wie alt er sein mochte. *Kaum älter als Iomaér. Höchstens fünfundzwanzig.* So jung, und alles, was er zu erwarten hatte, war ein Leben in Gefangenschaft. Plötzlich fror sie.

»Ich habe schlechte Nachrichten.« Noch immer ruhte sein Blick auf ihr. »Verflucht!«, brach es aus ihr hervor. »Ich wünschte, du könntest mich verstehen. Dann könnte ich dir sagen, wie Leid mir das alles tut. Ich ... Mein Vater ist zurück. Er war wenig erfreut, dass Iomaér dich nicht hängen ließ. Er hat beschlossen dich als Sklaven an Lachlan MacMathain zu übergeben. Ich habe das wirklich nicht gewollt.« Sie fragte sich, warum sie sich diesem Fremden so verbunden fühlte. *Vielleicht weil wir beide Gefangene sind.* »Ich wünschte, ich könnte dir helfen.« Sie bedachte ihn mit einem langen Blick. Er saß still da mit geneigtem Kopf und lauschte dem Wind.

»Was hörst du im Wind?«

»Freiheit.«

Sessany starrte ihn an. Seine Stimme klang ein wenig rau, aber warm und freundlich. In ihre anfängliche Überraschung mischte sich Bestürzung. *Himmel, er hat jedes Wort verstanden!* Sie dachte an jene Momente, in denen sie ihm ihr Herz ausgeschüttet hatte. *Ich bin so ein Schaf!* Sie biss sich auf die Lippe und kämpfte gegen das Gefühl von Scham an, das ihr die Röte in die Wangen trieb. »Dasselbe höre ich auch«, brachte sie endlich hervor. »Der Wind gaukelt dir Freiheit vor, doch die Mauern halten dich gefangen.« Sie sah ihn an. »Bis du mir deinen Namen verrätst, werde ich dich Windlauscher nennen.«

In den Hallen und auf den Gängen war Ruhe eingekehrt, als Sessany sich weit nach Mitternacht mit einem Sack unter dem Arm auf den Weg in die Küche machte. *Heute der Proviant, morgen die Freiheit,* dachte sie und drückte die Tür zum Küchenhaus auf. Ein schmaler Streifen Mondlicht tauchte den verlassenen Raum in fahles Weiß. Ihr schlug das Herz bis zum Hals, als sie sich an den Kochstellen vorbei zur Vorratskammer schlängelte. Ihre Hände wanderten auf der Suche nach Brot über ein Regal, als hinter ihr knarrend die Tür aufschwang. Der schwache Schein einer Talgkerze fiel in den Raum. Hastig warf sie den Sack in eine Ecke. Einen Augenblick später hüllte das Licht sie ein. Sie drehte sich um und blickte in das runde Gesicht von Brianna, der Köchin.

»Kind, was hast du mitten in der Nacht hier zu suchen?« Briannas Blick glitt über die Regale bis in jene Ecke, in die Sessany den Beutel geworfen hatte. Schließlich hefteten sich ihre Augen erneut auf Sessany. »Hast du wieder mal das Abendessen verpasst?«

»Wie so oft.« Sie griff nach einem Apfel und schob sich an der Köchin vorbei. »Gute Nacht, Brianna«, murmelte sie im Vorübergehen.

»Ich weiß, was du vorhast.«

Sessany blieb stehen. Unendlich langsam drehte sie sich um. Es gelang ihr, ein Lächeln zu Stande zu bringen. »Was ich vorhabe?« Ihre Finger krampften sich um den Apfel. »Ich habe nur Hunger.« Die Lüge klang hohl in ihren Ohren, sie glaubte zu hören, wie ihre Stimme zitterte.

»Sicher.« Brianna stellte die Kerze zur Seite und griff nach dem Beutel, den Sessany in die Ecke geworfen hatte. Statt geradewegs zu Deórsa zu marschieren öffnete sie ihn, griff nach einem Kanten Brot und packte ihn ein. »Weißt du«, meinte sie währenddessen. »Ich kann verstehen, warum du das tust.« Sie ließ ein paar Äpfel in den Beutel fallen. Sessany konnte sie nur anstarren. Brianna fuhr fort: »Ich habe schon deine Mutter innerhalb dieser Mauern dahinsiechen sehen. Es würde mir das Herz brechen, zu erleben, wie auch du zu Grunde gehst.«

Es war das erste Mal, dass jemand in Sessanys Gegenwart von ihrer Mutter sprach. »Wie war sie?«

Ein trauriges Lächeln glitt über Briannas Züge. »Sie war der sanftmütigste Mensch, den ich kenne. Eine schöne Frau.«

Sessany lehnte im Türrahmen, während sie zusah, wie Brianna ihren Beutel mit flinken Handgriffen füllte, und hoffte, dass sie weitersprach.

»Sie liebte deinen Vater über alles. Schon als junges Mädchen war sie verrückt nach ihm. Ich erinnere mich nur zu gut daran, wie ihre Augen strahlten, wann immer sie ihn sah.« Das Lächeln schwand aus ihren Zügen. »Unglücklicherweise erwiderte er diese Gefühle nicht. Soweit ich weiß, warb er damals um die Gunst einer anderen. Erst als diese Donald von Islay heiratete, nahm er deine Mutter zur Frau.«

Sessanys Augen wurden groß. *Donald hat diese Frau geheiratet? Ist das der Grund für die Fehde?* »Das hat Mutter sich gefallen lassen? Einfach so als *Ersatz* genommen zu werden?«

»Dein Stolz würde so etwas niemals zulassen, doch du darfst nicht vergessen, dass sie deinen Vater aufrichtig geliebt hat. Sie hoffte, seine Gefühle würden sich im Laufe der Zeit ändern. Doch das Herz deines Vaters blieb kalt. Er teilte das Lager mit ihr und sie schenkte ihm einen Erben. Iomaér war alles, was er je wollte, so Leid mir das für dich tut. Deine Mutter starb traurig und verbittert. Die Ablehnung ihres Gemahls ließ sie dahinschwinden, bis nichts mehr von ihrer einstigen Schönheit übrig war. Aus dem Mädchen mit den leuchtenden Augen und den rosigen Wangen, das Jahre zuvor nach Eilean Donan gekommen war, war eine bleiche, kränkliche Frau geworden.« Brianna fuhr sich mit einer Hand über die Augen. »Wenn du mich fragst, hat sie der Kummer dahingerafft.« Sie warf einen raschen Blick in den Beutel und stopfte dann noch ein Stück Schinken hinein, ehe sie ihn verschnürte. Sessany brachte keinen Ton hervor. Briannas Worte erweckten das Bild einer Pflanze in ihrem Geiste – blühend an einem Tag, verdorrt am nächsten. *Sie hatte keine Wahl. Ich schon.*

Brianna hielt ihr den Beutel zusammen mit einem Wasserschlauch entgegen. »Geh und lebe dein Leben, Sessany MacKenzie. Lass dir dein Glück nicht nehmen. Von niemandem.«

Am nächsten Morgen war das Gewitter vorüber. Der Sturm hatte die letzten Wolken vertrieben und einen strahlend blauen Himmel zurückgelassen. Sessany stand auf dem Hof und beobachtete, wie unter Nitas Aufsicht das Gepäck auf die Packpferde verladen wurde. Nicht weit entfernt machten sich vier Clanskrieger, die ihr Vater als Geleitschutz abgestellt hatte, bereit. Sessanys Aufmerksamkeit wurde abgelenkt, als Iomaér zu ihr trat, begleitet von einem bulligen Mann mit schwarzem Haar, gepflegtem Vollbart und Augen grün wie Moos. Über seinem Plaid hing eine Felltasche, aus seinem linken Stiefel ragte der Griff eines Sgian Dubh und über den Rücken hatte er ein mächtiges Breitschwert geschnallt.

»Darf ich Euch mit meiner Schwester bekannt machen.« Iomaér trat einen Schritt beiseite. »Sessany, das ist Tomas Baylor. Er wird dich nach Dùntràth bringen.«

Baylor verneigte sich. »Es ist mir eine Freude, Euch endlich kennen zu lernen, Herrin.«

Sessany nickte ihm kurz zu. Ihre Blicke schweiften ab, wanderten über den Hof, suchten nach ihrem Vater. Der Chief war nicht hier. *Nicht einmal am Tag meiner Abreise.*

Baylor deutete ihren Blick falsch. »Ihr werdet meinen Begleiter nicht finden.« Verwirrt sah sie ihn an, da fuhr er auch schon fort: »Hamish wird als Gesandter auf Eilean Donan bleiben.«

*Hamish?* Sie blinzelte, dann begriff sie, wovon Baylor sprach. *Der zweite Abgesandte, der mit Vater angekommen ist.* Sie wollte gerade etwas erwidern, als die Wachen den Gefangenen auf den Hof führten. Sein Anblick wischte die Freundlichkeit aus Baylors Zügen. »So wie der aussieht, kommt er auf keinen Fall mit!« Er winkte einen Diener herbei. »Sieh zu, dass er gewaschen wird. Er stinkt!«

Der Diener, ein schmächtiger Junge mit Zahnlücken, warf einen Hilfe suchenden Blick zu Iomaér. Der nickte. »Taucht ihn in die Pferdetränke.«

Zwei Wachen stießen Windlauscher vor sich her. Baylor und der Junge folgten ihnen. Sessany sah ihnen hinterher. Vor der Küchentür entdeckte sie Brianna, die sie mit einer unauffälligen Geste zu sich winkte. Sessany entschuldigte sich bei Iomaér und ging zu ihr.

»Ein Bad allein wird deinem Schützling nicht helfen«, meinte sie leise. »Komm mit, ich gebe dir ein paar Sachen meines verstorbenen Mannes.« Sie folgte Brianna in die enge Kammer, wo die Köchin in einer Truhe nach Gewändern zu suchen begann. Schließlich förderte sie ein Leinenhemd, einen Plaid und ein Paar abgetragener Stiefel zu Tage und reichte sie Sessany. »Ich weiß, dass du dich aus irgendeinem Grund für diesen Mann verantwortlich fühlst. Dennoch solltest du auf mich hören, wenn ich dir sage: Lass dich von ihm nicht aufhalten. Ganz gleich, wie sehr er dein Mitleid erregen mag.«

»Keine Sorge. Ich werde Dùntràth nicht einmal aus der Ferne zu Gesicht bekommen.«

Brianna nickte. Mit den Gewändern und den Stiefeln auf dem Arm verließ Sessany das Haus und ging zur Tränke. Eine der Wachen packte Windlauscher gerade bei den Armen und zerrte ihn aus dem Wasser.

»Möchtet Ihr Eure Reisebegleitung genauer in Augenschein nehmen, Herrin?«, grinste Baylor, als er an ihr vorbei zum Haupthof zurückging.

Erst da wurde ihr bewusst, dass Windlauscher nackt war. Ihr Blick streifte über seinen sehnigen Körper. Hastig wandte sie den Kopf ab, konnte jedoch nicht verhindern, dass sie errötete. Sie wartete, bis er sich einen Fetzen seiner alten Gewänder um die Taille geschlungen hatte, ehe sie zu ihm ging.

»Die Lumpen, die du trägst, werden dich nicht wärmen«, sagte sie leise ohne ihn anzusehen. Die Nähe des noch immer halb nackten Mannes erfüllte sie mit Verlegenheit. »Zieh das an.« Sie hielt ihm die frischen Gewänder entgegen. Als er ihr die Sachen abnahm, berührten seine Finger ihre Hand. Hastig zog sie sie zurück und drehte sich um, damit er sich ankleiden konnte.

Nach dem Regen der vergangenen Nacht waren die Wege aufgeweicht und schwer passierbar. Bereits zweimal hatten Hindernisse den Weg versperrt und die Gruppe zu einem Umweg gezwungen. Ungeachtet des kalten Windes und der schwierigen Wetterbedingungen war Sessany froh endlich im Sattel zu sitzen. Sie genoss das Gefühl von Freiheit, das sie so schmerzlich vermisst hatte. Noch mochte es nicht von Dauer sein, doch schon bald würde sie Baylor und die plappernde Magd hinter sich lassen. Nitas nervöses Gerede war kaum zu ertragen. Dem zierlichen Mädchen war deutlich anzusehen, wie unwohl es sich fühlte. Nita rutschte so unruhig im Sattel hin und her, dass Sessany sich mehr als einmal fragte, warum sie noch nicht vom Pferd gefallen war.

Sessanys Blicke eilten an Nita vorbei, trafen auf Baylor, der ein Stück vor ihr ritt, und wanderten weiter. Zwei der Clansmen ritten an der Spitze, die anderen beiden flankierten den Gefangenen am Ende des Trupps. Nachdem Windlauscher Hemd und Plaid angezogen hatte, hatte man seine Hände mit Lederriemen gefesselt und ihm einen Strick um den Hals gelegt, dessen Ende sich einer der Reiter ums Handgelenk schlang. Entsetzt musste sie mitansehen, wie die Männer ihn zu Fuß hinter ihren Pferden herzerrten.

Die Hügel waren überall von schroffen Spalten durchzogen. Graue Einschnitte im tiefen Grün, geboren aus unterirdischen Flussläufen, die das Land wie Adern durchzogen. Unterspülungen hatten den Boden ausgehöhlt und dem Wasser seinen Weg an die Oberfläche geebnet. Mancherorts in Form eines Quells, der einer Anhöhe entsprang, an anderen Stellen waren ganze Hügel in die Höhlen gestürzt und von ihnen verschlungen worden. Geblieben waren steinige Narben im Antlitz der Natur.

Mittags rasteten sie an einem schnell fließenden Wasserlauf. Nach dem Essen ging Sessany zum Ufer. Sie kniete nieder und wusch sich das Gesicht. Ihr Blick wanderte zu Windlauscher, der nicht weit entfernt im Gras kauerte und das Essgeschirr spülte. Sein Bewacher hatte ihm die Fesseln abgenommen. Der Strick um seinen Hals war geblieben, das lose Ende hielt der Clanskrieger in der Hand. Unwillkürlich betrachtete sie Windlauschers muskulöse Beine, die unter dem Plaid erst richtig zur Geltung kamen. *Jetzt sieht er nicht mehr wie ein Fremder aus.* Als ihr bewusst wurde, dass sie ihn anstarrte, tauchte sie die Hände ins Wasser und schloss die Augen. Eine Weile genoss sie die belebende Kälte, die ihre Handgelenke umspülte. Plötzlich wankte die Erde und schien sich unter ihr zu bewegen. Ein Ruck durchfuhr sie. Erschrocken machte sie die Augen auf. Da brach der Boden unter ihr weg. Sie fuhr zurück, doch ihre Beine fanden keinen Halt mehr. Der Fluss stürzte ihr entgegen. Dann war Windlauscher da. Er schlang einen Arm um ihre Taille und riss sie fort. Von seinem Schwung aus dem Gleichgewicht gebracht fielen sie nebeneinander ins Gras. Sessanys Haube verrutschte und nahm ihr die Sicht. Während sie noch mit dem Stück Stoff kämpfte, packte Windlauschers Bewacher das Ende des Stricks und zerrte daran. Windlauscher kam stolpernd auf die Beine. Er stand noch nicht, da drosch ihm sein Bewacher schon die Faust ins Gesicht. Der nächste Schlag schickte ihn zu Boden. Blut sickerte aus einer Platzwunde an seiner Augenbraue.

»Aufhören!« Sessany sprang auf und ging dazwischen, als er nachsetzen wollte. Sie wusste nicht, ob er ihretwegen innehielt oder wegen Baylor, der in diesem Moment vor ihm auftauchte.

»Was ist hier los?«, verlangte Baylor zu wissen.

»Er hat die Herrin angegriffen.«

Baylors Augen verengten sich zu schmalen Schlitzen. »Bestraft ihn.« Er machte kehrt und wollte zum Lagerplatz zurück.

*Himmel, er hat es nicht gesehen!* Für ihn musste es tatsächlich so gewirkt haben. »Nein!« Sessany trat ihm in den Weg. »Bitte. Er hat mich nicht angegriffen. Ich wäre in den Fluss gestürzt, wenn er mich nicht zurückgezogen hätte. Seht selbst!« Sie deutete auf die Stelle, an der sie noch zuvor gekniet hatte und an der jetzt ein frischer Bruch im Erdreich war. »Er hat mich nur beschützt. Wollt Ihr ihn dafür bestrafen?«

Baylors Blick wanderte zwischen ihr und dem Ufer hin und her. Schließlich nickte er. »Legt ihm die Fesseln wieder an, wir brechen auf.«

Besorgt beobachtete Sessany, wie die Männer Windlauscher erneut zwischen sich nahmen und mit sich zerrten, ehe sie aufsaß. Immer wieder wanderten ihre Augen in seine Richtung. Er war sichtlich erschöpft und hatte Mühe, mit den Reitern Schritt zu halten. Einmal sah sie, wie er stolperte. Der Strick um seinen Hals spannte sich und ließ ihm keine andere Wahl, als rasch wieder auf die Beine zu kommen, bevor das Pferd ihn mit sich schleifte.

Auf der schlammigen Straße kamen sie nur langsam voran. Als sie am Nachmittag vor einem Bauernhaus Halt machten, waren sie nur einen Tag strammen Fußmarschs von Eilean Donan entfernt. Baylor saß ab und ging auf das strohgedeckte Bruchsteinhaus zu. Die Tür wurde geöffnet. Ein Mann duckte sich unter dem Türsturz hindurch und trat auf den Hof. Als er Baylor erblickte, verneigte er sich hastig. Baylor sprach mit ihm, ohne dass Sessany seine Worte verstand. Kurz darauf nickte der Mann und verschwand im Haus. Baylor kehrte zu Sessany zurück und half ihr aus dem Sattel.

»Wir bleiben für die Nacht hier«, rief er den Männern zu. »Ladet das Gepäck ab und schafft es hinein.« Er wandte sich an Sessany. »Ihr werdet mit Eurer Magd in der Stube nächtigen.«

Sessany hörte ihm nur mit halbem Ohr zu. Ihre Augen suchten nach Windlauscher und fanden ihn, schwer atmend im Dreck kniend. Während ihr Blick noch auf ihm ruhte, befahl Baylor ihn hinter das Haus zu bringen. Als Windlauscher nicht sofort auf die Beine kam, packte sein Bewacher ihn am Hemdkragen, zerrte ihn hoch und stieß ihn vor sich her. Die beiden verschwanden um die Ecke. Um sie herum setzte rege Betriebsamkeit ein. Die Pferde wurde abgesattelt und das Gepäck abgeladen. Nita trat zu ihr, als Sessany glaubte einen unterdrückten Schrei zu hören. Sie ließ das Mädchen stehen und ging um das Haus herum. Windlauscher lag unter einem Baum und kämpfte darum, wieder auf die Beine zu kommen. Der Krieger ruckte am Seil und riss ihn in die Höhe. Erst jetzt sah sie den Fleck, der Windlauschers Wange wie ein dunkler Schatten überzog.

»Hört auf ihn zu quälen!«, fuhr sie den Mann an. »Ihr behandelt ihn, als wäre er ein Tier.«

»Herrin, er ist ein Sklave«, entgegnete er und packte das Ende des Seils, um es über einen hoch hängenden Ast zu werfen.

»Ihr habt doch nicht vor, ihn dort anzubinden!«

Baylor wuchs wie ein Berg neben Sessany auf. »Tretet zur Seite und lasst den Mann seine Arbeit tun, Herrin. Wir wollen doch nicht, dass der Sklave morgen Früh ein *entlaufener* Sklave ist.« Als sie sich nicht rührte, bot er ihr seinen Arm. »Lasst uns ins Haus gehen.«

»Aber –«

»Herrin, ich weiß, dass Ihr ein gutes Herz habt, doch mit Eurer Fürsorge verlängert Ihr sein Leiden nur unnötig.«

»Welches Leiden? Wovon sprecht Ihr?«

»Er muss gebrochen werden«, erwiderte er ungerührt. »Gelingt es uns nicht, wird er nur Ärger machen und früher oder später werden wir ihn töten müssen.«

Die Worte ließen sie erstarren. Schreckliche Bilder, voller Gewalt und Grausamkeit, zuckten durch ihren Geist. Baylor gab dem Krieger ein Zeichen, woraufhin dieser das Ende des Seils über den Ast warf. Mit einem harten Ruck zog er Windlauschers Arme nach oben und befestigte den Strick. Zitternd vor Erschöpfung hing Windlauscher in seinen Fesseln.

»Ihr begleitet mich jetzt besser.« Erneut hielt Baylor ihr den Arm hin. Ihr Blick schweifte über die Hauswand und blieb für einen Moment an einem Eimer hängen, der vergessen im Schatten des Hauses lag. Dann ergriff sie wie betäubt Baylors Arm und ließ sich zum Haus geleiten.

Sessany verbrachte eine quälend lange Abendmahlzeit mit Kräutersuppe, Brot und dünnem Ale in der Stube. Sie bekam keine Gelegenheit, mehr als ein paar Worte mit dem Bauern und seiner Familie zu wechseln – sie kannte nicht einmal ihre Namen. Nachdem Baylor dem Mann eröffnet hatte, dass sie hier zu nächtigen gedachten, hatte seine Frau sofort damit begonnen, das Essen zu bereiten, während die Kinder zusammen mit ihrem Vater das Nachtlager für die Gäste richteten. Innerhalb des fensterlosen Hauses befanden sich neben der kleinen Stube auch ein Stall und eine Scheune, beides lediglich durch einen Holzverschlag vom Wohnbereich getrennt. Die stickige Luft war erfüllt vom Gestank des Viehs, unter den sich der Geruch des Torfs mischte, mit dem das Herdfeuer in Gang gehalten wurde. Sobald das Mahl fertig war, zog sich die Familie in den Stall zurück. Und nach dem Essen schlugen Baylor und seine

Männer in der Scheune ihr Lager für die Nacht auf. Als Sessany endlich mit Nita allein war, glaubte sie noch immer Stimmen zu hören, die von nebenan an ihr Ohr drangen.

Während Nita unermüdlich über die bevorstehende Vermählung plapperte, schlüpfte Sessany in ihr Nachtgewand und kroch in eine der beiden Schlafnischen. Sie beobachtete, wie das Mädchen in die gegenüberliegende Nische kletterte und die Kerze löschte. Langsam verstummten auch die letzten Geräusche. Im Haus kehrte Ruhe ein und schon bald waren Nitas regelmäßige Atemzüge der einzige noch vernehmbare Laut.

Sessany setzte sich auf. *Keinen Moment länger.* Sie schlug die Decke zurück und stand auf. Tastend bahnte sie sich den Weg zu ihrem Gepäck. Sie öffnete die Verschlüsse der Truhe. Der Deckel knarrte leise, als sie ihn hob. Erschrocken hielt Sessany den Atem an. Halb erwartete sie, Baylor würde jeden Augenblick vor ihr aus der Dunkelheit auftauchen, doch nichts geschah. Nicht einmal Nita regte sich. Vorsichtig zog Sessany ihr Wollgewand hervor, streifte es über, griff nach dem ersten Stiefel und schlüpfte hinein. Ehe sie den zweiten anzog, lauschte sie erneut in die Finsternis. Nichts. Mit heftig pochendem Herzen fingerte sie nach ihrem Bündel, Proviantbeutel und Wasserschlauch. Ihr Atem ging heftig und stoßweise und ihre Finger zitterten, als sie mit ihrer Ausrüstung unter dem Arm zur Tür schlich. Für einen Moment noch horchte sie in die fensterlose Dunkelheit. Dann öffnete sie leise die Tür und trat vor das Haus. Kühle Nachtluft schlug ihr entgegen und erfrischte ihr erhitztes Gesicht. Auf dem Hof war nicht das geringste Anzeichen von Leben zu entdecken. Das leise Schnauben eines Pferdes drang an ihr Ohr. Sessany folgte dem Geräusch auf die Rückseite des Hauses, wo die Tiere mit einem Führungsseil an einen Baum gebunden waren. Sie legte ihr Gepäck ab und sah sich nach dem Sattelzeug um. Sie fand die Sättel ordentlich aufgereiht an der Hausmauer. Mit geübten Griffen suchte sie sich zusammen, was sie benötigte, und sattelte eines der Tiere. Als sie fertig war, befestigte sie ihre Ausrüstung am Sattel. Ihr Blick wanderte zu Windlauscher, der nicht weit entfernt in seinen Fesseln hing. *Wer wird auf dich Acht geben, wenn ich nicht mehr hier bin?* Er würde sich nicht brechen lassen. *Sie werden ihn umbringen.*

Mit einem lautlosen Seufzer ging sie zu ihm. Als sie näher kam, öffnete er die Augen. Getrocknetes Blut überzog seine linke Gesichtshälfte. Er sah sie fragend an, als sie schweigend das Seil löste, das seine Arme in der Luft hielt. Als er die Arme sinken ließ, entfuhr ihm ein Keuchen. Seine Schultergelenke knackten. Sessany zwang ihn stillzuhalten und machte sich an den Lederriemen um seine Handgelenke zu schaffen. Mit flinken Fingern löste sie die Knoten und ließ die Riemen fallen.

»Du musst fort«, sagte sie leise. »Sie werden dich verfolgen. Nimm ein Pferd und reite, so schnell du kannst.« Statt kehrtzumachen und zu fliehen strich er über ihre Wange. Für einen kurzen Moment lehnte sie den Kopf gegen seine Hand, ehe sie – von der ungewohnt zärtlichen Berührung erschreckt – zurückwich. »Geh.« Es fiel ihr schwer, den Blick von ihm zu lösen. Plötzlich veränderte sich seine Miene. Seine Augen zuckten über ihre Schulter hinweg. Im selben Moment vernahm sie ein Geräusch. Sie fuhr herum und sah sich Baylor gegenüber.

»Zurück, Herrin, bevor er Euch etwas antut!« Baylor riss sie von Windlauscher fort. Sie taumelte einige Schritte zur Seite und stolperte über den Eimer, der noch immer an der Hauswand stand. Sie verlor das Gleichgewicht und stieß sich den Kopf an der Wand. Bunte Sterne explodierten vor ihren Augen.

Als sie wieder klar sehen konnte, befand sie sich auf dem Boden. Umständlich kämpfte sie sich auf die Knie. Sie musste sich abstützen um nicht erneut zu stürzen. Vorsicht hob sie den Kopf und sah sich nach Baylor um. In ihrem Schädel dröhnte es, als hätte jemand mit einem Hammer dagegen geschlagen. Der Krieger versuchte Windlauscher wieder einzufangen, doch das war nicht so einfach. Miteinander ringend wälzten sich die Männer über den Boden, bis Baylor den schlankeren Mann buchstäblich unter sich begrub und blitzschnell sein Sgian Dubh zückte. Sessany stemmte sich auf die Beine. Baylors Klinge blitzte im Mondlicht auf, als er ausholte und zustieß. Windlauscher warf sich zur Seite. Das Sgian Dubh bohrte sich in den Boden. Sofort zog Baylor die Waffe heraus und setzte nach. Der nächste Angriff zielte auf seine Kehle. Windlauscher fing ihn in der Luft ab. Seine Finger schlossen sich um das Gelenk von Baylors Waffenhand und drückten sie zurück. Sessany sah, wie viel Mühe es ihm bereitete. Hastig blickte sie sich um. Ihre Augen fielen auf den Eimer, über den sie gestolpert war. Sie packte ihn. Windlauscher bemühte sich noch immer verbissen, die Klinge von seiner Kehle fern zu halten. Nur noch wenige Zoll trennten die Messerspitze von ihrem Ziel. Seine Hand, die sich um Baylors Handgelenk klammerte, zitterte vor Anstrengung. Baylor, der das Sgian Dubh mit beiden Händen hielt, löste eine Hand und schlug Windlauscher die Faust ins Gesicht.

*Himmel, er wird jeden Augenblick nach seinen Männern brüllen!* Das durfte nicht geschehen. Sessany umklammerte den Eimer, holte aus und schlug zu. Ein trockenes Knacken erklang, als die Kante Baylors Schädel traf. Erstaunen lag in seinen Augen, ehe sein Blick brach. Das Messer entglitt seinen Händen, dann kippte er zur Seite und blieb liegen.

Sessany erstarrte. Die Welt war ausgelöscht. Alles, was sie sah, war der anklagende Ausruck in Baylors Gesicht. Sie hatte noch nie einen Menschen getötet. Das Gefühl war grauenvoll.

Plötzlich war Windlauscher neben ihr. »Bist du verletzt?« Sie konnte nur wie betäubt den Kopf schütteln, nicht in der Lage, den Blick von der Leiche zu wenden.

»Sieh mich an!« Seine Stimme drang von weit her an ihr Ohr. »Sessany! Du sollst mich ansehen!«

Als sie noch immer nicht reagierte, packte er sie beim Kinn und zwang sie den Kopf zu drehen. Damit war der Bann gebrochen. Sie begann zu zittern.

Windlauscher gab sie frei und verschwand. Sessany sank auf die Knie. Als er kurz darauf zurückkehrte, hob er sie hoch, setzte sie auf den Rücken eines Pferdes und schwang sich hinter ihr in den Sattel. Er schlang einen Arm um ihre Taille und zog sie an seine Brust. Dann trat er dem Tier in die Flanken und preschte los. Die Nacht flog wie ein schwarzer Schemen vorüber. Es mochten Stunden oder aber auch erst einige Atemzüge vergangen sein, als er schließlich das Pferd zügelte und ihr hinunterhalf. Mit sanfter Gewalt brachte er sie dazu, sich zu setzen, und legte ihr eine Decke um die Schultern. Fröstelnd hüllte sie sich in den groben Stoff. Windlauscher ließ sich neben ihr nieder. Warm ruhten seine Finger auf ihrer Haut, als er ihren Kopf zur Seite drehte, um die Wunde zu betrachten, die sie sich zugezogen hatte, als sie gegen die Wand geprallt war. Geschickt machte er sich daran, die Verletzung zu reinigen. Sessany beobachtete seine Bewegungen, ohne sich einen Augenblick später zu erinnern, was sie gesehen hatte. Noch immer hallte das trockene Knacken in ihren Ohren wider, mit dem Baylors Genick gebrochen war.

# 6

Alasdair erwachte, als sich im Osten die ersten zaghaften Sonnenstrahlen über den Highlands zeigten. Das Heidekraut war feucht vom Tau, die Luft roch frisch. Er setzte sich auf, streckte fröstelnd seine steifen Glieder und sah sich nach Sessany um. Sie hatte sich so tief unter der

Decke vergraben, dass er kaum mehr als eine Flut dunkelblonden Haars erkennen konnte.

Als sie ihm gesagt hatte, dass man ihn als Sklaven zu Lachlan MacMathain bringen würde, hätte er um ein Haar gelacht. Sie hatte ihn vor dem Henker bewahrt, damit man ihn einem Mann zum Geschenk machte, der ihn kalt lächelnd töten würde. Alasdair kannte Lachlan. *Und Lachlan kennt mich.* Nachdem Alasdairs Clan empfindlich geschlagen, womöglich sogar vernichtet war, gab es für MacMathain keinen Grund, ihn am Leben zu lassen. Alasdair war ohne Wert. Es gab niemanden mehr, der Lösegeld für ihn bezahlen oder die Forderungen, die MacMathain an seine Freilassung knüpfen würde, erfüllen konnte. Nach dem Massaker in Finlaggan hielten die Menschen ihn ohnehin für tot. Niemand würde Lachlan anklagen, wenn er jemanden tötete, der längst nicht mehr am Leben war.

Dennoch hatte ihn die Nachricht Hoffnung schöpfen lassen. Der Weg nach Dùntràth war beschwerlich und voller Fluchtmöglichkeiten. Dann hatte sich herausgestellt, dass Sessany ihn begleiten würde. Während der Zeit im Kerker hatte er viel über sie erfahren. Es war, als würde er sie seit langem kennen. Beinahe bekam er ein schlechtes Gewissen. Alles, was sie erzählte, hatte sie in der Annahme preisgegeben, er würde sie nicht verstehen.

Obwohl er ein Fremder war, hatte sie ihm das Leben gerettet und ihm seine Freiheit zurückgegeben. *Und sie gab mir einen Namen.* Der Gedanke entlockte ihm ein Lächeln. Es war nicht unbedingt ein Name, den er mit sich in Verbindung gebracht hätte, dennoch fand er Gefallen daran, für sie Windlauscher, den stillen Fremden, zu spielen. Letzte Nacht hatte er diese Rolle aufgegeben. In ihrer Verfassung schien sie den Unterschied ohnehin nicht bemerkt zu haben. Es hatte ihn überrascht, sie mitten in der Nacht zu sehen. Noch erstaunter war er gewesen, als er das gesattelte Pferd entdeckt hatte.

Er blickte über einen schmalen Streifen Heide auf ein Felsplateau, an dessen Fuß sich in gut fünfzig Fuß Tiefe ein Fluss entlangzog. Ein breiter, schnell fließender Strom, der sich wie eine Schlange durch das Land wand. Vergangene Nacht hatte er sich an diesem Fluss orientiert. Als das Ufer zu einer steilen Felswand emporgewachsen war, hatte er ein Lager aufgeschlagen. Die Gefahr, durch einen Fehltritt in der Dunkelheit abzustürzen, war zu groß gewesen.

Noch immer fiel es ihm schwer, Sessanys entsetzten Blick aus seinem Geist zu bannen. Baylors Tod hatte sie zutiefst erschüttert. Wie ein lebloses Bündel hatte sie in seinen Armen gelegen, als er sie vom Pferd gehoben und zum Lager getragen hatte.

Mit einem Seufzer erhob er sich und ging zu einer Gruppe Kiefern, wo er das Pferd angebunden hatte. Seine Augen hefteten sich auf einen Leinenbeutel, der zwischen Sattel und Packtaschen unter einem Farn lag. Er öffnete ihn. Der Anblick von Brot und Schinken ließ ihm das Wasser im Munde zusammenlaufen. Mit dem Beutel, dem Wasserschlauch und ihrem Bündel in Händen kehrte er zu Sessany zurück. Er hatte sie wecken wollen, doch sie war bereits wach. Sie stand mit dem Rücken zu ihm und schaute auf das Plateau hinaus. Als sie ihn kommen hörte, wandte sie sich ihm zu.

Die junge Frau vor ihm war Sessany – und zugleich war sie es nicht. Sie hatte das kostbare Seidenkleid gegen ein einfaches Wollgewand getauscht. Ihr Haar, das bisher immer unter einer Haube verborgen gewesen war, fiel in weichen, honigblonden Locken über ihre Schultern. Ohne die weiße Haube wirkte ihre helle Haut nicht mehr ungesund bleich, stattdessen erinnerte sie Alasdair an etwas Zerbrechliches. *Etwas Kostbares.* Jetzt nahm er auch die feinen Sommersprossen wahr, die ihre Nase umrahmten. *Sieht aus, als wärst du dieses Jahr noch nicht viel nach draußen gekommen.* Natürlich nicht. Sie hatte ihm selbst erzählt, dass es ihr verboten war, die Burg ihres Vaters zu verlassen. Alasdairs Blick wanderte weiter, folgte der langen, schmalen Nase über die ausgeprägten Wangenknochen zu ihren blauen Augen. *Diese Augen.* Das Selbstbewusstsein, das sie ausstrahlte, verlieh ihnen einen erstaunlichen Glanz. *Du starrst sie an, Alasdair. Hör auf damit!* Er konnte es nicht. Zum ersten Mal hatte er das Gefühl, der wahren Sessany MacKenzie gegenüberzustehen.

»Ich habe mir Sorgen gemacht«, sagte er.

Sie wölbte die Brauen. »Genug, um dich dein Schweigen endgültig vergessen zu lassen?«

Alasdair zuckte die Schultern. »Bereust du, mich vor dem Galgen gerettet zu haben?«

Sie schüttelte den Kopf. »Ich habe etwas dagegen, dass Menschen aufgehängt werden.«

Er kratzte sich am Kinn. Der verfluchte Bart juckte. Schon viel zu lange hatte er keine Gelegenheit gehabt, sich zu rasieren. »Ich muss gestehen, dass mich das erleichtert.«

Zum ersten Mal lächelte sie. Obwohl sie noch immer ein wenig blass wirkte, schienen die Anspannung und der Schrecken der vergangenen Nacht von ihr abgefallen zu sein. Er legte den Proviantbeutel und die anderen Sachen ab und ließ sich nieder. Ihm war bewusst, dass MacKenzies Krieger sie verfolgen würden. Sie mussten Baylor längst gefunden haben. *Wir werden etwas essen, dann brechen wir auf.*

Sessany setzte sich zu ihm. Als hätte sie seine Gedanken gelesen, sagte sie: »In Eilean Donan sitzt noch ein weiterer Gesandter MacMathains. Wenn er von Baylors Tod erfährt, solltest du besser weit fort sein.«

Er nickte langsam. Es fiel ihm noch immer schwer, sie nicht anzustarren. Endlich fragte er: »Willst du mir sagen, warum du letzte Nacht das Pferd gesattelt hast?«

»Wenn du mir im Gegenzug deinen Namen verrätst.«

»Das ist nur gerecht. Alasdair. Mein Name ist Alasdair.«

»Und weiter?«

»Nur Alasdair.« *Das muss dir genügen.*

»Wo kommst du her, Alasdair Windlauscher?«

Er lächelte, als sie ihn bei dem Namen nannte, den sie ihm gegeben hatte. »Du wolltest meinen Namen, das war die Abmachung. Jetzt bist du an der Reihe.«

»Mein Fehler«, seufzte sie. »Ich hätte ausführlichere Bedingungen stellen müssen.« Sie griff nach einem Apfel und hielt ihm den Beutel entgegen. »Hungrig?«

»Warum habe ich das Gefühl, dass du abzulenken versuchst?«, fragte er und nahm ihn entgegen. Sie quittierte seine Worte mit einem Schulterzucken und beobachtete schweigend, wie er Brot und Schinken auspackte. »Du hattest von Anfang an nicht vor, die Reise bis zum Ende zu machen, nicht wahr?«

Sie deutete auf das Brot in seinen Händen. »Iss.«

Während er aß, spürte er deutlich ihre Blicke. Nach einer Weile sah er auf. »Was ist?«

»Wozu das Schweigen?«

Er schluckte einen weiteren Bissen hinunter und wischte sich ein paar Krümel vom Kinn. »Als ich jemanden sagen hörte, ich sei ein Fremder, habe ich darin eine Möglichkeit gesehen, davonzukommen.«

»Nicht zu wildern hätte vermutlich auch geholfen.« Ihr Ton war ohne jede Anklage. Sie sah ihn an. »Warum hast du es getan?«

»Es gibt eine Familie, der ich viel zu verdanken habe. Ohne das Fleisch müssten sie hungern.«

Sie gab sich mit seiner Antwort zufrieden.

»Wie geht es jetzt weiter?«, wollte er wissen.

»Du gehst deinen Weg und ich meinen.«

»Ich begleite dich – nur um sicherzugehen, dass dir nichts geschieht.«

»Ich bin in dieser Gegend aufgewachsen. Ich komme zurecht.«

Sie mochte sich in diesem Teil der Highlands auskennen,

doch in ihren Augen entdeckte er noch etwas anderes. »Du weißt nicht, wo du hinsollst, nicht wahr?«

»Glaub nicht, dass ich dir nicht dankbar wäre«, entgegnete sie ausweichend, »aber ich bin lieber allein.« Sie erhob sich. »Ich denke, es ist besser, wenn ich jetzt aufbreche.«

»Warte!« Er sprang auf und hielt sie am Arm zurück. *Ich will nicht, dass du gehst.* »Sie werden uns verfolgen. Dich allein da draußen zu wissen gefällt mir nicht.«

Ihre Augen schimmerten violett, als sie seine Hand abstreifte. »Ist es so schwer zu begreifen, dass ich keine Begleitung will?« Einmal mehr verfiel sie in ihren breiten Dialekt. Fasziniert lauschte er dem Singsang ihrer Worte. »Ich will weder deine Gesellschaft noch deinen Schutz! Ich brauche niemanden, der mir sagt, was ich zu tun habe!«

Er hob beschwichtigend die Hände. »Ich hatte nicht vor, über dein Leben zu bestimmen. Du hast viel für mich getan. Ich möchte dir nur etwas von dem zurückgeben, was ich von dir erhalten habe.«

»Welchen Teil davon? Den Kerker? Die Peitschenhiebe? Die anderen Misshandlungen?«

»Du hast mir das Leben gerettet. Und das nicht nur letzte Nacht.«

»Du bist mir nichts schuldig.« Sie zog einen Dolch aus dem Bündel, befestigte ihn an ihrem Gürtel und packte die Decke, Teile des Proviants und den Wasserschlauch ein.

»Sessany – bitte.«

Sie fuhr herum. »Wenn du –«

Ein Geräusch ließ ihn aufhorchen. Mit einer Geste schnitt er ihr das Wort ab. Der Wind trug leise Stimmen zu ihnen herüber. In die Schatten zwischen den Bäumen kam Bewegung. Zweige knackten. Das Pferd schnaubte unruhig. Sessany hob ihr Bündel auf. Ihr Blick schweifte umher.

»Die Spur führt hier entlang«, vernahm er eine Stimme. Es fiel Alasdair nicht schwer, sich vorzustellen, wessen Gefolgsleute das waren. *Was musste ich auch ein Lager auf-*

*schlagen! Ich hätte einfach die ganze Nacht weiterreiten sollen!* Doch er wusste, dass ihm keine andere Wahl geblieben war. Seine Augen richteten sich auf die Männer, die jetzt aus dem Schatten der Bäume traten. Zwölf Clansmen in Plaids, bewaffnet mit Claymores. Zwölf! *Sie haben Verstärkung geholt!* Auch ohne den Pinienzweig an ihren Kappen zu sehen, wusste Alasdair, dass es MacKenzies Männer waren. In dem Augenblick, als sie Sessany und ihn erblickten, schwärmten sie im Halbkreis aus und schnitten ihm jeden Fluchtweg ab. Einige waren bereits mit dem Schwert in der Hand auf die Heide getreten, die übrigen zückten jetzt ihre Waffen.

Ein blonder Krieger trat vor und streckte Sessany die Hand entgegen ohne seine Augen von Alasdair abzuwenden. »Kommt langsam zu mir herüber, Herrin.« Sessany zögerte. Ihre Hände klammerten sich um das Bündel, das sie fest an die Brust gedrückt hielt. Der Blonde deutete ihr Zögern falsch. »Er wird Euch nichts tun.« Noch immer hielt er ihr seine Hand hin. »Ganz langsam.« Er machte einen Schritt auf sie zu.

Alasdair packte Sessany am Arm und wich mit ihr auf das Plateau zurück. Für die Männer musste es aussehen, als wäre sie gegen ihren Willen bei ihm. Und genau das sollte es auch.

»Gib das Mädchen frei!«, forderte der Blonde. Alasdair gab keine Antwort. Immer weiter zog er Sessany mit sich, bis ihn nur noch ein Schritt vom Klippenrand trennte. Die Augen des Blonden bohrten sich in Alasdairs. »Wenn du sie gehen lässt, gewähre ich dir einen schnellen Tod.«

Alasdair verzog die Lippen zu einem Grinsen. »Ein Angebot, das ich – so freundlich es auch sein mag – ausschlagen muss. Ich habe nicht vor zu sterben. Weder schnell noch langsam.«

»Es sieht mir nicht danach aus, als wärst du in der Position, dir den Tag deines Todes auszusuchen.«

Hinter dem Ring aus Kriegern trat eine weitere Gestalt aus dem Wald. Ein bulliger Mann, haarlos wie ein Ei mit einem breiten Nacken. Sein Plaid war von einem helleren Braun als die der MacKenzies. Ein Ginsterzweig zierte seine Kappe. Alasdair fluchte leise, als er ihn erkannte. Hamish MacMathain, ein Vetter Lachlans. *Ist er etwa der zweite Abgesandte?* Er drängte sich zwischen den Bewaffneten hindurch, trat zu ihrem Anführer und betrachtete Alasdair. »Da ist Euch ja ein richtig dicker Fisch ins Netz gegangen, Hauptmann Ranald.«

»Das ist der Sklave, der Baylor ermordet hat.«

»Sichtlich habt Ihr nicht die geringste Ahnung, wer da vor Euch steht«, versetzte MacMathain.

Alasdairs Mund wurde trocken.

»Ihr kennt diesen Kerl?«

»Ob ich ihn kenne?«, schnappte MacMathain. »Verdammt, Ihr solltet diesen Bastard ebenso erkennen! Jeder sollte das! Das ist Alasdair MacDonald!«

Alles, was Alasdair in diesem Augenblick sah, war das Entsetzen in Sessanys Zügen. Auf ein Zeichen des Hauptmanns rückten die Krieger näher. Alasdair sah keinen anderen Ausweg. »Spiel mit«, zischte er und verstärkte seinen Griff. Ihre Fersen scharrten über den Fels, als er sie eng an sich zog. Mit einer flinken Bewegung riss er den Dolch aus ihrem Gürtel und setzte ihr die Klinge an die Kehle. »Wenn einer von euch noch einen Schritt näher kommt, ist sie tot!«

»Du bluffst, MacDonald.«

Alasdair fletschte die Zähne. »Wollt Ihr es herausfinden?«

Der Hauptmann tat einen Schritt auf ihn zu. Alasdair schüttelte warnend den Kopf. Sofort hielt der andere inne. Seine Männer zögerten und warteten auf einen Befehl. Unruhig standen sie da, die Gesichter angespannt, die Waffen bereit. Quälend lange Sekunden strichen dahin. Die Augen des Hauptmanns ruhten auf Alasdair, als suche er nach einem Anzeichen, ob er es ernst meinte. Alasdair stand still, den Dolch an Sessanys Kehle.

Die Blicke der Männer glitten zwischen ihrem Anführer und Alasdair hin und her. Mit jedem neuen Herzschlag wuchs ihre Nervosität. Auf dem Plateau herrschte Totenstille. Nur das Rauschen des Flusses war zu vernehmen. Sessany rührte sich nicht. Sie war wie erstarrt. Es fiel Alasdair immer schwerer, ruhig zu bleiben.

Einer der Krieger verlor die Nerven. »Holen wir ihn uns!«

Noch im selben Moment verstärkte Alasdair den Griff, mit dem er Sessany umklammert hielt. Sofort gebot der Hauptmann seinen Männern Einhalt.

Hamish MacMathain bedachte Alasdair mit einem verächtlichen Blick. »Was glaubst du, wie lange du ihr die Klinge an die Kehle halten kannst, MacDonald? Flieh, wenn du kannst. Verlass dich darauf, dass wir dir folgen werden, als wären wir dein Schatten.« Das Grinsen kehrte in seine Züge zurück. »Wir werden sehen, wie lange du ohne Schlaf auskommen kannst, immer in dem Wissen, dass wir dir auf den Fersen sind. Im ersten Moment der Unaufmerksamkeit«, er ballte eine Hand zur Faust und schlug damit in die Handfläche der anderen, »haben wir dich!«

»Wir werden sehen, ob Ihr es schafft, mir zu folgen.« Er blickte über den Klippenrand in den Abgrund. Beim bloßen Anblick wurde ihm übel.

Sessany verkrampfte sich unter seinem Griff. »Nein!«

Alasdair nahm den Dolch von ihrer Kehle. *Was zur Hölle mache ich hier!* Ehe sie reagieren konnte, schlang er einen Arm um ihre Taille und riss sie mit sich. Sie schrie auf, als sie in die Tiefe stürzten. Noch in der Luft gab er sie frei. Einen Augenblick später krachte er wie ein Stein auf die Wasseroberfläche und versank. Eisige Fluten schlugen über ihm zusammen und verschlangen ihn. Seine Gewänder sogen sich voll und wurden schwer. Strampelnd kämpfte er sich wieder nach oben und schnappte nach Luft, als ein harter Schlag am Hinterkopf sein Bewusstsein auslöschte.

# 7

Hustend und würgend kroch Sessany an Land und blieb um Atem ringend und vor Kälte zitternd im Ufergras liegen. Wie konnte er es wagen, sie mit sich über die Klippe zu ziehen? Sie war so wütend, dass sie Windlauscher am liebsten den Hals umgedreht hätte. *MacDonald!,* korrigierte sie sich. Und er war nicht irgendein MacDonald. Er war einer der Söhne des Chiefs! »MacDonald!«, hustete sie und spuckte einen Schwall Wasser aus. »Eine Familie vor dem Hungertod bewahren! Pah!« *Und ich habe dir geglaubt!*

Sie hatte nicht vorgehabt zuzulassen, dass Ranald oder MacMathain ihn zu fassen bekamen. Selbst dann nicht, als sie seinen vollständigen Namen erfahren hatte. Sogar als er den Dolch gezückt und ihr an die Kehle gesetzt hatte, war sie ruhig geblieben. Als sie jedoch erkannt hatte, dass er sie mit sich reißen würde, war es mit ihrem Mitgefühl vorbei gewesen. Damit war er zu weit gegangen!

Während sie sich die schmerzende Schulter rieb, mit der sie auf der Wasseroberfläche aufgeschlagen war, folgten ihre Augen den eigenen Hand- und Knieabdrücken zum Wasser zurück. Gleichmäßig und schnell floss der Breàgha dahin. Ein hellblaues Band, auf dessen Oberfläche sich das Sonnenlicht brach. Die Strömung hatte sie weiter mit sich gerissen, als sie zunächst angenommen hatte. Die Klippe war kaum mehr als ein dunkler Schatten – halb verborgen hinter den Windungen des Breàgha. Ranald und seine Männer waren weit weg am anderen Ufer, mehr als zwanzig Meilen von der nächsten Brücke oder Furt entfernt.

Ein halb ins Wasser ragender Felsen zog Sessanys Aufmerksamkeit auf sich. Das Wasser schlug gegen den Stein. Sonnenlicht explodierte in der aufspritzenden Gischt zu tanzenden grellbunten Lichttupfen. Für einen Moment betrachtete sie das Farbenspiel. Gerade als sie den Blick abwenden wollte, sah sie ihn – MacDonald. Er war zwischen einem Felsen und dem Ufer gefangen und rührte sich nicht. Immer wieder zog der Breàgha seine nasse Decke über ihn, nur um ihn einen Augenblick später wieder freizugeben. *Er wird ertrinken.* Fluchend lief sie zum Ufer und packte ihn am Kragen. Er war schwer und es war mühsam, ihn zu bewegen.

»Verdammter MacDonald!« Schimpfend zerrte sie an ihm. Ihre Fersen gruben sich in den Uferschlamm. Immer wieder rutschte sie aus. Dann hatte sie es geschafft. Als sie ihn herumwälzte, kam er zu sich. Er begann zu husten und Wasser zu spucken. Sie erhob sich, wollte gehen. Da schoss seine Hand vor. Seine Finger klammerten sich um ihr Handgelenk und hielten sie zurück.

»Bleib«, würgte er hustend hervor.

Sie wusste nicht, ob es als Bitte oder Befehl gemeint war. Es spielte keine Rolle. Sie versuchte seine Finger abzustreifen, doch sein Griff war erstaunlich kräftig. »Ich kann dich nicht gehen lassen«, keuchte er noch immer atemlos und setzte sich auf. Sein Plaid triefte vor Nässe.

»Du siehst mir nicht aus, als wärst du in der Verfassung, mich aufzuhalten.« Mit einem Ruck befreite sie sich aus seinem Griff. Nie im Leben hätte sie geglaubt, er könne derart schnell auf die Beine kommen. Während sie sich nach ihrem Bündel umsah, wuchs sein Schatten hinter ihr auf.

»Du kommst mit mir.«

Sie fuhr zu ihm herum. »Kommt nicht in Frage!«

»Ich *werde* dich nicht gehen lassen.« Er hustete. Einen Augenblick später hatte er sich wieder unter Kontrolle. »Ich will nur, dass du mich begleitest, bis wir weit genug von den Männern deines Vaters weg sind. Das ist alles.«

»Ach, und was wirst du tun, wenn sie uns einholen?«, schnappte sie. »Mir wieder einen Dolch an die Kehle setzen? Mich über eine Klippe werfen? Womöglich ist beim nächsten Mal kein Fluss am Fuß des Abhangs!« Ihr Blick glitt über das Land. »Warte! Wir kommen ja in den Wald. Du könntest mich an einem Baum aufknüpfen! Wenn das kein guter Vorschlag ist!«

Seine Miene verfinsterte sich. »Ich habe nicht vor, dir etwas anzutun. Alles, was ich von dir will, ist –«

»Du willst mir nichts antun? Warum hast du das nicht gleich gesagt?«, versetzte sie beißend. »Merkwürdig nur, dass sich meine Knochen nicht so anfühlen.«

Er sah ihr fest in die Augen und betonte jedes Wort. »Ich. Möchte. Dass. Du. Mich. Begleitest. Nur so lange, bis ich sicher sein kann diese Kerle abgehängt zu haben.«

»Abgehängt?« Sie schnaubte. »Es mag dir gelingen, sie für eine Weile loszuwerden, aber glaube mir, sie werden dich für den Rest deines Lebens verfolgen. Das ist mir entschieden zu lang, *MacDonald*.« Sie spie seinen Namen aus, als wäre er ein Fluch. *Sie werden ihn für etwas verfolgen, das ich getan habe.* Einmal mehr hörte sie das trockene Knacken, als der Eimer gegen Baylors Schädel gekracht war, sah den anklagenden Blick in seinen toten Augen. Schlagartig griff das Entsetzen der vergangenen Nacht nach ihr.

Sofort veränderte sich Alasdairs Miene. Eben noch kühl und unnachgiebig trat jetzt offene Sorge in seine Züge. »Himmel, du bist ja leichenblass!«

Sie biss sich auf die Lippe. MacDonald hin oder her, er hatte von Anfang an gewusst, wer sie war. Dennoch hatte er ohne zu zögern die Schuld für Baylors Tod auf sich genommen. »Warum hast du ihnen nicht gesagt, dass du Baylor nicht ermordet hast?«, fragte sie mit bebender Stimme.

Alasdair lachte – ein freudloser, zynischer Laut. »Denkst du wirklich, jemand hätte mir geglaubt?«

*Du hättest es wenigstens versuchen können, statt stillschweigend meine Schuld auf dich zu nehmen.* Einen Moment lang fixierte er sie aus seinen braunen Augen, als wolle er herausfinden, ob er noch mit Widerstand zu rechnen hatte. Als sie keine Anstalten machte, sich in Bewegung zu setzen, nahm er sie bei der Hand, hob ihr Bündel auf und zog sie mit sich. Sie wehrte sich nicht. *Bis zum Abend werde ich mit dir gehen.* Dann wären sie weit genug von ihren Verfolgern entfernt, dass er gute Chancen hatte, ihnen zu entkommen. Ihr Schuldbewusstsein ging nicht so weit, dass sie darüber hinaus bei einem MacDonald bleiben wollte.

Gegen Mittag erreichten sie die ersten Ausläufer der Wälder. Der sanft geschwungene Untergrund mit seinem weichen Teppich aus Moos und die unterschiedlichen Grüntöne der Büsche und Bäume machten auf Sessany stets den Eindruck eines verwunschenen Landes.

Am späten Nachmittag zogen bleigraue Wolkenstreifen über den Himmel, wurden vom Wind zusammengedrängt, bis sie sich zu dunklen Gewitterwolken auftürmten. Ein zuckender Blitz durchbrach das Halbdunkel. Rollender Donner erfüllte die Luft. Der Wind fuhr rauschend zwischen den Blättern hindurch.

Alasdair spähte nach oben. »Können wir uns irgendwo verkriechen?«

»Nicht weit von hier ist eine Höhle. Vielleicht schaffen wir es noch, bevor –« Ihre Worte gingen in einem krachenden Donnerschlag unter. Schnellen Schrittes setzten sie ihren Weg fort. Dann brach der Regen los. Hin und wieder zuckte ein Blitz vom Himmel und tauchte die Welt für einen Augenblick in grelles Licht, ehe sie wieder in grauen Unwetterschatten versank. Nach kurzer Zeit waren sie – zum zweiten Mal an diesem Tag – bis auf die Knochen durchnässt. Als sie endlich die Höhle erreichten, war Sessany völlig durchgefroren. Mit eingezogenem Kopf tauchte sie in die Dunkelheit. Sie wischte sich das Wasser aus dem Gesicht und tastete sich an der Wand entlang zur Feuerstelle. Ihre Finger fanden Feuerstein und Zunder. In rascher Abfolge erhellten zuckende Blitze die Höhle, gefolgt von heftigem Donner. Einmal so laut, dass sie erschrocken zusammenfuhr und den Feuerstein fallen ließ. Es dauerte eine Weile, bis es ihr gelang, das Feuer zu entfachen. Zunächst ein leise glimmender Funke breiteten sich die Flammen rasch aus, leckten über das trockene Holz und wuchsen zu einem prasselnden Feuer an.

Alasdair hielt die Hände über die Flammen. »Du bist wohl nicht zum ersten Mal hier?«, bemerkte er mit einem Blick auf den Holzvorrat an der Wand.

Sessany nickte. Wann immer ihre Wanderungen sie und Iomaér in diesen Teil des Landes geführt hatten, war hier ihr Nachtlager gewesen. Bibbernd vor Kälte ließ sie sich neben dem Feuer nieder. Alasdairs Blick glitt an ihr vorbei nach draußen, wo der Regen prasselnd auf den Boden schlug.

»Sieht aus, als hätten wir es gerade noch geschafft.« Als sie nichts erwiderte, seufzte er. »Können wir nicht einfach Frieden schließen?«

»Du hättest mir sagen müssen, wer du bist.«

Er runzelte die Stirn. »Und damit riskieren, doch noch am Galgen zu enden? Woher hätte ich wissen sollen, dass du mich nicht verrätst? Was weiß ich denn schon über dich?«

*Du weißt alles über mich!* »Oh, du weißt zum Beispiel, dass ich nicht deine Gefangene sein will!«

»Warum betrachtest du dich dann nicht einfach als meinen Gast? Lass uns noch einmal von vorne beginnen«, schlug er vor. Regenwasser perlte aus seinem Bart und tropfte zu Boden. »Ich bin Alasdair MacDonald und du bist …?«

»… viel zu wütend, um auf diesen Schwachsinn einzugehen!«

Er ging vor ihr in die Hocke, legte ihr die Hände auf die Knie und suchte ihren Blick. »Komm schon, reich mir die Hand.«

»Rühr mich nicht an, MacDonald, sonst bekommst du mehr als meine Hand zu spüren!«

Er gab sich nicht so schnell geschlagen. »Du warst gut zu

mir und hast mich wie einen Menschen behandelt. Dafür möchte ich dir danken.«

»Ich will das nicht hören. Und ich will mich auch nicht mit dir unterhalten.«

»Seltsam. Als du dachtest, ich würde dich nicht verstehen, hast du ständig mit mir gesprochen.«

Seine Antwort auf den finsteren Blick, den sie ihm daraufhin zuwarf, bestand aus einem erschreckend einnehmenden Lächeln. Sie zog ihre Knie weg. Alasdair griff nach ihren Händen und sah ihr in die Augen. »Hättest du mich auch vor dem Galgen bewahrt, wenn du gewusst hättest, wer ich bin?«

*Ja.* »Nein.«

Er erweckte den Eindruck, als wolle er noch etwas sagen, doch schließlich schüttelte er nur den Kopf und zog sich auf die andere Seite der Höhle zurück.

Später, nachdem sie gegessen hatten, rückte sie frierend noch näher ans Feuer. Sie hoffte, dass er sich bald niederlegen würde. *Sobald du schläfst, bin ich weg.* Während sie noch darüber nachdachte, wohin sie gehen sollte, spürte sie, dass er sie ansah. Sie hob den Kopf. Eine Mischung aus Nachdenklichkeit und Bedauern prägte seine Züge. Sessany runzelte die Stirn.

»Ich brauche dich, Sessany.«

»Ach? Hast du vor, Lösegeld zu erpressen?«

»Ich hatte gehofft, du würdest mich verstehen«, seufzte er. »Da dies nicht der Fall ist … Ich kann nicht die ganze Nacht auf dich aufpassen.«

*Das sollst du ja auch nicht.*

Er griff in sein Hemd und holte die Lederriemen hervor, mit denen er letzte Nacht noch selbst gefesselt gewesen war. Sie sprang auf. »Das wirst du nicht tun!«

»Du lässt mir keine Wahl.«

Sie wollte fliehen, doch er war schneller. Er packte sie und hielt sie zurück. Als sie versuchte sich loszureißen, schlang er einen Arm um ihre Taille und zog sie eng an sich.

»Ist das der Dank, den man zu erwarten hat, wenn man einem MacDonald hilft?« Wenn er sie nicht festgehalten hätte, hätte sie ihn geschlagen. So blieb ihr nichts weiter übrig als ihn mit sinnlosen Beschimpfungen zu überschütten. Sie hatte Mitleid mit ihm gehabt, sich Sorgen um das Leben eines Mannes gemacht, den sie für einen einfachen Gefangenen gehalten hatte. *Und jetzt bin ich seine Gefangene!* Sie erinnerte sich an die Fürsorge, mit der er sie nach Baylors Tod behandelt hatte, und daran, wie er sie davor bewahrt hatte, in den Fluss zu stürzen, als der Boden unter ihr weggebrochen war. Ihre Gegenwehr erlahmte für einen Moment. Er nutzte die Gelegenheit, fesselte ihre Hände auf den Rücken und schob sie vom Höhlenausgang fort, ehe er sie zwang sich zu setzen.

»Du kannst dir meines Dankes bis an mein Ende sicher sein. Das«, er deutete auf ihre Fesseln, »ist lediglich mein Versuch, dich zur Vernunft zu bringen.« Zitternd vor hilfloser Wut und Kälte beobachtete sie, wie er das Feuer anschürte. Als die Flammen hochschlugen, holte er die Decke aus ihrem Bündel. »Du bist bemerkenswert stur, Sessany MacKenzie«, sagte er ruhig, als er sie darin einhüllte. »Es ist eine gute Sache, für seine eigenen Belange einzutreten, aber man sollte auch wissen, wann es besser ist, nicht länger zu kämpfen.«

»Vielen Dank für den Rat.«

Seufzend wandte er sich ab. Er ließ sich neben dem Höhleneingang nieder und wickelte sich in seinen Plaid. Die Wärme des Feuers und der Schutz der Decke umgaben Sessany. Allmählich hörte sie auf zu zittern. Sie schloss die Augen und dämmerte in einen unruhigen Schlaf.

Als sie am nächsten Morgen erwachte, schien es keinen Muskel in ihrem Körper zu geben, der nicht schmerzte. Sie war im Schlaf zusammengesunken und kaum in der Lage, ihre steifen Glieder zu bewegen. Stöhnend versuchte sie sich aufzusetzen.

Sofort war Alasdair neben ihr. »Tut mir Leid«, sagte er sanft und half ihr. »Aber es ist ja nicht so, dass ich nicht alles getan hätte um das zu verhindern.«

Sie bedachte ihn mit einem bösen Blick, den er mit einem um Verzeihung heischenden Lächeln quittierte. Er löste ihre Fesseln, damit sie etwas essen und sich ein wenig bewegen konnte. Während der ganzen Zeit ließ er sie nicht aus den Augen. Schließlich legte er ihr die Riemen wieder an, packte die Ausrüstung zusammen und führte sie nach draußen.

Das Unwetter war im Laufe der Nacht abgezogen und hatte einem violetten Frühsommerhimmel Platz gemacht. Nur hin und wieder blitzte die Sonne zwischen den Wolken hervor. Der Boden war noch immer aufgeweicht und tückisch. Mehr als einmal glitt sie aus und wäre gestürzt, wenn Alasdair sie nicht aufgefangen hätte. Einmal erwischte er sie dabei so unglücklich, dass sich die Riemen schmerzhaft tief in ihre Handgelenke gruben und dünne Schnitte in ihrer Haut hinterließen.

Im Laufe des Vormittags hatte sie alles versucht ihn dazu zu bewegen, ihr die Fesseln abzunehmen. Sie hatte ihn darum gebeten, ihn angefleht und ihm sogar geschmeichelt – was ihr alles andere als leicht gefallen war. Er hatte sich nicht erweichen lassen. Schließlich war sie dazu übergegangen, ihn zu beschimpfen, doch ihre wüsten Flüche hatten ihm lediglich ein amüsiertes Grinsen entlockt.

Nach ein paar Stunden ließen sie den Wald hinter sich. Vor ihnen öffnete sich eine weite Heidelandschaft. Der Weg wurde beschwerlicher und die Anstrengung ließ sie letztlich in Schweigen verfallen. Immer wieder musste er ihr über Hindernisse hinweghelfen, die sie ohne Fesseln mühelos bewältigt hätte.

»Wir kämen schneller voran, wenn du mir die Fesseln abnehmen würdest.«

»Wenn ich darauf vertrauen könnte, dass du keine Dummheiten machst, würde ich das tun.«

»Wenn du es tust, werde ich dir die Augen auskratzen!«, entfuhr es ihr.

»Siehst du«, grinste er, »das meinte ich mit Dummheiten.«

*Warum bin ich nicht fähig zu lügen?* Wie schwer konnte es schon sein, ihm zu sagen, dass sie sich seinem Willen unterwerfen und fortan tun würde, was er verlangte? Doch sie war noch nie eine gute Lügnerin gewesen. Es war, als würde ihre Zunge sie zwingen die Dinge auszusprechen, die ihr durch den Kopf schossen. Ganz gleich wie unangenehm die Konsequenzen sein mochten.

Sessany war es gewöhnt, durch die Highlands zu streifen. Aber mit gefesselten Händen, im ständigen Kampf um ihr Gleichgewicht, war es etwas anderes. Bis zum späten Nachmittag war sie so erschöpft, dass sie kaum noch in der Lage war, einen Schritt zu tun ohne zu straucheln.

Schließlich führte Alasdair sie zu einer Gruppe schroffer Felsen. »Wir lagern hier.« Er legte ihr die Hände auf die Schultern und drückte sie sanft zu Boden. Als er sich neben ihr niederließ, fiel sein Blick auf ihre wundgescheuerten Handgelenke. Er hob den Kopf und sah ihr lange in die Augen. Schließlich löste er die Fesseln. Sessany wollte sich die tauben Handgelenke reiben, doch er hielt ihre Hände fest. »Warte.« Er zog den Dolch, den er ihr am Fluss abgenommen hatte, aus seinem Gürtel und schnitt drei Streifen vom Saum seines Hemdes. Einen Teil tränkte er mit Wasser, ehe er vorsichtig die Striemen reinigte und sie mit den beiden übrigen Leinenstreifen verband.

»Bitte hör auf, dich gegen mich zu wehren. Ich will nicht, dass dir etwas zustößt«, sagte er ernst.

Seine offene Sorge besänftigte ihren Zorn und mit der Wut wich endgültig die Kraft aus ihrem Körper. Mit einem Mal fühlte sie sich müde und ausgelaugt. Sie schloss die Augen und schlief sofort ein. –

In dieser Nacht hielt Alasdair Wache. Weniger aus Angst vor Verfolgern als aus Furcht, Sessany könne erneut versuchen zu fliehen. Mehr als einmal hatte er daran gedacht, sie ziehen zu lassen. Allein käme er schneller voran. Doch er kannte sich in dieser Gegend nicht aus, und selbst wenn sie sich weigerte ihn zu führen, hoffte er doch, dass sie ihn warnen würde, falls sie in die Nähe eines Trupps ihres Vaters kämen. *Allein schon, weil sie nicht zurückwill.* Er konnte sie nicht gehen lassen. Und er wollte es auch nicht.

Nachdem sie eingeschlafen war, wollte er ihr die Fesseln wieder anlegen. Die Verbände an ihren Handgelenken hielten ihn davon ab. Stattdessen deckte er sie zu, wickelte sich in seinen Plaid und ließ sich neben ihr nieder. Seitdem ruhte sein Blick auf ihr. Er wusste nicht, ob er wütend oder amüsiert sein sollte. Ihr Temperament war zweifelsohne unterhaltsam. Sessany MacKenzie war ein Wirbelsturm, der zu einer Zeit in sein Leben gefegt war, als ihm die Zukunft düster und unerfreulich erschienen war. Zum ersten Mal seit jener Nacht in Finlaggan verspürte er wieder Hunger nach Leben. Ein Gefühl, das er verloren geglaubt hatte.

Er würde zu Seamus und Rhoda zurückkehren um herauszufinden, ob es Neuigkeiten von Iain oder Diarmid gab. *Ich muss wissen, was aus meinem Clan geworden ist. Ich war schon viel zu lange fort.* Er streckte die Hand aus und zupfte Sessanys Decke zurecht. *Ob sie mit mir kommen würde?*

Am nächsten Morgen schien sie friedlicher zu sein. Ein Umstand, der wohl eher auf ihre Erschöpfung zurückzuführen war als darauf, dass ihr Kampfgeist erlahmt wäre. Vorsichtshalber legte er ihr die Fesseln wieder an.

Da sie noch immer keine Bereitschaft zeigte, ihm zu helfen, blieb ihm nichts anderes übrig als sich am Stand der Sonne zu orientieren. Er half ihr über Hindernisse hinweg und lieh ihr einen Teil seiner Kraft, indem er sie stützte.

Immer wieder blieb er stehen und gab vor, sich orientieren zu müssen, um ihr eine Verschnaufpause zu gönnen. Als er auf einer Hügelkuppe innehielt, blieben seine Augen an ihr hängen. Ihre gelassene Miene weckte sein Misstrauen. Er runzelte die Stirn. Da holte sie aus und rempelte ihn mit der Schulter an. *Ich hätte es wissen müssen!* Er machte einen Schritt zurück und spürte, wie der Boden unter seinen Füßen abfiel. Einen Moment dachte er, es würde ihm nicht gelingen, einen Sturz zu verhindern. Dann fand er sein Gleichgewicht wieder und packte sie bei den Schultern, ehe sie entwischen konnte. Sie wollte sich ihm entziehen, doch er verstärkte seinen Griff, bis sie ihre Gegenwehr aufgab. Er hielt sie noch immer fest, nicht fähig den Blick abzuwenden. Sein Gesicht war ihrem so nah, dass er ihren Atem auf seiner Haut spürte. Da war etwas in ihren Augen … Ehe er wusste, was er tat, zog er sie an sich und küsste sie. Ihre Lippen waren warm und weich und ihr Körper in seinen Armen ließ Sehnsucht in ihm aufsteigen. Unwillkürlich wurde sein Kuss fordernder. Sein Atem beschleunigte sich. Alles in ihm schrie danach, sie ins Heidekraut zu drücken und der Leidenschaft nachzugeben, die sie in ihm entfachte. Doch er nahm sich nicht mehr als einen innigen Kuss. Seine Zunge glitt über ihre Lippen in ihren Mund. Sessany stieß ein unterdrücktes Keuchen aus, dann bewegte sie sich ruckartig und holte mit dem Knie aus. Blitzschnell drehte er sich zur Seite und wich ihrem Angriff aus.

»Teufel auch!« Er gab sie frei. »Das habe ich nicht gewollt. Entschuldige.«

»Mach das noch mal und du kannst was erleben!«

»Es wird nicht wieder vorkommen. Es tut mir aufrichtig Leid.«

»Hör auf, dich zu entschuldigen!«

Es fiel ihm schwer, einen klaren Gedanken zu fassen. Noch immer glaubte er ihre Lippen auf seinen zu spüren. Er konnte verstehen, dass sie ihn nicht begleiten wollte. Sie ließ keinen Zweifel daran, wie wenig ihr die Gesellschaft eines MacDonald gefiel. Womöglich hätte sie sich weniger gewehrt, wäre er nicht der gewesen, der er nun einmal war. *Hättest du dich auch gewehrt, wenn dich der schweigende Fremde geküsst hätte?* Er schaute zu ihr hin. Ihre Brust hob und senkte sich unter heftigen Atemzügen. Zu seinem Erstaunen wich sie seinem Blick aus. Alasdair seufzte. »Gehen wir.« Er nahm sie beim Arm und zog sie mit sich. Schweigend setzten sie ihren Weg fort.

In diesem Teil der Highlands sah alles gleich aus. Überall dasselbe kräftige Rotbraun der Heide, die gleichen Farne und Felsen, immer wieder von einzelnen Bäumen durchbrochen. Ein Hügel folgte dem nächsten. Er musste sich eingestehen, dass er nicht sicher war in die richtige Richtung zu gehen. Schließlich blieb er stehen. »Was meinst du, haben wir uns verirrt?«

»Kommt darauf an, wo du hinwillst.«

*Du weißt genau, wo ich hinwill!* »Du könntest mir wirklich helfen.«

Sie betrachtete ihn mit hochgezogener Augenbraue. »Warum sollte ich?«

»Je eher das Land deines Vaters hinter uns liegt, desto eher bist du mich los.«

»Wer garantiert mir, dass du mich wirklich gehen lässt?«

»Ich würde dir mein Ehrenwort geben, wenn auch nur die geringste Aussicht bestünde, dass du mir glaubst.« Er wollte noch etwas hinzufügen, als ihn ein Knacken innehalten ließ. Sessanys Miene veränderte sich, wurde wachsam. Sie wandte den Kopf in die Richtung, aus der das Geräusch gekommen war. Stimmen erklangen. Alasdair packte sie am Arm. »Bleib hinter mir.«

»Was denn, willst du mir keinen Dolch an die Kehle halten?«

Er erwiderte nichts. Seine Augen hefteten sich auf die vier Bewaffneten, die hinter einem Hügel hervortraten. Ranalds Männer. Vier weitere tauchten hinter Alasdair auf, drei zu seiner Linken. Sein Blick glitt an den Männern vorbei. In einiger Entfernung entdeckte er den blonden Schopf des Hauptmanns und MacMathains glänzenden Kahlkopf.

*Umzingelt.* Er unterdrückte einen Fluch, gab Sessanys Arm frei und zog den Dolch. Mit einem Ruck durchtrennte er ihre Fesseln. »Lauf«, sagte er so leise, dass nur sie ihn hören konnte. »Bevor sie dich zurückbringen können.« Für einen kurzen Moment berührte er ihre Hand. »Ich wollte dich nie in Gefahr bringen. Verzeih mir.« Die Männer rückten näher. Sessany wich zurück, als sie einen Ring um ihn schlossen, der ihm bald die Sicht auf sie verwehrte. *Was würde ich dafür geben, noch einmal in deine Augen blicken zu können, Sessany MacKenzie.*

*Verzeih mir.*

Für diese Worte hätte sie ihm am liebsten den Hals umgedreht. Warum hatte er nicht den Mund halten können? Sessany wich weiter zurück, als Ranalds Männer Alasdair umringten. Für eine Weile hielt er noch ihren Blick gefangen, dann waren sie über ihm.

*Verzeih mir.*

Zwei kleine Worte, die sie zögern ließen. Ihr Verstand riet ihr zur Flucht, doch seine Worte hatten ihre Beine gelähmt. Er hatte nie etwas anderes gewollt als diesen Männern zu entkommen. Wenn sie es ihm nicht so schwer gemacht hätte, wären sie schneller vorangekommen und hätten das Land ihres Vaters längst hinter sich gelassen. *Ich wollte doch auch nur von hier fort. Warum nicht mit ihm?*

Ranalds Männer schlugen auf ihn ein. Ein Tritt traf ihn in die Rippen. Eine Faust schlug gegen seine Schläfe und schickte den stolzen Alasdair MacDonald zu Boden. Schwer atmend blieb er im Dreck liegen, seine dunklen Augen leer und ohne Hoffnung. Dieser Anblick riss sie aus ihrer Erstarrung. *Vielen Dank, dass du mein Leben noch komplizierter machst, MacDonald.*

»Hört auf!«

Niemand hörte auf sie. Fluchend packte sie den ersten Clansman, den sie zu fassen bekam, beim Plaid und zerrte ihn zurück. Sie streckte die Hand nach dem nächsten aus. Einer holte aus um Alasdair zu schlagen, dabei traf sein Ellbogen sie zwischen den Rippen. Sie sog scharf die Luft ein, ließ sich jedoch nicht aufhalten. Mit wütenden Rufen drängte sie sich zwischen die Männer. Sie brüllte sie an aufzuhören. Niemand beachtete sie. Sie packte einen am Ohr und riss hart daran. »Aufhören, habe ich gesagt!«

Einer rempelte sie an. Sie geriet aus dem Gleichgewicht und wäre gestürzt, wenn es ihr nicht gelungen wäre, sich am Arm eines anderen abzufangen. Endlich setzte Ranald dem grausamen Spiel ein Ende.

»Genug!« Gemessenen Schrittes kam er gefolgt von Hamish MacMathain näher. »Lasst ihn am Leben!«

Gehorsam wichen die Krieger zurück und ließen ihren Hauptmann passieren. Ranald schritt an seinen Männern vorüber zu Alasdair und trat ihm in die Seite. Als er sich nicht regte, wandte er sich Sessany zu. »Mischt Euch nie wieder ein, wenn meine Männer einen Gefangenen unter Kontrolle bringen!«, zischte er.

»Unter Kontrolle bringen?«, keuchte sie atemlos. »Er hat sich nicht einmal gewehrt!«

»Ihr seid nicht in der Lage, einzuschätzen, wie gefährlich ein Mann ist.« Er wandte sich einem seiner Männer zu. »Bindet ihn und schafft ihn zu den Pferden.«

## *8*

Du erwartest doch wohl nicht allen Ernstes von mir, dass ich diesen Kerl laufen lasse!« Iomaérs Gesicht war dunkelrot vor Zorn. »Er ist ein MacDonald!«

*Er ist ein MacDonald.* Wie oft hatte Iomaér diesen Satz in der letzten Stunde gesagt?

Sessany saß auf einem Stuhl und hatte mit der Erinnerung zu kämpfen. Ein paar Stunden, nachdem Ranalds Männer ihn wie einen Sack über den Pferderücken geworfen hatten, war Alasdair zu sich gekommen. Sie hatte sich seine Verletzungen ansehen wollen, doch Ranald verbot es. »Was schert Euch die Gesundheit eines Mörders, der ohnehin baumeln wird.« Mehr hatte er nicht zu sagen gehabt.

Sie fuhr sich mit einer Hand über die Augen und blinzelte gegen die Erschöpfung an. Vor ihr lief Iomaér unaufhörlich von einem Ende des Raums zum anderen. Seit sie ihn gebeten hatte Alasdairs Leben zu verschonen, hielt ihn nichts mehr auf seinem Stuhl. Bis vor wenigen Tagen hätte sie nicht anders reagiert. Sie hätte jedem bedenkenlos zugestimmt, der behauptete, die MacDonalds seien nichts weiter als wertloses Verbrecherpack. Räuber und Viehdiebe, die sich in Angelegenheiten der Highland-Clans einmischten, obwohl sie selbst nicht einmal Highlander waren. Zum ersten Mal fragte sich Sessany, ob diese Männer wirklich Diebe waren oder ob der einzige Diebstahl darin bestand, dass der alte Donald von Islay die Frau geheiratet hatte, die ihr Vater für sich begehrte. Die letzten Tage an Alasdairs Seite hatten ihre Sichtweise verändert. Was auch immer man dem Inselclan nachsagte, zumindest *dieser* MacDonald war anders. *Er wird wegen etwas hängen, das ich getan habe!*

Während des gesamten Ritts hatte sie sich gefragt, was geschehen würde, wenn Ranald dem Chief seinen Gefangenen vorführte. Zu ihrer Erleichterung war ihr Vater nicht da. Er war zu seinen Männern geritten, die ihre Posten an der Grenze zu MacLennans Land bezogen hatten. So musste sie sich lediglich mit Iomaérs Zorn auseinander setzen. Er hörte sie zumindest an. Das war weit mehr, als sie von ihrem Vater zu erwarten gehabt hätte.

»Iomaér, bitte lass ihn gehen.«

Ihr Bruder wirbelte herum. Unmittelbar vor ihrem Stuhl blieb er stehen. Er beugte sich zu ihr herab und stützte sich auf den Armlehnen ab. »Hast du auch nur die geringste Ahnung, was du da von mir verlangst?«

»Ich weiß, dass es viel verlangt ist –«

»Viel verlangt!« Schwungvoll richtete er sich auf. »Sessany, ich hätte ihn bereits hängen lassen sollen, als Moran ihn wegen Wilderei aufgegriffen hat. Ich habe es nicht getan, um dir einen Gefallen zu tun. Du weißt, wie ärgerlich Vater deswegen war. Was glaubst du, wird er tun, wenn ich ihn jetzt ziehen lasse?«

»Er hat nichts Unrechtes getan.«

»Das ist nicht dein Ernst! Er ist ein Mörder!«

»Das ist er nicht«, sagte sie leise. »*Ich* habe Baylor getötet.« Iomaér blinzelte überrascht. »Ich habe ihn erschlagen, als er Alasdair umbringen wollte.«

»Du hast den Gefolgsmann eines Verbündeten ermordet, um einen Gefangenen zu retten?« Seine Überraschung wich erneutem Zorn. »Bist du von allen guten Geistern verlassen? Ich weiß, du willst nicht heiraten, doch damit bist du zu weit gegangen! Glaubst du wirklich, ich könnte das Leben dieses MacDonald retten? Alle hier halten ihn für einen Mörder. Und ich werde ganz sicher nicht hingehen und ihnen erklären, dass du es warst.« Er bedachte sie mit einem langen Blick und senkte die Stimme. »Wenn ich es mir recht überlege, glaube ich auch nicht, dass du es wirklich getan hast. Ist es nicht vielmehr so, dass du es nur *behauptest*, um sein Leben zu retten?«

»Sieh mich an, Iomaér.« Sie sprang auf. »Du kennst mich besser als irgendjemand sonst. Glaubst du nicht, du würdest merken, wenn ich dich belöge?«

»Du bist keine Mörderin!«

»Nein, das bin ich nicht. Dennoch habe ich einen Menschen getötet. Ich wollte ihn nur außer Gefecht setzen, aber der Eimer … Ich kann dir das Gefühl beschreiben. Ich kann dir sagen, wie es war. Das Knacken, als sein Schädel … Ich …« Die Erinnerung überflutete sie mit solcher Macht, dass sie zu zittern begann. »Baylor hatte einen Dolch. Er hätte ihn umgebracht, wenn ich nicht –« Die letzten Worte wollten ihr nicht über die Lippen kommen.

Iomaér presste die Lippen aufeinander. »Selbst wenn es so ist, wie du sagst … Ich kann nichts für ihn tun.« Er sah ihr in die Augen. »Vater wird nicht zulassen, dass ein Schatten auf das Bündnis mit MacMathain fällt. Er wird MacMathain den Mörder seines Gefolgsmannes präsentieren. Wenn dieser auch noch ein MacDonald ist – umso besser.«

»Iomaér!«

»Nein. Du verstehst meine Lage nicht. Ich bin Vaters Erbe. Ich habe seine Politik zu respektieren.«

»Das ist es also? Ich bin für dich nicht mehr als Politik?«

»Du weißt, dass das nicht stimmt.«

Sessany entgegnete nichts. Wie betäubt starrte sie ihn an. *Er wird einen prächtigen Chief abgeben*. Er hatte begriffen, dass Politik bedeutete von Zeit zu Zeit Opfer zu bringen. Nicht dass MacDonalds Leben ein großes Opfer für ihn gewesen wäre. Sie verstand ihn sogar. Sie wusste, dass er ihr gerne geholfen hätte. Nicht wegen MacDonald, sondern um ihretwillen. Doch ihm waren die Hände gebunden.

»Du bist müde und durcheinander. Schlaf ein paar Stunden. Du wirst sehen, danach sieht die Welt anders aus.«

Ohne ein weiteres Wort fegte sie aus dem Raum und stürmte den Gang entlang. Sie war erschöpft und verwirrt – und sie hatte Angst. Angst, dass ein Mann sein Leben verlieren würde, nur weil er den falschen Namen trug.

»Hat MacDonald schon geredet?« Murdochs Stimme drang aus einem Zimmer auf den Flur und ließ sie innehalten.

»Er war noch nicht in der Verfassung für eine Befragung.«

Sie trat näher. Die Tür stand einen Spalt offen und gestattete ihr einen Blick auf Hamish MacMathains blanken Schädel. »Ich ließ den Heiler einen Trank zu seiner Stärkung brauen«, fuhr MacMathain fort.

»Was?!«, donnerte Murdoch. »Ihr verschwendet wertvolle Tränke an diesen elenden –«

Hamish brachte ihn mit einem Wink zum Schweigen. »Wollt Ihr riskieren, dass er beim ersten Verhör tot zusammenbricht, ehe er uns sagen kann, was wir wissen wollen? Vertraut mir. Der Trank ist keine Verschwendung. Wenn ich mit ihm fertig bin, wird er mich anflehen, mir alles erzählen zu dürfen, was er weiß.«

Schrecken streckte seine eisigen Klauen nach Sessanys Herzen aus. Warum wollten sie ihn noch verhören? Ranalds Männer würden mit Freuden bezeugen, dass er Baylors Mörder war.

»Mein Herr verliert langsam die Geduld.« Murdochs Schritte erklangen. Als er das nächste Mal sprach, war seine Stimme weiter entfernt. »Ich habe die Nase voll davon, dass MacDonalds Leute mit uns Katz und Maus spielen! Ihre Bauern hätten sich uns ergeben müssen, sobald unsere Männer auf ihr Land ritten.« Er wurde lauter. »Stattdessen scheinen sie jedes Mal gewarnt zu sein, wenn unsere Truppen kommen! Schlimmer noch: Sie werden beschützt! Wir kämpfen gegen die Krieger eines zerschlagenen Clans – und das nur, weil Donalds Sohn und seine Vertrauten entkommen sind! Irgendwo haben sie ihren Unterschlupf, von dem aus sie ihre Männer befehligen. Damit muss endlich Schluss sein!«

»Ich werde gleich zu ihm gehen«, gab MacMathain zurück. »Wir werden die MacDonalds auslöschen – restlos.« Kurz darauf näherten sich Schritte. Sessany machte kehrt. Atemlos hetzte sie die steile Wendeltreppe empor und den Flur entlang zu ihrem Zimmer. Sie warf die Tür hinter sich zu, als könne das mächtige Eichenholz alle Gefahren von ihr fern halten. Ein Hauch Zugluft erfasste sie.

Ihre Augen wanderten zur Fensteröffnung und auf den dahinter liegenden Hof. Dort unten hatte sie Alasdair zum ersten Mal gesehen. Damals als er für alle nicht mehr als ein Wilderer gewesen war. Heute war er ein Feind. Plötzlich erinnerte sie sich an die Wärme seiner Lippen und das Kitzeln seines Bartes an ihrer Wange. *Und was ist er für mich?* Sie wusste nicht, ob es die Müdigkeit oder die Ausweglosigkeit ihrer Situation war, die sie schwanken ließ. Erschöpft sank sie auf das Bett und war eingeschlafen, kaum dass ihr Kopf das Kissen berührte.

Sessany erwachte, als die Sonne in einem glühenden Feuerball über Skye versank. *Wenn ich mit ihm fertig bin, wird er mich anflehen, mir alles erzählen zu dürfen, was er weiß.* MacMathains Worte ließen jeden Gedanken an Schlaf in weite Ferne rücken. Wenn es ihm wirklich gelang, Alasdair zum Sprechen zu bringen, würden viele Menschen den Tod finden. Nicht nur Clanskrieger, die für den Kampf und den Tod geboren waren. Frauen und Kinder würden ihr Leben verlieren. Unschuldige!

Die Abendkühle ließ sie frösteln. Sie erhob sich und verließ ihr Zimmer – unschlüssig, was sie tun sollte. Ihr erster Weg führte sie in die Küche. Ein verführerisches Gemisch von Düften lag in der Luft. Töpfe mit dampfenden Speisen hingen über dem Feuer. Auf einem Spieß brieten mehrere Hühnchen.

An einem der Kochfeuer entdeckte sie Brianna, die sich mit glühendem Gesicht über einen Kessel beugte, einen Kochlöffel in der Hand. Als Sessany näher kam, sah sie auf. »Ich habe schon gehört, dass du wieder hier bist.« *Das ist schrecklich*, fügten ihre Augen hinzu.

Sessany verzog die Lippen zu einem gequälten Lächeln. »Meine Reise war kürzer, als ich angenommen hatte.« Sie sah sich kurz um. Niemand schenkte ihnen Beachtung. »Kann ich MacDonald sein Essen bringen?«

Ein Schatten zog über Briannas Gesicht. »Ach, Kind«, seufzte sie. »Ich fürchte, das wird dir nicht weiterhelfen. Vorhin war eine der Wachen hier, um das Essen für sich und seine Kameraden zu holen. Nach allem, was ich von ihm gehört habe, ist der Gefangene ... es scheint ihm nicht gut zu gehen.«

*MacMathain!* Sessany spürte einen Kloß im Hals. »Hat er sonst noch etwas gesagt?«

Brianna schüttelte den Kopf. »Warum kommst du nicht später, wenn es hier ruhiger ist, noch einmal her? Dann kannst du mir erzählen, was geschehen ist.«

»Das werde ich.« Sie nickte Brianna zu, machte kehrt und verließ die Küche. Zurück auf dem Gang lehnte sie sich gegen die Wand und schloss die Augen. Als sie sie wieder öffnete, fiel ihr Blick auf die schmutzigen Verbände an ihren Handgelenken. Da kam ihr eine Idee. Kurz darauf stand sie vor der Tür zu Melwyns Kammer. Auf ihr Klopfen hin bat eine raue Stimme sie hinein.

Der Heiler stand vor einem gewaltigen Tisch und wandte ihr den Rücken zu. Als sie eintrat, legte er den Mörser, mit dem er gearbeitet hatte, zur Seite und wandte sich ihr zu. Schlohweißes Haar umrahmte sein hohlwangiges Gesicht.

»Sessany.« Seine tief liegenden Augen ruhten auf ihr. »Was führt dich zu mir, Kind?«

»Ich brauche neue Verbände.« Sie hob ihre Arme und zeigte ihm die schmutzigen Lumpen, die von Alasdairs Verbänden geblieben waren.

»Er hat dich also verletzt.«

»Die Fesseln«, entgegnete sie wahrheitsgemäß.

Melwyn nickte geistesabwesend und deutete auf einen Hocker. »Setz dich, ich hole frisches Leinen.« Er ging zu einer Truhe und begann darin zu suchen. Sessanys Blicke glitten über den voll geräumten Tisch, wanderten von Tiegel zu Tiegel und von Phiole zu Phiole, ohne dass sie gefunden hätte, wonach sie suchte. Die meisten Gefäße hatten nicht einmal eine Aufschrift. *Verflucht, weiß ich überhaupt, was ich hier will?*

Es dauerte nicht lange, bis Melwyn mit frischem Leinen zum Tisch zurückkehrte. »Du stehst ja immer noch.« Er legte die Verbände auf den Tisch, griff nach einem Tiegel, den er daneben stellte, und deutete auf einen Hocker. Sessany setzte sich und hielt ihm den ersten Arm entgegen. Mit erstaunlich ruhiger Hand löste er die Bandagen und warf sie zur Seite. Er drehte ihren Arm und begutachtete die halb verheilten Schnitte. »Nicht tief«, sagte er mehr zu sich selbst. »Es werden keine Narben bleiben.« Er öffnete den Tiegel. Das intensive Aroma von Goldblume und Rosskastanie stieg ihr in die Nase. Vorsichtig machte er sich daran, die zähe Paste auf die Schnitte aufzutragen. »Das muss ein schlimmes Gefühl sein.«

»Schmerz vergeht.«

»Das meine ich nicht. Du hast ihm das Leben gerettet und wie hat er es dir vergolten?« Mit einem knappen Nicken deutete er auf ihre geschundenen Handgelenke. *So war es nicht.* Sessany biss sich auf die Lippe. Sie wusste, dass er sie durchschauen würde, wenn sie ihn anlog. Und die Wahrheit konnte sie kaum sagen. Er behandelte beide Arme sorgsam und legte frische Verbände an. Als er fertig war, sah er sie lange an. Schließlich fragte er: »Hat er dich … angefasst?«

»Angefasst?«, echote sie. Dann begriff sie, was er meinte, und errötete. »Gott, nein!«

Er nickte. »Brauchst du sonst noch etwas, Kind?«

*Wie wäre es mit einem Wunder?* »Ich schlafe schlecht«, hörte sie sich sagen.

»Du siehst in der Tat müde aus.« Sie hielt den Atem an, als er nach einem kleinen Fläschchen griff, es ihr in die Handfläche legte und ihre Finger darum schloss. »Hier. Eine Mischung aus verschiedenen Kräutern und dem Pulver einiger Pilze. Drei Tropfen in ein wenig Wasser und du schläfst wie ein Neugeborenes.«

»Ich danke Euch.« Um nicht doch noch sein Misstrauen zu erwecken, verabschiedete sie sich rasch und schlüpfte auf den Gang. Zurück in der Abgeschiedenheit ihres Zimmers stellte sie das Fläschchen auf den Hocker und starrte es im Halbdunkel an. *Das ist es! Danach habe ich gesucht!* Sie entkorkte es und roch daran. Der sanfte Duft von Wiesenkräutern stieg ihr in die Nase. *Hoffen wir, dass es nicht aufdringlicher schmeckt, als es riecht.* Rasch verschloss sie das Gefäß wieder und stellte es zur Seite.

Es war nach Mitternacht, als sie das Fläschchen in ihrem Ärmel verstaute und sich zum zweiten Mal an diesem Abend auf den Weg in die Küche machte. Sie hatte lediglich eine vage Vorstellung von dem, was sie tun wollte. Nachdem der Anblick der Verbände sie auf den Gedanken an die Mittel des Heilers gebracht hatte, hatte sie wie von selbst gehandelt. *Ich musste nicht einmal lügen.* Ihre Finger strichen über das Fläschchen in ihrem Ärmel. *Die Frage ist nur, was ich jetzt damit tun soll.*

Tief in Gedanken versunken betrat sie das Küchenhaus. Wie sie gehofft hatte, war Brianna noch da. Zu ihrem Schrecken war sie nicht allein. Ein Mann saß bei ihr am Tisch, einen Humpen Ale vor sich. Als sie eintrat, erhob er sich. Sein Bart schimmerte im Kerzenschein wie flüssiges Silber.

»Fearghas!« Sie stürzte sich dem Krieger in die Arme und hätte ihn mit ihrem Schwung beinahe umgerissen.

»Langsam, langsam«, beschwichtigte er lachend und hielt sie ein Stück von sich weg, um sie zu betrachten. »Ich kenne diesen Ausdruck in deinen Augen. Du heckst etwas aus.« Er schob sie zu einem Stuhl. »Dann mal raus mit der Sprache«, forderte er, zog einen Hocker heran und setzte sich zu ihr.

Brianna stellte einen gut gefüllten Teller und einen Humpen Ale vor ihr auf den Tisch. Sessany nahm ein Stück Brot und biss hinein. Ihr Blick blieb an Brianna hängen. »Ich nehme an, ich habe es dir zu verdanken, dass Fearghas hier ist?«, fragte sie kauend.

Brianna lächelte. »Er kam heute Nachmittag an. Ich dachte, du würdest dich freuen.«

»Was sind das für wilde Geschichten, die man sich überall berichtet? Ist es wahr, dass du entführt wurdest?« Sein Blick blieb an ihren Verbänden hängen. »Sichtlich ist etwas an der Sache dran.«

Sie spülte das Brot mit einem Schluck Ale hinunter. »Ganz so einfach ist es nicht.« Stück für Stück berichtete sie, was seit ihrem Aufbruch aus Eilean Donan geschehen war. Als sie endlich fertig war, hatte sie Humpen und Teller geleert.

Fearghas betrachtete sie mit gerunzelter Stirn. »Du bist nach Eilean Donan zurückgekehrt, um einen Mann – einen *MacDonald* –, den alle für einen Mörder halten, vor dem Galgen zu bewahren? Unter den Augen deines Vaters?«

»Was?« Sie blinzelte.

»Weißt du denn nicht, dass er heute Abend zurückgekehrt ist?«

*Bei Gott! Nein, das wusste ich nicht.* Die Nachricht jagte ihr einen Schauer über den Rücken, dennoch nickte sie. »Wenn es sein muss, auch unter den Augen meines Vaters.«

Fearghas grinste. »Dieser MacDonald scheint es dir angetan zu haben.«

»Ganz sicher nicht so, wie du denkst. Er ist ein hartnäckiger Dickschädel. Aber ich stehe in seiner Schuld.« *Und wenn ich ihm nicht helfe, werden viele Unschuldige ihr Leben lassen.*

Fearghas hob viel sagend die Augenbrauen. »Wie willst du es anstellen?«

Sie zog Melwyns Fläschchen aus dem Ärmel und stellte es auf den Tisch.

Er runzelte die Stirn. »Duftwasser?«

»Schlafmittel. Ich dachte daran, die Wachen zu betäuben.«

»Und dann?«

Sie zuckte die Schultern. »Weiter war ich noch nicht.«

»Wie wäre es, wenn ich ihn von hier fortbringe?«, schlug er vor.

»Und wie willst du das schaffen?« Sie erhob sich und begann auf und ab zu wandern. »Wenn du Eilean Donan mitten in der Nacht verlässt, werden sie dich als Ersten verdächtigen, sobald sie bemerken, dass er verschwunden ist. Und wenn du bis zum Morgen wartest, werden sie bereits wissen, dass er entkommen ist und jedes Fuhrwerk und jeden Mann durchsuchen, der durch das Tor will.« Mit einem Mal erschien es ihr hoffnungslos. »Und wenn sie dich erwischen …« Sie schüttelte den Kopf. »Ich will nicht, dass du meinetwegen am Galgen endest.«

»Und was ist mit dir?«

»Vater ist ganz versessen auf dieses Bündnis mit MacMathain. Vermutlich würde mir nicht allzu viel passieren.«

Als sie weiter hin und her lief, erhob er sich und vertrat ihr den Weg. »Ich sag dir was: Sie werden uns *nicht* erwischen. Keinen von uns. Du kannst auf mich zählen.«

»Das kann ich nicht von dir verlangen! Es grenzt an –« *Himmel! Es* ist *Verrat! Verrat an meinem eigenen Clan!*

»Wenn ich sage, du kannst auf mich zählen, dann ist das mein Ernst. Das bedeutet, dass ich etwas freiwillig tue und nicht weil du mich darum gebeten hast. Wir werden deinen MacDonald in Sicherheit bringen.«

»Er ist nicht *mein* MacDonald.«

»Wie auch immer. Du wirst schon sehen, wir werden es schaffen.« Er sah sich nach Brianna um. »Was ist, Köchin, hast du noch einen Platz in deiner Vorratskammer frei?«

»Für eine Ladung Frischfleisch?«

Der alte Krieger nickte. »Ganz recht. Am besten zwischen all den anderen Dingen, die ich morgen mit nach Hause nehme.«

Sessany glaubte sich verhört zu haben. »Denkst du

nicht, dass sie die Vorratskammern ebenso durchsuchen werden wie deinen Wagen?«

»Sie werden kaum jeden Getreidesack und jedes Fass öffnen. Und was den Wagen angeht, werde ich dafür sorgen, dass sie ihn durchsuchen, bevor ich das Paket auflade.«

Brianna betrachtete das Fläschchen mit dem Schlaftrunk. »Wenn das euer Plan ist«, meinte sie und griff danach, »solltet ihr jetzt verschwinden. Es kann nicht mehr lange dauern, bis eine der Wachen hier auftaucht, um Ale für sich und seinen Kameraden zu holen.« Sie deutete auf eine der Vorratskammern. »Wartet dort. Ich hole euch, wenn sie das Ale mit dem Mittel haben.« Sessany wollte protestieren. Ehe sie den Mund öffnen konnte, ergriff die Köchin erneut das Wort. »Spar dir den Atem. Nichts und niemand wird mich davon abhalten.«

»Danke.« Ihr Blick glitt zu Fearghas. »Euch beiden.«

Brianna winkte ab. »Verschwindet endlich.«

Fearghas nahm Sessany bei der Schulter, drehte sie herum und schob sie vor sich in die Vorratskammer. Hinter ihnen schloss Brianna die Tür. Dunkelheit legte sich wie ein schwarzer Schleier über Sessany. Sie setzte sich neben Fearghas an die Wand und starrte in die Finsternis. Hin und wieder drangen vereinzelte Geräusche an ihr Ohr, ohne dass sie hätte sagen können, was sie hörte. Die Zeit strich quälend langsam dahin. Jeder noch so winzige Laut ließ sie den Atem anhalten, und als schließlich die Tür mit einem Knarren aufschwang, erstarrte sie. Ein eckiger Lichtstrahl drängte in den Raum. Blinzelnd kämpfte sie gegen die Helligkeit an. Dann endlich erkannte sie Brianna.

»Ihr könnt rauskommen.«

Sessany sprang auf und verließ gefolgt von Fearghas die Kammer. Der Krieger blickte zu Brianna. »Hast du noch etwas von dem Schlaftrunk?« Die Köchin reichte es ihm. »Hoffentlich wirkt es schnell. Ich brauche einen Schlauch mit etwas Wasser. Nicht viel, nur ein paar Schluck.«

Als Brianna ihm einen nicht einmal zu einem Viertel gefüllten Wasserschlauch reichte, schüttete er den Rest des Trankes hinein und verkorkte den Schlauch sorgfältig.

Sessany beobachtete ihn mit gerunzelter Stirn. »Was hast du vor?«

»Wenn dein MacDonald wirklich in einem derart schlechten Zustand ist, wie ich vermute, ist es besser, wenn er schläft, während wir ihn fortschaffen.«

»Du willst ihn betäuben?«

»Wenn es sein muss.« Er befestigte den Schlauch an seinem Gürtel, verschwand in der Vorratskammer und kehrte mit einem großen Sack zurück. »Gehen wir.«

Wie Diebe schlichen sie durch eine Seitentür aus dem Haus und folgten der schmalen Außentreppe auf den Hof hinunter. Die Luft war kühl und feucht und in der Ferne glaubte sie zu hören, wie der Wind kleine Wellen gegen den Felsen schlug. Auf der gegenüberliegenden Seite des Hofes patrouillierten zwei Wachen über dem Tor. Als sie auf die Höhe des Wachhäuschens gelangten, erhaschte Sessany einen Blick auf die Männer, die sich dort um einen Tisch scharten und unter lautem Gelächter um ihren Sold würfelten. Keiner warf einen Blick auf den Hof. *Ranald würde ihnen das Fell über die Ohren ziehen, wenn er wüsste, was seine Männer während ihres Dienstes treiben.*

Von Zeit zu Zeit bedeutete Fearghas ihr innezuhalten. Momente, die er nutzte, um sich umzusehen. Sessanys Aufmerksamkeit galt den Wachen auf der Mauer. Einmal wäre sie beinahe über einen Mauervorsprung gestolpert, als sie den Blick nach oben statt auf den Weg vor sich richtete. Hastig streckte sie die Hand aus und fing sich an Fearghas ab. Der Krieger hielt sie am Arm, bis sie ihr Gleichgewicht zurückerlangt hatte. Er sagte kein Wort, dennoch glaubte sie ein vorwurfsvolles Blitzen in seinen Augen zu erkennen. Von da an blieb sie stehen, wenn sie sich nach den Wachen umsah.

Unbemerkt erreichten sie den Zugang zum Südwestflügel. In den oberen Geschossen waren Quartiere und Vorratslager untergebracht, in seinem Fundament die Kerker. Fearghas blieb stehen und lauschte. Schließlich legte er eine Hand auf den Riegel. Mit leisem Knarren schwang die Tür auf. Sessany sah sich erschrocken um. Der Wind trieb das Gelächter der Wachen an ihr Ohr, laut genug um die knarrende Tür zu übertönen. Während ihr Blick noch über den Hof glitt, trat Fearghas ein und zog sie mit sich. Leise drückte er die Tür hinter sich zu und sperrte das Mondlicht aus. Finsternis breitete sich wie ein undurchdringliches Tuch über Sessany. Es dauerte eine Weile, ehe sie den leisen Lichtschimmer bemerkte, der von unten zu ihnen empordrang.

Sie spürte Fearghas' Hand auf ihrem Arm, als er ihr bedeutete ihm zur Treppe zu folgen. Vorsichtig stiegen sie die ausgetretenen Steinstufen hinab. Derselbe Weg, den sie unzählige Male gegangen war, als Alasdair noch als Wilderer dort unten gefangen gewesen war. Doch niemals zuvor hatte ihr Herz so heftig gepocht wie jetzt. Zum ersten Mal bemerkte sie die feuchte Kälte, die sich in den Tiefen des Steinbaus eingenistet hatte und mit jedem Schritt stärker zu werden schien. Eine Gänsehaut überzog ihre Arme und ihren Rücken bis hinauf zum Nacken. Am Fuße der Treppe hielt Fearghas inne. Vor ihnen lag ein bogenförmiger Durchlass, hinter dem sich ein langer Gang erstreckte. Rechts und links davon waren mehrere Türen: Kerkerzellen. Unmittelbar hinter dem Durchlass war die Wachkammer. Von dort kam das Licht. Sessany hielt den Atem an und lauschte. Nichts.

Nachdem sie eine Weile verharrt hatten, steckte Fearghas den Kopf um die Ecke. Grinsend zog er den Kopf zurück. »Sie schlafen.« Als er in die Stube trat, spähte Sessany hinter ihm in die Kammer. Angespannt blickte sie auf die beiden Männer, die am Tisch neben ihren Humpen zusammengesunken waren und leise schnarchten. Fearghas nahm die Kerze vom Tisch und griff nach dem Schlüsselring, der an einem Haken neben der Tür hing.

»Sollten wir sie nicht einsperren für den Fall, dass sie wach werden?«

Er schüttelte den Kopf. »Beeilen wir uns einfach.« Sein Blick wanderte den Gang entlang. »Suchen wir deinen MacDonald.«

Sie begannen die Luken in den Türen zu öffnen und spähten in die Zellen. Die ersten drei waren leer. In der vierten lag ein Mann im Stroh und schlief. Danach wieder zwei leere Zellen. Sessany öffnete die siebte Luke und sah hinein. Sie wollte sie schon wieder schließen, als ihr Blick an einem Schatten hängen blieb. Sie kniff die Augen zusammen. Langsam gewann der Schatten an Kontur, bis sie eine zusammengekrümmte Gestalt erkannte. Alasdair!

Aufgeregt winkte sie Fearghas heran. »Schließ auf.«

Er hantierte mit den Schlüsseln, bis er den passenden fand. Die Tür war noch nicht ganz auf, da drängte Sessany schon an ihm vorbei. Der modrige Gestank von altem Stroh stieg ihr in die Nase, vermischt mit dem Geruch von Schweiß und Blut. Sie ließ sich neben Alasdair auf die Knie fallen. Vorsichtig berührte sie ihn an der Schulter. Er regte sich nicht. *Bitte wach auf!* Sie versuchte es wieder. Als auch dieses Mal keine Reaktion erfolgte, drehte sie ihn herum. Wie ein nasser Sack fiel er auf den Rücken. Entsetzen griff mit eisigen Händen nach ihrem Herzen, als sie sein geschwollenes Gesicht sah. Geronnenes Blut klebte in seinem Bart, mischte sich mit Schweiß und Dreck und verbarg seine Züge beinahe völlig. Aus einer Platzwunde an seiner Stirn sickerte noch immer Blut, feucht glänzend im Kerzenschein. Unwillkürlich tastete sie nach seiner Stirn. Er glühte vor Fieber.

»Alasdair?« Ihre Stimme schwankte.

Keine Antwort.

»Er ist in einem noch erbärmlicheren Zustand, als ich

befürchtet hatte.« Fearghas warf den Sack auf den Boden, zog den Wasserschlauch hervor und entkorkte ihn. »Heb seinen Kopf.«

Sie folgte der Aufforderung und beobachtete, wie er Alasdair den Schlauch an die Lippen setzte. Die ersten Schlucke rannen aus seinem Mundwinkel, ehe er plötzlich den Mund öffnete und trank. Fearghas flößte ihm das Schlafmittel so schnell ein, dass sie befürchtete, er könne sich verschlucken und ersticken. Schließlich zog er den Schlauch zurück. Sessany wischte das Wasser von Alasdairs Kinn und strich ihm sanft über die Stirn. Für einen Moment öffnete er die Augen. Sein Blick war weit entfernt. Er bewegte die rissigen Lippen, ohne mehr als ein Stöhnen hervorzubringen. Dann fiel sein Kopf zur Seite.

Fearghas hob ihn hoch, damit sie ihm den Sack überstreifen konnte. Schließlich warf er sich den reglosen Gefangenen über die Schulter und trug ihn aus der Zelle. Wie betäubt griff Sessany nach der Kerze und dem Wasserschlauch. Sie verriegelte die Zelle und brachte den Schlüsselring in die Wachstube zurück. Keiner der Männer hatte sich gerührt.

Sessany stand am Fenster ihres Zimmers und blickte auf den Hof, wo Fearghas seinen Wagen belud. Schon seit einer Weile beobachtete sie, wie er immer mehr Vorräte herbeischleppte. Zwei Fässer Ale und einige Säcke befanden sich bereits auf der Ladefläche und noch immer kam er mit neuen Vorräten. Keiner der Säcke hatte annähernd menschliche Formen.

Nachdem sie Alasdair unbemerkt in Briannas Vorratskammer geschafft hatten, wollte Sessany bei ihm bleiben und seine Wunden versorgen, doch Fearghas hatte sie fortgeschickt. Nur ungern hatte sie nachgegeben. Erst nachdem Fearghas versprach sich um ihn zu kümmern, war sie gegangen. Den Rest der Nacht hatte sie auf ihrem Bett gelegen und in die Dunkelheit gestarrt, bis im Morgengrauen laute Rufe die Burg in Aufruhr versetzten. Fetzen von gebrüllten Befehlen drangen an ihr Ohr, überlagert vom Stampfen unzähliger Stiefel. Jedes Mal, wenn erneut eine Stimme durch die Burg hallte, fürchtete sie, sie hätten ihn gefunden.

Schließlich kamen sie in ihr Zimmer. Ihr blieb beinahe das Herz stehen. Sie war überzeugt, dass die Männer sie packen und zu ihrem Vater bringen würden, wo sie sich für die Befreiung des Gefangenen zu rechtfertigen hätte. Stattdessen erklärte man ihr knapp, dass der Gefangene entflohen sei und sie nun alles nach ihm absuchten. Nachdem sie sich in ihren Gemächern umgesehen hatten ohne etwas zu finden, waren sie unverrichteter Dinge wieder von dannen gezogen.

Im Morgengrauen hatte sie sich von Fearghas verabschiedet, wie sie es immer tat, wenn er auf Eilean Donan war. Seit sie ihn auf dem Hof verlassen hatte, stand sie am Fenster ihres Gemachs und beobachtete ihn. Das Pferd war eingespannt, die Vorräte verstaut und die Plane fest über der Ladefläche verzurrt. Der Krieger verabschiedete sich von Brianna, die ihm noch ein kleines Bündel Proviant in die Hand drückte, und schwang sich auf den Kutschbock. Er lenkte den Wagen über den Burghof. *Verfluchter MacDonald!* Der Anblick seines geschundenen Körpers wollte sie nicht mehr loslassen. Noch immer glaubte sie seine glühende Stirn unter ihren Fingern zu spüren. *Lieber Gott, all das meinetwegen!* Am Tor traten zwei Wachen vor den Wagen. Fearghas wechselte ein paar Worte mit den Männern. Schließlich zuckte er die Schultern und sprang vom Kutschbock. Mit angehaltenem Atem beobachtete Sessany, wie er die Plane löste und zurückzog.

»Meinetwegen.« Der Wind trug seine Worte zu ihr empor. »Der Wagen ist zwar vorhin schon durchsucht worden. Aber bitte.« Einer der Männer hob seinen Speer und stieß mit der Spitze in einen der Getreidesäcke. »Wenn du mir auch nur ein einziges Loch in einen der Säcke bohrst und ich deinetwegen etwas von meinen Vorräten verliere, ziehe ich dir das Fell über die Ohren!«

Der Wachmann duckte sich unter den harschen Worten seines früheren Hauptmanns. Er drehte den Speer herum und stieß – bestenfalls halbherzig – mit dem stumpfen Ende gegen ein paar Säcke. Endlich winkten sie ihn durch. Sessany atmete auf.

Später an diesem Tag ließ ihr Vater sie in die Große Halle rufen. Der Chief saß am Kopfende der Tafel, Iomaér zu seiner Rechten, an den Längsseiten Murdoch, Melwyn, Hauptmann Ranald und Hamish MacMathain.

Als sie eintrat, diskutierten die Männer über MacDonalds Verschwinden. Sessany blieb neben der Tür stehen und wartete, dass ihr Vater das Wort an sie richten würde.

»Er entkam nicht aus eigener Kraft, so viel steht fest.« Ranalds Miene zuckte vor unterdrücktem Zorn. »Jemand hat meinen Männern ein Schlafmittel verabreicht.« Er wandte sich an Melwyn. »Wisst Ihr etwas darüber?«

Ihre Knie drohten nachzugeben. Sie war so erleichtert gewesen, dass Melwyn ihr das Schlafmittel gegeben hatte, dass sie nicht auf den Gedanken gekommen war, wie leicht die Spur zu ihr zurück zu verfolgen war. Binnen weniger Augenblicke würden alle wissen, was sie getan hatte.

Melwyns knochige Züge wirkten wächsern im Licht der einfallenden Sonne. Tiefe Schatten lagen unter seinen Augen und ließen sie riesig erscheinen. »Als ich von dem Schlafmittel hörte, habe ich sofort meine Vorräte überprüft. Es fehlt nichts.« Sessany blinzelte. Der Alte fuhr fort: »Derjenige, nach dem Ihr sucht, muss dieses Mittel schon länger besessen haben.« Für die Dauer eines Herzschlags zuckten seine Augen zu Sessany. Sie glaubte zu sehen, wie er ihr zublinzelte. Hastig wich sie seinem Blick aus und verharrte mit gesenktem Haupt.

»Wer auch immer ihn befreit hat, unterstützt die MacDonalds.« Die Muskeln an MacMathains Hals zuckten. »Wie es scheint, habt Ihr einen Verräter in Eurer Burg, Herr.«

Murdochs Augen hefteten sich auf MacMathain. »Dass er am Leben ist, bringt unsere Pläne in Gefahr. MacDonald darf auf keinen Fall –« Er brach ab, als sein Blick auf Sessany traf.

Plötzlich richtete sich die Aufmerksamkeit aller auf sie. Sie verneigte sich vor dem Chief. »Ihr habt mich rufen lassen, Vater.«

»Sobald wir MacDonald eingefangen haben, wirst du nach Dùntràth aufbrechen.« Diese sachliche Feststellung war alles, was der Chief für sie übrig hatte.

Die Anspannung der vergangenen Tage war zu viel für sie. Es gelang ihr nicht mehr, ihre Zunge in Zaum zu halten. »Bitte, Vater, ich will nicht heiraten.«

»Schweig!«

»Vater –«

Die Augen des Chiefs waren kalt wie Eis. »Ich sagte, du sollst den Mund halten!«, donnerte er. »Du wirst Lachlan MacMathain heiraten! Du kannst dich glücklich schätzen einen Mann wie ihn zu bekommen. Sobald wir MacDonald haben, brichst du auf. Bis dahin wird Deórsa sich um dich kümmern.«

Lange Zeit war die Welt schwarz und leer gewesen. Jetzt machte die Leere allmählich einem stärker werdenden Schmerz Platz. Schmerz, der es vermochte, Licht und Farben zurückzubringen. Es war nicht das erste Mal, dass Alasdair erwachte. Undeutlich glaubte er sich an eine schemenhafte Gestalt zu erinnern, die ihm wiederholt einen bitter schmeckenden Trank eingeflößt hatte. Immer wenn er versuchte sich auf die Umrisse zu konzentrieren, versank er erneut in tiefen Schlaf. Das Fieber überlagerte alles. Schweißgebadet lag er da, heimgesucht von wilden Fantasien. Fragen schwammen durch seinen Geist. Fragen, die Hamish MacMathain immer wieder wiederholt hatte, ohne dass Alasdair eine Antwort darauf gewusst hätte. Dumpfe Schläge. Ein Knüppel, der wieder und wieder in seine Rippen fuhr. Dann zerrte MacMathain Sessany herbei. Wieder stellte er seine Fragen, und als Alasdair nicht antwortete, schlug er auf sie ein. Sie schrie und wand sich, ehe sie reglos liegen blieb. Ihre Züge verschwammen, verwandelten sich in das Antlitz seiner Mutter. Er war wieder in Finlaggan, zurück in jener Nacht, die sein Leben für immer verändert hatte. Einmal mehr sah er die Menschen, die er liebte, tot in ihren Gemächern liegen. Er sah Männer, die ihre Frauen und Kinder mit letzter Kraft verteidigten, ehe sie selbst unter dem Ansturm der Wikingeräxte fielen. Endlich erwachte er, von seinen eigenen Schreien aus dem Albtraum gerissen.

Dieses Mal bestand die Welt aus mehr als nur Nebel. Gedämpft drang das Prasseln eines Feuers an sein Ohr. Da begriff er, dass das Fieber nicht mehr in seinem Körper wütete. Es war die Hitze der Flammen, die er verspürte. Vorsichtig öffnete er ein Auge. Obwohl das Licht gedämpft war, bohrte sich der Schein wie ein Speer in seinen Schädel und zwang ihn das Auge wieder zu schließen. Ein dumpfes Pochen breitete sich hinter seiner Stirn aus.

Stöhnend hob er eine Hand und betastete sein Gesicht, spürte die Schwellungen und Blutergüsse. Seine Finger glitten über die aufgeplatzte Lippe, die noch immer geschwollenen Augenlider, eine Platzwunde und unzählige weitere Verletzungen. Das Letzte, woran er sich erinnerte, war Sessany. Er glaubte verschwommen ihr Gesicht zu sehen, das auf ihn herabblickte und ihn besorgt musterte. *Hat sie mir nicht über die Stirn gestrichen?* Unwillkürlich schüttelte er den Kopf. Sie war fort. Alles, was ihn erwartete, sobald er die Augen erneut öffnete, war die stickige Enge einer Kerkerzelle. *Und MacMathain.* Dennoch unternahm er einen weiteren Versuch. Eine Weile verging, in der er blinzelnd gegen das Licht ankämpfte. Seine Augen tränten, doch allmählich gewöhnte er sich an die Helligkeit. Der weiße Nebel, der seine Sicht verengte, verflüchtigte sich und gab die Konturen eines Mannes frei. Alasdair zuckte zusammen, als sich die massige Gestalt über ihn beugte. Stechender Schmerz breitete sich in seiner Seite aus. Er sog scharf die Luft ein.

»Nicht bewegen, Junge. Du hast ein paar gebrochene Rippen.«

Noch immer blinzelnd versuchte er sich aufzusetzen. Er presste mahlend die Zähne aufeinander, als der Schmerz ihn mit sich zu reißen drohte. Mit einem heftigen Fluch streckte der Mann die Arme aus und drückte ihn auf das Lager zurück. »Du sollst liegen bleiben!«

»Wo bin ich?« Seine Stimme klang rau und schwach in seinen eigenen Ohren. Seine Kehle war trocken und in seinem Mund hatte sich ein bitterer Geschmack eingenistet. Sein Blick blieb an einem Regal hängen, auf dem mehrere Tonkrüge aufgereiht standen. *Kein Kerker.* »Was ist geschehen?«

»Sie hat viel riskiert um dich zu befreien.«

»Sie? Sessany?« Blinzelnd sah er sich um. »Wo ist sie?«

»Auf Eilean Donan.«

Alasdair fluchte.

Der Mann reichte ihm einen Becher. »Trink. Das hilft gegen Fieber und Schmerzen.«

Der scharfe Geruch von Branntwein und Kräutern stieg ihm in die Nase. Sobald er trank, vermeldete seine Zunge ein Brennen, das kurz darauf ein angenehmes Feuer in seinen Eingeweiden entzündete. Er leerte den Becher und leckte selbst die letzten Tropfen von seinen Lippen, ehe er auf das Lager zurücksank. »Seid Ihr ein Freund von ihr?«

Er nickte.

»Habt Ihr …«

»Dich aus Eilean Donan fortgeschafft.«

»Ihr habt mich *dort* herausgeholt?«

Wieder nickte er, dann verfinsterte sich seine Miene. »*Deinetwegen* ist sie wieder dort«, grollte er. »Nur weil sie dachte dir etwas schuldig zu sein.«

Alasdair runzelte die Stirn. »Schuldig?«

Die Züge seines Gastgebers glätteten sich. »Sie haben dich übel zugerichtet. Es wird eine Zeit dauern, bis du wieder auf den Beinen bist. Und dann hast du einiges gutzumachen. Glaub ja nicht, dass du mir so leicht davonkommst.«

## *9*

Ein Geräusch schreckte Sessany aus dem Schlaf. Sie öffnete die Augen, um einen Blick in den Himmel zu werfen. Statt der Sterne erblickte sie die Zeltplane, die ihre Welt auf einen engen Raum begrenzte. Sie wusste nicht, was schlimmer war: die vergangenen zwei Wochen, die sie unter Deórsas wachsamen Augen zugebracht hatte, oder die Tatsache, dass sie sich erneut – diesmal in Begleitung von Hauptmann Ranald und seinen Männern – auf dem Weg nach Dùntràth befand. Seit sie Eilean Donan heute Morgen verlassen hatten, wartete sie auf eine Gelegenheit zur Flucht. Ranalds Männer waren ständig in ihrer Nähe. Nicht aus Furcht, sie könne ihnen entwischen. Dazu hatte sie ihnen keinen Anlass gegeben. Es war MacDonald, vor dem sie auf der Hut waren. *Diese Narren glauben tatsächlich, er würde kommen um mich zu entführen!*

Nachdem es ihnen immer noch nicht gelungen war, ihn aufzuspüren, hatte ihr Vater beschlossen, keine Zeit mehr zu verschwenden und sie dennoch nach Dùntràth zu schicken. Sie schluckte einen Fluch hinunter. Hinter der Zeltplane war der helle Widerschein eines Lagerfeuers auszumachen. Die einzigen Geräusche waren die gedämpften Stimmen der Clansmen am Feuer und die gelegentlichen Bewegungen der Wachen vor ihrem Zelt. Das leise Knarzen der Lederstiefel oder das Klirren eines Schwertgehenks mischte sich mit dem Schnauben der Pferde, das hin und wieder erklang. Nitas regelmäßige Atemzüge erfüllten das Zelt mit Leben. Sessany schloss die Augen und schlief wieder ein.

Als sie das nächste Mal aus dem Schlaf fuhr, war das Geräusch näher. Im Zelt! Kaum mehr als ein Lufthauch. Dann spürte sie eine Hand, die sich fest über ihren Mund legte. Sie riss die Augen auf. Eine schattenhafte Gestalt beugte sich über sie. Die Hand auf ihrem Mund erstickte ihren Schrei.

»Still.« Die Worte waren so leise in ihr Ohr gehaucht, dass es eine Weile dauerte, bis sie ihren Sinn verstand. Ein wenig länger dauerte es, bis sie die Stimme erkannte. »Ich werde jetzt meine Hand zurückziehen. Du wirst nicht schreien, oder?« Mit klopfendem Herzen starrte sie Fearghas an. Hin- und hergerissen zwischen Erstaunen und Erleichterung schüttelte sie den Kopf. Er zog die Hand zurück und half ihr auf die Beine. Sessanys Blick glitt zu Nita. Das Mädchen rührte sich nicht.

»Betäubt«, flüsterte Fearghas, als er ihren Blick bemerkte. »Zieh dich an.«

Erst jetzt wurde ihr bewusst, dass sie nicht mehr als ein knielanges Leinenhemd trug. Zum Glück war es dunkel genug, sodass Fearghas weder sah, wie sie errötete, noch Dinge erblicken konnte, die nicht für seine Augen bestimmt waren. Sie brauchte nur wenige Handgriffe, um das Wollkleid, das sie auch dieses Mal unter den Seidengewändern verborgen hatte, aus der Truhe zu zerren. Hastig zog sie es an, schlüpfte in ihre Stiefel und griff nach dem Bündel, das sie eigens für eine Gelegenheit wie diese vorbereitet hatte.

»Fertig?«, drängte Fearghas und überprüfte den Sitz des Claymores, das er sich auf den Rücken geschnallt hatte.

»Verschwinden wir.« Lautlos trat er auf die hintere Zeltwand zu, in der ein großer Schnitt klaffte. Er schob die Plane zur Seite und spähte in die Nacht.

Nachdem er sich überzeugt hatte, dass alles ruhig war, schlüpfte er nach draußen, hielt die Plane zur Seite und ließ Sessany hinaus. Begierig sog sie die frische Nachtluft ein. Stimmen zogen ihre Aufmerksamkeit auf sich. Drei oder vier Männer saßen auf der anderen Seite des Zeltes am Feuer und unterhielten sich leise. Die Männer, die die Zeltrückseite bewachen sollten, lagen reglos im Staub. Einem ragte ein Pfeil aus der Brust.

»Da entlang.« Fearghas deutete auf die dunklen Baumreihen, die sich wenige Fuß entfernt aus der Nacht erhoben.

Von der anderen Seite des Zeltes drang Gelächter an ihr Ohr. »Hast du gehört, Munroe?«, rief einer der Männer. »He, Munroe! Ich rede mit dir!« Sessanys Blick glitt zu einem der Toten. *Munroe.* »Munroe? Coll?« Am Feuer bewegte sich jemand. Knirschende Schritte näherten sich.

»Lauf!« Fearghas verpasste ihr einen Stoß.

Sie rannte los, auf den Waldrand zu, als hinter ihr ein Alarmschrei die Stille zerriss. Schritte und Rufe wurden laut. Sessany sah sich um. Einer von Ranalds Kriegern war direkt hinter ihr. Noch zwei Schritte, dann hatte er sie eingeholt. Ein hohes Sirren erklang und einen Atemzug später wuchs ein Pfeil aus der Brust ihres Verfolgers. Sessany hielt erstarrt inne, als der Krieger zu Boden ging. Fearghas schob sie vorwärts.

Ranalds Krieger waren dicht hinter ihnen – ein Durcheinander aus Plaids, Kappen und Schwertern. Zwei weitere Pfeile, aus dem Wald auf die Clansmen abgefeuert, ließen die Männer vorsichtiger werden. Ranalds Befehle dröhnten in Sessanys Ohren, als Fearghas sie ins Unterholz schob.

»Weiter! Schnell!« Er schlug einen Haken und trieb sie

vor sich her. Aus dem Lager waren die Rufe der Krieger zu vernehmen. Sie kamen näher. Sessany erschrak, als plötzlich eine dunkle Silhouette vor ihr aus dem Boden wuchs. Sie fuhr zurück und wollte flüchten, als ein starker Arm sie festhielt.

»MacDonald?« Sie blinzelte überrascht.

Alasdair grinste und gab sie frei. »Hier, nimm.« Er drückte ihr Bogen und Köcher in die Hand und zog ein Claymore. Ranalds Männer kamen näher. Ihre Stimmen hallten durch den Wald, fingen sich in den Bäumen und schienen von überall her zu kommen. Ins Dickicht geriet Bewegung, als sechs Clanskrieger zwischen den Bäumen hervorbrachen und ihnen mit erhobenen Schwertern entgegenstürzten.

Fearghas trat an Alasdairs Seite. Sein Blick kehrte noch einmal zu Sessany zurück. »Verschwinde! Versteck dich!«

»Was ist mit euch?«

»Wir werden dich finden. Lauf jetzt!«

Sie machte kehrt und tauchte zwischen den Bäumen in die Schatten. Kurz darauf durchdrang das Klirren von Stahl die nächtliche Stille. Der stampfende Rhythmus des Kampfes erfüllte den Wald. Männer brüllten Befehle. Schreie erklangen. Sessany sah sich nach Alasdair und Fearghas um und fand die beiden von Ranalds Kriegern umringt. Wie ein grausames Schattenspiel zuckten die mächtigen Klingen durch die Luft, prallten aufeinander. Hieb um Hieb, eine ständige Abfolge von Angriff und Verteidigung, als wäre es ein Tanz, dessen Schrittfolge nur die Kämpfenden selbst kannten. *Wie lange könnt ihr dieser Übermacht standhalten?* Sie hielt inne, hob den Bogen und legte einen Pfeil auf. Ihr Blick heftete sich auf Ranald, der ein Stück hinter seinen Männern stand und Anweisungen brüllte. Sie zielte auf seine Brust. Es war, als holten ihre Augen ihn heran, bis sie deutlich jene Stelle erkennen konnte, an der der tödliche Pfeil in seinen Leib dringen würde. Er würde sterben. Wie Baylor. *Nein!* Sie senkte den Bogen ein Stück und ließ den Pfeil fliegen. Das Geschoss bohrte sich in Ranalds Oberschenkel. Er schrie auf, taumelte und stürzte.

Alasdair und Fearghas hatten sich inzwischen einiger Gegner entledigt. Doch noch immer drangen vier auf sie ein. Eine Klinge raste Fearghas entgegen. Es gelang ihm nicht mehr, den Angriff zurückzuschlagen. Als das Schwert in seine Seite drang, musste Sessany sich auf die Lippe beißen, um einen erschrockenen Schrei zu unterdrücken. Sie rannte los, hetzte zu Fearghas und Alasdair zurück.

Die beiden standen Rücken an Rücken und sahen sich drei weiteren Clansmen gegenüber. Fearghas schwankte und es bereitete ihm sichtlich Mühe, die Waffe zu heben. Alasdair versuchte die Angriffe, so gut es ging, auf sich zu lenken.

Sessany stürmte auf den ersten von Ranalds Männern zu und sprang ihn an. Sie erwischte ihn am Plaid und riss ihn mit sich zu Boden. Über ihr prallte Stahl auf Stahl. Sie fuhr herum. Alasdair hatte das Claymore eines weiteren Kriegers abgefangen. Er holte aus und versetzte dem anderen einen Tritt, der ihn gegen einen Baum schleuderte. Beinahe gleichzeitig streckte er den dritten mit einem gezielten Hieb nieder. Ein Stück weiter hinten kämpfte Ranald darum, auf die Beine zu kommen, während er nach Verstärkung brüllte.

Blitzschnell packte Alasdair sie am Arm und zog sie hoch. Er sah sich nach Fearghas um. »Verschwinden wir!«

»Lauft. Ich halte so viele auf, wie ich kann.«

»Du kommst mit uns!«

Fearghas schüttelte den Kopf. »Ohne mich seid ihr schneller.« Er wandte sich an Alasdair. »Bring sie in Sicherheit.«

»Du weißt, was es bedeutet, wenn wir ohne dich gehen?«

Der Krieger nickte. Sein Blick glitt zu Sessany. Er keuchte vor Anstrengung und presste eine Hand in die Seite. Darunter war sein Hemd dunkel von Blut. »Komm nicht auf den Gedanken, dir Vorwürfe zu machen. Das ist meine freie Entscheidung.« Zu Alasdair sagte er: »Gib gut auf sie Acht.«

Alasdair bedachte ihn mit einem langen Blick, dann nickte er. Ranalds Männer kamen näher. Sessany streckte die Hand nach Fearghas aus. Er zog sie in seine Arme. Sein Griff war stark, doch sie spürte, wie er zitterte. »Dein MacDonald wird dich beschützen.« Er drückte sie noch einmal an sich, ehe er sie von sich schob. »Geht.« Ihre Kehle war wie zugeschnürt. Sie rührte sich nicht vom Fleck. »Schaff sie fort!«

Sie sah nur noch, wie Fearghas sein Claymore hob und Ranalds Männern entgegenwankte. Alasdair stieß sie vor sich her und zwang sie zu rennen. Sie fühlte sich wie betäubt. Alles, woran sie denken konnte, war Fearghas' vor Schmerz verzerrtes Gesicht. *Komm nicht auf den Gedanken, dir Vorwürfe zu machen.* Wie könnte sie das nicht tun? Er starb ihretwegen.

Eine Weile noch folgten ihnen die Rufe der Krieger und der Lärm eines Kampfes, leiser werdend und schließlich vollends verstummend. Die Stille war kaum zu ertragen. Alasdair trieb sie unermüdlich voran. Sessany rannte, bis ihre Lungen brannten und ihre Beine nachzugeben drohten. Als sie immer öfter ins Taumeln geriet, griff er nach ihrer Hand und zog sie mit sich. Längst erkannte sie keinerlei Unterschied mehr in der Umgebung. Bäume und Sträucher flogen an ihr vorüber. Immer wieder peitschten ihr Äste ins Gesicht. Mehr als einmal stolperte sie, stürzte und rappelte sich wieder auf. Als im Osten bereits die Dämmerung über das Land zog und den Wald in helles Grau hüllte, dirigierte Alasdair sie zu einer kleinen Höhle und schob sie in die Schatten. Sie ließ Pfeil und Bogen fallen und sank auf die Knie. Ein Schluchzen fand den Weg aus ihrer Kehle.

Alasdair ließ sich vor ihr nieder. Er öffnete den Mund, rang um Atem und um die richtigen Worte. Mitgefühl und Wärme prägten seine Züge, als er zögernd die Hand hob und ihr über die tränennasse Wange strich. Dann schloss er sie in seine Arme. Als sie sich sträubte, zog er sie nur noch enger an sich. Zitternd vor Erschöpfung gab sie ihre Gegenwehr auf, schmiegte sich an seine Schulter und sog den beruhigenden Geruch von Schweiß und Torffeuer ein, der ihn umgab.

Sessany erwachte durch eine Berührung an der Schulter. Erschrocken fuhr sie auf. Eine Hand hielt sie zurück. »Du bist in Sicherheit.«

Ihre Augen fanden Alasdairs. Schlagartig kehrte die Erinnerung zurück. »Fearghas«, sagte sie heiser.

»Es war eine schlimme Nacht.« Er fuhr mit einer Hand ihren Arm entlang.

Sie entzog sich seiner Berührung und setzte sich auf. Fahrig strich sie sich eine Locke aus der Stirn und sah sich um. Tageslicht fiel in die zerklüftete Höhle und hüllte einen Teil davon in schwachen Schein. »Wir müssen weiter.«

Alasdair schüttelte den Kopf. »Du hast lange geschlafen. Es wird bald dunkel. Wir bleiben noch eine Nacht und ruhen uns aus. Morgen Früh brechen wir auf.«

Sie wollte protestieren, besann sich dann aber anders. Als sie seinen Blick spürte, sah sie auf. Er kniete ein Stück entfernt und betrachtete sie eingehend. Etwas an ihm hatte sich verändert, ohne dass sie hätte sagen können, was es war.

»Was starrst du mich an, MacDonald?«

»Ich versuche herauszufinden, ob du verletzt bist.«

»Du könntest mich fragen.«

»Bist du verletzt?«

Sie schüttelte den Kopf. »Nur ein paar blaue Flecken. Nichts Schlimmes.« *Und nichts im Vergleich zu dem, was Fearghas widerfahren ist.* »Warum habt ihr das getan?«

»Warum hast du mich aus dem Kerker befreit?«

»Das ist doch etwas völlig anderes! Ich bin nicht Gefahr gelaufen, mein Leben zu verlieren. Fearghas hingegen ...« Ihre Stimme brach.

Alasdair stemmte sich auf die Beine und ging zu ihr. Sie bemerkte, wie vorsichtig er sich bewegte. Wie ein Mann, der Verletzungen erlitten hatte, die nur langsam heilten. Er ging vor ihr in die Hocke. »Es war seine freie Entscheidung.«

»Wie kannst du das sagen? Wenn er gewusst hätte, dass –«

»Er kannte das Risiko. Wir beide kannten es.«

»Und dennoch habt ihr es getan. Bei Gott, warum?«, fragte sie leise.

»Anfangs, weil er mich dazu gezwungen hat. Später, weil ich begriffen habe, dass ... Du bist meinetwegen nach Eilean Donan zurückgekehrt. Ich konnte nicht ... ich konnte dich nicht im Stich lassen.«

*Von Anfang an wolltest du mich nicht gehen lassen. Warum nicht?* Sie fuhr sich mit einer Hand über die Augen und starrte ins Nichts. »Was ist mit dir?«, fragte sie nach einer Weile.

»Was soll mit mir sein?«

»Bist du verletzt?«

»Mir fehlt nichts.«

»Ich habe gesehen, wie du dich bewegst.«

Er verzog das Gesicht. »Das hat nichts mit vergangener Nacht zu tun.«

»MacMathain. Teufel auch! Alasdair, das habe ich nicht gewollt.«

»Sessany.« Seine Stimme wurde weich. »Es ist nicht deine Schuld.«

»Wenn ich mich nicht derart heftig gegen dich gewehrt hätte, hätten sie uns nicht gefunden. Dann wäre das alles nie geschehen.« *Fearghas würde noch leben.* Sie schloss die Augen und versuchte die Tränen zurückzuhalten.

Er legte ihr einen Finger unters Kinn und zwang sie den Kopf zu heben. »Es wäre auch nicht geschehen, wenn ich dich hätte gehen lassen oder wenn ich dir von Anfang an gesagt hätte, wer ich bin. Ebenso wenig wäre es geschehen, wenn du mich wegen Wilderei hättest hängen lassen. Verstehst du? Es gibt unzählige Möglichkeiten, unzählige Entscheidungen, die wir hätten anders treffen können. Jeder von uns. Die Dinge sind nun einmal so gekommen, wie sie sind.«

»Warum hört sich das so vernünftig an?«

»Es *ist* vernünftig.«

»Vielleicht hast du Recht.«

»Ganz sicher habe ich das.« Einmal mehr breitete sich jenes einnehmende Lächeln auf seinen Zügen aus, das sie schon so oft an ihm gesehen hatte. Sie konnte nichts weiter tun als ihn anzustarren. Da wurde ihr plötzlich bewusst, was sich verändert hatte. *Er hat sich den Bart abrasiert.* Zum ersten Mal fiel ihr auf, wie gut er aussah. Die stolzen Züge, die aufrechte Haltung eines Kriegers und ein Paar brauner Augen, das sie aufmerksam betrachtete. All das fügte sich zum Bild eines Mannes zusammen, dessen Nähe sie gleichzeitig verunsicherte und beruhigte.

Sein Blick hing an ihren Augen. Plötzlich beugte er sich vor, bis sein Gesicht ihrem ganz nah war. »Wir wissen beide, was geschieht, wenn ich dich jetzt küsse. Am Ende trifft dein Knie dieses Mal.«

»Entweder das oder ich muss mir danach wieder endlose Entschuldigungen und Ausflüchte für etwas anhören, das ohnehin nicht der Rede wert war, und –« Sie klappte erschrocken den Mund zu.

Seine Augenbrauen schnellten angesichts ihrer offenen

Herausforderung in die Höhe. »Ach?« Er grub eine Hand in ihre Locken und zog sie zu sich heran. Seine Lippen nahmen ihren Mund in Besitz, sanft und fordernd zugleich. Ein Sturm von Gefühlen brach über sie herein. Hin- und hergerissen zwischen dem Wunsch, seinen Kuss zu erwidern, und dem Drang, ihn von sich zu stoßen, hielt sie erstarrt den Atem an. Als seine Zungenspitze den Schwung ihrer Lippen entlangglitt, entschlüpfte ihr ein leises Seufzen. Erschrocken stieß sie ihn von sich und schnappte nach Luft. Das Blut rauschte ihr in den Ohren, begleitet vom heftigen Schlagen ihres Herzens.

»Und? Muss ich mich entschuldigen oder war es *nicht der Rede wert*?« Sein Lächeln entfachte ein warmes Knistern in ihrem Innersten. »Wenn ich dich so ansehe, denke ich, eine Entschuldigung könnte nicht schaden. Du hast wieder ein wenig Farbe bekommen.« Das Lächeln verschwand aus seinen Zügen, von der Erinnerung an die vergangene Nacht fortgeweht wie Blätter im Wind. »Ich weiß, dass wir dieses Gespräch schon einmal geführt haben«, wechselte er das Thema, »aber ich gehe zurück zu Seamus und Rhoda und ich wäre froh, wenn du mich begleiten würdest. Wenigstens bis du weißt, wo du hinsollst.«

»Werde ich dich je wieder los, MacDonald?«

»Die Chancen stehen schlecht.«

## *10*

Bringt mir den Kopf dieses MacDonald! Ich will ihn tot sehen!«, brüllte Kenneth MacKenzie. Es war ihm gleichgültig, dass zwei Männer Hauptmann Ranald auf den Beinen halten mussten. Er interessierte sich nicht für die nur notdürftig verbundene Pfeilwunde an seinem Bein und auch nicht für Iomaérs und Hamish MacMathains Anwesenheit. Alles, was zählte, war MacDonald. Schlimm genug, dass es ihm gelungen war, zu entkommen, hatte er jetzt auch noch das Mädchen in seiner Gewalt.

»Ich will seinen Kopf!«, wiederholte er, den Blick auf Ranald geheftet, der mit gesenktem Haupt vor ihm stand. Zwölf Mann hatten Eilean Donan mit ihm verlassen. Vier waren jetzt tot. Sechs verwundet.

Ranald hob den Kopf. Schweißperlen standen auf seiner bleichen Stirn. »Herr, ich fürchte, Eure Tochter macht gemeinsame Sache mit diesem –«

»Schweigt!«, donnerte der Chief. »So einen Unsinn will ich nicht hören, Hauptmann!« *Natürlich hat sie ihm geholfen! Aber es ist nicht an dir, darüber zu befinden. Schon gar nicht in MacMathains Gegenwart.* »Wie konnte er überhaupt entkommen!«

»Fearghas hat uns aufgehalten«, presste Ranald hervor.

»Ihr werdet augenblicklich einen Trupp zusammenstellen! Nehmt Euch so viele Männer wie Ihr braucht, aber findet die beiden!«

Iomaér, der die ganze Zeit über schweigend neben MacMathain gestanden hatte, trat vor. »Vater, mit Verlaub, ich möchte den Trupp begleiten.«

»Ich brauche dich hier.« Er wusste, dass Iomaér schwach werden würde, sobald seine Schwester in Gefahr war. Zweifelsohne würde MacDonald sie bedrohen, wenn er sich in die Enge gedrängt sah. Er hatte es schon einmal getan. Iomaér würde sich dadurch nur aufhalten lassen. »Geh und kümmere dich um die Einteilung der Krieger.«

»Wie Ihr wünscht.« Iomaér neigte das Haupt und verließ die Halle.

Kenneth unterdrückte einen Seufzer. Durch die Zerschlagung der MacDonalds gab es wieder eine Zukunft für die Highlands. Ärgerlich nur, dass er und Lachlan – solange Cormac noch der Chief der MacMathains war – im Verborgenen agieren mussten. Cormac würde die Pläne seines

Sohnes nie tolerieren. Er war zu weich um zu tun, was getan werden musste!

*Ein Rat der mächtigsten Chiefs! Ha!* Er gab ihnen kein Jahr, dann würden sie so zerstritten sein, dass sie nutzlos wären. Das Land würde endgültig im Krieg versinken. Was die Highlands brauchten, war ein starker Herrscher. *Ein* Mann, dem die Clans folgten. Er würde dieser Mann sein. Seine kluge Politik, eine Mischung aus geschickten Allianzen und wenn nötig auch Waffengewalt, hatte ihn in diese Position gebracht. Er würde nicht zulassen, dass sich ihm der junge MacDonald in den Weg stellte und das Land in den Krieg trieb.

MacMathain räusperte sich und riss Kenneth aus seinen Gedanken. Er stand halb im Schatten einer Säule verborgen. Jetzt trat er vor. Sein kahler Schädel schimmerte im Fackelschein. »Es ist nicht nötig, ihn zu töten. Noch nicht. Das würde seinen Clan nur unnötig gegen uns aufbringen. Wenn wir ihn allerdings unter Kontrolle haben, haben wir die MacDonalds in der Hand.« Ein flüchtiges Lächeln zog über seine Züge. »Sichtlich weiß er nicht, dass sein Vater am Leben ist. Geben wir ihm zu verstehen, dass der Alte stirbt, sollte er uns in die Quere kommen. Er ist ein Weichling. Er wird sich ruhig verhalten.«

*Ein Weichling, der vier meiner Männer auf dem Gewissen hat.* »Vermutlich habt Ihr Recht. Ein guter Gedanke.«

MacMathain zupfte seinen Plaid zurecht und verneigte sich. »Es ist mir ein Vergnügen, Euch dienlich zu sein. Wenn ich mich jetzt zurückziehen dürfte?«

Kenneth entließ den Gesandten mit einer knappen Handbewegung. Mit einer letzten Verbeugung machte MacMathain kehrt und verließ die Große Halle. Donald von Islay mochte der Trumpf sein, der seinen Welpen an die Leine legen konnte – vertrauen wollte er darauf nicht. Der Chief richtete seinen Blick auf Ranald. »Bringt mir Alasdair MacDonalds Kopf!«

»Welche Befehle habt Ihr bezüglich Eurer Tochter, Herr?«

»Tut, was nötig ist.«

## *11*

Seit sie im Morgengrauen ihren Unterschlupf verlassen hatten, drängte Sessany voran. Die Furcht vor Ranalds Männern trieb sie ebenso an wie der Gedanke an Fearghas' Tod. Manchmal hatte sie das Gefühl, sie könne der Erinnerung entfliehen, wenn sie nur schnell genug liefe. Zumindest blieb ihr keine Zeit nachzudenken, solange sie ihre Aufmerksamkeit auf den Weg richtete und all ihre Energie darauf verwandte, voranzukommen.

Sie hatten den Wald rasch hinter sich gelassen und wanderten nun schon seit geraumer Zeit schweigend durch eine rotbraune, von vereinzelten Pinien durchzogene Heidelandschaft.

Am späten Vormittag hielten sie auf einer Hügelkuppe inne. Sessany stützte sich müde auf den Bogen und ließ ihren Blick über das Land schweifen, das sich in sanften Wellen dahinzog. Als Alasdair sie vorletzte Nacht vor Ranalds Trupp in Sicherheit gebracht hatte, hatte er sie auf derart verschlungenen Pfaden durch den Wald geführt, dass es ihr schwer gefallen war, sich zu orientieren. Nur allmählich fügte sich die Umgebung zu einem Bild zusammen. Was sie sah, gefiel ihr nicht.

»Wenn wir weiter so gut vorankommen, werden wir bald den Hof erreichen«, meinte Alasdair.

Sessany schüttelte den Kopf. »Wir sind zu weit im Nordosten, direkt an der Grenze zu MacLennans Gebiet.« Sie deutete in Richtung der Mittagssonne. »Dorthin müssen wir.«

Alasdair zuckte die Schultern. »Ein kleiner Umweg wird uns nicht umbringen. Vielleicht hilft er uns sogar, unsere Spuren zu verwischen.«

»Ich hoffe, du hast Recht.« Mit gerunzelter Stirn betrachtete sie die violett schimmernden Hügel. Sie waren weiter vom Weg abgekommen, als sie zunächst angenommen hatte. Das Grenzgebiet zwischen den MacKenzies von Wester Ross und den MacLennans von Glen Affric war eine gefährliche Gegend. Während der letzten Wochen hatte ihr Vater immer weitere Krieger hierher abkommandiert. Schon bald würden seine Männer auf MacLennans Land vordringen.

Unruhig schweiften ihre Augen umher. Die Gefahr, auf Krieger ihres Vaters zu stoßen, war groß. Doch vermutlich wusste hier noch niemand, dass sie sich mit einem MacDonald auf der Flucht befand. *Wir könnten eine Begegnung mit den Clansmen überstehen, wenn es uns gelingt, sie zu überzeugen, dass Alasdair einer von uns ist.* Ihre Augen hefteten sich auf eine Pinie. Sie streckte sich und brach einen kleinen Zweig ab.

Als sie vor Alasdair trat, runzelte er die Stirn. »Was soll das werden?«

»In dieser Gegend sind viele von Vaters Kriegern. Falls sich die Nachricht meines Verschwindens noch nicht herumgesprochen hat, gehst du damit vielleicht als ein MacKenzie durch.«

Sie wollte ihm den Zweig anheften, doch er hielt ihre Hand fest. »Das kommt nicht in Frage!«

»Du solltest deinen Stolz für einige Stunden hinunterschlucken und tun, was nötig ist um zu überleben.«

Noch immer umschlossen seine Finger ihre Hand. Als sie den Blick hob und in seine Augen sah, war sie nicht sicher, ob er nur gegen seinen Stolz ankämpfte. Für einen Moment glaubte sie, er würde sie erneut an sich ziehen und küssen. Schließlich nickte er und gab ihre Hand frei. Hastig machte sie sich daran, den kleinen Zweig an der Brosche zu befestigen, die seinen Plaid über der Schulter zusammenhielt. Sein Atem strich warm über ihre Wange. Sie vermied es, ihn anzusehen. Sie wusste auch so, dass sein Blick auf ihr ruhte. Plötzlich war sie sich seiner Nähe so sehr bewusst, dass ihre Hände zu zittern begannen. Sie brauchte mehrere Versuche, bis der Zweig endlich hielt.

»Da ist ein See. Ein guter Platz für eine Mittagsrast.« Alasdair deutete in ein Tal.

Sie kniff die Augen zusammen und ließ ihren Blick seiner ausgestreckten Hand folgen. Dann schüttelte sie den Kopf. »Das ist der Loch Craven. Er liegt auf MacLennans Gebiet. Wir müssen so schnell wie möglich von hier fort.«

»Grenzstreitigkeiten?«

»Das wäre schlimm genug«, meinte sie verdrossen. »Tatsache ist jedoch, dass mein Vater sich in den Kopf gesetzt hat, sich MacLennans Land anzueignen. Jetzt, da es niemanden mehr gibt, der ihn davon abhalten kann, steht seinem Wunsch nichts mehr im Wege.«

»Mein Vater hat ihn davon abgehalten?« Alasdair klang überrascht.

»Seine Politik. Er hätte nicht geduldet, dass ein großer Clan noch mehr Macht an sich reißt. Jetzt jedoch ...«

»... gibt es niemanden mehr, der zwischen Kenneth MacKenzie und der Macht steht«, vollendete Alasdair ihre Gedanken.

»Der Tod deines Vaters war ein harter Schlag für die Highlands.«

»Nicht nur für die Highlands«, entgegnete er tonlos.

Sie sah ihn erschrocken an. »Entschuldige. Ich wollte nicht ...«

»Schon gut. Es ist Monate her.«

Einmal mehr wunderte sie sich über das Schicksal, das sie mit Alasdair MacDonald zusammengeführt hatte. Sie hätten Feinde sein müssen. Stattdessen waren sie Verbündete. *Zumindest im Moment.*

»Alasdair«, begann sie nach einer Weile. »Ich weiß, dass der Hof, zu dem du willst, auf dem Gebiet der MacRuairis liegt. Hast du … willst du …«

»Ob ich vorhabe zu meinem Vetter zu gehen?«

Sessany nickte. Sie wusste, dass Chief Ruairi von Ardnamurchan ein Verwandter Alasdairs war. Der Gedanke, einem Verbündeten der MacDonalds so nahe zu kommen, behagte ihr nicht.

Alasdair schüttelte den Kopf. »Hab keine Angst. Ich will nur zu dem Gehöft.«

Auf ihr Drängen verzichteten sie auf eine Mittagsrast. Am späten Nachmittag gingen die weitläufigen Hügel in eine felsige Ebene über. Gewaltige Gesteinsbrocken durchbrachen den Weg und zwangen Sessany und Alasdair zu einem Zickzackkurs. Links und rechts der Ebene wuchs ein Felsmassiv empor, dessen Wände immer enger zusammenrückten, bis der Weg nur noch als schmaler, dunkler Streifen in den tiefen Schatten zu erkennen war.

Sessany deutete auf den Pfad. »Wenn wir hier durch sind, ist es nicht mehr weit, bis das Grenzgebiet hinter uns liegt.« Obwohl Iomaér ihr oft von den politischen Winkelzügen des Chiefs erzählt hatte, wurde ihr zum ersten Mal wirklich bewusst, auf welche Weise ihr Vater die Macht des Clans sicherte. »Vaters Krieger ziehen sich um Glen Affric herum zusammen. Sie werden MacLennans Clan zerschlagen. Wer sich ihm nicht anschließt, wird sterben.«

»Sie werden sich ihm widersetzen.«

Sessany schüttelte den Kopf. »Mein Vater hat viele Krieger. Gemeinsam mit MacMathains Männern stellt er eine Macht dar, der nichts und niemand gewachsen ist.«

»Womöglich –« Er zuckte die Schultern. »Das liegt nicht in unserer Hand.«

»Nein, vermutlich nicht. Aber wenn es stimmt und Vater vorhat sich die MacLennans zu unterwerfen, gibt es nicht mehr viel, das ihn noch aufhalten kann.«

»Die übrigen Clans werden nicht tatenlos mit ansehen, wie er die Macht an sich reißt. Sie werden sich zur Wehr setzen.«

»Und wie sollen sie das anstellen? Glaubst du etwa, dass die Clans, die so zerstritten sind, dass sie sich nicht einmal auf die Farbe von Blut einigen können, in der Lage wären, eine Allianz zu bilden?« *Nicht ohne Donald von Islay.*

Alasdair zog eine Grimasse, die deutlich ausdrückte, was er dachte. Er glaubte ebenso wenig an eine Allianz wie sie. »Alles, was uns im Moment beschäftigen sollte, ist die Frage, wie wir am schnellsten von hier fortkommen.«

Sie musste ihm Recht geben. Während der vergangenen Stunden waren sie gut vorangekommen, dennoch war sie noch immer unruhig. Zugleich war sie müde. Jeder Schritt kostete mehr Kraft. Oft war sie kurz davor, Alasdair um eine Rast zu bitten, doch der Wunsch, das Gebiet der MacLennans hinter sich zu lassen, war stärker als alle Erschöpfung.

Die Dämmerung senkte sich bereits über das Land, als sich vor ihnen die Ruinen eines uralten Brochs wie ein dunkler Schatten aus dem Heidekraut erhoben.

Alasdair blieb stehen und blickte auf die Reste des Rundturms. Steinbrocken ragten im Umkreis des Brochs aus dem Boden, zum Teil eingesunken und von Moos und Flechten überzogen. »Einen besseren Unterschlupf werden wir auf die Schnelle nicht finden.« Er nahm Sessany bei der Hand und führte sie durch eine schmale Öffnung ins Innere des Turms. Der Boden war vollständig mit einem Teppich aus saftig grünem Gras bedeckt und wirkte so weich und einladend, dass es ihr schwer fiel, sich nicht augenblicklich niederzulassen. Das Dach war lange eingestürzt und offenbarte den Blick auf einen glühenden Abendhimmel.

Alasdair legte das Bündel ab und sah sich nach Sessany um. »Ich gehe Holz sammeln.«

»Hältst du ein Feuer für gut?«

»Die Mauern werden den Schein abschirmen. Und ein

bisschen Wärme hat noch keinem geschadet.« Er bedachte sie mit einem langen Blick. »Kann ich dich allein lassen?«

Sessany zwang sich zu einem Lächeln. »Wo warst du während der letzten siebzehn Jahre? Natürlich kannst du mich allein lassen.«

Er löste den Pinienzweig von seinem Plaid, legte ihn ihr in die Hand und schloss ihre Finger darum. »Das nächste Mal werde *ich* dir die Blumen schenken und nicht umgekehrt.« Damit machte er kehrt und verschwand zwischen den Steinwänden.

Sessany warf ihren Bogen ins Gras und sank daneben nieder. Sie lehnte sich mit dem Rücken an eine Wand und schloss die Augen. Trotz ihrer Erschöpfung ließ der Schlaf lange auf sich warten. Als er endlich zu ihr kam, war er erfüllt von Nachtmahren. Immer wieder wurde sie Zeuge von Fearghas' Todeskampf, sah, wie unzählige Klingen seinen Leib durchbohrten. Doch Fearghas starb nicht. Seine blutunterlaufenen Augen richteten sich auf sie. Sein Gesicht war bläulich verfärbt und voller Blut. Unzählige Schwertwunden klafften in seinem Leib und ließen bis auf die Knochen blicken.

Mit einem unterdrückten Schrei fuhr sie hoch. Schwer atmend und schweißgebadet sah sie sich um. Ein halb heruntergebranntes Feuer knisterte in der Mitte des Lagers. Alasdair hatte sich auf der anderen Seite niedergelassen und schlief. Sessany versuchte die bösen Traumbilder aus ihren Gedanken zu vertreiben, doch sie fand keine Ruhe mehr.

## *12*

Noch vor Tagesanbruch setzten sie ihren Weg fort. Es fiel Sessany schwer, einen klaren Gedanken zu fassen. Während der Nacht hatte sie erschreckend viel Zeit gehabt darüber nachzudenken, unter welchen Qualen Fearghas gestorben sein musste und welche Schuld sie daran trug. *Komm nicht auf den Gedanken, dir Vorwürfe zu machen. Das ist meine freie Entscheidung.* Wie ein Windhauch streiften seine Worte durch ihren Geist, doch der Traum ließ sich nicht abstreifen.

Ihr Blick heftete sich auf Alasdair, der schweigend neben ihr herging. Stolz und aufrecht, ohne das geringste Anzeichen von Müdigkeit zu zeigen. Plötzlich fragte sie sich, ob sie ihn ebenso in den Tod treiben würde wie Fearghas. Der Gedanke war kaum zu ertragen.

Am späten Nachmittag, als Sessany glaubte, nicht länger einen Fuß vor den anderen setzen zu können, öffneten sich die Hügel vor ihnen und gaben den Blick auf ein strohgedecktes Bruchsteinhaus frei.

»Wir sind da.« Alasdair verlangsamte seinen Schritt und rief: »Rhoda? Seamus?«

Eine Frau trat auf den Hof. Als sie Alasdair sah, breitete sich Erleichterung auf ihren hageren Zügen aus. Ein kleines Mädchen von vielleicht vier Jahren und ein Junge stürmten aus dem Haus und warfen sich Alasdair in die Arme. »Mairi! Petár!« Er fing die beiden mit einer Leichtigkeit auf, die Sessany erstaunte. Sie selbst hatte das Gefühl, nicht einmal mehr die Hand heben zu können.

Alasdair ließ die Kinder herunter und wandte sich der Frau zu.

»Gott sei Dank«, sagte sie und umarmte ihn erleichtert. »Wir haben schon das Schlimmste befürchtet, als du nicht zurückgekehrt bist.«

»Ich hatte ein paar Schwierigkeiten.« Er griff nach Sessanys Hand und zog sie näher heran. »Rhoda, das ist Sessany. Ihr allein habe ich es zu verdanken, dass ich noch lebe.«

Rhodas freundliches Lächeln verscheuchte für einen Augenblick die Gespenster, die Sessany verfolgten. »Sie ist ebenso willkommen. Seamus wird sich freuen dich unversehrt zu sehen.«

»Wo ist er?«

»In Gairlochy, bei seinem Vetter. Er wird wohl erst in zwei Wochen zurück sein.« Rhodas Blick heftete sich auf Sessany. »Du siehst müde aus. Lasst uns ins Haus gehen, ich habe eine Suppe über dem Feuer.«

Alasdair folgte Rhoda zum Haus. Sessany stand noch immer auf dem Hof. Sie war so müde, dass es ihr schwer fiel, die wenigen Schritte zur Tür zu machen. Als er bemerkte, dass sie stehen geblieben war, kehrte er zu ihr zurück.

»Jetzt ist alles gut«, sagte er leise. »Du brauchst dir jetzt keine Sorgen mehr zu machen.«

Plötzlich stand Mairi vor ihnen und zupfte Alasdair am Plaid. »Schnitzt du mir ein Pferd, Alasdair?«

»Nein!«, protestierte Petár. »Du sollst mit mir Clanskrieger spielen.«

Alasdair strich den beiden nacheinander übers Haar. »Ich fürchte, ihr werdet euch beide ein wenig gedulden müssen. Gebt uns Gelegenheit, ein bisschen auszuruhen. Morgen sehen wir weiter.«

Der Junge machte ein enttäuschtes Gesicht, dann wandte er sich seiner Schwester zu. »Komm, wir gehen zum Fluss. Frösche fangen. Wer zuerst dort ist, darf morgen auch als Erster mit Alasdair spielen!« Er machte auf dem Absatz kehrt und spurtete los.

»Warte!«, rief Mairi und rannte ihm nach.

Zu sehen, wie sehr die beiden Alasdair vergötterten, entlockte Sessany ein Lächeln.

»Was ist, hast du Hunger?« Alasdair nahm ihre Hand und führte sie ins Haus.

Die Holztür, die den Wohnraum vom Stall trennte, stand offen und gestattete den Blick auf eine weitere Tür, die auf der Rückseite des Hauses aus dem Stall führte. Ein ungewöhnlicher Anblick, verfügten doch die meisten Häuser in den Highlands lediglich über einen einzigen Zugang, der sowohl zum Wohnbereich als auch in Scheune und Stall führte.

Rhoda kam ihnen aus dem Stall entgegen, eine Kanne mit Milch in Händen haltend. Sie zog die Tür hinter sich zu und wies Sessany und Alasdair den Weg in die kleine Küche. Ein Torffeuer brannte im Herd und erfüllte den fensterlosen Raum mit würzigem Rauch.

Während Sessany und Alasdair sich auf einer Bank niederließen, griff Rhoda nach ein paar Holzschalen, schöpfte Suppe hinein und reichte sie ihnen.

»Danke.« Der Duft von frischen Kräutern stieg Sessany in die Nase, doch obwohl sie hungrig war, zwang sie kaum mehr als ein paar Löffel in sich hinein. Sie war einfach zu müde. Schließlich schob sie die halb volle Schale von sich. Rhoda stellte das Geschirr zur Seite, griff nach einem Krug Branntwein und schenkte Alasdair einen Becher ein. Sessany lehnte dankend ab. Undeutlich war sie sich bewusst, wie Alasdair Rhoda berichtete, was ihm widerfahren war, seit er den Hof verlassen hatte. Sessany lehnte sich an die Wand und schloss die Augen. Als sie merkte, dass sie drauf und dran war, einzuschlafen, öffnete sie sie rasch wieder.

»Himmel, du bist ja vollkommen erschöpft.« Rhoda stand auf. »Komm mit, ich zeige dir, wo du schlafen kannst.«

Der Gedanke an ein warmes Lager war verlockend, zugleich fürchtete sie, die Albträume der vergangenen Nacht könnten zurückkehren. Alasdair deutete ihr Zögern falsch. »Geh nur. Ruh dich aus. Ich bleibe in der Nähe.«

Sessany zwang sich zu einem Lächeln und folgte Rhoda in eine Schlafkammer, die so klein war, dass kaum mehr als ein Bett darin Platz fand. Ein paar verirrte Lichtstrahlen zwängten sich durch eine winzige Fensteröffnung herein.

»Normalerweise schlafen die Kinder hier. Solange ihr unsere Gäste seid, können sie nebenan bei Seamus und mir schlafen.« Rhoda wandte sich ab, um in die Küche zurückzukehren. Auf der Schwelle hielt sie noch einmal inne. »Ich bin wirklich froh, dass du ihm das Leben gerettet hast. Er ist ein guter Mensch.«

Die Tür war kaum hinter Rhoda zugefallen, da legte sich die Stille wie eine schwere Last auf Sessanys Gemüt. Fast war sie versucht in die Küche zurückzukehren. Stattdessen legte sie sich aufs Bett und starrte das niedrige Strohdach an, das über ihr hing, verwittert und dunkel vom stetigen Rauch eines Herdfeuers. Dämmerlicht und Müdigkeit verzerrten ihre Wahrnehmung und erweckten die Schatten zum Leben. Blinzelnd kämpfte sie gegen die Gestalten an, die der Dunkelheit ihrer Vorstellungskraft entsprangen. Einmal mehr sah sie Fearghas vor sich. Mutig warf er sich den Kriegern ihres Vaters entgegen und starb in einem Kampf, der nicht der seine war. Sie schlug eine Hand vor den Mund um das Schluchzen zurückzuhalten, das aus ihr hervorbrechen wollte.

»Sessany?«

Sie fuhr erschrocken hoch. Alasdair stand mit einer kleinen Kerze und einem Becher in der Tür. Als sie sich aufsetzte, stellte er die Kerze auf einem Mauervorsprung ab und kam näher. »Geht es dir nicht gut?«

»Ich kann ...« Sie zitterte und fand nicht die nötige Kraft, die Trauer länger zurückzuhalten. »Er hätte nicht sterben müssen«, brach es aus ihr hervor. »Niemand sollte meinetwegen sterben!«

Er setzte sich zu ihr aufs Bett. Einen Moment ruhten seine Augen unschlüssig auf ihr. Schließlich seufzte er traurig. »Er hätte nicht gewollt, dass du dich so sehr quälst.« Sein Blick fiel auf den Becher in seiner Hand, dann hielt er ihn ihr entgegen. »Trink, das wird dich beruhigen.«

Als sie den Becher entgegennahm, stieg ihr das beißende Aroma von Branntwein und Kräutern in die Nase. Der Branntwein war so stark, dass er ihr Tränen in die Augen trieb. Brennend heiß rann er ihre Kehle hinunter und entzündete ein Feuer in ihrem Magen, von dem sie wusste, dass es ihre Trauer lindern würde. Schon jetzt fühlte sie sich leicht benebelt.

»Es ist schwer, Freunde zu verlieren«, sagte Alasdair plötzlich. »Aber manchmal ... Das Leben ist oft grausam. Doch es kann auch schön sein. Wir dürfen nur nicht den Blick dafür verlieren.« Er sagte noch mehr, aber es fiel ihr schwer, seinen Worten zu folgen. Die Wärme des Branntweins hüllte sie mehr und mehr ein und trug sie davon. Allmählich ließ das Zittern nach.

Alasdair nahm ihr den leeren Becher ab und stellte ihn zur Seite. »Ruh dich aus.« Er stand auf und machte Anstalten, sich neben der Tür auf dem Boden niederzulassen, keine fünf Fuß weg und doch unendlich weit fort.

Mit einem Mal erschien ihr die Entfernung unerträglich. Sie wünschte sich seine Nähe und seinen Trost, wollte ihn berühren. »Alasdair«, begann sie. Er sah auf. »Kannst du ... würdest du ...« *Was mache ich da?!* Es musste am Branntwein liegen. Sie war müde und wünschte sich nichts sehnlicher als zu schlafen, doch sie wusste, dass sie keine Ruhe finden würde, solange sie sich derart einsam fühlte. Ihre Augen richteten sich auf den freien Platz an ihrer Seite. Sehr leise sagte sie: »Bitte.« *Nimm mich in den Arm, so wie du es schon einmal getan hast.*

Alasdair zögerte einen Moment. Schließlich kam er zu ihr. In seinen Augen lag ein Begehren, das sie erschreckte. Sorgsam darauf bedacht, sie nicht zu berühren, kletterte er über sie hinweg und legte sich neben sie. Heiß und lebendig strich sein Atem über ihren Hals. Sein Plaid kitzelte sie am Knie, doch noch deutlicher als den weichen Wollstoff verspürte sie die tröstliche Wärme, die von seinem Körper ausging.

Alasdairs Nähe vertrieb Sessanys Albträume. Die Zeit zog dahin und der Friede auf Rhodas Hof ließ sie für einige

Tage ihre Sorgen vergessen. Sie ging Rhoda zur Hand, wo sie konnte, half ihr in der Küche oder im Stall. Wenn es nichts zu tun gab, saß sie im Schatten und beobachtete, wie Alasdair mit den Kindern tobte.

An einem klaren Frühsommertag, zwei Wochen nach ihrer Ankunft, waren Sessany und Alasdair auf der Suche nach einem verirrten Schaf. Nachdem sie den ganzen Vormittag die umliegenden Hügel durchkämmt hatten, fanden sie es endlich. Das Fell des Tieres hatte sich in einem Ginsterstrauch verheddert, sodass es aus eigener Kraft nicht mehr loskam. Alasdair hatte das jämmerlich blökende Tier kaum befreit, da trabte es auch schon davon.

Er drehte sich zu Sessany um. »Lass uns eine Pause machen, ehe wir zurückgehen«, schlug er vor und ließ sich im Schatten eines Baumes nieder.

Sessany setzte sich an seine Seite und lehnte sich zurück. Mit jedem Atemzug sog sie die schwere Süße golden blühenden Stechginsters ein. Ihr Blick wanderte zu Alasdair. Wie er so dasaß, schweigend, die Augen auf den Horizont gerichtet, erinnerte er sie an einen Felsen. *Stark und still.* Zum ersten Mal wurde ihr bewusst, wie vertraut er ihr inzwischen geworden war. *Als wäre er schon immer da gewesen.*

Plötzlich sah er sie an. »Wir können nicht mehr lange bleiben. Rhoda würde uns nie fortschicken, aber sie kann es sich nicht leisten, länger zwei weitere Mäuler zu stopfen. Ich will nur noch abwarten, bis Seamus zurück ist.« Alasdair griff nach ihrer Hand und strich mit seinem Daumen über ihren Handrücken. »Ich weiß, dass ich gesagt habe, du sollst mich nur bis hierher begleiten. Aber wenn Seamus keine Neuigkeiten von meinen Leuten hat, werde ich nach ihnen suchen. Ich muss wissen, was aus ihnen geworden ist … Komm mit mir.«

Hastig schüttelte sie den Kopf und entzog ihm ihre Hand. »Das halte ich für keine gute Idee.«

»Warum nicht?«

»Ich …« Was sollte sie sagen? Dass seine Nähe sie verunsicherte? Dass sie nicht wusste, wie sie mit dem seltsamen Gefühl umgehen sollte, das ihr Innerstes erfasste, wann immer er ihr nahe kam? »Du sprichst davon, mich zu deinem Clan zu bringen.« *Zu dem, was davon übrig ist.* »Eine MacKenzie unter MacDonalds? Wie stellst du dir das vor?«

»Niemand wird dir etwas zu Leide tun. Dafür stehe ich mit meinem Leben ein.«

»Ich weiß, dass dein Clan besiegt wurde und gewissermaßen –« *…keine Gefahr mehr darstellt,* hatte sie sagen wollen. Sein Anblick ließ sie abrupt verstummen.

Er fuhr zurück, als hätte sie ihn geschlagen. »Besiegt? Sie wurden niedergemetzelt. Im Schlaf. Frauen und Kinder. Alle, die sich in der Burg meines Vaters befanden. Viele von ihnen sind nicht einmal mehr erwacht, ehe eine Klinge ihrem Leben ein Ende setzte. Das nennst du besiegt?« Seine Stimme bebte. »Besiegen kann man jemanden im Kampf. Was meiner Familie widerfuhr, war ein Gemetzel!«

Sessany starrte ihn an. »Das kann nicht sein! Sie sprachen von einer Schlacht.« Bei dem Gedanken an den Sieg über die MacDonalds hatte sie stets aufrechte Clanskrieger vor sich gesehen, die sich einem offenen Kampf stellten. Alasdairs Worte veränderten ihre Vorstellung schlagartig, ließen sie dunkle Gestalten sehen, die von Zimmer zu Zimmer huschten und die Bewohner meuchelten.

»Eine Schlacht? In der Tat, sie wurden *ge*schlachtet. Ausgeblutet. Wie Vieh.« Die Erinnerung ließ ihn erzittern.

»Hör auf!«

»Gefällt es dir nicht, zu hören, *wie* es geschehen ist? Kinder, die nach ihren Müttern und Vätern schrien. Weinende Frauen, verzweifelt kämpfende Männer – sofern sie überhaupt noch in die Nähe einer Waffe gelangen konnten.« Er wurde lauter. »Gefällt es dir nicht, zu hören, dass meine Leute in ihren Betten überfallen wurden? Hinter den Mauern der Festung, die ihnen Schutz bieten sollte? Du willst nichts von Verrat hören? Aber genau das war es!« Jetzt brüllte er. »Verrat! Jemand hat den Feind eingelassen! Einer von uns! Jemand, dem wir vertraut haben! Niemand hatte eine Chance. Nicht mein Bruder, dem sie die Kehle durchschnitten haben, nicht meine Mutter, deren Eingeweide über den Steinboden verteilt lagen, und nicht mein Vater, der ...« Seine Worte erstarben. Schweigend starrte er zu Boden.

Sessany saß wie versteinert da. Bisher hatte er sich nie anmerken lassen, wie nah ihm der Tod seiner Familie ging. Er hatte behauptet darüber hinweg zu sein. Tatsächlich hatte er den Schmerz nur sehr tief in sich begraben und niemanden daran teilhaben lassen. Ihr wurde bewusst, dass auch Alasdair MacDonald seine Grenzen hatte. Zögernd streckte sie die Hand aus und berührte ihn sacht am Arm. Er zog sie an sich. Sie wusste nicht, was sie sagen sollte. Keine Worte dieser Welt würden ausreichen seinen Schmerz zu lindern. Sie begriff, dass sein Stolz alles war, was er noch hatte. Was er jetzt tat, kam einer vollständigen Kapitulation gleich. Er offenbarte ihr seine Seele. Und sie konnte nichts weiter tun als sein Geschenk anzunehmen.

Es dauerte lange, bis er seine Fassung zurückerlangte. Und selbst dann gab er sie nicht frei. Er lehnte sich gegen den Baumstamm und hielt sie im Arm, als wäre sie es, die seinen Halt brauchte. Sein Kinn ruhte auf ihrem Scheitel, als er endlich zu erzählen begann. Mit leisen Worten zeichnete er ein Bild von jener Nacht, so grauenvoll, dass es ihr den Atem nahm. Sie erinnerte sich an die Narbe, die zu berühren er ihr nicht gestattet hatte. Ein grausamer roter Streifen, der sich quer über seine rechte Seite zog. *Wie kannst du all das ertragen?*

Es verging eine lange Zeit, ehe sie sich aus seinen Armen löste und aufsetzte. Zu sehen, wie sie mit ihrer unbedachten Äußerung kaum verheilte Wunden aufgerissen hatte, war schrecklich. Wie sollten diese Wunden auch heilen, wenn er in ständiger Ungewissheit darüber lebte, was aus seinen Leuten geworden war.

»Himmel!«, entfuhr es ihr, als ihr klar wurde, was das bedeutete. »Dann weißt du es ja gar nicht!« Er runzelte die Stirn, sagte aber nichts. »Als du im Kerker warst, habe ich ein Gespräch zwischen MacMathain und Murdoch belauscht.« Knapp gab sie wieder, wie sich die Männer darüber ereifert hatten, dass die MacDonalds noch immer im Stande waren, sich zur Wehr zu setzen. »Es tut mir Leid.«

»Leid?«, echote er. »Was tut dir Leid?«

»Dass ich es dir nicht schon viel früher erzählt habe. Ich dachte, du wüsstest es. Ich konnte ja nicht ahnen, dass …«

»Weißt du, was das bedeutet?« Als würde die Sonne nach einem Gewitter hinter den Wolken hervorkriechen, kehrte das Lächeln in seine Züge zurück. »Jetzt weiß ich endlich, dass mein Clan nicht verloren ist. Besser noch: Es sieht aus, als wären wir noch stark genug, um die Bauern zu schützen, die unser Land bewirtschaften.« Voller Freude nahm er sie in die Arme und küsste sie auf die Stirn. »Ich danke dir!«

Sie wollte sich befreien, wollte aufstehen, doch sie vermochte nicht, sich zu bewegen. Sein Blick hielt sie gefangen.

»Weißt du, was ich jetzt gerne tun würde?«, fragte er sanft und zog sie näher heran. Der vertraute Geruch von Torffeuer stieg ihr in die Nase.

Ehe er sie küssen konnte, wandte sie den Kopf ab. »Nicht.«

»Warum nicht?«

»Weil ich es nicht möchte.«

»Ich glaube, dass du mir nicht die Wahrheit sagst.« Er hielt sie noch immer fest an sich gedrückt und lächelte. »Du hast Herzklopfen.«

»Kein Wunder, du schnürst mir die Luft ab, MacDonald!«

Er wurde ernst. »Warum stößt du mich jedes Mal von dir? Wovor hast du solche Angst?«

*Ich fürchte mich davor, auf mein Herz zu hören.* Wenn sie die Schmetterlinge fliegen ließ, die in ihrem Innersten wild durcheinander flatterten, würde sie endgültig das Tor schließen, das sie noch mit ihrem Clan verband. »Bist du schon einmal auf den Gedanken gekommen, es könnte nichts mit Angst zu tun haben, dass ich dich nicht küssen möchte?« Sie befreite sich aus seinen Armen, sprang auf und lief mit eiligen Schritten zum Haus zurück.

## 13

Alasdair starrte auf den Boden zu seinen Füßen.

»Was ist passiert?« Sessanys Stimme drang nur undeutlich an sein Ohr. Soweit er sich erinnerte, war es nicht das erste Mal, dass sie diese Frage stellte, seit sie die Küche betreten hatte.

Nur am Rande nahm er wahr, wie Seamus einen kurzen Blick auf Sessany warf. »Ich lasse euch besser allein.« Mit einem knappen Nicken verließ er das Haus.

Seit Seamus vor nicht einmal einer Stunde angekommen war, war es ihm gelungen, Alasdair, der geglaubt hatte, dass ihn nichts mehr aus der Bahn werfen könne, eines Besseren zu belehren.

»Alasdair?« Sessany legte ihm eine Hand auf die Schulter und zwang ihn sich ihr zuzuwenden. Er ballte die Hände zu Fäusten, bis sich seine Fingernägel schmerzhaft in seine Handflächen gruben.

»Du siehst aus, als hättest du einen Geist gesehen! Sag mir endlich, was passiert ist! Bitte.«

Die Verzweiflung in ihrer Stimme riss ihn aus seiner Starre. Mühsam öffnete er die Fäuste. »Nachdem ich wegen Wilderei gefangen genommen wurde, war Diarmid noch einmal hier. Er hatte Neuigkeiten.« Er biss sich auf die Lippe, um die Worte nicht laut herauszubrüllen. In Sessanys Augen spiegelte sich eine Mischung aus Unruhe und Furcht wider. Schweigend wartete sie, dass er fortfuhr. Ihn fröstelte. Die Wikinger hatten die Toten jener Nacht vor die Tore geworfen und zugelassen, dass die Überlebenden sie holten. Der Leichnam seines Vaters war nicht dabei gewesen! *Gott allein weiß, was sie mit ihm gemacht haben!* Er holte Luft. »Sie wissen nicht, wer der Verräter ist, der die Nordmänner nach Finlaggan eingelassen hat. Allerdings wissen sie, wer sie gedungen hat«, presste er hervor.

»Zum Teufel, Alasdair! Rede endlich!«

»Es war Lachlan MacMathain.«

Sessany wurde bleich. »Er ebnet meinem Vater den Weg an die Macht«, flüsterte sie wie betäubt und ließ sich auf die Bank sinken. »Für das, was er deiner Familie angetan hat, muss er angeklagt werden.«

»Was glaubst du, wie das gehen soll? Noch ist Cormac MacMathain der Chief. Er mag alt sein, dennoch führt er den Clan. Zumindest ist es das, was Lachlan jeden glauben lässt. Cormac ist als gemäßigter Mann bekannt, der seine Streitigkeiten auf friedlichem Wege zu klären pflegt.« Sein Blick heftete sich auf sie. »Wer wird mir, einem Wilderer, der die Tochter eines Chiefs entführt und einen von MacMathains Männern getötet hat, glauben, wenn ich einen Clan, der bisher nie in bewaffnete Auseinandersetzungen verwickelt war, beschuldige, Wikinger angeheuert zu haben, um meine Familie zu töten?« Lachlans Plan war gut durchdacht. Niemand würde ihn verdächtigen, solange er nicht Chief war. Cormac war zeit seines Lebens ein starker Anführer gewesen. Sichtlich hatte noch niemand bemerkt, dass der alte Mann nicht länger die Fäden in Händen hielt. Es gab nur einen Weg, Lachlan für seine Taten zur Rechenschaft zu ziehen.

Sessanys Miene veränderte sich. Das Entsetzen wich Besorgnis. »Was hast du vor?«

»Das einzig Mögliche. Er wird bezahlen. Ich werde erst ruhen, wenn sein Blut über meine Klinge rinnt und er sein elendes Leben zu meinen Füßen aushaucht!«

Ihr Blick ließ ihn nicht los. »Damit wirst du nichts ändern, Alasdair. Sein Tod bringt deine Familie nicht zurück. Du musst ihn dort treffen, wo es ihn am meisten schmerzt. In seinem Streben nach Macht.«

Er unterdrückte ein bitteres Lachen. »Was soll ich schon tun? Mein Vater ist tot! Die MacDonalds mögen zahlenmäßig noch immer viele sein, doch sie sind nichts als einfache Leute – weit über das Land verstreut. Bauern und Viehzüchter, die ohne die Führung des Chiefs verloren sind. Sie werden ... Bei Gott!« Er hatte immer geglaubt, er würde zu seinen Leuten zurückkehren um ihnen zu helfen. Als Befehlsempfänger. In diesem Augenblick erkannte er die Wahrheit. *Wenn ich zurückkehre, werde ich diese Menschen führen müssen. Ich werde derjenige sein, der ihnen sagt, was sie zu tun haben. Ich bin für ihre Sicherheit und ihr Wohlergehen verantwortlich.* »Wie soll ich ... Angus wurde dazu erzogen, eines Tages den Clan zu führen, nicht ich.« In ihm schrie noch immer alles nach Lachlans Blut, doch in seinen Wunsch nach Rache hatte sich ein anderes Gefühl gemischt: die Last der Verantwortung. Er sah Sessany an. »Ich glaube nicht, dass ich das kann.«

»Dann wirst du es lernen.« Sie erhob sich und legte ihm eine Hand auf den Arm. »Ich kenne dich inzwischen gut genug um zu wissen, dass du nicht tatenlos mit ansehen wirst, wie deine Leute vertrieben oder getötet werden. Das passt ebenso wenig zu dir wie Lachlan in blinder Rachsucht zu töten.« Der Widerschein des Herdfeuers spiegelte sich in ihren Augen. »Du denkst, du kannst keinen Clan führen, weil du nicht dazu erzogen wurdest. Das mag sein.

Das ist nichts Verwerfliches. Schlimm wäre es, wenn du es nicht einmal *versuchen* willst.«

Sein Blutdurst war verflogen. Ihre Worte hatten einen Funken in seinem Herzen entzündet. Einen Funken der Hoffnung und des Mutes, der leise glomm und gegen die Finsternis ankämpfte, die sich dort seit so vielen Monaten ausbreitete. »Warum tust du das?«

»Was?«

»Hoffnung in mein Herz pflanzen, wo nur noch ein schwarzer Acker sein sollte.«

Sie nahm die Hand von seinem Arm und zuckte die Schultern. »Vielleicht habe ich einen Schlag auf den Kopf bekommen. Womöglich gefällt mir auch einfach der Gedanke nicht, dass du aufgeben könntest. Was macht das schon für einen Unterschied?«

*Einen gewaltigen.* »Sag du es mir.« Noch immer glaubte er die Wärme ihrer Berührung zu spüren.

»Es macht keinen ...« Sie brach abrupt ab und runzelte die Stirn. Die Verblüffung über ihre eigene Erkenntnis war ihr deutlich anzusehen, als sie rief: »Ist dir eigentlich klar, welche Macht du in Händen hältst?«

»Macht?«

»Denkst du, mein Vater würde so viel daransetzen, dich zu fassen zu bekommen, wenn er nicht fürchten würde, du könntest dich ihm in den Weg stellen? Er hat Angst, dass du an Stelle deines Vaters die Zusammenkunft der Chiefs einberufen könntest.«

»Das habe ich nicht vor. Alles, was ich will, ist Sicherheit für meine Leute.« *Ich will wieder ein Zuhause und ich will dich an meiner Seite haben. Das genügt mir.*

»Was in Finlaggan passiert ist, hat den labilen Frieden ins Wanken gebracht. Durch MacMathains Tat befinden wir uns an der Schwelle eines Krieges, der die gesamten Highlands überziehen wird!« Ihr Verständnis für Politik erstaunte ihn. »Wenn es niemanden mehr gibt, der sich dafür einsetzt, zwischen den Clans zu vermitteln, ist dieses Land verloren! Wenn sich die Chiefs nicht gegenseitig zerfleischen, werden die Engländer oder die Wikinger es tun. Oder glaubst du, dass sich die Highlands ohne diese Zusammenkunft noch lange behaupten können?«

»Das ist nicht meine Aufgabe.« Bisher war es nur darum gegangen, dass er seinen Platz als Chief einnahm, und plötzlich drängte sie ihn, sich die Verantwortung für die gesamten Highlands auf die Schultern zu laden. Er bedachte sie mit einem finsteren Blick, von dem er hoffte, er würde genügen sie zum Schweigen zu bringen.

»Doch, das ist es.« Sie blieb hart. »Es ist das Erbe deines Vaters und es wird Zeit, dass du es endlich antrittst. Willst du wirklich zulassen, dass Männer wie mein Vater und MacMathain bekommen, was sie wollen? Willst du das?«

Er wünschte, sie würde aufhören ihm vor Augen zu halten, welch große Fußstapfen er auszufüllen hatte, wenn er seinem Vater folgte. »Du bist eine MacKenzie! Warum sollte ausgerechnet dich das Schicksal meines Clans interessieren?« Ein Blick in ihre Augen genügte um zu sehen, wie sehr seine Worte sie verletzt hatten. »Verzeih mir. Das hätte ich nicht sagen dürfen.«

»Warum nicht?« Ihre Miene war zu einer Maske erstarrt. »Warum solltest du nicht aussprechen, was du denkst?«

»Sessany.« Er streckte die Hand nach ihr aus, doch sie wich zurück.

»Eine Weile dachte ich wirklich, es wäre uns gelungen, die Namen abzulegen, die uns trennen. Ich dachte, wir würden uns als Menschen betrachten, unvoreingenommen und unabhängig von jeder Clanzugehörigkeit. Ich habe versucht in dir nicht einfach nur einen MacDonald zu sehen, obwohl das nicht leicht für mich war. Und jetzt bist du es, der …« Sie schüttelte traurig den Kopf. »Wir können nicht verleugnen, wer wir sind.« Ehe Alasdair sie aufhalten konnte, stürmte sie davon.

# 14

Bleierne Unwetterwolken verdunkelten den Himmel, als Sessany durch die Hintertür in den Stall trat. Im Innern war es heiß und stickig und der Geruch von Stroh und Mist hing schwer in der Luft. Die Verschläge waren leer. Rhoda hatte die altersschwache Kuh und die Schafe am Morgen hinters Haus getrieben. In einer Ecke neben den Verschlägen lehnten eine Mistgabel, ein Dreschflegel und ein Spaten an der Steinwand und vor dem offenen Durchgang zur Scheune fand sie einen kleinen Holzkarren. Sessany packte die Mistgabel, zog den Karren heran und machte sich ans Werk.

Sie hätte Rhoda beim Brotbacken helfen können, doch sie wollte allein sein. Sie brauchte Zeit um nachzudenken. Hatten Alasdairs Worte sie gestern Abend noch zutiefst verletzt, so hatte sich dieses Gefühl im Laufe einer durchwachten Nacht mehr und mehr in Zorn verwandelt. Einen Zorn, den nur harte Arbeit zu besänftigen vermochte. Sie hätte ihre Wut an Alasdair auslassen können, doch als sie am Morgen aus einem unruhigen, kurzen Schlaf erwacht war, war der Platz neben ihr leer gewesen. Alasdair war im Morgengrauen mit Seamus zum Fischen aufgebrochen.

Mit Wucht rammte sie die Mistgabel wieder und wieder in das alte Stroh und lud es auf den Karren. Eine graue Katze pirschte sich neugierig an, blieb neben dem Karren sitzen und beobachtete sie bei der Arbeit.

»Du wirst schon noch einsehen, dass ich Recht habe, du sturer Ochse!«, schimpfte sie und warf eine Fuhre auf den Karren. Die Katze schüttelte sich, als ein wenig Stroh auf sie herabrieselte. Sessany sah das Tier an. »Warum sich ausgerechnet eine MacKenzie für sein Leben interessiert, hat er mich gefragt! Stell dir das vor!« Sie rammte die Mistgabel ins Stroh. »Verdammter MacDonald! Seit wann bist du feige?« Verbissen schaufelte sie weiter, bis ihr der Schweiß in Strömen über den Rücken rann. Immer wieder hielt sie inne und wischte sich mit dem Handrücken über die Stirn. Von draußen war das übermütige Lachen der Kinder zu hören.

»Weißt du was?«, fragte sie die Katze, die sie noch immer aus unergründlichen Augen ansah. »Für eine Weile dachte ich wirklich, dass er es ernst meint! Ich habe tatsächlich geglaubt, er stört sich an meinem Namen.«

Die Katze leckte sich die Vorderpfote. Sessany wuchtete eine weitere Ladung auf den Karren. »Mir ist erst später klar geworden, dass er nur versucht hat mich zum Schweigen zu bringen. Und weißt du, was das bedeutet? Er *weiß*, dass ich Recht habe!«

Die Katze machte einen Buckel und stolzierte davon. Einen Augenblick später war sie in den Schatten verschwunden. Sessany schüttelte ungnädig den Kopf. »Lauf nur davon! Du willst die Wahrheit auch nicht hören.« Plötzlich bemerkte sie, wie still es geworden war. Die fröhlichen Rufe der Kinder waren verstummt.

Sie sah auf, als die Tür zum Wohnraum aufging und Rhoda im Durchgang erschien. »Reiter! Versteck dich!«

Ehe Sessany etwas erwidern konnte, machte Rhoda kehrt und verschwand, nicht ohne die Tür sorgfältig hinter sich zu schließen. *Reiter.* Eine dunkle Vorahnung ergriff von Sessany Besitz. Sie ließ die Mistgabel fallen und sah sich nach einem Versteck um. Die Stille, die durch die offene Hintertür in den Stall kroch, griff wie eine eisige Hand nach ihr. Jeden Moment würde jemand hereinkommen. *Wer?*, fragte sie sich beklommen, doch sie glaubte die Antwort bereits zu kennen. Ihre Augen hefteten sich auf die Tür, durch die sich graues Gewitterzwielicht hereinzwängte. Warum war es so still? Konnte Rhoda sich geirrt haben? Sessany trat an die Türöffnung und lauschte. Nichts. Sie verließ den Stall und schlich an der Hauswand entlang zur

Ecke. Vorsichtig spähte sie um die Mauerkante auf den Hof. Weder Rhoda noch die Kinder waren zu sehen. Sie wollte schon in den Stall zurückkehren, als sie den stampfenden Rhythmus von Pferdehufen vernahm. Einen Augenblick später sah sie die Reiter. Staub wirbelte unter den Hufen auf und hüllte die Männer ein. Rufe drangen an ihr Ohr, als der Anführer befahl die Pferde zu zügeln. Langsam senkte sich der Staub und gab den Blick auf Hauptmann Ranald und zwölf seiner Männer frei. Keiner machte Anstalten, abzusitzen.

Sessany wollte sich zurückziehen, als sie Rhoda erblickte. Sie war auf den Hof getreten. Mairi und Petár dicht an ihrer Seite stand sie vor Ranalds Pferd.

Ranald blickte auf sie herab. »Wir suchen einen Mann und eine Frau. Das Mädchen ist blond, er groß und dunkelhaarig. Hast du sie gesehen?«

Rhoda schüttelte den Kopf. »Nein, Herr. Seit dem Frühjahr waren keine Fremden mehr hier.«

Ranald runzelte die Stirn. Sein Blick hing noch eine Weile an Rhoda, ehe seine Augen weiterwanderten. Schließlich nickte er. »Durchsucht das Haus!«

Vier Krieger saßen ab und verschwanden mit gezückten Claymores aus Sessanys Sicht. Rhoda stand still da, die Kinder schützend an sich gedrückt. Ranalds Pferd tänzelte unruhig. Das Zaumzeug klirrte, als er das Tier zur Ruhe zwang. Niemand sprach ein Wort. Der Blick des Hauptmanns war auf das Haus gerichtet.

Sessany wich ein Stück zurück und blieb – mit dem Rücken an die Wand gepresst – stehen. Schmerzhaft bohrten sich die groben Mauersteine in ihren Rücken. Wie lange würde es dauern, bis Ranalds Krieger das Haus umrundeten und sie fanden? Sie musste sich verstecken! Ihr Blick zuckte über die Hügel hinter dem Haus. Für die Dauer eines Atemzuges dachte sie daran, sich dort zu verbergen. Doch um den Schutz der Felsen zu erreichen musste sie sie erst erklimmen. *Sie würden mich vom Hof aus sehen!* Den sicheren Unterschlupf so nah und zugleich in unerreichbarer Ferne zu wissen ließ ihre Beine zittern. Im Innern des Hauses glaubte sie die Männer zu hören, die die Wohnräume durchsuchten. Sie fragte sich, warum sie das Haus nicht umrundeten, und wusste die Antwort im nächsten Augenblick selbst. Nur wenige Häuser hatten einen eigenen Zugang zum Stall. Die Männer rechneten einfach nicht damit, dass es einen zweiten Weg aus dem Haus geben könnte. Spätestens wenn sie den Stall betraten um ihn zu durchsuchen, würden sie es wissen! Sie sah sich weiter um. Hier draußen würden sie sie sofort finden. Ihr blieb nur das Haus! Langsam schob sie sich an den Zugang zum Stall heran und lugte hinein. Noch keine Spur von Ranalds Männern. Ihr Blick fiel auf den Durchgang zur Scheune und blieb an einem Heuhaufen dahinter hängen. Etwas Besseres würde sie nicht finden. Sie schlüpfte in den Stall zurück und huschte an der Wand entlang in die Scheune. Hastig verkroch sie sich in dem gewaltigen Heuhaufen und verharrte reglos. Aus dem Wohnraum drangen gedämpfte Stimmen an ihr Ohr, zu leise, als dass sie die Worte verstanden hätte.

Dann, laut und deutlich: »Sie sind hier! Ich habe Waffen gefunden!«

Sessany dachte an das Claymore und den Bogen. Alasdair hatte die Waffen unter die Bettstatt geschoben, damit sie ihnen in der engen Kammer nicht im Weg waren.

»Schau im Stall nach!«, rief jemand. Beinahe im selben Augenblick schwang die Tür zum Wohnbereich knarrend auf.

»Hier ist noch ein Ausgang!«

Schritte näherten sich der Hintertür und verstummten. Ein anderer folgte seinem Kameraden in den Stall. Sessany lauschte auf die Geräusche. Knirschende Stiefelsohlen bewegten sich über den fest gestampften Boden, wanderten mal hierhin und mal dorthin. Die unsteten Laute zerrten an ihren Nerven. Sie versuchte etwas zu erkennen, doch alles, was sie sah, waren dunkle Halme, hinter denen ein Gewirr aus Schatten lag. Die Schritte kamen näher. Unwillkürlich duckte sie sich tiefer ins Heu. Sie waren hier! Ihre Hände zitterten und ihr Atem beschleunigte sich. Das Blut rauschte so laut in ihren Ohren, dass sie sich wunderte, warum die Krieger es nicht hörten. Als sie glaubte die Anspannung nicht länger ertragen zu können, schloss sie die Augen.

»Hier ist etwas!«

Sie riss die Augen auf. Ein Poltern und das wütende Fauchen einer Katze erklang, gefolgt von einem Fluch. »Verdammtes Vieh!«

Einen Atemzug später setzten die Schritte ihren Weg fort. Dann stockten sie – ganz in ihrer Nähe! Sie glaubte die Falten eines Plaids vor sich zu erkennen und kniff die Augen zusammen, um besser sehen zu können. Da bohrte sich eine Schwertklinge ins Heu, kaum eine Handbreit von ihrem Gesicht entfernt. Sessany zuckte zusammen und biss sich auf die Lippe um einen Schreckensschrei zu unterdrücken. Die Klinge fuhr zurück und drang an einer anderen Stelle erneut ins Heu, nur wenige Zoll von ihrem Bein entfernt. Sessany hielt den Atem an. Ihr Blick war starr geradeaus gerichtet. Jeden Augenblick erwartete sie, die Klinge erneut auf sich zuschnellen zu sehen – nicht mehr als ein Schatten, schlank und tödlich. Dieses Mal jedoch würde das Schwert sie durchbohren! Ein Rascheln erklang, als der Mann seine Position veränderte. Ein Schatten bewegte sich über ihr.

*Von oben!*, schoss es ihr durch den Kopf. *Er wird die Klinge von oben herabstoßen!*

»Hier ist niemand mehr!«, drang eine Stimme von nebenan an ihr Ohr. »Sie sind längst in die Hügel geflohen.«

»Erstatten wir dem Hauptmann Bericht.« Der Schatten über ihr verschwand. Ein leises Scharren erfüllte die Luft, als er das Claymore in die Scheide steckte. Dann entfernten sich die Schritte. Kurz darauf war sie wieder allein. Zitternd ließ sie den Atem entweichen.

Sie wagte nicht ihr Versteck zu verlassen. Auch nicht als auf dem Hof Stimmen laut wurden. Ein dumpfer Schlag gefolgt von schrillem Kindergeheul. *Rhoda!*

»Sie können nicht weit sein.« Ranalds Stimme kam näher. Sessany vernahm das Schnauben eines Pferdes. »MacDonald würde seine Waffen nicht zurücklassen. Vielleicht beobachtet er uns von den Hügeln aus.« Zaumzeug klirrte leise. »Geben wir ihm einen Grund, zurückzukehren. Bringt das Weib und die Blagen in den Stall!«

In die Männer kam Bewegung. Das Weinen der Kinder wurde lauter. Schritte kehrten in die Stall zurück. Ein leises Plumpsen begleitet vom Wimmern der Kinder erklang. Sessany ballte die Hände zu Fäusten. Sie musste sich zwingen, in ihrem Versteck auszuharren und nicht sofort zu Rhoda und den Kindern zu eilen. *Gott im Himmel, ich kann nicht mal erkennen, ob sie verletzt ist!* Die Hilflosigkeit war nur schwer zu ertragen.

Auf dem Hof brüllte Ranald: »Brennt alles nieder!«

Worte wie ein Faustschlag. Sessany schob das Heu ein wenig zur Seite und spähte aus ihrem Versteck hervor. Eine brennende Fackel flog durch das Tor und landete in einem der Verschläge. Eine weitere fiel auf den Holzkarren und setzte das Stroh in Brand, das sie aufgeladen hatte. Zwei dumpfe Aufschläge auf dem Dach folgten. Eine letzte Fackel landete keine sechs Fuß von ihr entfernt im Heu. Flammen schlugen empor und loderten ihr entgegen.

Nebenan schlossen die Männer die Stalltore. Schatten krochen aus den Ecken und breiteten sich aus. Die Schatten würden nicht lange währen. Bereits jetzt kämpften sie mit dem sich ausbreitenden Feuer um die Vorherrschaft. Knirschend schob sich der mächtige Holzriegel von außen in die Halterung. Sessany befreite sich aus dem Heu. Kurz darauf vernahm sie das Schlagen der Hufe, als die Clansmen vom Hof ritten.

Ihr Blick wanderte nach oben. Dort, wo die Fackeln auf dem Dach gelandet waren, fraß sich das Feuer unaufhaltsam voran. Das Stroh brannte wie Zunder. Krachend und knackend arbeiteten sich die Flammen durch das Innere von Stall und Scheune, leckten an Stützbalken und setzten sie ebenso in Brand wie die Tür zum Wohnraum. Die Hitze breitete sich aus, begleitet von dichtem Qualm, der ihr mehr und mehr die Sicht raubte. Die Balken ächzten.

Im Stall lag Rhoda vor den brennenden Verschlägen. Sie regte sich nicht. Die Kinder knieten neben ihr, schüttelten sie und riefen immer wieder, sie solle aufwachen. Sessany eilte an Rhodas Seite und berührte sie am Hals. Sie lebte. *Gott, wir müssen hier raus!*

»Maaaaami!« Mairi kreischte hysterisch und zerrte an Sessanys Ärmel. »Mach, dass meine Mami aufsteht!« Ihr Gesicht war voller Ruß, in dem die Tränen helle Spuren hinterließen.

»Ich helfe deiner Mami, Mairi. Aber du musst mir ebenfalls helfen. Wirst du das tun?« Als die Kleine tapfer nickte, fuhr Sessany fort: »Gut. Du und Petár, ihr seid jetzt beide große, mutige Kinder. Setzt euch ganz dicht neben der Tür an die Wand und wartet auf eure Mami und mich. Habt ihr mich verstanden?« Wieder nickte Mairi. Zusammen mit Petár zog sie sich zu der Stelle zurück, auf die Sessany gedeutet hatte.

»Rhoda.« Sessany schüttelte sie, doch die Frau rührte sich nicht.

Nebenan stand die Scheune inzwischen lichterloh in Flammen, ebenso wie zwei Stützpfeiler im Stall und die Verschläge zu ihrer Linken. Schwarzer Rauch hing immer dichter in der Luft. Es fiel ihr schwer, sich zu orientieren. Im Durchgang zum Stall gab der erste Stützbalken nach. Zischend stürzte brennendes Stroh vom Dach und überzog den Boden mit feurigem Regen. Der Qualm erschwerte zunehmend das Atmen. Sessany begann zu husten. Hinter ihr wimmerten die Kinder. Immer mehr Dachteile fielen um sie herum zu Boden. Auf Händen und Knien kroch sie zu den Kindern, riss zwei Fetzen aus dem Saum ihres Hemdes und schlang sie ihnen vor Mund und Nase. »Legt euch flach hin und wartet. Ich –« Ihre Worte erstarben in einem Hustenanfall. Hastig packte sie Mairi und Petár und drückte sie auf den Boden. Dann erhob sie sich. Sie versuchte die Tür aufzustoßen. Fest verschlossen. Sie rüttelte daran und warf sich mit der Schulter gegen das warme Holz – ohne Erfolg. Ihre Lungen brannten. Sie bekam kaum mehr Luft.

Hustend kroch sie in die Richtung, in der sie das Werkzeug vermutete. Sie dachte an Rhoda und wünschte, sie könnte sie näher zur Tür ziehen, doch sie wusste, dass sie nicht die Kraft für beides haben würde – Rhoda zur Tür zu ziehen und sie aufzubrechen. Vor ihr spie der Rauch die Umrisse eines Spatens aus. Sie griff danach. Ein paar brennende Teile fielen vom Dach, trafen sie am Arm und sengten sich in ihre Haut. Ihr Schmerzensschrei ging augenblicklich in einen qualvollen Hustenanfall über. Mit dem Spaten in der Hand kroch sie zur Tür zurück, wo sich die Kinder noch immer auf den Boden kauerten. Sie packte den Spaten und trieb ihn in die Spalte zwischen Wand und Tür. Er war ein wenig zu breit, sodass sie heftig rütteln und dagegen schlagen musste. Ein erneuter Hustenanfall zwang sie innezuhalten. Sie fiel auf die Knie, presste das Gesicht auf den Boden und tat einen verzweifelten Atemzug, ehe sie sich wieder aufrappelte. Mit aller Kraft stemmte sie sich gegen den Spaten und drückte ihn nach oben, bis er gegen die Unterseite des Querbalkens stieß. Als sie spürte, wie sich der Balken langsam hob, verstärkte sie den Druck. Ein letzter kräftiger Stoß, dann fiel er aus der Halterung. Sessany ließ den Spaten fallen und stieß die Tür auf. Kühle

Luft schlug ihr entgegen. Sie packte Petár und Mairi und zog sie nach draußen, ehe sie in die Knie sackte, kaum mehr in der Lage, zu atmen.

Dicker dunkler Rauch quoll aus dem Haus. Das Dach stand vollkommen in Flammen ebenso wie das Innere der Scheune. *Rhoda!* Sessany kämpfte sich auf die Beine und taumelte in die heiße Schwärze zurück. Der Qualm war überall. Sie kroch zu Rhoda, packte sie unter den Armen und zerrte sie in Richtung der Türöffnung. Immer wieder musste sie stehen bleiben, hustend und keuchend ihre verbliebenen Kräfte sammeln. Ein Krachen im Gebälk ließ sie nach oben blicken. Erschrocken riss sie die Augen auf, als ihr ein brennender Balken entgegenstürzte. Der Mangel an Luft erstickte ihren Schrei. Überall war Schmerz. In ihren brennenden Lungen und dort, wo der Balken sie eingeklemmt hatte. Flammen fraßen sich langsam auf sie zu. Sie stemmte sich gegen das warme Holz. Der Balken bewegte sich nicht. Der Schmerz in ihren Lungen wurde unerträglich. Ihre Finger rutschten von der rußgeschwärzten Oberfläche. Ihre Hand fiel kraftlos zu Boden. Beißender Rauch verschlang die Welt und löschte sie aus.

»Bei Gott!« Von dem Augenblick an, als Alasdair die dunklen Rauchwolken entdeckt hatte, existierte nur noch ein einziger Gedanke in seinem Geist. Ein Gedanke, der ihn mit jedem Schritt schneller werden ließ. *Sessany! Gütiger Gott, lass sie in Sicherheit sein!*

Alasdair erreichte den Hof kurz vor Seamus. Sein Blick fiel auf Mairi und Petár, die ein Stück vom Haus entfernt auf dem Boden kauerten und sich aneinander klammerten, die Gesichter schwarz von Ruß. Sobald sie ihren Vater entdeckten, rannten sie ihm entgegen und warfen sich ihm in die Arme.

»Mami ist im Stall!«, heulte Petár.

»Sessany! Wo ist Sessany?« Alasdair blickte sich um. In

einiger Entfernung sah er sein Claymore und den Bogen im Staub liegen. Von Sessany keine Spur.

»Maaaaami!«

»Ich werde Mami holen. Ihr bleibt hier. Petár, gib auf deine Schwester Acht.« Seamus schob die Kinder von sich und wandte sich der Rückseite des Hauses zu. Alasdair rannte neben ihm her.

»Sessany!« Immer wieder schrie er ihren Namen. »Sessany!« Das Bild, das sich ihm am Hintereingang bot, übertraf seine schlimmsten Befürchtungen. Teile des Daches waren eingestürzt. Noch immer wüteten die Flammen und trachteten danach, alles zu verzehren, was sich ihnen in den Weg stellte. Unerträgliche Hitze schlug ihm entgegen und machte das Atmen nahezu unmöglich. Schemenhafte Umrisse zeichneten sich im Rauch ab. Zwei leblose Gestalten, nahe der Tür. Sessany lag unter einem brennenden Balken begraben.

»Schaff Rhoda raus!« Alasdair musste brüllen, um die lodernde Feuersbrunst zu übertönen. Er riss sich das Hemd vom Leib, wickelte es um seine Hände und packte den Balken, der Sessany gefangen hielt. Die Hitze war selbst durch den Stoff hindurch beinahe unerträglich. Es kostete ihn mehrere Versuche, bis es ihm gelang, den Balken zur Seite zu stemmen. Kaum war Sessany frei, hob er sie hoch und trug sie nach draußen, weit genug von den Flammen fort. Vorsichtig ließ er sich auf die Knie nieder und bettete ihren Kopf in seinen Schoß.

»Sessany!« Als er über ihr Gesicht strich, hinterließen seine Finger dunkle Spuren auf ihren Wangen. »Sessany! Komm zu dir!«

Sie schlug die Augen auf. Ein helles Funkeln inmitten ihres verrußten Gesichtes. »Rhoda! Ich muss –« Ihre Worte gingen in einem qualvollen Hustenanfall unter.

»Sie ist in Sicherheit.« Er half ihr sich aufzusetzen. Als der Husten endlich nachließ, lehnte sie sich kraftlos gegen seine Schulter und schloss die Augen. Alasdair glaubte ihre Erschöpfung zu spüren. Einen rasselnden Atemzug später riss sie die Augen wieder auf.

»Das Feuer …«, keuchte sie. »Falle!«

Im selben Moment erinnerte er sich an sein Schwert, das vor dem Haus im Staub lag. Er hob den Kopf. Gerade rechtzeitig um zu sehen, wie Ranald und seine Männer mit gezückten Claymores auf den Hof traten und sie einzukreisen begannen. Es hatte keinen Sinn, zu kämpfen. Seine Waffe war unerreichbar. Als sie näher rückten, stand er auf und zog Sessany mit sich auf die Beine, ohne ihr den Halt seiner Arme zu entziehen.

Ranald bleckte die Zähne. »Dieses Mal ist dein Leben verwirkt, MacDonald.«

Alasdairs Blick wanderte über die drohend erhobenen Schwertspitzen. »Also gut.« Er nickte bedächtig. »Ich gebe auf. Macht mit mir, was ihr wollt, aber verschont das Mädchen.«

»Nein.« Sessany versteifte sich unter seinem Griff. »Alasdair. Nicht.«

Auf Ranalds Nicken hin zogen seine Männer den Ring enger. Einer holte aus und schlug Alasdair das Heft seines Schwertes gegen den Schädel. Ein harter Hieb, der ihn in die Knie zwang. Um Sessany nicht mit sich zu reißen gab er sie frei und fing seinen Sturz mit den Händen ab.

Gnadenlose Finger bohrten sich in seine nackten Schultern und zogen ihn hoch. Ein Schlag traf ihn an der Schläfe. Er versuchte sich zu schützen, doch sie hielten seine Arme fest umklammert. Er hörte die Rufe der Männer, in die sich Sessanys verzweifelte Schreie mischten, und wartete auf den nächsten Hieb, als ein schriller Pfiff erklang. Alasdair blinzelte. Ein weiterer Pfiff ertönte. Dieses Mal lauter.

»Zurück!« Ein barscher Befehl, laut genug um Gehör zu finden.

Der Griff an Alasdairs Armen und Schultern lockerte

sich. Alasdair hob den Kopf und starrte geradewegs auf Iomaér MacKenzie. An seiner Seite standen fünf Clanskrieger.

»Herr, wir haben den Gesuchten gefasst«, hörte er Ranald sagen.

»Dann habt Ihr Euren Befehl ausgeführt«, entgegnete Iomaér kühl. »Überlasst ihn jetzt uns.«

»Der Chief befahl mir –«

»Bezweifelt Ihr, dass ich im Sinne meines Vaters handle?« Er hätte genauso gut sagen können: *Verderbt es Euch nicht mit mir.* Der Tonfall wäre derselbe gewesen. »Verschwindet!«, bellte er. »Ich kümmere mich selbst darum!«

Augenblicklich ließen sie von ihm ab. Kaum war Alasdair frei, schob er sich schützend vor Sessany. Er wusste nicht, ob er aufatmen sollte, als er sah, wie Ranald seine Männer zurückrief, oder sich vor dem fürchten, was nun folgen würde. Ein kurzer Salut, dann schwang sich der Hauptmann in den Sattel und ritt mit seinen Männern vom Hof.

»Gebt ihm ein Schwert und geht aus dem Weg!«, befahl Iomaér. Einer seiner Clansmen zückte sein Claymore und warf es etwa fünf Fuß von Alasdair entfernt in den Staub. Überrascht beobachtete er, wie die Clansmen zurücktraten, die wachsamen Blicke auf ihren Herrn gerichtet.

Iomaér deutete auf das Schwert. »Nehmt es«, verlangte er und zog seine eigene Waffe.

Alasdair rührte sich nicht. »Warum sollte der Streit unserer Väter unsere Angelegenheit sein?«

»Elender MacDonald-Abschaum!« Iomaér tat einen Schritt auf ihn zu. »Ihr habt meine Schwester entführt! Dafür verlange ich Genugtuung! Hebt das verdammte Schwert auf und kämpft.«

*Mit dir kämpfen? Deine Krieger warten nur darauf, dass ich ihnen einen Grund gebe, mich umzubringen.* »Nein.«

Iomaér hob das Claymore auf und warf es Alasdair mit dem Griff voran zu. Bloßer Reflex ließ Alasdair zugreifen.

»Hör auf, Iomaér! Bitte«, rief Sessany. Sie wollte an

Alasdair vorbei, doch er streckte den Arm aus und schob sie zur Seite. Als Iomaér das Gefecht eröffnete, fing Alasdair den Angriff ab. Sofort setzte Iomaér nach und holte zu einem kraftvollen Schlag aus. Alasdair duckte sich. *Wenn ich nichts tue, wird er mir den Schädel einschlagen.* Seine Finger schlossen sich um den Schwertgriff. Seine Hand zuckte, bereit anzugreifen. Wenn er Iomaér auch nur ein Haar krümmte, würde Sessany ihn nie wieder ansehen. Fluchend wich er einem weiteren Angriff aus und machte einige Schritte zurück. Ehe Iomaér reagieren konnte, trat Sessany dazwischen. Alasdair wollte sie wegziehen, doch sie riss sich von ihm los.

»Halte dich da raus!«, herrschte Iomaér sie an, ohne den Blick von Alasdair zu wenden.

Sessany schüttelte den Kopf. »Wenn du ihn töten willst, kannst du mich auch gleich umbringen.«

»Sessany!« Alasdair versuchte immer noch sie aus dem Weg zu ziehen.

»Na los, Iomaér. Worauf wartest du!« Der Atem floss noch immer schwer aus ihren Lungen. »Ich liebe einen MacDonald. Macht mich das nicht zu deinem Feind?«

Alasdair stand wie versteinert da und starrte sie an. Für einen Moment rückte Iomaér in weite Ferne. *Sag das noch mal.*

»Du bist verwirrt!«, schnappte Iomaér. »Er hat dir Gewalt angetan! Hat dich gezwungen –«

Sie schüttelte den Kopf. »Ich war noch nie so klar wie im Augenblick. Vertraust du meinem Urteil?«

»Bisher habe ich das.«

»Dann vertrau mir auch, wenn ich dir sage, dass er nicht unser Feind ist.«

Iomaér runzelte die Stirn. »*Du* warst es! Du hast ihn aus dem Kerker befreit, nicht wahr?« Ehe sie antworten konnte, sagte er: »Natürlich! So wie du zuvor um sein Leben gefleht hast!«

Sie tat einen Schritt auf ihren Bruder zu und geriet ins Taumeln. Augenblicklich griff Alasdair nach ihr um sie zu stützen. Iomaérs Blick wanderte zwischen ihnen hin und her, als versuche er herauszufinden, ob sie tatsächlich aus freien Stücken handelte. Lange Zeit hingen seine Augen an Alasdairs Arm, der Sessany umschlungen hielt.

»Wie soll ich gegen jemanden kämpfen, der sich weigert seine verdammte Waffe zu heben.« Kopfschüttelnd stieß er sein Schwert in die Scheide zurück und sah seine Schwester an. »Nehmt eure Sachen und geht.«

»Aber Ranald wird –«

Iomaér schüttelte den Kopf. »Ranald wird keine Schwierigkeiten machen.«

»Und Vater?«

»Das lass meine Sorge sein«, entgegnete er. »Ich bin hier, weil ich dachte, meine Anwesenheit könnte vonnöten sein. Ich will, dass du in Sicherheit bist. Alles andere ist nicht wichtig.«

Sessany löste sich aus Alasdairs Griff. »Ich danke dir, Iomaér.«

Iomaér zog sie an sich. »Ich hoffe, dass du dich nicht in ihm täuschst.« Er gab sie frei und nickte Alasdair knapp zu. »Ihr solltet verschwinden, bevor ich es mir anders überlege.«

Alasdair warf Iomaér das Claymore zu und holte sein eigenes Schwert und den Bogen. Dann wandte er sich Sessany zu. »Bist du so weit?« *Noch kannst du zu deinen Leuten zurück.* Ein erschöpftes Lächeln fand den Weg auf ihre Lippen. Als sie nickte, griff er nach ihrer Hand. »Dann lass uns gehen.«

»Wenn Euch das Leben Eures Vaters lieb ist, solltet Ihr Euch künftig zurückhalten.«

Alasdair fuhr herum. »Was? Was sagt Ihr da?« Seine Stimme war kaum mehr als ein Flüstern.

»Euer Vater. Wenn Ihr weiterhin auf diese Weise in Erscheinung tretet, wird das seinem Leben sicher nicht zuträglich sein.«

*Das ist eine Lüge!* Iomaér wollte nur, dass er keinen Ärger machte. Aber hatte Seamus nicht gesagt, sie hätten seine Leiche nicht gefunden? Ein Prickeln breitete sich in ihm aus. Ein Gefühl, das zu gleichen Teilen der Hoffnung und der Angst entsprang. Er schloss die Augen und atmete tief ein. Seine Finger klammerten sich um Sessanys Hand. Als er seinen Blick erneut auf Iomaér richtete, hatte er sich wieder gefangen. »Wo ist er?«

»Selbst wenn ich es wüsste, würde ich es Euch nicht sagen.«

»Iomaér, bitte.« Sessany löste sich von Alasdair und trat vor ihren Bruder.

Iomaér schüttelte den Kopf. »Ich weiß es wirklich nicht.« Er küsste sie auf die Stirn. »Pass auf dich auf.«

Alasdair starrte ihn noch immer an. Er wollte ihn bitten mehr über seinen Vater zu sagen, doch ein Blick in Iomaérs Augen genügte um zu wissen, dass es sinnlos gewesen wäre. *Am Leben. Und wenn es doch eine Lüge ist?* Nach ihrem Streit vom vergangenen Abend hatte er lange Zeit wach gelegen und über Sessanys Worte nachgedacht. Sie hatte Recht. Es genügte nicht, dass er seinen Platz als Chief einnahm. Wenn er seinem Clan dauerhaft helfen wollte, musste er mehr tun – viel mehr. Er hatte noch heute mit ihr sprechen wollen, nicht zuletzt, um sie für sein harsches Verhalten um Verzeihung zu bitten. Iomaérs Worte hatten alles verändert. Plötzlich waren ihm die Hände gebunden. Offen in Erscheinung zu treten würde das Leben seines Vaters gefährden. *Vorausgesetzt, er ist wirklich am Leben.* Seine Gedanken begannen sich im Kreis zu drehen. Er wünschte sich nur noch fort, um nicht länger darüber nachgrübeln zu müssen. Seine Augen wanderten zu Seamus und Rhoda, die am Rande des Hofs kauerten, die Kinder eng an sich gedrückt, und mit ängstlichen Gesichtern beobachteten, was geschah.

»Ihnen wird nichts geschehen«, sagte Iomaér, als er seinen Blick bemerkte. »Wenn Ihr Euch verabschieden wollt, beeilt Euch besser.«

Alasdair nickte. Als er den Hof überquerte, folgte Sessany ihm. Es fiel ihm schwer, nicht unentwegt auf die qualmende Ruine zu starren, die noch heute Morgen das Zuhause der Familie gewesen waren. »Seamus, ich weiß nicht, was ich sagen soll ... Wie kann ich –«

»Das ist nicht deine Schuld. Es ist nur ein weiteres Zeichen dafür, wie es um unser Land steht. Glaubst du, mein Haus wird das einzige bleiben, das in Rauch aufgeht?« Er schüttelte den Kopf. »Nimm dein Mädchen und geh. Bringt euch in Sicherheit.«

»Wie kannst du so gleichgültig sein? Sie hätten Rhoda um ein Haar umgebracht!«

»Rhoda und die Kinder sind am Leben ebenso wie Sessany. Das ist alles, was zählt. Wir werden bei Verwandten unterkommen, während wir unser Heim wieder aufbauen.«

*Das Leben geht weiter.* Der Satz drängte sich in Alasdairs Geist und ließ ihn nicht mehr los. *Ganz gleich was auch geschieht und wo du dich auch verstecken magst*, sagte eine beharrliche Stimme in seinem Kopf. *Das Leben wird dich finden, Alasdair MacDonald.*

»Kann ich –«

»Wir kommen zurecht.« Rhodas Stimme klang schwach und ruhig, doch in ihren Augen sah er noch mehr: *Geht, ehe ihr uns weiter in Gefahr bringt.*

Alasdair senkte den Blick und nickte. »Verzeiht mir.« *Ihr habt so viel für mich getan und meinetwegen habt ihr alles verloren. Ich hoffe, ich kann es euch eines Tages vergelten.*

Während der folgenden Stunden, in denen Alasdair Sessany durch ein waldiges Gebiet führte, sprachen sie nur wenig. Sie waren beide erschöpft und zu sehr mit ihren eigenen Gedanken beschäftigt. Für Alasdair gab es noch einen anderen Grund, zu schweigen. Gestern noch hatte Sessany sich geweigert mit ihm zu gehen. Er hoffte jetzt, sie würde ihn begleiten, wenn er nur den Mund hielt und sie nicht unnötig daran erinnerte, dass er vorhatte sie zu seinen Leuten zu bringen. *Ich liebe einen MacDonald.* Ihre Worte wischten die schrecklichen Ereignisse des Tages für einige Augenblicke fort.

Es war schon spät, als die Dämmerung sich langsam über das Land legte. »Wir sollten uns einen Lagerplatz suchen.«

»Lass uns noch ein Stück weitergehen. Es wäre mir lieber, wenn wir noch mehr Abstand zwischen –«

»Sessany, wir sind seit Stunden gelaufen. Wir sind beide müde.«

»Herr im Himmel! Du hast nicht einmal ein Hemd! Dir muss kalt sein.«

»Was?«

»Dein Hemd. Du hast …« Ihre Augen schweiften kurz über seinen Oberkörper, ehe sie hastig den Blick abwandte.

*Beinahe wie damals, als sie mir in Eilean Donan die Gewänder gebracht hat.* Die Erinnerung, wie ihr seine Nacktheit die Röte ins Gesicht getrieben hatte, entlockte ihm ein Lächeln. Erst jetzt spürte er den Wind, der mit kühlen Fingern über seine Haut strich. »Mach dir um mich keine Sorgen.« Er legte ihr eine Hand auf den Arm und zwang sie stehen zu bleiben. »Du bist müde. Ich sehe doch, dass du kaum noch einen Fuß vor den anderen setzen kannst. Hör auf, dich zu quälen.«

Sie seufzte. »Du hast ja Recht. Es ist nur –« Sie verstummte abrupt. Ihr Blick flog zu einer Stelle im Unterholz. »Was war das?«

Alasdair hatte nichts gehört. »Irgendein Tier?«

»Das war kein Tier«, sagte sie ohne ihre Augen von den Büschen zu lösen. »Da ist etwas.«

Jetzt hörte er es ebenfalls. Ein Rascheln. Etwas bewegte sich. *Oder jemand.* Er zog Sessany in Deckung. Sosehr sich ihre Verfolger zuvor bemüht hatten leise zu sein, so rücksichtslos brachen sie jetzt zwischen den Büschen hervor. Drei Männer, gekleidet in einfache Wollhosen und Leinenhemden, traten mit erhobenen Schwertern auf ihr Versteck zu.

»Komm raus und ergib dich, du elender Hund!«

»Nur wenn du nicht gleich angreifst, mein Freund«, gab Alasdair zurück.

»Du hast hier keine Freunde!«

»Wann hast du mir die Freundschaft gekündigt, Diarmid?«

»Woher ...?«

»Erkennt ihr mich denn nicht?« Er erhob sich und trat einen Schritt aus dem Unterholz.

Diarmid kniff die Augen zusammen. »Alasdair?« Er warf einen Blick zu Iain und Colin, die fassungslos stehen geblieben waren. »Bei Gott!«

Colin steckte sein Breitschwert weg. »Wir dachten, ihr würdet zu diesen MacKenzie-Kriegern gehören, die hier die Gegend unsicher machen.«

»Wir hielten dich für tot.« Iain schien es immer noch nicht glauben zu können. Er kam näher und musterte Alasdairs Plaid. »Wie siehst du überhaupt aus? Wo zum Teufel hast du gesteckt? Sind diese Kerle hinter euch her? Wieso –«

»Hör auf, Iain! Siehst du nicht, dass die beiden vollkommen erschöpft sind!« Diarmid machte Anstalten, Alasdair auf die Schulter zu klopfen, dann überlegte er es sich anders und umarmte ihn stattdessen. »Es tut gut, dich zu sehen«, sagte er und trat einen Schritt zurück. »Unsere Pferde sind nicht weit von hier. Wenn wir uns beeilen, schaffen wir es bis morgen Mittag zurück.«

»Zurück?«

»Ewen MacRuairi war so freundlich uns Unterschlupf zu gewähren.«

# 15

Ein wenig befremdet bemerkte Sessany, wie vertraut Alasdair mit diesen Männern umging. Colin, der rothaarige Krieger, gedrungen und breit gebaut, den eine Schwermut umgab, die nicht zu seinem martialischen Äußeren zu passen schien. Iain, ein drahtiger Kerl, bei dem sie kaum zu sagen vermochte, wo sein struppiges dunkelblondes Haar endete und der wild wuchernde Vollbart begann. Seine Gewänder flatterten um seine hagere Gestalt, als befände er sich in ständiger Bewegung. Und zuletzt Diarmid, der hoch gewachsene, schlanke Mann mit den beinahe schwarzen Augen, die Sessany in einer Mischung aus Misstrauen und Neugierde betrachteten.

Jeder begegnete Alasdair auf seine Weise. Colin schlug ihm mit einer seiner prankengleichen Hände auf die Schulter und trat dann sofort wieder zurück, den Kopf gesenkt. *Als würde er sich seiner Freude schämen.* Iain grinste über das ganze Gesicht und hörte auch nicht damit auf, als sie sich längst auf dem Weg zu den Pferden befanden, und Diarmid erweckte den Eindruck, als wolle er Alasdair nicht mehr von der Seite weichen.

In diesem Augenblick, im Kreise seiner Clansmen, wirkte Alasdair glücklich. Immer wieder suchten seine Blicke nach ihr, als wolle er, dass auch sie an seiner Freude teilhabe. Alles, was sie sah, war der Glanz in seinen Augen. Als wäre er erst jetzt zu einem vollständigen Menschen geworden. Ganz gleich wohin ihn diese Männer führen mochten – dort war sein Zuhause. Er war einer von ihnen. Sie hingegen war eine Fremde, der sie zwar höflich, aber ohne größeres Interesse begegneten. Was würde passieren, wenn sie erfuhren, welchen Namen sie trug? Furcht kroch mit dürren Beinen ihr Rückgrat hoch.

Colin bedeutete ihr, Alasdair und Diarmid zu folgen, während er mit Iain die Nachhut bildete. Der Wind wehte Diarmids gedämpfte Worte an ihr Ohr. »Wir wollten zu Seamus um zu hören, ob es Neuigkeiten gibt. Alles, was wir vorfanden, war eine qualmende Ruine. Ich weiß nicht einmal, ob Seamus –«

»Sie sind am Leben.« Die Erinnerung ließ Alasdairs Stimme schwer werden. Er wandte sich zu Sessany um, wie um sich zu vergewissern, dass sie noch da war. Sie lächelte erschöpft. Da griff er nach ihrer Hand und zog sie zwischen sich und Diarmid. Seine Finger verflochten sich mit ihren, als sie ihren Weg fortsetzten. »Wir hatten heute sehr viel Glück.« Seine Aufmerksamkeit kehrte zu Diarmid zurück. »Wie habt ihr uns gefunden?«

»Wir haben uns auf die Suche nach den Männern gemacht, die das Gehöft niedergebrannt haben. Ein Stück weiter südlich sind wir auf einen Trupp MacKenzies gestoßen.« Dämmerlicht warf lange Schatten auf sein Gesicht. »Es waren zu viele, als dass wir es mit ihnen hätten aufnehmen können. Wir haben uns zurückgezogen. Und auf dem Rückweg entdeckten wir euch. Es tut mir Leid, Alasdair. Himmel, ich habe meinen eigenen Vetter nicht erkannt!«

»Du konntest wohl kaum mit mir rechnen. Immerhin dachtest du, ich sei tot.«

Endlich erreichten sie die Stelle, an der die Männer die Pferde zurückgelassen hatten. Ein junger Krieger mit glatt rasiertem Gesicht, der Sessany als Bran vorgestellt wurde, bewachte die Tiere. Bei Alasdairs Anblick hatte er Mühe, die Fassung zu wahren. Sessany entging nicht, wie er sich verstohlen über die Augen wischte.

Die Männer teilten die Lasten des Packpferdes untereinander auf und überließen das Tier Alasdair. Er schwang sich in den Sattel und hob Sessany vor sich aufs Pferd. Sobald sie saß, löste er das Oberteil seines Plaids und breitete es über seinen Schultern aus. Sessany erstarrte, als er die Arme um sie schloss und sie an sich und unter den Schutz des Plaids zog. Von seiner Blöße eingeschüchtert wollte sie von ihm abrücken. Doch er zog sie nur noch enger an sich – und plötzlich wollte sie nicht mehr fort. Mit einem leisen Seufzer lehnte sie den Kopf an seine Brust und lauschte dem regelmäßigen Schlagen seines Herzens. Lange Zeit hatte sie nicht gewagt sich ihre Gefühle einzugestehen aus Furcht, damit endgültig alle Brücken zu ihrem alten Leben niederzureißen. *Ich liebe einen MacDonald.* Iomaér gegenüber hatte sie es endlich ausgesprochen – und auch Alasdair kannte nun die Wahrheit. Das Band zu den MacKenzies war durchtrennt. Während sie sich fragte, wie es jetzt weitergehen sollte, beobachtete sie die schwankenden Schatten der Bäume, die ihren Weg säumten. Dann fielen ihr die Augen zu.

Am nächsten Tag, als die Sonne am höchsten stand, ritten sie auf den Hof von MacRuairis Stammsitz Mingary. Die Burg erhob sich im Süden der Halbinsel Ardnamurchan auf einem Felsen, hoch über dem tosenden Atlantik. Alasdair atmete die salzige Seeluft ein und ließ seine Augen über die vertrauten Mauern gleiten. Mingary war ein enger, gedrungener Steinbau, in dessen Schatten sich Stallungen und Nebengebäude duckten. Er vermochte nicht zu zählen, wie oft er als Junge hier gewesen war – immer in Begleitung seines Vaters, wenn dieser seinen inzwischen verstorbenen Bruder Ruairi besucht hatte.

Unter den neugierigen Blicken der Clansmen zügelte Alasdair sein Pferd. Beim Absitzen rutschte der Plaid von seinen Schultern. Er machte sich nicht die Mühe, ihn zurechtzuziehen. Ihm war schon lange nicht mehr kalt. Nicht seit Sessany in seinen Armen eingeschlafen war. Die ganze Nacht über hatte sie sich nicht geregt. Als er sie vom Pferd hob und über den Hof trug, öffnete sie nur einmal kurz die Augen. Sie schlang die Arme um seinen Hals und lehnte den Kopf an seine Schulter, dann war sie erneut eingeschlafen.

Alasdair sah auf, als Ewen MacRuairi auf den Hof trat. Sein Vetter besaß die beeindruckende Statur eines Bären. Das rotblonde Haar fiel ihm lose über die Schultern, während die Enden seines Bartes zu langen Zöpfen geflochten waren. Als er Alasdair erblickte, breitete sich ein Lächeln auf seinen Zügen aus.

»Gott, Alasdair, es ist gut, dich zu sehen!« Ewens Blick blieb an Sessany hängen. »Ist das Mädchen verletzt? Braucht sie Hilfe?«

Alasdair schüttelte den Kopf. »Nur erschöpft. Ich wäre dankbar, wenn du einen Schlafplatz für sie hättest.«

»Natürlich. Komm mit.« Ewen führte Alasdair ins Haus. Kühle Luft schlug ihm entgegen und ließ ihn frösteln. Er folgte seinem Vetter über eine Treppe zu einem Gang, bis Ewen vor einer Tür stehen blieb. »Wenn du willst, kannst du das Zimmer nebenan bekommen. In der Truhe findest du sicher ein sauberes Hemd.« Ewen öffnete die Tür. »Wir erwarten dich in der großen Halle. Komm zu uns, sobald du fertig bist. Ich kann kaum erwarten deine Geschichte zu hören.«

Ehe Alasdair etwas erwidern konnte, wandte Ewen sich ab und ging. Alasdair trug Sessany zum Bett und ließ sie vorsichtig in die Kissen sinken. Eine Weile betrachtete er sie. Ihr Atem ging noch immer schwer und unregelmäßig. *Sie hat schrecklich viel Rauch eingeatmet. Wenn ich sie nicht gefunden hätte …* Er schob ihr ein Kissen in den Rücken in der Hoffnung, es würde ihr das Atmen erleichtern. *Was, wenn die Hitze ihre Lungen verbrannt hat?* Er hatte einmal erlebt, wie ein Mann, der ein Feuer überlebt hatte, später dennoch gestorben war. Seine Lungen hatten sich nicht mehr mit Luft füllen wollen und kurz darauf hatte sein Herz zu schlagen aufgehört. Voller Sorge ruhte sein Blick auf Sessany. Sie war stark. Sie hatte die Nacht überstanden. Sie würde sich erholen. Als er sie in eine Decke hüllte, murmelte sie etwas, das er nicht verstehen konnte. Der Anblick ihres verrußten Gesichts rief ihm seinen eigenen erbärmlichen Zustand ins Gedächtnis. Er ging zu einer großen Truhe, holte ein Hemd heraus und verließ damit das Zimmer. Sein Weg führte ihn zurück auf den Hof, hinter den Stall. Er legte das Hemd auf den Rand der Pferdetränke und wusch sich in aller Eile Gesicht und Arme. Der Wind fuhr über ihn hinweg und trieb ihm den beißenden Rauchgeruch in die Nase, der sich in seinem Haar festgesetzt hatte. Er tauchte den Kopf unter Wasser und spülte sich den Schmutz aus den Haaren. Schließlich streifte er das Hemd über, warf sich das Oberteil seines Plaids über die Schulter und befestigte es.

Als er kurz darauf die Große Halle betrat, empfingen ihn erwartungsvolle Blicke. Ewen, Diarmid, Iain, Bran und Colin hatten sich um einen Tisch an der Stirnseite des Raumes versammelt. Alasdairs Augen blieben an einem knisternden Kaminfeuer hängen. Die Erinnerung daran, dass er Sessany um ein Haar in den Flammen verloren hätte, überfiel ihn. Er ballte die Hände zu Fäusten.

»Setz dich und erzähl uns, was geschehen ist.«

Diarmids Stimme brach den Bann. Er ging zum Tisch und ließ sich neben Iain nieder. Kaum saß er, schob Colin ihm einen Becher Ale vor die Nase. Dankbar griff er danach und nahm einen tiefen Zug. Eine angenehme Wärme breitete sich schwer in seinem Magen aus. Er trank noch einmal, dann stellte er den Becher auf den Tisch. Eine Weile starrte er auf seine Hände, unschlüssig wo er beginnen sollte.

Schließlich sah er auf. »Ich war auf der Jagd, für Rhoda

und ihre Familie. Dabei bin ich auf MacKenzies Land geraten und wurde als Wilderer gefasst. Sessany hat mich vor dem Galgen bewahrt und mir zur Flucht verholfen. Wir …« *Wie viel soll ich erzählen?* So wenig wie möglich, entschied er. Zumindest bis er wusste, wie er seinen Freunden sagen sollte, wer Sessany war. »Wir hatten einige Schwierigkeiten. MacKenzies Männer haben uns verfolgt. Sie wollten uns ausräuchern und um ein Haar wären Sessany und Rhoda in den Flammen ums Leben gekommen … Nur mit viel Glück ist es uns gelungen, zu entkommen.« *Und ohne Iomaér hätten wir es nicht geschafft.* »Wir waren auf der Flucht, als wir auf euch stießen.«

Iain runzelte die Stirn. »Erstaunlich wenige Worte, wenn man bedenkt, wie viel Zeit vergangen ist, seit wir dich zu Rhoda gebracht haben.«

Alasdair nickte. »Es ist der Kern dessen, was während der vergangenen Monate geschehen ist. Ihr werdet die ganze Geschichte hören. Später. Jetzt gibt es wichtigere Dinge, über die wir sprechen müssen.« Er dachte daran, von seinem Vater zu erzählen. Und warum die Möglichkeit bestand, dass er noch am Leben war. Doch er tat es nicht. Erst wollte er hören, was seine Freunde zu berichten hatten. Womöglich würden sie ihm sagen, sie hätten den Leichnam des Chiefs doch gefunden, und er würde feststellen, dass all seine Hoffnungen und Ängste unbegründet waren. *Ich würde mich anhören wie ein verzweifelter Mann, der sich mit aller Macht an einen Toten klammert.* »Was ist seit jener Nacht geschehen?«

»Wir haben die Überlebenden in Sicherheit gebracht.«

Alasdairs Mund wurde trocken. Seine Zunge fühlte sich schwer an und verweigerte ihm beinahe den Dienst, als er die Frage stellte, die ihm seit Monaten auf der Seele brannte. »Wie viele?«

Colin senkte den Blick. »Zu wenige.« Seine Stimme war dünn. »Nicht einmal ein Drittel.« Als er aufsah, standen

Tränen in seinen Augen. Seine Familie war in jener Nacht ebenfalls in Finlaggan gewesen. Frau und Kind. Colin bemerkte die stumme Frage in Alasdairs Blick und schüttelte den Kopf. Auch er hatte alles verloren.

*Nicht einmal ein Drittel. So wenige!* Schweigen senkte sich wie ein Leichentuch über den Raum, schwer und drückend, sodass Alasdair glaubte daran zu ersticken. Es war Iain, der der Stille ein Ende bereitete und Alasdair seinen Atem zurückgab. »Wir haben unsere Toten bestattet. Sie haben sie einfach über die Mauern geworfen. Als wären sie Unrat!«

Alasdair verdrängte jeden Gedanken an seinen Vater. »Was ist mit Ballygrant?« Zum ersten Mal wanderten seine Gedanken über die Mauern der Burg und die Grenzen von Eilean Mor hinaus nach Ballygrant, der Ansiedlung nahe dem Seeufer. *Was ist mit den Menschen dort geschehen? Sind sie auch tot?*

»Die meisten sind geflohen, nur wenige sind den Wikingern in die Hände gefallen. Ballygrant ist ein Ort der Geister geworden, ausgeplündert und teilweise zerstört.« Diarmids Augen sprühten vor Zorn und unterdrücktem Hass. »Die Nordmänner, die für all das Leid verantwortlich sind, haben sich auf Eilean Mor niedergelassen. Sie leben in der Burg unserer Väter!« Er presste die Lippen zu blutleeren Linien zusammen. »Als wäre das nicht genug, fallen MacKenzie und MacMathain wie die Heuschrecken über unser Land her und versuchen es an sich zu reißen. Unsere Gebiete auf dem Festland sind ihren ständigen Angriffen ausgesetzt. Einzig auf die Inseln haben sie sich noch nicht vorgewagt.«

»Nach allem, was ich gehört habe, habt ihr unsere Leute gut beschützt. MacMathain und MacKenzie spucken deswegen Gift und Galle.« Nur zu gut erinnerte er sich an MacMathains Auftreten im Kerker und daran, wie Sessany ihm berichtet hatte, warum er so aufgebracht gewesen war.

*Ein zerschlagener Clan, der noch in der Lage ist, seine Bauern zu beschützen.*

Diarmids Miene zerschmetterte Alasdairs Zuversicht wie ein Fausthieb. »Anfangs war es nicht schwierig, unsere Leute vor Übergriffen zu schützen. MacKenzie und seine Verbündeten waren voller Arroganz. Das machte sie zu einem leichten Ziel. Sie haben geglaubt, acht oder zehn Mann würden genügen sich unsere Gehöfte anzueignen. Wir haben sie eines Besseren belehrt.« Er verzog das Gesicht. »Inzwischen haben sie aus ihren Fehlern gelernt. Sie schicken größere Trupps aus, an mehrere Orte zugleich. Wer sich ihnen nicht unterwirft, stirbt. Viele unserer Bauern sind bereits geflohen und verstecken sich in den Wäldern. Die wenigsten werden den nächsten Winter überstehen. Wir sind MacKenzies Angriffen nicht länger gewachsen. Nicht, wenn es uns nicht gelingt, unsere Clansmen zu organisieren, die überall im Land verstreut sind und nicht wissen, wo sie uns finden.«

Von alldem Leid und der Not zu hören war beinahe mehr, als Alasdair ertragen konnte. Erschöpfung und Entsetzen machten es ihm schwer, seine Gedanken zu ordnen. Er brauchte Zeit. »Ich danke euch für alles, was ihr während der letzten Monate getan habt.« Seine Augen wanderten von einem zum anderen. »Euch allen.« Dann wandte er sich an Ewen, der den Berichten die ganze Zeit über schweigend gefolgt war. »Und dir danke ich für deine Hilfe. Du gehst ein großes Risiko ein, indem du uns Unterschlupf gewährst.«

Ewen zuckte die Schultern. »Du bist mein Vetter. Ich werde jederzeit alles tun, um dir und deinem Clan zu helfen!«

Im Rückblick erschienen Alasdair die vergangenen Wochen und Monate wie ein einziger Kampf. Und er war noch lange nicht vorüber. Dennoch tat es gut, zu wissen, dass er Freunde um sich hatte. Verbündete, die ihm helfen würden zu tun, was getan werden musste.

Diarmids Blick heftete sich auf ihn. »Wie soll es jetzt weitergehen?«

Seine Worte drängten Alasdair in jene Rolle, die er nie hatte haben wollen: die Rolle des Chiefs. Alasdair schüttelte den Kopf. »Ich weiß es noch nicht.« Er löste die verschränkten Arme. »Was ist mit dem Schwurstein?« Dunkel erinnerte er sich daran, wie sein Vater die Männer aufgefordert hatte den Stein aus Finlaggan fortzuschaffen. *Das Herz der MacDonalds.* So hatte sein Vater den Stein, dem man magische Kräfte nachsagte, immer genannt. Alasdair hatte in seiner Kindheit viele Geschichten darüber gehört. Mehr als einmal hatte er versucht herauszufinden, was dahintersteckte. Sein Vater hatte ihn stets davon abgehalten. *Du darfst seine Macht nur nutzen, wenn du ihrer bedarfst.* Im Laufe der Jahre hatte er gesehen, wie sein Vater den Stein eingesetzt hatte, um Männern einen bindenden Eid abzunehmen. Und er hatte gesehen, was mit jenen geschah, die einen Eid brachen, den sie auf den Stein geschworen hatten. Der Stein vermochte sie nicht zu töten. Aber er hatte ihren Verrat für alle offenbart, sodass sie ihre gerechte Strafe erhalten konnten.

»Der Stein ist hier. Wir werden ihn später zu dir bringen.«

Alasdair nickte. Den Stein in seiner Nähe zu wissen beruhigte ihn. Es war, als wäre ein Teil seines Vaters bei ihm. Müde fuhr er sich mit der Hand über die Augen. »Ist es wahr, dass der Leichnam meines Vaters nicht gefunden wurde?«

Betretenes Schweigen griff nach ihm. Bran nickte, Iain schickte ein gemurmeltes »Ja« hinterher.

Alasdair zögerte einen Augenblick, dann sagte er: »Er ist am Leben.«

Colin schüttelte den Kopf. »Nein, das ist er nicht. Die Nordmänner haben ihn nur nicht –«

»Er lebt und er wird irgendwo gefangen gehalten. Als Druckmittel, damit wir uns ruhig verhalten. Iomaér MacKenzie hat es mir gesagt.«

»Herr im Himmel!« Iain fuhr auf. »Die MacKenzies sind Lügner! Auch wenn du es gerne glauben möchtest, ich kann mir nicht vorstellen, dass –«

»Nicht alle MacKenzies sind Lügner«, gab Alasdair schroff zurück.

»Nein, nicht alle.« Iains grimmige Miene ließ keinen Zweifel daran, was er dachte. »Viele von ihnen sind noch Schlimmeres als das!«

*Sessany ist nicht so!* »Die Männer, die einen Clan führen, prägen das Bild, das wir von ihren Gefolgsleuten haben, nicht die, die lediglich die Befehle ihrer Herren ausführen.«

Nach seinen Worten kroch Stille in den Raum. Bran und Colin wechselten einen überraschten Blick. Iain verzog das Gesicht und Ewen grinste. Doch es war der nicht zu deutende Ausdruck in Diarmids Augen, der Alasdairs Aufmerksamkeit auf sich zog.

»Zum Teufel, hör auf, mich anzustarren, Diarmid! Sag, was du denkst! Du hältst mich für verrückt, weil ich nicht alle MacKenzies verurteile. Ist es nicht so?« *Ich kann es nicht – nicht mehr.*

»Dein Vater hätte dasselbe gesagt. Auch er hätte sich geweigert Menschen dafür zu verurteilen, dass sie die Befehle ihrer Herren befolgen.« Ein Lächeln zog über sein Gesicht. »Du wirst ein guter Chief sein. Jung an Jahren und doch schon weise.«

*Weise?* Erst Sessany hatte ihn gelehrt, mehr als den Namen eines Menschen zu sehen. »Ich bin weder weise noch habe ich die Erfahrung meines Vaters. Aber ich bin bereit zu lernen.«

*Nichts anderes habe ich von dir erwartet*, schienen Diarmids Augen zu sagen.

Iain runzelte die Stirn. »Was soll Weisheit damit zu tun haben, ob wir glauben können, dass Chief Donald am Leben ist oder nicht?«

Alasdair seufzte. »Tatsache ist: Wir wissen es nicht. Dennoch glaube ich Iomaér.« *Ich will ihm glauben.* »Und solange wir die Wahrheit nicht kennen, werde ich diesen Clan führen.« *Ich muss es ihnen sagen.* Er wusste nicht, ob es der geeignete Augenblick war, dennoch konnte er die Wahrheit nicht länger verschweigen. Nicht, wenn er das Vertrauen seiner Freunde nicht leichtfertig verspielen wollte. Mit dem nächsten Atemzug sog er den Mut ein, den er für seine nächsten Worte brauchte. »Es gibt da noch etwas ... Sessany. Sie ist MacKenzies Tochter.«

Diarmid blinzelte. »Was?«

»Bist du von allen guten Geistern verlassen!« Iain schnellte von seinem Stuhl hoch. »Wo ist sie?«

»Sie ist oben und schläft. Ich weiß, dass euch das –« Alasdair brach ab, als er sah, wie Iain auf die Tür zustürmte. Er sprang auf und vertrat ihm den Weg. »Was hast du vor, Iain?«

»Sie einsperren, ehe sie zu ihrem Vater rennen und unser Versteck verraten kann!« Er wollte an ihm vorbei, doch Alasdair wich nicht von der Stelle.

»Setz dich.«

»Ich werde nicht –«

»Hinsetzen!« Mit zusammengekniffenen Augen beobachtete Alasdair, wie Iain an seinen Platz zurückkehrte. Er blieb vor der Tür stehen und blickte seinen Clansman zornig an. »Sessany ist keine Gefahr. Für keinen von uns.«

»Alasdair, sie ist eine *MacKenzie!*« Iain wollte nicht locker lassen.

»Und ich bin ein MacDonald! Und trotzdem hat sie mir nichts getan! Ohne sie wäre ich nicht mehr am Leben.«

Der Zweifel stand allen deutlich ins Gesicht geschrieben, doch es war erneut Iain, der das Wort ergriff. »Wer sagt dir, dass sie dich nicht die ganze Zeit über angelogen hat? Vielleicht hat sie dich nur gerettet um uns zu finden? Hast du je daran gedacht, dass sie eine Spionin sein könnte?«

»Nein, das habe ich nicht«, entgegnete er. »Und ich werde es auch jetzt nicht. Sie hat ihr Leben aufs Spiel gesetzt um meines zu retten. Für mich wurde sie zur Verräterin an ihrem eigenen Clan! Sie ist ganz sicher keine Spionin!« *Meinetwegen hat sie alles verloren.* Zum zweiten Mal an diesem Tag begann er von den Ereignissen der vergangenen Monate zu berichten. Diesmal in allen Einzelheiten. Es war ihm wichtig, dass sie erfuhren, welche Rolle Sessany in seinem Leben spielte. *Sie müssen begreifen, dass sie keine Gefahr ist!* Während er sprach, kehrte er zu seinem Stuhl zurück und setzte sich. Das Kaminfeuer war beinahe heruntergebrannt, als er endlich alles gesagt hatte, was es zu sagen gab. »Vielleicht versteht ihr mich jetzt.«

Ein langes Schweigen folgte seinen letzten Worten. Eine Zeit, während der er angespannt nach Reaktionen in den Mienen seiner Freunde suchte. Iains Züge waren nicht schwer zu deuten. Er starrte finster vor sich hin. Colin und Bran tauschten immer wieder verstohlene Blicke, als versuchten sie einander verstehen zu helfen, was sie gehört hatten. Ewen griff wortlos nach seinem Becher und nahm einen tiefen Schluck, während Diarmid einfach nur wie gelähmt wirkte. Eine Weile saß er da ohne sich zu bewegen, die Augen auf den Tisch gerichtet, als könne er dort die Antworten finden, nach denen er suchte. Schließlich streckte er die Hand aus und begann eine Scharte in der Tischplatte nachzuzeichnen. Wieder und wieder glitten seine Finger über die Unebenheit im Holz, mal schnell und dann wieder unendlich langsam. Es fiel Alasdair schwer, ruhig zu bleiben. Am liebsten hätte er die Männer angebrüllt etwas zu sagen. *Irgendetwas!* Doch er tat es nicht. Sie sollten Zeit haben, nachzudenken. *Zeit, um ihre Gemüter zu kühlen.* Er hatte gewusst, dass es schwierig werden würde, ihnen beizubringen, wessen Tochter Sessany war. Was er nicht geahnt hatte, war, wie hilflos er sich dabei fühlen würde.

Endlich sah Diarmid auf. »Vertraust du ihr?«

Alasdair nickte.

Ein leises Lächeln umspielte Diarmids Mundwinkel. »Dann gibt es für mich keinen Grund, es nicht zu tun.«

Bran und Colin nickten. Ewen erwiderte Alasdairs Blick offen ohne ein Wort zu sagen. Alasdair war versucht ihn nach seiner Meinung zu fragen, doch dies war eine Angelegenheit des MacDonald-Clans.

»Ihr Narren!« Iain schlug mit der Faust auf den Tisch. Tiefer Zweifel zerfurchte seine Stirn. »Lasst ihr euch so einfach von einem Paar schöner Augen einwickeln? Himmel! In jener Nacht in Finlaggan wurden wir von einem *Freund* verraten, und ihr habt nichts Besseres zu tun, als einer vollkommen *Fremden* zu vertrauen, die noch dazu eine MacKenzie ist! Wollt ihr, dass die MacDonalds endgültig ausgelöscht werden?« Er brüllte jetzt beinahe. »Wir sollten sie als Geisel nehmen und ihren Vater zwingen uns in Ruhe zu lassen, wenn er nicht will, dass –«

»Halt den Mund!«, sagte Alasdair schneidend. »So etwas will ich nicht hören. Weder von dir noch von sonst jemandem!«

»Wenn es aber –«

Alasdair hob drohend die Augenbrauen. Eine Geste, die ausreichte, Iain verstummen zu lassen. »Ich hatte nicht vor, das zu sagen, und ich werde es jetzt nur ein einziges Mal tun, also hört besser gut zu. Ihr alle.« Er stieß seinen Stuhl zurück und erhob sich. »Solange wir nicht wissen, was mit meinem Vater ist, bin ich der Chief dieses Clans. Eure Meinung ist mir wichtig und ich werde mir eure Bedenken und Vorschläge jederzeit anhören. Wenn ich jedoch eine Entscheidung treffe, habt ihr sie zu akzeptieren. Ganz gleich ob ihr damit einverstanden seid oder nicht.« Sein Blick richtete sich auf Iain. »Und was Sessany angeht, habe ich meine Entscheidung schon vor langer Zeit getroffen.« Er wusste, Iain wollte ihn nur schützen. Schon als sie noch Jungen waren, hatte Iain stets versucht ihn vor allen Gefahren zu bewahren. Daran hatte sich nie etwas geändert und dafür war er ihm dankbar. Doch er wusste ebenso, dass es schwer war, ihn zu zügeln, wenn er sich erst einmal in etwas verrannt hatte. Iain war zu stur, um dann noch für vernünftige Argumente zugänglich zu sein. »Sessany ist mein Gast. Sie steht unter meinem Schutz. Ich erwarte, dass ihr das respektiert.«

Diarmid nickte. »Natürlich tun wir das.«

*Ich weiß, dass du das tust, ebenso wie Bran und Colin oder Ewen.* Es war Iain, aus dessen Mund er diese Worte hören wollte, doch Iain schwieg.

Bran erhob sich und legte einige Scheite im Kamin nach. »Ich weiß nicht, wie es euch geht«, meinte er schließlich, »aber ich kann kaum noch einen klaren Gedanken fassen. Vielleicht sollten wir unterbrechen und etwas essen?«

»Ein guter Vorschlag.« Diarmid sah zu Alasdair. »Sessany ist sicher auch hungrig.« *Bring sie zu uns, damit wir uns ein eigenes Bild machen können*, schienen seine Augen zu sagen.

Für eine Weile existierten nur Ruhe und Frieden. Stille hatte sie eingehüllt und davongetragen, in ein Reich fernab von allen Sorgen und Ängsten. Jetzt jedoch spürte sie das Band, das sie mit der Wirklichkeit verknüpfte und leise an ihr zog, als wolle es sie sanft zurückgeleiten. Der Schlaf entfloh ihr immer mehr. Schließlich ließ sich die Welt nicht länger ignorieren. Sessany öffnete die Augen. Ein wenig verwirrt stellte sie fest, dass sie in einem Bett lag. *MacRuairis Burg*. Stück für Stück kehrte die Erinnerung zurück. Da traf ihr Blick auf Alasdair. Er stand neben der Tür und beobachtete sie.

»Wie fühlst du dich?«, fragte er sanft.

Sie war noch immer erschöpft. Ihre Lungen fühlten sich an, als stünden sie in Flammen, und machten ihr das Atmen schwer. Hämmernde Kopfschmerzen begleiteten jeden Herzschlag. »Es geht schon.« Umständlich setzte sie sich auf.

Alasdair kam näher. »Du siehst nicht aus, als würde es dir gut gehen.«

Ihr Blick fiel auf ihre Hände und Arme, dunkel vor Ruß, ebenso wie ihr Kleid. »Wie willst du das unter alldem Dreck erkennen?« Ihr Brustkorb zog sich krampfartig zusammen. Sie tat einen keuchenden Atemzug, dann begann sie so heftig zu husten, dass sie glaubte, der Kopf würde ihr zerspringen. Sofort war Alasdair bei ihr. Er setzte sich neben sie, hielt sie fest und wartete, bis es ihr besser ging. Sessany fühlte sich, als hätte ihr jemand Eisenbänder um die Brust gelegt. Nur langsam kam sie wieder zu Atem. Da bemerkte sie die Furcht in seinem Blick. »Sieh mich nicht an, als würde ich jeden Moment sterben.« Sie zwang sich zu einem Lächeln. »Es geht schon wieder.«

»Ich mache mir nur Sorgen. Das ist alles. Ich bin gekommen um dich abzuholen. Ein Essen. Sie möchten dich kennen lernen.« Er sprach schnell. Ein wenig zu schnell um darüber hinwegzutäuschen, dass er ihr nicht alles sagte. Erst als sie ihn mit gerunzelter Stirn betrachtete, fügte er hinzu: »Sie wissen, wer du bist.« Erschrocken befreite sie sich aus seinen Armen. Ihr Herz begann zu rasen. »Es ist in Ordnung, Sessany. Niemand wird dir etwas tun.«

Seine Worte beruhigten sie nicht. Zu tief war ihre Furcht verwurzelt, wusste sie doch, wie ein MacDonald auf einen MacKenzie reagierte – und umgekehrt. Dennoch fügte sie sich, als er ihr erklärte, dass er ihr ein Bad hatte bereiten lassen und sie in der großen Halle erwarten würde, sobald sie fertig war. Auf seinen Ruf hin erschien eine Dienstmagd und geleitete sie in eine kleine fensterlose Kammer, wo bereits ein Zuber mit dampfendem Wasser auf sie wartete. Sessany befreite sich aus ihren schmutzigen Gewändern und ließ sich ins Wasser gleiten. Träge beobachtete sie, wie die Magd ihre Sachen einsammelte und gegen saubere auswechselte, ehe sie sich mit einer Verneigung zurückzog. Gerne hätte Sessany sich zurückgelehnt und die Hitze des Bades genossen, doch der heiße Dampf erschwerte ihr das Atmen. Abgesehen davon wollte sie die Begegnung mit Alasdairs Freunden hinter sich bringen, ehe sie endgültig der Mut verließ. Entschlossen stieg sie aus der Wanne, kaum dass sie den Schmutz von Haar und Haut gewaschen hatte, und trocknete sich ab. Rasch streifte sie das Leinenunterhemd über, zog das einfache Wollkleid an, das das Mädchen gebracht hatte, und schlüpfte in ihre Stiefel. Als sie den Gürtel anlegte, wurde ihr schwindlig. Es gelang ihr gerade noch, sich am Rand des Zubers abzustützen und einen Sturz zu verhindern. Mit unsicheren Schritten verließ sie die Kammer. Auf dem Gang schlug ihr kühle Luft entgegen und vertrieb den Nebel aus ihrem Kopf. Sofort fiel ihr das Atmen wieder leichter.

Kurz darauf fand sie sich vor der Tür zur großen Halle wieder. Sie hatte ein Mädchen angesprochen und sich von ihm führen lassen. Es hatte sie anmelden wollen, doch sie hatte dankend abgelehnt und das Mädchen fortgeschickt. Nachdenklich starrte Sessany auf das dunkle Holz. Dahinter würde Alasdair sie erwarten. *Und ein ganzer Haufen MacDonalds, der nun weiß, wer ich bin.* Sie straffte die Schultern, hob die Hand und klopfte an. Alasdair öffnete die Tür. Mit einem beruhigenden Lächeln hielt er ihr seinen Arm entgegen.

»Mach dir keine Sorgen«, raunte er, als er sie zum Tisch führte. Das Essen war bereits aufgetragen, doch ihre ganze Aufmerksamkeit galt den fünf Männern, die ihr entgegenstarrten, als versuchten sie einzuschätzen, welche Gefahr sie darstellte. Sessany fühlte sich kein bisschen gefährlich – nur unendlich müde. Sie verbarg ihre wachsende Anspannung hinter einem unsicheren Lächeln und ließ sich von Alasdair zu einem Stuhl geleiten. Sobald sie Platz genommen hatte, setzte er sich neben sie. Stille hing über dem

Raum, dick und zäh wie Morast. Noch immer ruhten alle Blicke auf ihr.

»Ich hoffe, Ihr fühlt Euch besser?« Zum ersten Mal nahm sie den jungen Mann am Kopfende der Tafel wahr. Er war vergangene Nacht nicht bei Alasdairs Männern gewesen.

Seine Freundlichkeit beruhigte sie ein wenig. »Vielen Dank. Ich ... Ihr müsst Ewen MacRuairi von Ardnamurchan sein. Ich danke Euch für Eure Gastfreundschaft.«

Er begegnete ihren Worten mit einem Lächeln. »Ewen sollte genügen. Alasdairs Freunde sind in meinem Haus stets willkommen.« Selten waren ein paar einfache Worte bedeutsamer gewesen als in diesem Augenblick. Es war, als hätten sie die Lähmung gelöst, die von allen Besitz ergriffen hatte.

»Du solltest das Hühnchen versuchen«, brach Diarmid sein Schweigen. »Es ist wirklich ausgezeichnet.« Ehe sie etwas erwidern konnte, legte er ein Stück Fleisch auf ihr Brett, gefolgt von Gemüse und frischem Brot. Der Duft der Speisen stieg ihr in die Nase und erinnerte sie daran, wie hungrig sie war. Alasdair schenkte ihr Wein ein. Mit einem Mal schien die Stimmung fast fröhlich. Erleichtert griff sie nach dem Tischdolch, den Alasdair ihr reichte, als sie Iains Blick bemerkte. Seine Augen bohrten sich in sie und hielten sie fest, als wollte er sie schütteln, um Antworten auf die Fragen zu bekommen, die er nicht zu stellen wagte. Sie senkte den Kopf und begann zu essen. Das Gefühl, dass Iains Augen ihre Haut versengten, wurde mit jedem Atemzug stärker und ließ ihren Appetit rasch schwinden. Sie legte den Dolch auf das Brett, griff nach ihrem Becher und nippte an dem starken Wein.

»Ein guter Tropfen«, bemerkte Diarmid.

»Wirklich ausgezeichnet.« Sie umklammerte ihren Becher.

Alasdair neigte den Kopf zu ihr. »Ist alles in Ordnung?«, fragte er leise.

Sie starrte ihn an. »Nein. Nichts ist in Ordnung«, entgegnete sie laut genug, dass jeder sie hören konnte. »Das hier ist lächerlich! Ein Verhör wäre keine größere Folter als dieses Essen!«

Totenstille folgte ihren Worten, bis Bran bemerkte: »Ich weiß gar nicht, was du hast. Das Hühnchen ist hervorragend!«

Sessany sah ihn verdutzt an. Sein verschmitztes Grinsen war unwiderstehlich. Sie begann zu lachen.

»Was? Stimmt es etwa nicht?« Bran zwinkerte ihr zu. Diarmid stimmte in ihr Gelächter ein, ebenso wie Alasdair und Ewen. Selbst Colins Mundwinkel verzogen sich zu einem Lächeln. Einzig Iain saß mit unbewegter Miene da.

Nachdem sich alle wieder beruhigt hatten, war die Spannung endgültig gewichen. Plötzlich war eine Unterhaltung möglich. Sie sprachen über unverfängliche Dinge, dennoch war es ein Fortschritt. Sogar ihr Appetit kehrte zurück. Als am Ende des Essens die Platten abgetragen wurden, entschuldigte Iain sich und zog sich zurück. Sessany war erleichtert nicht länger seinen bohrenden Blicken ausgeliefert zu sein. Ihre Augen streiften Alasdair, der mit einem glücklichen Lächeln beobachtete, wie sie angeregt mit Diarmid sprach. Auch Colin und Bran trugen ihren Teil zur Unterhaltung bei. Mit fortschreitender Stunde fiel es ihr jedoch zunehmend schwerer, den Worten der Männer zu folgen.

»Du siehst müde aus«, sagte Diarmid plötzlich. »Vielleicht solltest du schlafen gehen.« Als sie zögerte, fügte er hinzu: »Mein Wort darauf, dass wir auch morgen noch mit dir sprechen werden.«

»Vorausgesetzt es gibt wieder Hühnchen«, meinte Bran trocken.

Sie hatte tatsächlich gefürchtet, die anfängliche Ablehnung könne zurückkehren, wenn sie jetzt ging, doch sie musste die Männer nur ansehen um zu wissen, dass das nicht geschehen würde. Bran hatte ihnen einen Weg eröffnet, auf dem sie einander begegnen konnten. Schließlich nickte sie und erhob sich. »Ich kann wirklich kaum noch die Augen offen halten. Aber ich bin froh, dass … Ich meine, es ist … wir …« Es wollte ihr nicht gelingen, die passenden Worte zu finden.

Diarmid grinste. »Uns ergeht es nicht anders.«

Alasdair sah auf. »Soll ich dich nach oben bringen?«

»Nicht nötig, ich finde den Weg allein. Vielleicht solltest du einfach noch eine Weile bei deinen Freunden bleiben.« *Hast du überhaupt geschlafen, seit wir hier sind?* Die dunklen Schatten unter seinen Augen waren Antwort genug. Nachdem sie sich von den Männern verabschiedet hatte, brachte Alasdair sie zur Tür.

Einen Moment hielt er noch ihre Hand. »Ich weiß, wie viel Angst du vor dieser Begegnung hattest. Du hast dich wacker geschlagen.« Er zögerte kurz, dann sagte er: »Iain werden wir auch noch überzeugen.«

*Er sah nicht aus, als würde er sich überzeugen lassen wollen.*

»Gute Nacht.« Mit einem letzten Nicken schlüpfte sie auf den Gang hinaus und schloss die Tür hinter sich. Die Stimmen verklangen. Für eine Weile stand sie nur da und atmete mehrmals ein und aus, ehe sie sich auf den Weg zu ihrem Schlafgemach machte. Sie stieg die engen Stufen empor und folgte einem langen Gang, der nur von ein paar Fackeln erhellt wurde. Müde rieb sie sich die Augen. Als sie die Hand sinken ließ, wuchs eine Gestalt vor ihr empor. Erschrocken fuhr sie zurück.

»Iain! Teufel auch, mir wäre fast das Herz stehen geblieben!« Seine Miene zeigte keinerlei Regung. Er stand einfach nur da und starrte sie an. Sessany machte einen Schritt zur Seite und wollte an ihm vorbei. Er folgte ihrer Bewegung und vertrat ihr den Weg. »Was soll das?« Sein Verhalten beunruhigte sie.

»Vielleicht will ich mich mit dir unterhalten.«

»Das hättest du unten tun können während des Mahls.« Sie wollte nicht mit ihm allein sein. Seine bloße Anwesenheit machte ihr Angst. »Entschuldige mich. Ich bin wirklich müde.«

Er wich keine Handbreit. Als sie erneut versuchte an ihm vorbeizugelangen, packte er sie am Arm und drängte sie gegen die Wand. Sie unterdrückte einen Schreckensschrei, als er sich dicht an sie heranschob.

»Mir steht aber *jetzt* der Sinn nach einem Gespräch.« Sie hatte geglaubt, dass er betrunken sei, doch sein Atem roch kaum nach Wein. »Was willst du von Alasdair?«

Die Frage verwirrte sie. »Was ich ... hat er nicht erzählt, wie wir uns begegnet sind?«

Iain nickte. »Ich weiß, wie *er* über dich denkt. Dennoch vertraue ich dir nicht. Die anderen magst du eingewickelt haben, mich nicht. Wer sagt mir, dass MacMathain und dein Vater ihre Pläne nicht geändert haben, als Alasdair selbst unter der Folter geschwiegen hat? Womöglich haben sie beschlossen dich auf ihn anzusetzen. *Du* hast seine Flucht arrangiert, damit er dich zu uns führt. Und jetzt wartest du auf eine Gelegenheit, unser Versteck an deinen Vater zu verraten! Ist es nicht so?«

Iains Worte ließen das Gespenst der Erinnerung neu entstehen. Alasdair, fieberglühend und nicht bei Bewusstsein. Fearghas, tödlich verwundet, im Kampf mit Ranalds Kriegern. »Nein! Es ...« Ihre Stimme schwankte. »Ich bin keine Spionin!«, brachte sie endlich hervor. »Mein bester Freund ist tot! Vaters Männer haben ihn umgebracht, als er Alasdair und mir geholfen hat.« Tränen traten ihr in die Augen. »Ich habe weder vor, Alasdair etwas anzutun, noch euer Versteck zu verraten. Ich will auch nicht zu meinem Vater zurück! Ich möchte einfach nur in Ruhe gelassen werden! Ist es so schwer, zu verstehen, dass ich nicht ... Ich will mich nicht in eurem Spiel um Macht und Einfluss zu einer weiteren Spielfigur machen lassen!«

Er schob sich noch näher heran, packte sie bei den Schultern und presste sie gegen die Wand.

»Iain, du machst mir Angst.«

»Genug Angst, dass du ihm nichts antun wirst?«

»Ich hatte nie vor, ihm etwas anzutun. Er ist ...« Seine Finger gruben sich in ihren Arm. »Hör auf, du tust mir weh!«

»Ich behalte dich im Auge«, zischte er. »Ich werde nicht zulassen, dass ihm etwas zustößt.« Mit einem Ruck gab er sie frei und ging. Mit klopfendem Herzen starrte sie ihm hinterher, bis er in den Schatten verschwunden war.

Nach ihrer Begegnung mit Iain fiel es Sessany schwer, Ruhe zu finden. Lange Zeit lag sie wach und starrte in die Dunkelheit. Für eine Weile hatte sie tatsächlich geglaubt, es könne ihr gelingen, die Kluft zu überwinden, die sie von den MacDonalds trennte. Iain hatte ihr gezeigt, dass das nicht möglich war. Sein Verhalten hatte ihr vor Augen geführt, was viele der MacDonalds denken würden, sobald sie erfuhren, wer sie war. Womöglich würden sich nicht alle mit Worten begnügen, um ihr Misstrauen auszudrücken. *Ich kann hier nicht bleiben.* Mit diesem Gedanken sank sie schließlich in einen unruhigen, von wirren Albträumen durchzogenen Schlaf. Es war das Gefühl, nicht mehr allein zu sein, das sie abrupt aus ihren Träumen schrecken ließ. Als sie die Augen aufschlug, fiel ihr Blick auf eine schattenhafte Gestalt vor dem Fenster. Sie fuhr auf.

»Ich bin es«, drang eine gedämpfte Stimme an ihr Ohr. »Alasdair.«

»Bist du wahnsinnig mich so zu erschrecken!«

»Entschuldige.« Er sprach noch immer halblaut. »Ich konnte nicht schlafen.«

»Und da hast du beschlossen mir auch keine Ruhe zu gönnen.«

Er ging zu ihr und ließ sich neben ihr auf der Bettkante

nieder. »Ich wollte …« Er schüttelte den Kopf. »Ich weiß nicht, was ich wollte.« Obwohl sie sein Gesicht im Dunkeln kaum erkennen konnte, wusste sie, dass er lächelte. »Ich bin es wohl nicht mehr gewöhnt, allein zu sein.«

Sie sah auf. »Was wirst du jetzt tun?« Als ihr bewusst wurde, dass er ihre Frage ebenso als Aufforderung verstehen könnte, fügte sie hastig hinzu: »Ich meine, mit deinen Männern? Was werdet ihr unternehmen?«

»Gar nichts.«

Sessany wölbte die Brauen. »Was soll das heißen?«

»Dass ich das Leben meines Vaters nicht in Gefahr bringen werde.«

»Was, wenn sie dich nur in dem Glauben lassen, er sei am Leben, damit du dich ruhig verhältst?« Sie erhob sich und entzündete eine Kerze. Als der Docht eine kleine Flamme gebar, wandte sie sich ihm zu. »Du musst eine Entscheidung treffen. Willst du das Leben vieler aufs Spiel setzen um deinen Vater zu schützen, der *vielleicht* gefangen gehalten wird? Ich weiß, dass es hart ist, aber du musst handeln!«

»Ich kann nicht!«

In seinen Augen kämpfte der Wunsch, seinem Clan zu helfen, gegen den Drang, seinen Vater zu beschützen. Es quälte sie, diesen sonst so starken und unbeugsamen Mann so verzweifelt zu sehen. »Du musst deinen Clan schützen!«

»Er ist mein Vater!«, rief er und sprang auf. »Was erwartest du von mir?«

»Stell dich deiner Verantwortung«, sagte sie ruhig. »Ich weiß, dass du das nie wolltest, doch du bist jetzt der Chief, Alasdair. Es ist deine Pflicht, für diese Menschen zu sorgen. Es geht nicht um Iain, Colin, Bran oder Diarmid. Sie kommen zurecht. Es geht um die anderen. Bauern, Viehzüchter, Fischer. All die einfachen Leute, die den Schutz ihres Herrn nötig haben und deren Schicksal allein von deinem Handeln abhängt.«

Er schwieg lange Zeit, sodass sie schon fürchtete, er würde kehrtmachen und einfach gehen. Schließlich fragte er: »Was soll ich tun?«

»Gib ihnen ein Zuhause. Gib ihnen etwas, woran sie glauben können. Sicherheit, Frieden. Eine Zukunft. All das, was du dir auch für dich selbst wünschst.«

Er starrte sie an, als hätte er sie nie zuvor gesehen. »Vorgestern habe ich dich gefragt, warum sich ausgerechnet eine MacKenzie so sehr für die Belange meines Clans interessiert. Ich möchte noch immer wissen, warum es dir so wichtig ist, was aus den MacDonalds wird.«

*Weil du einer von ihnen bist.* »Ich habe keinen Clan mehr. Dir zu helfen hat mich zur Verräterin an meinen eigenen Leuten gemacht. Alles, was mir noch bleibt, ist dieses Land. Und seine Zukunft geht mit der Zukunft der MacDonalds einher.« Sie trat zu ihm und sah ihn an. »Du weißt, was du tun musst, nicht wahr?«

Er fuhr sich mit der Hand über die Augen. Eine Geste, die all seinen Kummer zum Ausdruck brachte. »Es zu wissen und es zu tun, sind zwei grundverschiedene Dinge.«

Da legte sie ihm die flache Hand auf die Brust und sagte: »Hier liegt deine Kraft, Alasdair MacDonald. Nutze sie.«

Seine Augen schimmerten dunkel, beinahe schwarz, im Kerzenschein. Eine Ewigkeit schien zu vergehen. Momente, in denen sie die Wärme seines Körpers durch den Stoff seines Hemdes spürte. Dann legte er seine Hand auf ihre. »Ich bin froh, dass du da bist. Ich wüsste wirklich nicht, was –«

»Alasdair, nicht.« Sie zog ihre Hand zurück. »Sprich nicht weiter.«

»Was ist denn?« Er versuchte ihren Blick einzufangen, doch sie wich ihm aus. »Warum bist du plötzlich so traurig?«

Für einen Moment war sie versucht ihm von Iain zu erzählen, doch sie schwieg. Iain war sein Freund. Sie wollte nicht, dass die Schwierigkeiten, die sie mit ihm hatte, Alasdairs Freundschaft zu ihm belasteten.

»Weißt du, warum ich aufgewacht bin?«, fragte sie stattdessen. »Ich habe Angst. Angst, dass mich deine Leute nicht akzeptieren werden. Das heute Abend waren nur vier deiner Männer und es war schon … es war schwierig.« *Und bei Iain unmöglich.* »Was glaubst du, wie das wird, wenn wir erst auf den Rest deiner Leute treffen? Alasdair, ich werde gehen. Gleich morgen Früh. Ich will nicht Nacht für Nacht aus dem Schlaf schrecken aus Furcht –«

Er legte ihr einen Finger auf die Lippen. »Glaubst du wirklich, ich würde zulassen, dass dir jemand etwas antut? Komm mit, ich will dir etwas zeigen.« Er nahm sie bei der Hand und führte sie nach nebenan, in sein Schlafzimmer. In einer Ecke des Raumes lag auf einem Holzgestell ein hell schimmernder Sandstein von der Größe und Form eines Kinderkopfes. Runen, die nichts glichen, was Sessany bisher gesehen hatte, umrankten die Oberfläche in einem gleichmäßigen Muster.

»Das ist der Schwurstein der MacDonalds«, erklärte er feierlich. »Man sagt ihm nach, dass er magische Kräfte besitzt.«

»Warum zeigst du mir das?«

»Ich werde dir ein für alle Mal beweisen, wie ernst es mir ist.«

»Du glaubst doch nicht wirklich, ein Stein könnte meine Meinung ändern!«

Ohne eine Miene zu verziehen legte er die freie Hand auf den Stein, mit der anderen hielt er noch immer Sessanys. »Bei den Seelen meiner Ahnen, bei der Ehre meines Clans.« Ein sanftes Glühen erfasste den Stein, hüllte ihn in warmes Licht und breitete sich aus. Die Runen begannen zu pulsieren, als wären sie lebendig. Vielleicht lag es am Fackelschein. Alasdair fuhr ohne Unterbrechung fort: »Ich schwöre bei meinem Leben, dass –«

»Hör auf, MacDonald!« Sie zog seine Hand von der Oberfläche. Das Glimmen erlosch. *Einbildung!* »Du kannst nicht ständig in meiner Nähe sein um mich zu beschützen. Du hast Wichtigeres zu tun. Ich will und kann dir dabei nicht im Weg stehen.«

»Wichtigeres? Im Weg stehen?« Er kniff die Augen zusammen. »Gott im Himmel, Sessany! Ohne dich ... Du willst Sicherheit? Ich werde dir Sicherheit geben.«

Sie blinzelte verständnislos. »Was soll das nun wieder heißen? Wovon sprichst du?«

»Ich spreche von der Sicherheit meines Namens.«

»Du willst mich *heiraten*?« Sie starrte ihn mit großen Augen an.

»Das will ich.«

»Du kannst doch nicht ... nur damit ... Ich werde nicht ...«

Alasdair quittierte ihr Gestammel mit einem Lächeln. »Erinnerst du dich an die vergangene Nacht auf dem Pferd, als du in meinen Armen eingeschlafen bist?« Natürlich erinnerte sie sich. Sie erinnerte sich an das gleichmäßige Schlagen seines Herzens und an die Geborgenheit, die sie verspürt hatte. Seine Worte übers Heiraten hatten sie so verwirrt, dass sie es vorzog, zu schweigen. Alasdair war noch nicht fertig. »Dich im Arm zu halten fühlte sich *richtig* an. So sollte es sein. Der Gedanke, dass du nicht mehr da sein könntest ... Begreifst du es denn nicht?« Er strich zärtlich über ihre Wange. »Dein Gesicht sollte das Erste sein, was ich am Morgen sehe, und das Letzte, ehe ich einschlafe. Mehr wünsche ich mir nicht.« Abrupt zog er die Hand zurück. Sein Tonfall veränderte sich, wurde bitter. »Deine Angst, ein anderer könnte über dein Leben bestimmen, ist so groß, du bemerkst nicht einmal, dass dieser andere alles tun würde um dich zu halten. Dass *ich* alles tun würde. Ich habe nicht vergessen, was du zu deinem Bruder gesagt hast, als er mich zum Kampf fordern wollte.«

*Ich liebe einen MacDonald.* Es war die Wahrheit. Sie wusste nur nicht, wie sie ihm das sagen sollte. *Am besten gar nicht. Halt einfach den Mund, Sessany. Es geht vorüber.* Doch es ging nicht vorüber.

Alasdairs Blick hing an ihren Augen. Sie war verunsichert und fühlte sich kaum im Stande, einen klaren Gedanken zu fassen. »Das war doch nur so dahingesagt«, stieß sie nach einer Weile hervor. »Ich kann dir das erklären.«

»Ich will keine Erklärungen! Ich will dich! Wann geht das endlich in deinen Highland-Dickschädel?« Er schüttelte den Kopf. »Ich habe genug davon, meine Gefühle zu verbergen, nur um dich nicht zu erschrecken.«

»Alasdair!«

»Hör mir zu!« Er trat näher. Sie hielt erstarrt inne, als er zärtlich ihr Gesicht in beide Hände nahm. »Ich liebe dein Lachen und dein loses Mundwerk. Ich liebe den Dialekt, in den du verfällst, wenn du aufgeregt bist, und von dem ich manchmal nur die Hälfte verstehe.« Seine Stimme passte sich seiner sanften Berührung an. »Ich liebe es, dass du nicht lügen kannst, und ich liebe es, wie deine Augen ihre Farbe verändern. Jetzt sind sie hellblau. Das sind sie immer, wenn du dich fürchtest.«

Kein Ton wollte über ihre Lippen kommen. Alles, was sie noch wahrnahm, war die Wärme seiner Hand auf ihrer Wange und der durchdringende Blick seiner dunklen Augen. Zögernd berührten ihre Finger seine Hand und strichen über seinen Handrücken. Ein leises Lächeln stahl sich in seine Züge, ehe er sich zu ihr herabbeugte um sie zu küssen. Zum ersten Mal stieß sie ihn nicht von sich.

Am nächsten Morgen fegte Alasdair in die Große Halle. Er strotzte er nur so vor Tatendrang. Nachdem es ihm endlich gelungen war, die Mauer zu durchbrechen, hinter der Sessany sich so lange versteckt hatte, war plötzlich jede Befangenheit von ihr abgefallen. Der Geruch ihres Haars, das

Gefühl ihrer Hände auf seiner Haut und die Leidenschaft, mit der sie sich ihm hingab, hatten sich tief in sein Gedächtnis eingebrannt. Einmal mehr war ihm bewusst geworden, wie viel Kraft es ihm abverlangt hatte, Nacht für Nacht an ihrer Seite zu liegen, ohne dem drängenden Verlangen nachzugeben, sie zu berühren.

Die Sonne war bereits über den Horizont gekrochen, als sie endlich in seinen Armen eingeschlafen war. Lange Zeit hatte er nur still dagelegen und sie betrachtet, während er sich gefragt hatte, was die Zukunft für sie beide bereithielt. Und plötzlich hatte er es begriffen: Die Zukunft war das, was er daraus machte!

Die plötzliche Erkenntnis hatte einen Funken in seinem Geist entzündet. Ein anfangs winziges Glimmen, das sich rasch zu einem Flächenbrand ausgebreitet hatte, der sich nicht länger ignorieren ließ. Endlich wusste er, was er tun würde.

Unter den erstaunten Blicken seiner Freunde blieb er am Kopfende der Tafel stehen. Er stützte sich mit den Händen auf den Tisch, lehnte sich ein Stück nach vorne und verkündete: »Wir holen uns Finlaggan zurück!« Es war, als hätten seine Worte jedes Geräusch erstickt. Für einen Moment schienen die Männer nicht einmal mehr zu atmen. Die Hoffnung, die er in ihren Gesichtern fand, bestärkte ihn in seinem Vorhaben. »Wir werden Eilean Mor auf demselben Weg betreten, wie wir es verlassen haben.«

Diarmid starrte ihn an. »Der Geheimgang?«

Alasdair nickte. »In der Hütte an der Otterbucht liegen zwei alte Ruderboote. Wenn die Wikinger sie nicht –«

»Warte!«, fiel Colin ihm ins Wort. »Selbst wenn die Wikinger sich nicht für die Hütte interessiert haben, die Boote sind leck! Willst du sie reparieren? Unter den Augen der Nordmänner? Wie stellst du dir das vor?«

»Ich weiß, dass sie in keinem guten Zustand sind.« Darüber hatte er bereits nachgedacht. »Es wird genügen, um unsere Waffen und Rüstungen hinüberzubringen. Wir schwimmen nebenher.« Er blickte entschlossen in die Runde. »Wir holen uns Finlaggan zurück. Gang für Gang. Raum für Raum.«

»Das ist großartig!« Iains Augen blitzten. »Zeigen wir diesen Bastarden, dass mit den MacDonalds nicht zu spaßen ist!«

»Dann seid ihr dabei?«

»Was ist das für eine Frage!«, rief Bran. »Natürlich sind wir das!«

Als auch Diarmid und Colin nickten, verzog Alasdair das Gesicht zu einem grimmigen Grinsen. Er wusste, dass er damit nicht nur das Leben seines Vaters in Gefahr brachte. Dennoch konnten sie sich nicht länger verkriechen. *Wir müssen MacKenzie und MacMathain zeigen, dass die MacDonalds noch immer eine Macht sind, mit der man rechnen muss. Andernfalls werden sie uns auslöschen.*

»Wie viele Krieger haben wir?«, fragte er Diarmid.

»Wenn ich ein paar Nachrichten aussende, kannst du binnen einer Woche über fünfzig Schwerter verfügen. Wenn du mehr brauchst, musst du mir Zeit geben.«

*Fünfzig Mann in einer Woche.* Die Worte waren wie ein Schlag ins Gesicht. Es hatte Zeiten gegeben, da hätten auf einen Wink seines Vaters sofort zweihundert Bewaffnete bereitgestanden. Doch die Zeiten hatten sich geändert. Jene, die das Gemetzel überlebt hatten, waren weit über das Land der MacDonalds verstreut und gezwungen sich zu verbergen.

»Ich brauche zwanzig und ich will sie in zwei Tagen. Schaffst du das?«

Diarmid nickte.

Ewen, der Alasdairs Eröffnung bisher schweigend verfolgt hatte, richtete sich auf. »Zu deinen zwanzig stelle ich dir noch einmal dieselbe Anzahl meiner eigenen Männer zur Verfügung.«

Alasdair schüttelte den Kopf. »Ich danke dir, doch das ist eine Angelegenheit der MacDonalds. Du hast bereits genug für uns getan.« Sein Blick kehrte zu Diarmid zurück. »Zwanzig. Das wird genügen.« *Es muss!*

»Das ist Wahnsinn!« Colin fuhr auf. »Wir wissen von unseren Kundschaftern, dass in Finlaggan noch immer ein gutes Hundert Wikinger sitzt!«

Es schmerzte ihn, Colin anzusehen. Er hatte sich von allen am meisten verändert. Colin hatte nie verwunden, was auf Finlaggan geschehen war. Die Trauer lag über ihm wie ein Schleier. *Du wirst deine Gelegenheit zur Rache bekommen, mein Freund.* »Alles hängt davon ab, dass es uns gelingt, sie zu überraschen«, erwiderte Alasdair ruhig. »Uns bleibt nur ein Versuch. Scheitern wir, wird es uns niemals gelingen, Finlaggan ohne eine Streitmacht zurückzuerobern. Je mehr Männer mich begleiten, desto größer ist die Gefahr, dass wir zu früh entdeckt werden.«

In der Halle kehrte Stille ein. Die anfängliche Begeisterung war in Ernüchterung umgeschlagen. Dennoch zeichnete sich grimmige Entschlossenheit in den Gesichtern seiner Verbündeten ab, gepaart mit der Bereitschaft, zu tun, was nötig war, um die Wikinger von Eilean Mor und aus Finlaggan zu vertreiben. *Wenn etwas schief geht, werden sie uns bis auf den letzten Mann aufreiben.*

Alasdairs Blick richtete sich auf Diarmid. »Du wirst hier bleiben.« Ehe Diarmid protestieren konnte, fuhr er fort: »Falls ich nicht zurückkehre, wirst du der neue Chief der MacDonalds sein. Als mein Vetter bist du der Nächste in der Erbfolge. Abgesehen davon hast du diese Menschen in den letzten Monaten zusammengehalten. Sie vertrauen dir.«

»Ich werde dich nicht allein in diesen Wahnsinn ziehen lassen!«

»Korrigiere mich, falls ich mich irre. Ihr wollt, dass ich den Platz meines Vaters einnehme?« Als Diarmid nickte, fuhr Alasdair fort: »Ihr wollt mich als euren Chief, euren Anführer?« Wieder ein Nicken. »Dann betrachte es als einen Befehl, Diarmid. Du bleibst hier!«

Zwei Tage zogen ins Land, angefüllt mit Vorbereitungen und Plänen. Es war schon spät, als Alasdair die Große Halle verließ. Die letzte Besprechung lag endlich hinter ihm. Er hatte schon lange genug davon, immer nur zu reden. Alles, was es zu sagen gab, war längst gesagt. Jetzt kam es nur noch auf Taten an. Zu seiner Erleichterung war die Zeit des Wartens vorüber. Im Laufe des Tages waren die Clansmen eingetroffen, die Diarmid zusammengerufen hatte. Es waren weit mehr als die von ihm geforderten zwanzig Mann. Dennoch hatte er sich nicht erweichen lassen, auch nur einen Mann mehr mitzunehmen. Die Gefahr, zu früh entdeckt zu werden, stieg mit jedem weiteren Krieger. Morgen Früh, ehe sie aufbrachen, würde er jene auswählen, die ihn begleiten sollten.

Er folgte dem Gang zu Sessanys Zimmer, als er Schritte hinter sich vernahm. Iain war ihm gefolgt. »Ich hatte gehofft, noch einmal unter vier Augen mit dir sprechen zu können, Alasdair«, sagte er, als er ihn einholte.

»Wenn es wegen Sessany ist, kannst du dir die Mühe sparen.« Während die anderen ihre Gegenwart zu akzeptieren schienen, war Iain ihr während der vergangenen Tage weiterhin voller Argwohn begegnet, wenngleich er auch nicht mehr versucht hatte Alasdair davon zu überzeugen, dass sie eine Gefahr darstellte.

Eine Weile gingen sie schweigend nebeneinanderher, dann platzte er plötzlich heraus: »Alasdair, ich vertraue ihr nicht!« Er ballte die Hände zu Fäusten. »Verflucht, was, wenn sie sich davonmacht und die Wikinger warnt? Willst du dieses Risiko wirklich eingehen?«

»Du willst es einfach nicht einsehen, oder? Es gibt kein Risiko. *Sie* ist kein Risiko. Sie kann nicht einmal lügen, ohne dass man es ihr sofort ansieht!« Es fiel ihm schwer, nicht die Geduld zu verlieren. »Während wir unterwegs waren, habe ich Nacht für Nacht neben ihr geschlafen ohne zu fürchten, sie könnte mir einen Dolch ins Herz stoßen. Ich vertraue ihr. Ich *liebe* sie! Warum erträgst du es noch nicht mal, dich im selben Raum mit ihr aufzuhalten?«

»Lass sie einsperren, bis wir zurück sind.«

»Du musst verrückt sein!«

»Dann lass sie wenigstens bewachen um sicherzustellen, dass sie nichts unternimmt«, beharrte Iain. »Alasdair, bitte.«

*Das Einzige, was sie unternehmen würde, ist mir zu folgen um mir zu helfen.* Der Gedanke ließ ihn erstarren. *Würde sie wirklich …?* Er kannte sie gut genug um zu wissen, dass sie dazu im Stande war. »In Ordnung«, sagte er nach einer Weile. »Du wirst hier bleiben und auf sie Acht geben.«

»Du brauchst mich in Finlaggan!«

»Ich habe ausreichend Krieger zur Verfügung. Du wirst dafür sorgen, dass sie *sich* nicht in Gefahr bringt.«

»Ich kann doch nicht –«

»Du kannst. Und du wirst.« Er trat dicht vor ihn hin. »Und ich warne dich, Iain. Behandle sie gut. Wenn du ihr auch nur ein Haar krümmst, werde ich dich bei meiner Rückkehr zur Rechenschaft ziehen. Und glaube mir, ich *werde* zurückkehren.«

Die Sonne war gerade über dem Glenshiel aufgegangen, als Sessany mit verschränkten Armen im Schatten der Burgmauer stand und beobachtete, wie die Männer ihre Pferde auf den Hof führten. Eine Wand aus Rücken verwehrte ihr den Blick auf Alasdair. Seine Clanskrieger scharten sich um ihn, jeder mit Claymore und Sgian Dubh bewaffnet. Wie seine Männer trug auch Alasdair jetzt wieder Hemd und Hosen und ein wattiertes Wams zum Schutz. Ihr Blick glitt über die Gesichter der Krieger. Sie wirkten angespannt und erwartungsvoll zugleich. Auf Alasdairs Befehl hin saßen die Männer auf und ritten vom Hof. Alasdair wechselte einige Worte mit Iain. Es erstaunte Sessany, dass Iain ihn nicht begleitete. Von Diarmid wusste sie, warum er zurückblieb. Iain hatte er mit keiner Silbe erwähnt.

Jetzt schwang sich auch Alasdair in den Sattel und wendete sein Pferd. Sie spürte, wie sich ihr Herzschlag beschleunigte. *Ich habe mich nicht einmal verabschiedet.* Sie hatten sich heute Morgen mit verzweifelter Leidenschaft geliebt, doch als er versucht hatte ihr Lebewohl zu sagen, war sie ihm ausgewichen. Zu groß war ihre Angst, dass es ein Abschied für immer sein könnte. Jetzt wünschte sie, er würde ihr zumindest ein letztes Lächeln oder einen Blick schenken. Etwas, woran sie sich festhalten konnte.

Statt seinen Männern zu folgen lenkte er sein Pferd zu ihr.

Als er ihr von seinen Plänen erzählt hatte, hatte sie nicht versucht ihn davon abzubringen. *Ich selbst habe ihm gesagt, dass er etwas tun muss.* Jetzt wünschte sie, sie hätte ihn nie dazu ermuntert. »Warum musst du unbedingt dabei sein?«, flüsterte sie heiser. »Sollen sie ihren Chief schon wieder verlieren, kaum dass sie ihn gefunden haben?«

Er sah ihr in die Augen. »Ich werde niemanden zu etwas zwingen, zu dem ich nicht selbst bereit bin.«

»Behaupte du noch mal, du wärst kein Anführer.« Sie wollte ihm noch so vieles sagen, doch sie traute ihrer Stimme nicht. Das Letzte, was er jetzt brauchen konnte, war eine Frau, die ihn weinend anflehte nicht zu gehen.

Alasdair beugte sich herab und küsste sie. »Wenn ich zurück bin, werde ich dir ein Zuhause schenken.« Seine Augen ruhten noch einen Moment auf ihr, dann riss er sein Pferd herum und sprengte vom Hof, dem nahe gelegenen Kilchoan entgegen, wo sie ihre Pferde zurücklassen und ein Schiff nach Islay besteigen würden.

Sessany machte kehrt und rannte ins Haus. Sie stürmte in ihr Zimmer und schlug die Tür hinter sich zu. Ihr Blick blieb an einem dunklen Schatten auf der Truhe vor dem Bett hängen. Dort lag der Plaid, den sie ihm auf Eilean Donan gegeben hatte, gesäubert und sorgfältig zusammengelegt, als wäre er etwas Kostbares, das er für immer bewahren wollte. Ihre Finger strichen über den weichen Wollstoff, suchten nach Alasdairs Wärme und Nähe. Doch Alasdair war fort. Und womöglich kehrte er nie wieder zurück. Endlich ließ sie den Tränen, die sie noch auf dem Hof so mühsam zurückgehalten hatte, freien Lauf.

In ihrem ganzen Leben hatte sie sich nie nutzloser und verlorener gefühlt. Der Gedanke, tagelang hier zu sitzen und auf eine Nachricht zu warten, erfüllte sie mit Grauen. *Ich kann das nicht!* Sie wischte sich die Tränen von den Wangen und sah sich um. In einer Ecke neben dem Bett fand sie Alasdairs Bogen, daneben lehnte ein Köcher mit Pfeilen an der Wand. Er hatte beides zurückgelassen, da er von Ewen einen weit besseren Bogen bekommen hatte.

*Ich werde nicht heulend hier herumsitzen!* Sie riss die beiden Truhen auf und durchsuchte sie nach brauchbaren Gegenständen. Als sie fertig war, lagen ein Sgian Dubh, ein breiter Wollschal, eine dunkle Tunika und ein paar dunkelbraune Wollhosen vor ihr auf dem Bett. Hastig streifte sie ihr Kleid ab und schlüpfte in Tunika und Hosen. Das Sgian Dubh verstaute sie in ihrem Stiefel, während die übrigen Dinge in einer kleinen Felltasche verschwanden, die sie an ihrem Gürtel befestigte.

Mit Alasdairs Bogen und Köcher in Händen öffnete sie die Tür und machte einen erschrockenen Satz zur Seite. Um ein Haar wäre sie mit Iain zusammengeprallt, der gerade im Begriff war, das Zimmer zu betreten. Sie wollte an ihm vorbei. Er packte sie bei den Schultern, schob sie in den Raum zurück und trat die Tür hinter sich zu.

Sein Blick wanderte über ihre Hosen und die Tunika.

»Er ist gerade mal vom Hof, und schon machst du dich auf den Weg, ihn zu verraten!«

»Ich will niemanden verraten!«

»Dann kannst du mir vielleicht erklären, was das soll!« Er riss ihr den Bogen aus der Hand und hielt ihn in die Höhe.

»Ich wollte … ich … ich wollte ihnen folgen um zu sehen, ob ich etwas tun kann.«

»Du allein?« Iain schnaubte. »Und das soll ich dir glauben?«

Zugegeben, laut ausgesprochen klang es reichlich dumm, doch genau das hatte sie vorgehabt. »Er ist dein Freund, Iain! Gefällt es dir, dass er ohne dich losgezogen ist? Wie findest du es, tatenlos hier herumzusitzen?« Seine Nasenflügel bebten. »Ein Krieger wie du fühlt sich dabei doch sicher entsetzlich nutzlos. *Mich* treibt es jedenfalls jetzt schon in den Wahnsinn, und das, obwohl sich noch nicht einmal der Staub gelegt hat, den die Pferde aufgewirbelt haben! Ich kann nicht tagelang hier sitzen und mich fragen, ob er zurückkehren wird!« Zum ersten Mal sprach sie ihre Angst offen aus. »Ich kann nicht warten, bis sie seinen Leichnam zurückbringen. Ich halte das nicht aus. Das ist …« Ihre Stimme brach. Sie wandte den Blick ab.

»Glaubst du, mir geht es anders?«

Sie sah auf. »Dann hilf mir.«

»Ich vertraue dir nicht.«

»Wenn du meinst, dass ich auch nur falsch atme – töte mich.«

Lange Zeit ruhte sein Blick auf ihr, als wäge er ab, ob der Augenblick, sie zu töten, bereits gekommen war. Schließlich ließ er sich auf einen Stuhl sinken und streckte die Beine von sich. Noch immer sagte er nichts. Der Widerstreit seiner Gefühle ließ sich deutlich an seinen Augen ablesen. Darin kämpften Misstrauen und der Wunsch, zu helfen, gegeneinander an.

»Ich werde einen Trupp zusammenstellen«, sagte er nach einer Ewigkeit.

## 16

Sessany kauerte im Schutz einer Gruppe knorriger Kiefern und spähte auf den Loch Finlaggan, der sich vor ihr von Südosten nach Nordwesten in der Dämmerung erstreckte. Zwei anstrengende Reisetage lagen hinter ihr und ihren Begleitern. Noch in derselben Stunde, nachdem Iain sich entschlossen hatte ihr zu helfen, waren sie mit fünfzehn Clansmen durch das Tor von Mingary geritten. Iain hatte ein mörderisches Tempo vorgelegt und sein Pferd gnadenlos vorangetrieben. Da keine weiteren Schiffe in Kilchoan vor Anker lagen, war ihnen nichts anderes übrig geblieben als nach Morvern zu reiten. Morvern war MacDonald-Land. So war es ihnen nicht schwer gefallen, den Kapitän eines Seglers, der im Hafen von Lochaline lag, zu überzeugen, sie nach Islay überzusetzen. Eine steife Brise aus dem Osten hatte sie schnell vorangebracht, sodass sie die Insel der MacDonalds am späten Nachmittag des übernächsten Tages erreichten.

Iain gab Anweisung, Port Askaig zu meiden und stattdessen in einer der geschützten Buchten weiter südlich vor Anker zu gehen. Sobald sie an Land waren, zog er mit zwei Männern los um sich umzuhören. Bei seiner Rückkehr vermeldete er, dass eine Hand voll Wikinger in Port Askaig saß und den Hafen im Auge behielt. Ein Bauer berichtete, dass die Nordmänner immer wieder Streifzüge in die Umgebung Finlaggans machten, sich nahmen, was sie haben wollten, und wieder verschwanden. Seit die Nordmänner auf Finlaggan saßen, mieden die meisten Schiffe Port Askaig und gingen lieber im südwestlichen Portnahaven vor

Anker. Es war nur eine Frage der Zeit, bis die Wikinger ihre Hand auch dorthin ausstrecken würden.

Fernab der Straße bahnten sie sich ihren Weg im Schutz einer Hügelkette hin zum Loch Finlaggan. Ein beißender Ostwind trieb würzigen Torfgeruch vor sich her und das leise Donnergrollen eines aufziehenden Gewitters erfüllte die Luft. Sessanys Augen hefteten sich auf die Häuser von Ballygrant, die sich nicht weit von ihrem Versteck aus der Dämmerung erhoben. Kaum eines der niedrigen Bruchsteinhäuser hatte noch eine Tür, einige waren halb niedergebrannt, bei anderen die Dächer eingestürzt. Kein Herdfeuer erhellte die dunklen Fensteröffnungen, keine Rauchschwaden kräuselten sich aus den Kaminen. Nirgendwo waren die Stimmen der Männer, Frauen und Kinder zu vernehmen, die Ballygrant einst mit Leben erfüllt hatten. Keine Unterhaltungen. Kein Gesang. Kein Lachen. Wie dunkle Flüsse wanden sich die Wege im schwindenden Licht des Tages zwischen den geduckten Steinbauten hindurch.

Ein Stück weiter nördlich erhoben sich zwei Inseln aus dem See. Die kleinere wurde vollständig von einigen Gebäuden innerhalb eines niedrigen Mauerrings eingenommen. Auf der größeren, Eilean Mor, thronte die stolze Burg der MacDonalds. Umgeben von massigen Mauern ragte das Bollwerk aus graubraunem Stein düster und bedrohlich aus den Schatten der heranrückenden Nacht. Der einzige Weg nach Eilean Mor führte über einen Holzsteg. Das Land um den Steg herum war flach und abgesehen von vereinzelten Baumgruppen nach allen Seiten hin gut einsehbar. Das gewaltige Tor war – selbst mit wenigen Männern – leicht zu halten, die Mauern gut zu verteidigen.

»Er hatte Recht«, murmelte Sessany.

»Was?«

Sie erschrak, als sie Iains Stimme vernahm. Für einen Augenblick sah sie ihn verwirrt an, dann begriff sie, dass sie laut gesprochen hatte. »Ich sagte, dass Alasdair Recht hatte«, wiederholte sie. »Er meinte, es kann den Wikingern nur durch Verrat gelungen sein, in Finlaggan einzudringen.«

Wie jedes Mal, wenn die Sprache auf die Nacht des Überfalls kam, verfinsterte sich Iains Miene. »Möge Gott dem Verräter gnädig sein, sollte ich ihn je in die Finger bekommen.«

Die grenzenlose Traurigkeit, die sie in diesem Moment in seinen Augen sah, veranlasste sie ihm eine Hand auf den Arm zu legen. »Schon bald wird das Leben nach Ballygrant zurückkehren.«

Iain starrte sie aus zusammengekniffenen Augen an. Hastig zog sie ihre Hand zurück. »Wo ist die Grotte?«

Er deutete vage gen Eilean Mor. »Auf der Rückseite.«

Sessany kaute nachdenklich auf ihrer Unterlippe. Als sie aufsah, ruhte sein gestrenger Blick einmal mehr auf ihr. Seit ihrem Aufbruch aus Mingary hatte er nur wenig mit ihr gesprochen, doch er ließ sie nicht aus den Augen. *Warum musst du es mir so schwer machen?*

»Hast du einen Plan?«, wollte sie wissen. Seine Miene blieb undurchdringlich. »Verdammt, Iain! Du hast mich mitgenommen. Denkst du nicht, es wäre gut, mir zu sagen, wie es weitergehen soll?«

Einen endlosen Augenblick schwieg er. Dann sagte er: »Wir werden Kundschafter einsetzen. Sie werden uns informieren, wenn Alasdair und seine Männer ins Wasser gehen.«

»Wir wissen nicht einmal, wo er ist!« Bisher hatte es keinerlei Anzeichen gegeben, dass Alasdair mit seinen Männern in der Nähe war. *Womöglich hat er Islay nie erreicht!*

Iain rümpfte die Nase. »*Du* weißt es nicht. Ich schon. Er ist nicht einmal zwei Stunden vor uns aus Mingary aufgebrochen. Und wir waren verdammt schnell. Das bedeutet, dass wir Islay beinahe zeitgleich mit ihm erreicht haben dürften. Vielleicht sogar ein bisschen früher, denn er wollte noch ein Stück weiter südlich an Land gehen als wir. Die Boote, mit denen er nach Eilean Mor übersetzen will, liegen in der Otterbucht. Das ist dort.« Er hob die Hand und deutete nach Süden, wo sich das Seeufer hinter einer zackigen Felsenküste ihren Blicken entzog. »Und dort wird auch Alasdair sein.«

Es war die längste Rede, die sie bisher aus seinem Mund gehört hatte. Was er sagte, klang einleuchtend. Zum ersten Mal hatte sie das Gefühl, Iain wusste tatsächlich, was er tat, und dass dieses Unternehmen, ungeachtet der wenigen Zeit, die ihnen zur Vorbereitung geblieben war, Erfolg haben könnte.

Ihr Blick glitt über die Clansmen, die zwischen den Bäumen kauerten und ihre Befehle erwarteten. Es erstaunte sie noch immer, dass es Iain gelungen war, Ewen MacRuairi genügend Bögen und Pfeile abzuschwatzen, um seine Männer damit auszurüsten und anschließend – unter Diarmids Augen – zu verschwinden. Niemand war ihnen gefolgt und niemand hatte versucht sie aufzuhalten.

»Wir werden ein wenig durch Ballygrant spuken.« Ohne eine weitere Erklärung erhob er sich und schlich zu den Männern zurück. Einen Augenblick später huschten drei Krieger zwischen den knorrigen Kiefern davon.

Der Halbmond tauchte das Land in fahles Licht. Alasdair spähte zum Himmel. Eine Weile beobachtete er, wie der Wind die Wolken vorantrieb. Erste Boten eines Unwetters, die in immer kürzeren Abständen den Himmel verdunkelten. Von Zeit zu Zeit tauchten vereinzelte Blitze den Horizont in flackerndes Licht, gefolgt von dumpfem Donnergrollen. *Noch ein Grund, sich zu beeilen. Wenn das Gewitter Finlaggan erreicht, will ich den See hinter mir haben.* Seine Augen hefteten sich auf die größere der beiden Inseln, die aus dem See emporragten. Eilean Mor. Jener Ort, der einst seine Heimat gewesen war. Wenn er jetzt über den See blickte, sah er nichts weiter als ein paar schroffe Umrisse, die sich dunkel vor einem samtschwarzen Nachthimmel abhoben. Kalt und voller schrecklicher Erinnerungen, denen er sich heute Nacht ein für alle Mal stellen würde.

Ein Knirschen schreckte ihn aus seinen Gedanken, als sich Bran und Colin über den Ufersand heranpirschten. Bran ging neben ihm in die Hocke. Seine Augen wanderten über die Bucht. »Früher waren wir hier immer schwimmen. Ich hätte nicht gedacht, dass wir einmal –«

»Niemand hätte das je gedacht«, fiel Alasdair ihm ins Wort. »Sind die Boote bereit?« Als Colin nickte, sagte er: »Es sind nur wenige auf der Mauer, die meisten davon im vorderen Teil über dem Tor. Wenn wir es halbwegs geschickt anstellen, sollten wir unentdeckt zum Zugang der Grotte gelangen.«

Sein Blick blieb auf der schwarzen Wasseroberfläche hängen, die sich leicht im Wind kräuselte. Ein leiser Schauer kroch ihm über den Rücken. Er straffte die Schultern und richtete sich auf. »Weiß jeder, was er zu tun hat?«

Eine Mischung aus Entschlossenheit und Grimm lag auf Colins Zügen. »Wir sind alles hundertmal durchgegangen.«

»Heute Nacht hast du Gelegenheit, den Tod deiner Familie zu rächen, Colin.« Mit einer knappen Geste winkte Alasdair die Männer zu sich. Geduckt scharten sie sich um ihn. Er hasste es, in ihre erwartungsvollen Gesichter zu blicken und zu wissen, dass einige von ihnen den nächsten Morgen nicht erleben würden. *Vielleicht keiner von uns.*

»Ihr kennt die Gefahr. Ich denke, dazu gibt es nichts mehr zu sagen.« Er sprach mit ruhiger, gedämpfter Stimme. »Sobald die nächsten Wolken den Mond verdunkeln, geht es los. Wir gehen in zwei Gruppen. Kleidung, Ausrüstung und Waffen in die Boote. Wir schwimmen nebenher. Sobald die erste Gruppe die Insel erreicht hat, folgt die andere. Achtet auf den Mond und die Wolken. Geht erst ins Wasser, wenn die Wachen am anderen Ende der Mauer sind.« Er richtete sich auf. »Viel Glück.«

»Es ist so weit.« Gillis, einer der drei Männer, die Iain als Kundschafter abkommandiert hatte, kehrte zurück. »Sie lassen das erste Boot zu Wasser.«

Der gute Blick auf Ballygrant hatte es ihnen erleichtert, strategisch günstige Positionen zu finden. Orte, an denen die Männer Stellung beziehen sollten. Sobald Iain seinen Plan dargelegt hatte, waren sie über die freie Fläche hinter der Stadt gehuscht und hatten sich im ersten Haus, das sie erreichten, verborgen.

Sessany gab sich Mühe, nicht an Alasdair zu denken und sich auf die vor ihr liegende Aufgabe zu konzentrieren. Sie hatte sich vor einer Wand niedergelassen, die Augen geschlossen und ihrem eigenen Atem gelauscht. Eine Weile hatte es funktioniert. Sie war ruhiger geworden. Dann war Gillis gekommen.

Wie eine eiserne Faust schloss sich die Angst um ihr Herz. Sie atmete tief durch und griff nach der Laterne, die Iain vom Schiff mitgenommen hatte. Mit fahrigen Bewegungen entzündete sie die Lampe. Sobald die Flamme emporzüngelte, blendete sie sie ab. Der Raum versank erneut in Dunkelheit.

»Bezieht eure Posten«, vernahm sie Iains gedämpfte Stimme. Einer nach dem anderen verließen die Männer das Haus und verteilten sich in den Gassen. Sessany erhob sich. Iain legte ihr eine Hand auf die Schulter. »Du bleibst bei mir, damit ich dich im Auge behalten kann.«

»Dein Plan ist ein anderer. Ich spiele den Köder. Schon vergessen?«

»Ich habe es mir anders überlegt.«

»Für deine Spielchen haben wir jetzt wirklich keine

Zeit«, zischte sie. »Wenn du mir nicht zumindest ein wenig vertraust, können wir das Ganze gleich vergessen.«

»Womöglich war es eine dumme Idee, hierher zu kommen.«

»Das fällt dir reichlich spät ein.« Sie sah ihm in die Augen. »Uns bleibt keine Zeit mehr. Wir müssen jetzt handeln, ehe Alasdair und die anderen zuschlagen. Bitte, Iain!«

Er zögerte. Schließlich ließ er die Hand sinken. »Geh. Aber vergiss nicht, ich behalte dich im Auge.«

Sie schulterte ihren Bogen, packte die Laterne und verließ von Iain gefolgt das Haus. Mit einem letzten Blick in ihre Richtung zog er sich in die Schatten zurück.

Obwohl sie wusste, dass ihre Verbündeten überall in Ballygrant waren, fühlte sie sich allein. Sie gab sich Mühe, leise zu sein, dennoch hallten ihre Schritte laut in ihren Ohren wider. Viel zu laut, wie sie glaubte. Bei den letzten Häusern nahe der Festung hielt sie inne. Ihr Blick wanderte zum See über den Steg zur Festungsmauer hinauf. Ein Blitz zuckte vom Himmel und offenbarte für einen Moment die Umrisse der Wachen, ehe sie erneut in der Schwärze der Nacht versanken.

Mit einem letzten Stoßgebet trat sie aus dem Schutz der Häuser und blendete die Laterne auf. Der Lichtschein durchschnitt die Dunkelheit und erhellte den unebenen Weg. Sie machte kehrt und folgte dem Verlauf der Gasse mit festen Schritten, wieder tiefer in die Ansiedlung hinein. Sie marschierte zwischen den Häusern entlang, leuchtete mal hierhin und mal dorthin, als wäre sie auf der Suche nach etwas. Sie hoffte zumindest, dass der wandernde Lichtschein diesen Eindruck erweckte.

Hin und wieder betrat sie ein Haus und schritt darin umher, darauf bedacht, dass das Licht durch Türen oder Löcher im Dach zu sehen war. Der Anblick, der sich bot, war jedes Mal derselbe. Die ehemaligen Bewohner hatten alles zurückgelassen. Mobiliar, Gewänder, Geschirr. Was die Wikinger bei ihren Plünderungen nicht mitgenommen hatten, lag zerstört und zertrampelt auf dem Boden. Es roch nach Erde und Einsamkeit.

Sie streifte durch ein Haus, als sie den Ruf eines Käuzchens vernahm. Das Zeichen. Die Wikinger waren auf dem Weg. Sie ging zur Tür und blickte nach draußen. Ein paar Häuser versperrten die Sicht zu den Burgtoren. Das Rattern der Torwinde durchschnitt kreischend die Nacht.

Nachdem die Geräusche verstummt waren, stellte sie die Laterne auf den Boden, verließ das Haus und zog sich auf der Rückseite in die Schatten zurück. Während sie wartete, spürte sie zum ersten Mal die Müdigkeit, die in ihren Knochen nistete. Die Zeit zog zäh dahin. Ihre Augenlider wurden schwer. Das Knirschen von Absätzen auf fest gestampftem Boden ließ sie aufhorchen. Sie drängte sich dichter an die kantige Mauer. Die Schritte kamen näher. Es war unmöglich, zu sagen, wie viele es waren. Undeutliche Geräusche drangen an ihr Ohr: ein dumpfer Schlag, ein Stöhnen und ein Laut, als fiele ein Sack Getreide zu Boden. Sie schloss die Augen und spürte, wie der Wind über ihr erhitztes Gesicht fuhr. Nach einer Weile erklang erneut der Ruf des Käuzchens. Sie löste sich von der Wand und kehrte ins Haus zurück, gerade rechtzeitig um zu sehen, wie ein paar Clanskrieger sieben tote Wikinger entwaffneten und in eine Ecke schleiften. Entsetzt folgten ihre Augen der Blutspur.

Einer der MacDonalds sah auf, als sie nach der Laterne griff. »Wenn sich Iains Plan weiter so leicht umsetzen lässt, können wir uns wirklich glücklich schätzen.«

Sessany bemühte sich, nicht auf die Leichen zu blicken. »Sprich erst von Glück, wenn diese Nacht hinter uns liegt.«

Er nickte, dann verließ er mit den anderen Männern das Haus. Sessany wartete eine Weile, ehe sie ihren Weg durch die Gassen fortsetzte. Sie fand schnell heraus, dass die sieben Wikinger nicht die einzigen waren, die ausgesandt worden waren. Deutlich vernahm sie die Schritte schwerer Stiefel. Ganz in der Nähe. Hastig stellte sie die Laterne mitten in der Gasse auf den Boden und schlich hinter eines der Häuser. Vorsichtig ging sie den Geräuschen entgegen, immer an der Rückseite der Häuser entlang. Sie hatte sich ein ganzes Stück von der Laterne entfernt, als sie innehielt und um die Ecke spähte. Entsetzt sah sie vier Wikinger, die ein Haus nach dem anderen absuchten und dabei nach ihren Mitstreitern riefen. Der bloße Anblick der Nordmänner erfüllte sie mit Schrecken. Gekleidet in Wollhosen und Wams lagen zusätzlich schwere Felle über ihren Schultern, die sie im schwachen Licht wie wilde Tiere erscheinen ließen. Einen ledernen Rundschild in der einen und eine mächtige Axt in der anderen Hand zogen sie durch die Nacht. Einer von ihnen trug zusätzlich eine Fackel, deren Schein mal hierhin und mal dorthin zuckte. Sessany hielt den Atem an. Nur noch eine Tür trennte sie von den Leichen ihrer Kameraden. *Sie dürfen sie nicht finden!*

Die MacDonalds waren zu weit entfernt, als dass sie auf ihr Eingreifen hätte zählen können. Sie lauerten den Wikingern dort auf, wo Sessany die Laterne zurückgelassen hatte. Sie hob einen Stein auf. Mit einem kurzen Blick überzeugte sie sich, dass die Aufmerksamkeit der Nordmänner auf einem der Häuser ruhte, ehe sie ausholte und das Geschoss quer über die Straße in eine gegenüberliegende Gasse schleuderte. Der Stein krachte gegen eine Hausmauer, prallte ab und verschwand in der Finsternis.

Einer der Männer fuhr herum und bellte etwas in seinem harten nordischen Dialekt. Ein anderer spähte blinzelnd zwischen die Häuser. Fackelschein spiegelte sich in den Klingen ihrer Äxte und tauchte die geflochtenen Zöpfe und Bärte in unheilvoll rötliches Leuchten. Mit erhobenen Waffen und Rundschilden traten die Nordmänner in die Lücke zwischen den Häusern.

Ein Schatten bewegte sich hinter den Wikingern. Einen Atemzug später lösten sich vier Gestalten hinter ihnen aus der Dunkelheit. Sessany erkannte Iain und Gillis. Alles geschah erschreckend schnell. Dolchklingen blitzten auf und löschten das Leben der Nordmänner aus, ohne dass auch nur einer von ihnen einen Laut von sich geben konnte.

Sessany machte kehrt und rannte los. Sie musste die Laterne holen, ehe weitere Wikinger dem Leuchten folgten und dabei auf die Leichen ihrer Kameraden stießen. *Wir müssen sie weiter vorne abfangen. Näher am See.* Um ein Haar wäre sie den drei Männern in die Arme gelaufen, die sich mitten in der Gasse um die Laterne versammelt hatten. Im letzten Augenblick rettete sie sich mit einem Satz in die Schatten. Rollender Donner übertönte das Geräusch ihrer Schritte. *Wie viele dieser Kerle treiben sich hier herum?* Als Iain seinen Plan entwickelt hatte, war er davon ausgegangen, dass die Nordmänner zunächst nicht mehr als sechs oder acht Mann aussenden würden, um nach dem Rechten zu sehen. Schon jetzt waren weit mehr in Ballygrant, als er angenommen hatte.

Abgehackte Worte zogen durch die Gasse und streiften ihr Ohr. Das meiste vermochte sie nicht zu verstehen, doch hin und wieder schnappte sie etwas auf, dem sie einen Sinn abzuringen vermochte. Den Nordmännern war klar, dass jemand in Ballygrant eine Falle für sie ausgelegt hatte.

Einer der Männer stieß einen schrillen Pfiff aus, der die Nacht wie eine scharfe Klinge durchschnitt. Ein gebrüllter Befehl folgte und kurz darauf setzten sich die Nordmänner in Bewegung.

Sessany entfernte sich. Sie folgte dem Verlauf der Gasse und bog um die nächste Ecke. Stimmen wurden laut. Männer näherten sich und würden jeden Moment vor ihr in die Gasse treten. Sie wollte kehrtmachen, doch auch hinter sich vernahm sie stampfende Schritte. *Teufel auch! Das sind mehr, als ich angenommen habe!* Zum ersten Mal kam ihr der Gedanke, dass die Nordmänner sie womöglich nicht töten würden, wenn sie sie zu fassen bekamen. Womöglich stünde ihr Schlimmeres bevor. Erschrocken sah sie sich nach einem Ausweg um. Die Schritte und Stimmen wurden lauter. Der auffrischende Wind trieb ihr das Haar ins Gesicht. Mit einer hastigen Bewegung strich sie die Locken zurück. Da wurde sie gepackt. Ein Schrei wollte ihr entschlüpfen und wurde von einer Hand erstickt, die sich im selben Augenblick fest über ihren Mund legte.

»Still.« Es dauerte einen Moment, ehe sie das leise Raunen als Iains Stimme erkannte. Sobald er sicher war, dass sie sich nicht wehren würde, zog er seine Hand von ihrem Mund und zerrte sie mit sich in eine enge Nische zwischen zwei Häusern. Er schob sie tief in die Schatten und drückte sie mit seinem Gewicht an die Wand.

Von der Gasse her drangen die Stimmen der Nordmänner an ihr Ohr. Zwei hielten direkt vor ihrem Versteck inne. Iain drängte Sessany noch weiter in die Dunkelheit. Ihr Blick ging über Iains Schulter hinweg und heftete sich auf den Fellumhang des Nordmanns. *Wenn er sich jetzt umdreht …* Zitternd hielt sie den Atem an. Die Wikinger waren so nah, dass Sessany glaubte ihre Atemzüge zu vernehmen. Ein Blitzschlag tauchte die Gasse in gleißendes Licht und für einen Moment wirkten die Fellumhänge, als wären sie lebendige Kreaturen, mit ihren Trägern zu einer Einheit verschmolzen. Unmöglich zu sagen, wo das Tier endete und der Mensch begann.

Plötzlich verschwand der Druck, mit dem Iain sie gegen die Wand gepresst hatte. Sessany spähte an ihm vorbei.

»Sie sind fort.«

Sie stieß zischend den Atem aus. »Es hat durchaus etwas für sich, dass du mich nicht aus den Augen lässt. Danke für dein Misstrauen, es hat mir das Leben gerettet.«

Seine Zähne leuchteten hell in der Dunkelheit, als er die Lippen zu einem Grinsen verzog. »Keine Ursache.« Er wollte noch etwas sagen, doch der Lärm, der mit einem Mal durch die Gasse brandete, ließ ihn verstummen. Befehle wurden gebrüllt, stampfende Schritte erweckten die Nacht zum Leben.

»Sie haben uns entdeckt!« Iain zog sein Claymore und rannte los. Als er bemerkte, dass Sessany ihm folgte, blieb er abrupt stehen. »Du bleibst hier.«

»Du vertraust mir immer noch nicht!«

»Ich will nicht, dass dir einer mit seiner Axt den Schädel spaltet!«

Widerwillig blieb sie stehen. Es hatte keinen Sinn, kostbare Zeit mit streiten zu verschwenden. Sie ließ ihn ziehen. Kaum war er fort, machte sie kehrt und pirschte sich von der anderen Seite an das Geschehen heran.

Die MacDonalds waren an jener Stelle der Siedlung auf die Wikinger getroffen, an der sich zuvor die drei Nordmänner um die Laterne geschart hatten. Die Laterne war umgestürzt und rollte zwischen den Kämpfenden hin und her, immer wieder von einem Absatz oder einer Stiefelspitze weitergetreten. Das Licht war längst erloschen. Überall gingen Männer mit Claymores und Äxten gegeneinander an. Zwei MacDonalds waren bereits gefallen, ob sie verletzt oder tot waren, konnte Sessany nicht erkennen. Den verbliebenen dreizehn standen siebzehn Nordmänner gegenüber.

Sessany hielt sich im Schutz einer Hauswand verborgen. In ihrem Kopf mischten sich die Rufe und das Klirren der Waffen zu einer grausamen Melodie. Der Melodie des Krieges. Sie griff nach ihrem Bogen. Plötzlich war sie vollkommen ruhig. Sie nahm sich die Zeit, den Köcher an ihrem Gürtel zu befestigen, wo sie die Pfeile leicht erreichen konnte, griff nach dem ersten und legte ihn auf. Sie spannte die Sehne, zielte und ließ den Pfeil fliegen, der nur einen Wimpernschlag später einen Wikinger niederstreckte. Ohne sich um die Aufregung zu kümmern, die unter den Nordmännern ausbrach, nahm sie den nächsten Pfeil zur Hand. Wieder suchte sie sich ein Ziel. Und wieder traf sie. Angefeuert von der unerwarteten Hilfe verstärkten die MacDonalds ihre Bemühungen und warfen sich mit aller Härte gegen den Feind. Ihr dritter Pfeil verfehlte sein Ziel. Zwei Wikinger entdeckten Sessany. Sie lösten sich aus dem Getümmel und stürmten ihr entgegen. Fluchend tastete sie nach einem Pfeil. Zumindest einen würde sie noch erwischen, ehe es zu spät war. Sie stieß mit der Hand gegen den Köcher. Er kippte und die Pfeile fielen zu Boden. Hastig angelte sie danach. Ihre Finger schlossen sich um den Schaft. Einem rasenden Schatten gleich tauchte der erste Wikinger vor ihr auf, warf sich ihr mit dem Schild voran entgegen und streckte sie zu Boden. Der Bogen wurde ihr aus den Händen gerissen. Die Konturen der Welt fransten aus und verloren an Zusammenhalt. Die Umrisse des Nordmanns wogten hin und her, schwollen an und schrumpften wieder, nur um erneut anzuwachsen. Benommen schüttelte sie den Kopf. Über ihr blitzte ein Axtblatt auf. Von Panik erfüllt trat sie um sich und traf ihren Angreifer am Knie. Der Wikinger knickte ein. Sie bäumte sich auf, die Finger noch immer um den Pfeilschaft geklammert. Mit einem wilden Schrei rammte sie ihm den Pfeil in den Hals und riss ihn sofort wieder zurück. Ein Schwall warmen Blutes schoss aus der Wunde. Ekel erregender Eisengeruch stieg ihr in die Nase und ließ sie würgen. Mit einem gurgelnden Laut brach der Wikinger zusammen und begrub sie unter sich.

Für einen Augenblick glaubte sie das Bewusstsein zu verlieren. Dann erinnerte sie sich an den anderen Nordmann. Hastig wälzte sie den Toten zur Seite und kämpfte sich auf die Knie. Ihr Blick fiel auf Iain, der sich – keine zehn Schritt entfernt – einen erbitterten Kampf mit jenem zweiten Wikinger lieferte. Iain nutzte die Gunst des Augenblicks und holte zum entscheidenden Schlag aus, ohne einen weiteren Gegner zu bemerken, der sich in seinem

Rücken näherte. Sessanys Warnruf ging in einem krachenden Donnerhall unter. Hastig griff sie nach Pfeil und Bogen, legte an und zielte.

In diesem Augenblick hob Iain den Kopf. Sie sah den Schrecken in seinen Augen, als er den Bogen erblickte, der auf ihn gerichtet zu sein schien. *Ich wusste es*, sagten seine Augen. Sessany ließ den Pfeil fliegen. Das Geschoss zischte über Iains Schulter und bohrte sich in die Brust des Wikingers hinter ihm. Erst jetzt bemerkte Iain den Nordmann. Er fuhr herum, die Waffe zum Schlag erhoben, gerade rechtzeitig um zu sehen, wie er fiel.

Nass und frierend stieg Alasdair im Schutz der kleinen Grotte aus dem Wasser und half den Männern die Boote an Land zu ziehen. Das Wasser war eisig und die Kälte war ihm geradewegs in die Knochen gefahren. Nachdem er sich angezogen hatte, schnallte er sich sein Claymore um und wandte sich den Männern zu, die sich im Schein einer einzelnen Lampe versammelt hatten. »Sobald wir oben sind, werden wir uns aufteilen. Jede Gruppe kennt ihr Gebiet. Gehen wir.«

Er nickte ihnen noch einmal zu, ehe er sich umdrehte und dem Gang ins Innere von Finlaggan folgte. Der Geruch feuchter Erde stieg ihm in die Nase und begleitete ihn, bis die natürlichen Wände von behauenem Stein abgelöst wurden. Colin und Bran waren dicht hinter ihm, als er die ausgetretenen Steinstufen erklomm, die sich steil nach oben wanden. Seine Hände glitten über die rauen Wände. Mit jedem Schritt wuchs in ihm das Gefühl, das Richtige zu tun. Er wertete es als gutes Omen, dass es ihnen gelungen war, so weit zu kommen. *Wir werden auch den Rest schaffen*. Das sagte er sich immer wieder, während er sich seinem Heim Stufe um Stufe näherte.

Am Ende der Treppe erwartete ihn die Geheimtür. Für einen Moment fragte er sich, ob sie unentdeckt geblieben war. *Falls nicht, werde ich es in wenigen Augenblicken wissen.* Er gab Bran ein Zeichen, die Lampe zu löschen. Augenblicklich versank der Gang in Dunkelheit. Alasdair wartete, bis sich seine Augen daran gewöhnt hatten. Dann rückte er Claymore und Dolch zurecht und tastete nach dem Mechanismus. Mit einem entschlossenen Ruck löste er den Riegel. Beinahe lautlos glitt die Tür zur Seite und gab den Blick auf den Eingangsbereich des Bergfrieds frei. Auch hier war es dunkel. Lediglich ein paar verirrte Strahlen silbernen Mondlichtes drangen durch die schmalen, hochgelegenen Schießscharten. Keine Wachen. Geduckt verließ er den Gang und erklomm die Stufen bis zur ersten Schießscharte. Er presste sich an die Wand und spähte hinaus. In regelmäßigen Abständen erhellten Fackeln den Hof. Zwei Wachen lehnten an der Umrandung eines Schweinekobens. Ein Weinschlauch wanderte zwischen ihnen hin und her. Der Wind wehte ihr Gelächter an sein Ohr. Nachdem er auch nach einer Weile keine weiteren Wachen ausmachte, kehrte er zu den anderen zurück und berichtete, was er gesehen hatte. »Vier gehen raus. Zwei übernehmen die Nordmänner, zwei halten sich im Hintergrund mit Bögen bereit, falls etwas schief läuft.« Rasch wählte er vier Männer aus und schlich gefolgt von Colin und Bran zur Schießscharte zurück. Angespannt beobachteten sie, wie sich die vier an den Feind heranpirschten. Die Mühelosigkeit, mit denen es ihnen gelang, die Wachen auszuschalten, überraschte ihn. Zugleich war er erleichtert. Wenn schon die ersten Nordmänner ein Problem dargestellt hätten, wie hätte es dann weitergehen sollen?

Colin gab ein Zeichen, die Tür zu öffnen. Einen Augenblick später brachten die Männer die toten Wikinger in den Bergfried und verbargen sie in den Schatten unter der Treppe. Alasdairs Aufmerksamkeit wurde von plötzlicher hektischer Betriebsamkeit auf den äußeren Mauern angezogen. Etwas versetzte die Männer über dem Tor in Aufregung.

Die Hauptleute fegten mit wehenden Fellumhängen zwischen den Kriegern umher, brüllten Befehle und spähten immer wieder auf Ballygrant hinab.

»Was ist los?«, vernahm er Brans leise Stimme.

Alasdair deutete zur Mauer. Aus zusammengekniffenen Augen betrachtete Bran das Spektakel. Schließlich zuckte er die Schultern. »Solange sie weiter in die andere Richtung blicken, kann es uns nur recht sein.«

»Ganz so einfach ist es nicht. Was auch immer dort vorgeht, könnte auch für uns Gefahr bedeuten. Wir müssen herausfinden, was sie so in Aufregung versetzt.«

»Können wir uns eine Verzögerung erlauben?«

»Nein. Wir können es uns aber auch nicht erlauben, sehenden Auges ins Verderben zu laufen.« Alasdair hatte bereits einen Plan gefasst. »Alles läuft wie besprochen. Vier Gruppen, die getrennt voneinander ausschwärmen und sich einen nach dem anderen holen, ehe wir uns vor der großen Halle treffen.« *Wo uns vermutlich der größte Teil der Nordmänner erwarten wird.* »Die ersten drei Gruppen ziehen sofort los. Eine Gruppe bleibt zurück.«

»Unsere?«

Alasdair nickte. »Die anderen müssen nicht wissen, was ich vorhabe. Die Anspannung ist schon groß genug. Lassen wir sie ziehen und geben vor, ein wenig zu warten, ehe wir folgen.«

Bran kehrte zu den anderen zurück. Alasdair beobachtete, wie er leise mit den Anführern der anderen Gruppen sprach. Schließlich sammelten sie sich und brachen auf.

Der Haufen Clanskrieger war Alasdair noch nie sonderlich groß erschienen. Jetzt jedoch, da sie sich in einzelne Gruppen aufteilten, wurde ihm zum ersten Mal bewusst, wie wenige sie tatsächlich waren. Mit versteinerter Miene beobachtete er, wie die ersten drei Gruppen den Bergfried verließen. Alasdairs Männer standen noch immer am Fuß der Treppe und warteten auf den Befehl zum Aufbruch.

»Wir sind die Letzten.« Er wandte sich an Bran. »Gib mir ein wenig Zeit, dann zieht los. Ich werde euch folgen. Seid vorsichtig.« Alasdair nickte ihnen ein letztes Mal zu, machte kehrt und schlüpfte auf den Hof hinaus. Der Sturmwind zerrte an seinen nassen Gewändern und ließ ihn frösteln. Immer häufiger wechselten sich Blitz und Donner nun ab. Das Unwetter gewann so rasch an Intensität, dass Alasdair fürchtete, schon der nächste grelle Blitzschlag könne den Nordmännern die Anwesenheit der MacDonalds offenbaren.

Dicht am Bergfried entlang pirschte er voran, überquerte geduckt eine freie Fläche, bevor er in die Schatten zwischen einigen Wirtschaftsgebäuden eintauchte. Schritt für Schritt schob er sich vorwärts, bis er sich nicht näher an die Mauer heranwagte. Mit dem Rücken an die Wand eines Zeughauses gepresst stand er da und lauschte.

Es dauerte eine Weile, ehe es ihm gelang, einzelne Stimmen aus dem Durcheinander herauszuhören. Alasdair war mit der Sprache vertraut. Da seine Vorfahren einst Nordmänner gewesen waren, wurde die Sprache in seiner Familie lebendig gehalten.

»Sollen wir Verstärkung hinausschicken, Hauptmann?«, rief einer der Männer. Schritte wurden laut, kamen näher und hielten über ihm auf der Mauer inne.

»Bei Thors Hammer! Keine weiteren Männer!«

»Dort unten wird noch immer gekämpft!«

»Solange wir keinen Überblick haben, werde ich niemanden mehr hinausschicken«, bellte der Hauptmann. »Verbarrikadiert das Tor!« Die Stimmen wurden leiser und entfernten sich.

*Was geht da vor sich?* Wenn er angestrengt lauschte, glaubte Alasdair Kampflärm zu vernehmen. Er zog sich eiligst zurück und schloss zu seinem Trupp auf. Vorsichtig sah er sich um. Erst nachdem er sicher war, dass sich kein Feind in der Nähe befand, begann er sehr leise zu sprechen.

»Jemand ist in Ballygrant und hat es auf die Wikinger abgesehen. Keine Ahnung warum. Offenbar wissen die Wikinger es selbst nicht. Wer auch immer es ist, hat sie ziemlich aufgescheucht.«

Brans Miene hellte sich auf. »Wen interessiert das Wer und Warum, solange sie uns die Wikinger vom Hals schaffen.«

Alasdair grinste grimmig. »Wir können uns bei ihnen bedanken, falls wir das überstehen.«

Die Kämpfe in Ballygrant waren verebbt, die Nordmänner besiegt. Jene, die überlebt hatten, waren von den MacDonalds zusammengetrieben und gefesselt worden.

Iain stand neben Sessany und beobachtete, wie die letzten Wikinger in eines der Häuser gebracht wurden. Er wirkte zufrieden. »Gott ist uns heute Nacht wirklich gewogen.«

Ihre Antwort bestand aus einem unverständlichen Brummen. *Wir hatten unglaubliches Glück.* Es hatte Verletzte und drei Tote auf Seiten der MacDonalds gegeben, dennoch hatten sie gesiegt. Sessany starrte auf den Boden. Die blutigen Bilder des Kampfes hatten sich tief in ihr Gedächtnis gebrannt. Wann immer sie die Augen schloss, blitzten die entsetzlichen Szenen erneut auf. MacDonalds und Wikinger, die um ihr Leben kämpften. Claymores und Äxte, die klaffende Wunden rissen. Männer, die – von Klingen gefällt – zu Boden sanken. Sie fuhr sich mit einer Hand über die Augen. Die Bilder, die ihren Geist beherrschten, zersprangen in tausend Fragmente und gaben den Blick auf die stille Gasse frei.

»Alles in Ordnung mit dir?«

Blinzelnd wandte sie sich Iain zu. Unendlich langsam nickte sie. »Lass uns weitermachen.« Sie wollte zu den Männern gehen, doch Iain hielt sie zurück.

»Sie haben das Tor geschlossen. Wir werden keine weiteren herauslocken können.«

Ihr Blick wanderte zur Burgmauer. Sie hatten viel riskiert und mehr erreicht, als sie für möglich gehalten hätte. Dennoch fühlte sie sich hilflos wie selten zu vor. »Gott schütze dich, Alasdair MacDonald«, flüsterte sie heiser.

Iain hatte ihre Worte vernommen. »Er wird es schaffen.«

»Sorgen wir dafür! Helfen wir ihnen!«

Iain ließ seine Augen nachdenklich über das Tor schweifen. Schließlich ging er auf das Haus zu, in dem seine Männer lagerten. Im Eingang hielt er inne und musterte seine Krieger eingehend. Dann sagte er: »Nehmt eure Waffen, wir brechen auf.« Er wandte sich an Gillis, der die schwersten Wunden davongetragen hatte. »Fühlst du dich in der Lage, ein paar Pfeile abzuschießen?«

Gillis richtete sich mit schmerzverzerrter Miene auf, bis er gerade saß. Ein blutdurchtränkter Verband an seinem Bein und ein weiterer an seinem Kopf zeigten das Ausmaß seiner Verletzungen. Er hatte Glück gehabt, dass ihm der Hieb nicht das Bein abgetrennt hatte. »Wenn du mir den Gegner vor meinen Bogen bringst, kann ich ihn erschießen.«

»Wir werden dich zum Gegner bringen.« Iain war anzumerken, wie schwer es ihm fiel, einen verletzten Mann noch einmal in den Kampf zu schicken. »Dougal, Curren, ihr bleibt mit Gillis zurück. Nehmt die Wikinger auf der Mauer unter Beschuss und lenkt sie ab.«

Dougal sah auf. »Ablenken? Wovon?«

»Von uns. Wir gehen schwimmen.«

Obwohl Sessany eine gute Schwimmerin war, brachte der Weg durch den See sie an ihre Grenzen. Taumelnd vor Erschöpfung und bibbernd vor Kälte kletterte sie in der Grotte aus dem Wasser und folgte Iain und den Männern durch einen engen, feuchten Gang. Sie war so sehr darauf konzentriert, immer wieder ein Bein vor das andere zu setzen, dass ihr erst auffiel, wie sehr sich der Gang verändert hatte, als ihr Fuß die erste einer Reihe ausgetretener Steinstufen berührte. Wenig später fand sie sich im Innern des Bergfrieds wieder.

Während Iain durch eine Schießscharte auf den Hof spähte, lehnte sie sich an eine Mauer und schloss die Augen. Die gedämpften Stimmen der Männer wurden zu einem Summen, undeutlich und weit entfernt. Die Welt entschwand.

»Wir gehen jetzt raus.« Iains Stimme schreckte sie auf.

Blinzelnd öffnete sie die Augen. Es dauerte eine Weile, bis der Sinn seiner Worte an ihren Verstand drang. Schließlich stieß sie sich von der Wand ab. »Dann los.«

Seine Hand schoss vor, seine Finger gruben sich in ihren Arm und hielten sie zurück. »Du hast heute Nacht genug getan.«

»Wir müssen –«

»Ich weiß nicht einmal, wie ich mich darauf einlassen konnte, dich mitzunehmen.« Er erwiderte ihren Blick ernst. »Wir hatten Glück, dass bisher alles gut gegangen ist. Wir werden dieses Glück nicht weiter herausfordern. In einem offenen Kampf hast du nichts zu suchen.« Der Gedanke, hier zu bleiben und zu warten, bis es vorüber war, war verlockend. Zugleich wusste sie, dass sie es nicht ertragen würde. *Deswegen bin ich hier. Weil ich genau das nicht kann.* Iain betrachtete sie mit gerunzelter Stirn. »Halt dich im Hintergrund.«

»Aber …« Sie klappte den Mund zu. Finster beobachtete sie, wie er das Zeichen zum Aufbruch gab. Die Männer schlüpften auf den Hof hinaus. Alasdair so nah zu sein ohne ihm helfen zu können war die schlimmste Folter. Plötzlich hatte sie das Gefühl, sich nicht länger auf den Beinen halten zu können. Sie ließ sich auf den Stufen nieder und lehnte sich gegen die Wand. Ihre Gedanken trieben haltlos umher, als Schreie sie aufschreckten. Kampflärm! Erschrocken packte sie ihren Bogen. –

»Rückzug!«, brüllte Alasdair und riss sein Claymore hoch um einen Angriff abzufangen. Er fegte die Axt eines Nordmanns zur Seite, duckte sich unter dem nächsten Hieb hinweg und tat einen Schritt zurück. Der Gang vor der großen Halle war ein einziges Durcheinander. Wo immer er hinsah, erblickte er Nordmänner mit Äxten und Schilden. *Es ist vorbei. Wir sind gescheitert.* Die Erkenntnis war bitter. Alles war hervorragend gelaufen. Gang um Gang, Raum um Raum hatten sie Finlaggan von den Wikingern befreit. An der großen Halle angelangt hatten sie sich im Gang postiert und begonnen einzelne Nordmänner abzufangen – bis einer Alarm geschlagen hatte, ehe sie ihn niederstrecken konnten. Binnen weniger Augenblicke war der Gang überflutet von bewaffneten Wikingern. Alasdairs Männer kämpften verbissen. Sie waren willens ihr Leben zu geben um Finlaggan zurückzuerobern. Er erkannte die Wahrheit: Sie würden sterben, doch ihr Opfer würde ihnen Finlaggan nicht zurückbringen.

Um seine Männer nicht sinnlos in den Tod zu treiben, befahl er den Rückzug. Mit dem Mut der Verzweiflung schlugen sie sich den Weg zum Hof frei, doch kaum hatten sie das Haupthaus verlassen, wurde es noch schlimmer. War es ihnen in den engen Gängen noch gelungen, sich zu behaupten, gab es jetzt keine Wände mehr, die die Nordmänner daran hinderten, sie einzukreisen.

Wieder und wieder riss Alasdair sein Claymore in die Höhe. Eine endlose Abfolge von Attacke und Parade, der sinnlose Versuch, sich die Wikingeräxte vom Leib zu halten. Für jeden besiegten Gegner rückten zwei nach. Er war erschöpft und kaum mehr in der Lage, seine Waffe zu heben. Der Hof hatte sich in ein Meer aus blutigen Klingen verwandelt. Wer Freund oder Feind war, vermochte er kaum noch zu sagen. Alles verschwamm mehr und mehr vor seinen Augen.

Ein Axtblatt durchdrang sein Wams und grub sich in seine Schulter. Trotz des brüllenden Schmerzes wirbelte er herum und fällte den Angreifer mit einem Streich. Für einen Moment war er frei. Lautes Gebrüll weckte seine Aufmerksamkeit. Er fuhr herum und glaubte seinen Augen nicht zu trauen. Blinzelnd starrte er auf die Krieger, die ihnen mit erhobenen Claymores entgegenstürmten – allen voran Iain. Die Wikinger waren gezwungen, den Ring um Alasdair und seine Männer zu lösen und sich Iains Männern zuzuwenden. Zum ersten Mal, seit sie vor der großen Halle in das Gefecht verwickelt worden waren, glaubte Alasdair, dass sie es schaffen konnten. Mit neuer Zuversicht schwang er sein Schwert.

Sein Hochgefühl endete schlagartig, als er die Wikinger sah, die ihren Platz auf den Mauern verlassen hatten. Nur wenige Schritte trennten die ersten drei vom Kampfgeschehen. Sie hoben bereits ihre Äxte, um auf den ersten Gegner einzudringen, der sich ihnen in den Weg stellte. Er selbst – Alasdair – würde dieser Gegner sein. Sein Blick war auf die näher rückenden Nordmänner gerichtet, als unmittelbar vor ihm ein dumpfer Schlag ertönte und dem vordersten Wikinger ein weiß gefiederter Pfeil aus der Seite wuchs. Der Nordmann geriet ins Taumeln und stürzte. Alasdair blieb keine Zeit, sich nach dem Schützen umzusehen. Er sah gerade noch, wie ein weiterer Pfeil den zweiten Wikinger fällte, dann war der dritte bei ihm. Ein stechender Schmerz fuhr durch seine Schulter, als er den Arm nach oben riss, um den Sturmangriff abzuwehren. Die Waffen prallten aufeinander und schrammten kreischend aneinander entlang. Der Wikinger zog seine Waffe zurück. Alasdair wirbelte herum, schlug noch aus der Drehung zu und fällt seinen Gegner. Aus dem Augenwinkel nahm er eine Bewegung wahr. Eine Axt raste ihm entgegen. Er rollte sich zur Seite, packte seinen Dolch und stieß zu. Keuchend ging der Wikinger zu Boden. Alasdair zog den Dolch zurück und kämpfte sich auf die Knie. Was er sah, als er jetzt den Kopf hob, überraschte ihn. Die verbliebenen Nordmänner hatten die Waffen gestreckt.

## *17*

Sessany konnte nicht sagen, wie lange alles gedauert hatte. In dem Augenblick, als sie ihren Bogen gepackt hatte und vor die Tür getreten war, waren die Kämpfe bereits in vollem Gange gewesen. Sie hatte sich im Schatten des Bergfrieds postiert und einen Pfeil aufgelegt. Ihr war rasch klar geworden, dass sie nicht schießen konnte. Sie war ja kaum in der Lage, Freund und Feind voneinander zu unterscheiden. Erst mit den Nordmännern, die ihren Posten auf der Mauer verlassen hatten, um in den Kampf einzugreifen, hatte sie ein lohnendes Ziel gefunden. Für einen Moment hatte sie Alasdair gesehen, ehe er wieder im Getümmel verschwunden war, danach hatte sie ihn nicht mehr zu Gesicht bekommen.

Nachdem die überlebenden Wikinger sich ergeben hatten, war es, als wäre alle Kraft mit einem Schlag aus ihren Gliedern gewichen. Der Bogen war ihren Händen entglitten und ihre Beine hatten sie nicht mehr tragen wollen. Einen Atemzug später fand sie sich auf dem Boden wieder. Sie saß da, mit dem Rücken an die Wand gelehnt, die Augen geschlossen. Erste Regentropfen fielen vom Himmel und benetzten ihr Gesicht. Stimmen drangen aus weiter Ferne an ihr Ohr.

»Bei Gott! Sessany!«

Blinzelnd verdrängte sie den Schleier der Müdigkeit. Nur langsam klärte sich ihr Blick und gab Alasdairs Züge frei. Ein erleichterter Seufzer fand den Weg über ihre Lippen. Plötzlich packte er sie am Arm und zog sie grob auf die Beine.

»Bist du wahnsinnig!«, fuhr er sie an. »Wie kannst du –« Schlagartig wich alle Wut aus seinen Zügen und machte offener Sorge Platz. Sein Ton wurde sanft. »Bist du verletzt?« Sie schüttelte den Kopf, unfähig einen Ton hervorzubringen. Da kehrte seine Wut zurück. »Verflucht, ich sollte dich übers Knie legen! Wie konntest du dich nur so in Gefahr bringen!«

»Ich war wohl weniger in Gefahr als manch anderer«, erwiderte sie matt.

»Du hättest *überhaupt nicht* in Gefahr sein sollen! Du …«

Seine Stimme hallte in ihren Ohren wider. Je lauter er wurde, umso schwerer fiel es ihr, seine Worte zu erfassen. *Woher nimmt er die Kraft für dieses Geschrei?* Sie schüttelte heftig den Kopf, um die Müdigkeit zu verdrängen. »Alasdair, kannst du das Gebrüll lassen?«

Er streckte die Hand nach ihr aus und strich ihr über den Arm. »Du hättest sterben können.« Mit einem Ruck zog er sie an sich und vergrub sein Gesicht in ihrem Haar.

In dem Augenblick, als er Sessany sah, hatte er die Kontrolle verloren. Der Gedanke, dass er sie hätte verlieren können, ließ ihn unerwartet heftig reagieren. Seine Wut war jedoch rasch gewichen, als er ihre Erschöpfung bemerkt hatte. Dann war da nur noch Erleichterung. Sie hatten die Nacht überlebt. Finlaggan befand sich wieder in Händen der MacDonalds.

Jetzt, da die Anspannung allmählich von ihm abfiel, jagte mit jedem Herzschlag eine Welle des Schmerzes durch seinen Körper. Er biss die Zähne zusammen und brachte Sessany ins Haupthaus. In der Eingangshalle griff er nach einer Fackel, ehe er sie die Treppen hinauf zum Zimmer seiner Eltern führte. Er wollte sie in sein Schlafgemach bringen, doch er wusste, er würde keine Ruhe finden, bevor er diesen Raum nicht gesehen hatte. Und er wollte nicht allein sein, wenn er sich der Vergangenheit stellte.

Vor der Tür hielt er inne. Seit er das Haus betreten hatte, begleitete ihn das Echo längst verstummten Gelächters, der Nachhall früherer Gespräche. Unzählige Stimmen hallten von den Wänden wider und klangen in seinen Ohren. Die donnernde Stimme seines Vaters, der sanfte Tonfall seiner Mutter. Sein Bruder Angus, der ihn so oft aufgezogen hatte. Wie hatte er diese Frotzeleien gehasst – und wie sehr vermisste er sie jetzt.

Es dauerte lange, ehe er den Mut fand, die Tür zu öffnen. Als er es schließlich tat, zitterten seine Hände. Der Türgriff fühlte sich kalt an. *Tot.* Fackelschein fiel in den Raum. Erinnerungen schlugen einer Sturmflut gleich über ihm zusammen und löschten die Gegenwart aus. Er vernahm wieder die Schreie vom Gang, die sich unter das Klirren der Schwerter und Äxte mischten, sah Angus' Leichnam, das Schwert noch in Händen haltend. Die in Entsetzen erstarrten Augen seiner Mutter. Blut. Überall Blut. Die Narbe an seiner Seite begann schmerzhaft zu pulsieren. Die Stimmen in seinem Kopf wurden lauter, drängender.

Eine Berührung an seinem Arm, sanft wie ein Lufthauch, holte ihn in die Wirklichkeit zurück. Blinzelnd starrte er in ein vertrautes Gesicht ohne es einordnen zu können.

»Alasdair! Herr im Himmel, sag etwas! Du machst mir Angst.«

Ohne es zu bemerken war er in den Raum getreten. Er fuhr sich mit der Hand über die Augen. Das Gesicht seiner Mutter, der kämpferische Ausdruck in den Zügen seines Bruders verblassten. Überdeutlich war er sich jetzt Sessanys Berührung bewusst, ein stummer Trost auf seinem Arm. Er griff nach ihrer Hand, als ihn ein Geräusch an der Tür aufschreckte. Er wandte sich um.

Im Türrahmen stand Colin. Er hielt den Blick gesenkt. Seine Schultern bebten. Er sagte kein Wort, stand einfach nur da, als wäre er auf der Schwelle zu Stein erstarrt.

»Colin? Bist du verletzt?«

»Nein.« Seine Stimme klang verzerrt und eigenartig fremd. Noch immer rührte er sich nicht. »Unzählige andere sind gestorben, aber ich habe nicht einmal einen Kratzer.« Verbitterung schwang in seinen Worten.

In all den Jahren ihrer Freundschaft war Colin stets ein Mensch gewesen, den so leicht nichts aus der Fassung zu bringen vermochte. Ihn so aufgewühlt zu sehen schmerzte Alasdair. »Wir hatten Verluste«, räumte er ein. »Von unzähligen Toten kann aber nicht die Rede sein.«

»Ich spreche nicht von den Toten dieser Nacht, Alasdair. Ich spreche von den Männern, Frauen und Kindern, die hier vor Monaten den Tod gefunden haben.« Als er aufsah, rannen Tränen über seine Wangen. »Keiner von ihnen hätte sterben müssen.«

»Nichts hätte verhindern können, dass ...« Alasdair brachte es nicht über sich, im Zimmer seiner Eltern über den Tod zu sprechen.

»*Ich* hätte es verhindern können!«

»Colin, was soll das? Warum quälst du dich so?« Wie viele andere hatte auch Colin Menschen verloren, die ihm nahe standen. *Frau und Kind.* Alasdair wagte nicht sich auszumalen, wie es wäre, Sessany zu verlieren. »Du und Bran, ihr habt damals getan, was ihr konntet. Niemand kann –«

»Du verstehst das nicht!«, brüllte Colin unvermittelt. »Sie haben gedroht Mya und die Kleine zu töten! Mir blieb keine Wahl! Um sie zu retten habe ich den Clan beinahe in den Untergang getrieben. An meinen Händen klebt das Blut unserer Leute.« Seine Stimme kippte, wurde zu einem Schluchzen. »In jener Nacht ... ich habe das Tor geöffnet und sie eingelassen. Sie sagten, wenn ich es nicht täte, würden sie Mya und die Kleine ... wie hätte ich wissen sollen, dass sie längst tot waren!«

Colins Worte trafen ihn wie eine Klinge und bohrten sich tief in sein Herz. »Das ist nicht wahr!«

Colin löste sich aus dem Türrahmen und trat in den

Raum. »Ich wollte heute Nacht sterben, wollte wieder gutmachen, was ich getan habe. Jetzt weiß ich, dass es keine Wiedergutmachung gibt.« Er sank vor Alasdair auf die Knie und hielt ihm sein Schwert entgegen. »Ich kann so nicht weiterleben. Töte mich.«

Alasdair riss ihm das Claymore aus der Hand. Die Klinge wog schwer in seiner Hand. Colin anzusehen und zu wissen, dass er es gewesen war, der seine Welt zum Einsturz gebracht hatte, war unerträglich. Er hob die Waffe. Colin senkte das Haupt und wartete auf den Tod.

Sessany legte ihm eine Hand auf den Schwertarm. Er streifte ihre Finger ab ohne den Blick von Colin zu wenden. *Wie viele Menschen hast du auf dem Gewissen, Colin? Weißt du das überhaupt?*

»So einfach werde ich es dir nicht machen.« Colin sah auf, das Gesicht nass vor Tränen. »Du willst alldem entfliehen, willst vergessen, was du getan hast, und mich zum Mörder machen, indem ich deinen Qualen ein Ende setze.« Alasdairs Hände zitterten, doch seine Stimme war ruhig und beherrscht. »Das werde ich nicht tun. Geh«, sagte er kalt. »Wenn du mir je wieder unter die Augen kommst, werde ich dich töten.«

Colin rührte sich nicht.

»Verschwinde!«

Colin kam auf die Beine. Er öffnete den Mund. Alasdairs Augen verengten sich zu schmalen Schlitzen. Da schloss Colin den Mund wieder und flüchtete aus dem Zimmer. Das Claymore entglitt Alasdairs Fingern und fiel auf den Steinboden. Schmerz und Verzweiflung raubten ihm den Atem. Kraftlos brach er in die Knie.

Im ersten Moment dachte Sessany, Colins Geständnis hätte ihn in die Knie gezwungen. Dann sah sie das Blut an seiner Schulter. »Alasdair!«

Er sah auf. Ein milchiger Schleier lag über seinen Augen.

»Er hat all diese Menschen auf dem Gewissen.« Seine Stimme war brüchig wie Eis.

»Lass uns später darüber sprechen.« Sie spielte mit dem Gedanken, ihn zum Bett zu führen und seine Verletzung zu versorgen. *Das Bett seiner Eltern*, schoss es ihr durch den Kopf. Er würde dort niemals Ruhe finden. Sie musste ihn in ein anderes Zimmer bringen.

Alasdair starrte ins Nichts, die Lippen aufeinander gepresst. Sie wusste, dass sie nicht stark genug war ihn auf die Beine zu bringen. »Ich bin gleich wieder da.« Sie stürzte aus der Kammer und rannte den Gang entlang, eine enge Wendeltreppe hinab. In der Eingangshalle stieß sie mit Iain zusammen. Sie wäre gestürzt, hätte er sie nicht am Arm ergriffen und abgefangen.

»Ich brauche deine Hilfe«, rief sie atemlos. »Alasdair ist verletzt.«

»Wo ist er?«

»Im Schlafzimmer seiner Eltern.«

Er gab ihren Arm frei und rannte los. Es fiel ihr schwer, mit ihm Schritt zu halten. Sie fragte sich, woher er die Kraft nahm, sich noch immer auf den Beinen zu halten. Doch es war dieselbe Kraft, die auch sie antrieb – die Sorge um Alasdair.

Alasdair kam ihnen auf dem Gang entgegen. Seine Schritte waren schwer und er war so bleich, dass Sessany erschrak. Iain trat ihm in den Weg. »Was glaubst du, was du da tust, verdammter Narr!«

»Ich muss zu den Männern.«

»Du gehörst ins Bett.« Iain packte ihn bei der unverletzten Schulter und führte ihn den Gang entlang. »Wir bringen dich jetzt erst mal in dein Schlafzimmer.«

Dort angekommen schob Iain ihn zum Bett und zwang ihn sich zu setzen. Alasdairs Atem ging stoßweise. »Behalt ihn im Auge, Sessany. Ich hole etwas um seine Wunden zu verbinden.«

Iain war kaum fort, da sah Alasdair auf. Der Schleier über seinen Augen war verschwunden. Sein Atem wurde ruhiger. »Versprich mir, dass niemand erfährt, was Colin getan hat.«

»Das ist nicht der richtige Zeitpunkt, darüber zu sprechen. Lass uns erst sehen, dass du wieder auf die Beine kommst.«

Er packte sie beim Handgelenk. »Versprich es mir.«

»Wenn du mir im Gegenzug versprichst, mich deine Wunde versorgen zu lassen und dich danach auszuruhen.«

»Das ist kein Spaß!«

Sessany kniff die Augen zusammen. »Denkst du, ich finde es amüsant, zu sehen, dass du verletzt bist und dich trotzdem weigerst stillzuhalten? Betrachte es als einen Handel, MacDonald. Ich halte den Mund und du lässt dir helfen.«

»Es geht mir gut. Ich bin nur müde. Kein Grund, mich von meinen Männern fern zu halten. Es gibt so viel zu tun und ich –«

»Hör endlich auf!«

Alasdair entgegnete nichts. Kurz darauf kehrte Iain zurück und reichte Sessany einige saubere Stoffstreifen. Vorsichtig zog sie Alasdair das Wams aus, befreite ihn aus dem blutigen Hemd und machte sich daran, die Wunde zu reinigen. Einmal zuckte er zusammen und versuchte ihre Finger zur Seite zu schieben. Unter anderen Umständen hätte sie ihn angefaucht. Doch die Erinnerung an den Ausdruck, den Colins Geständnis in seinen Augen hervorgerufen hatte, war noch zu nah, als dass sie es über sich gebracht hätte, ihn grob zu behandeln.

Statt etwas zu sagen strich sie ihm sanft über die schweißnasse Stirn. Zu ihrem Erstaunen stellte er alle Gegenwehr ein, als wäre mit einem Mal alle Kraft aus seinen Gliedern gewichen. Er lehnte sich zurück und ließ ihre Behandlung klaglos über sich ergehen. Ihre Finger zitterten, als sie endlich den Verband befestigte. »Leg dich hin und schlaf.«

Alasdair fügte sich. Kaum berührte sein Kopf das Kissen, war er auch schon eingeschlafen. Sessany breitete eine Decke über ihm aus, zog einen Sessel heran und ließ sich mit einem Seufzer hineinfallen.

»Für dich gilt dasselbe wie für ihn.« Verwirrt blinzelnd sah sie auf. Iain hatte seinen Platz an der Tür verlassen und war zu ihr getreten. »Schlaf ein paar Stunden.«

»Später. Ich will jetzt nicht –«

Iains Miene verfinsterte sich, dann seufzte er. »Alasdair ist bald wieder auf den Beinen. Leg dich hin, du kannst dich ja selbst kaum noch aufrecht halten.«

Für einen Moment wollte sie widersprechen, dann kroch sie neben Alasdair ins Bett. Sie war so schnell eingeschlafen, dass sie nicht mehr hörte, wie draußen der Regen losbrach.

## *18*

Am Morgen nach der Schlacht hatten sie Boten ausgesandt, um die verstreuten Clansmen und ihre Familien nach Hause zu rufen. Drei Wochen waren seitdem vergangen. Wochen, die ganz im Zeichen des Wiederaufbaus gestanden hatten. Häuser und Wege wurden in Stand gesetzt, Dächer geflickt und Einrichtungen erneuert. Es würde noch viel Zeit in Anspruch nehmen, bis alle Arbeiten erledigt waren, doch täglich erreichten weitere MacDonalds Ballygrant. Helfende Hände, bereit das Zuhause neu zu schaffen, das sie verloren geglaubt hatten. Mit jedem Tag kehrte ein Stück mehr Leben ans Ufer des Loch Finlaggan zurück.

Alasdair hatte sich nicht lange im Bett halten lassen. Bereits am Tag nach der Schlacht war er wieder auf den Beinen gewesen – anfänglich schwach und müde, dennoch hatte er es sich nicht nehmen lassen, bei seinen Männern zu sein. Angespannt hatte er die ersten Begegnungen zwischen Sessany und seinen Leuten beobachtet. Seine Sorge war rasch verflogen. Wann immer er nicht bei ihr sein konnte, war Iain ihr ständiger Begleiter. Iain stellte sicher, dass alle erfuhren, welche Rolle sie bei der Rückeroberung Finlaggans gespielt hatte. In seiner unnachahmlichen Art drohte er jedem, der sie auch nur schief ansah, die Hammelbeine lang zu ziehen. Doch es waren nicht allein Iains Worte, die ihr die Herzen der MacDonalds zufliegen ließen. Manchmal hielt Alasdair in seiner eigenen Arbeit inne um sie zu beobachten. Vom ersten Tag an hatte sie mit angepackt, wo immer eine Hand gebraucht wurde. Sie schleppte Trümmer und Baumaterial, verteilte Essen, Wasser und Ausrüstung und hatte ein offenes Ohr für die Sorgen und Nöte der Menschen. Oft saßen sie bis spät in die Nacht zusammen und besprachen die Dinge, die ihr die Menschen zugetragen hatten. *Du hattest solche Angst vor diesen Menschen und jetzt bist du eine von ihnen. Eine von uns.* Seine Augen ruhten auf ihr. Als sie seinen Blick bemerkte, schenkte sie ihm ein Lächeln und lehnte sich in ihrem Sessel zurück.

Wie jeden Abend hatten sich Sessany, Diarmid, Iain und Bran in seinem Arbeitszimmer – einem der wenigen Räume, die bereits vollständig von den Erinnerungen an die Wikinger befreit waren – versammelt, um die Ereignisse des Tages zu besprechen und ihr weiteres Vorgehen zu planen. Im Gegensatz zu den ersten Abenden, an denen es so viel zu tun gegeben hatte, dass sie kaum gewusst hatten, wo sie beginnen sollten, wurden die Treffen zunehmend entspannter. Die Arbeit war nicht weniger geworden, doch sie hatten sich inzwischen besser organisiert. Alasdair hatte viel Zeit darauf verwandt, sich einen Überblick über das Ausmaß der Zerstörung zu verschaffen. Nächtelang hatte er in seinem Arbeitszimmer gesessen und Listen von allen zu erledigenden Aufgaben erstellt. Sobald er fertig war, hatte er seine Leute in Gruppen eingeteilt und jedem feste Zuständigkeiten zugewiesen. Seither kamen sie schneller voran.

»Ich bin wirklich froh, wenn all die Arbeit hinter uns liegt und wir uns wieder einem normalen Leben widmen können«, seufzte Bran.

»Einem normalen Leben?« Schon seit Tagen verspürte Alasdair eine drängende Unruhe, die er sich nicht erklären konnte. Ein Teil von ihm schien nur darauf zu warten, dass die Aufbauarbeiten endlich abgeschlossen waren. *Aber was dann?* Es fiel ihm schwer, die Befürchtungen auszusprechen, die Brans Worte in ihm weckten. Zu sehr erinnerten sie ihn an Colins Verrat. Nur ein einziges Mal hatte er im Kreise seiner engsten Freunde von Colins Geständnis berichtet. Danach hatte er nie wieder ein Wort darüber verloren. Der Schaden war angerichtet und nicht mehr gutzumachen. Niemand konnte die Toten jener Nacht zurückbringen. Nachdem er die Wahrheit erfahren hatte, war es ihm zunächst schwer gefallen, jemand anderen als Sessany in seiner Nähe zu akzeptieren. Sie hatte Verständnis gezeigt. Gleichzeitig hatte sie nicht zugelassen, dass er an der Aufrichtigkeit seiner verbliebenen Freunde zweifelte. Immer wieder hatte sie ihm vor Augen gehalten, dass Colin ein Opfer der Umstände geworden war. *Lass nicht zu, dass dir die Tat eines Einzelnen das Vertrauen in all deine Freunde raubt. Du brauchst diese Männer ebenso, wie sie dich brauchen.* Ihre erstaunliche Geduld, gepaart mit ihrer Hartnäckigkeit hatte es vollbracht, dass er sich seinen Freunden wieder öffnen konnte.

Alasdair sah Bran über den Tisch hinweg an. »Nichts wird normal sein, solange wir nicht einen Weg gefunden haben, zu verhindern, dass etwas Ähnliches noch einmal geschehen kann.«

»Wie willst du dich vor Verrat schützen?« Ein Schatten huschte über Diarmids Züge. Er schüttelte den Kopf. »Wir können nur *hoffen*, dass so etwas nie wieder vorkommt.«

»Sag das ihnen.« Sessany deutete aus dem Fenster, in Richtung der Ansiedlung. »Ich bin sicher, es wird sie beruhigen. Ich bin Alasdairs Meinung. Womöglich können wir uns nicht vor Verrat schützen. Vor den Machenschaften meines Vaters hingegen –«

»Sollen wir einen Krieg gegen deinen Vater und MacMathain vom Zaun brechen, um unseren Leuten ein Gefühl von Sicherheit zu vermitteln?«, fiel Iain ihr ins Wort.

»Ich habe nicht vor, etwas zu *vermitteln.*«

Iain zog eine Grimasse. »Du hast einmal gesagt, dass du dich nicht an einem Spiel um Macht und Einfluss beteiligen willst. Das Spiel, von dem du jetzt sprichst, heißt Krieg, und das ist nicht gut für uns.«

»Womöglich steht der Krieg schon bald vor unseren Toren!«, gab sie zurück. »Wer weiß schon, was mein Vater und MacMathain aushecken!«

Alasdair schüttelte den Kopf. »Es geht nicht darum, einen Krieg anzuzetteln, sondern darum, ihn zu verhindern.«

Sessany sah ihn an. »Du weißt längst, was du zu tun hast, nicht wahr?«

»Ich denke, ich kenne den Weg«, stimmte er zu, »aber er gefällt mir nicht. Damit erregen wir eine Menge Aufmerksamkeit. Ich will meinen Clan nicht in eine Zukunft voller Krieg und Tod führen.«

»Dein Clan hat keine Zukunft, wenn du herumsitzt und abwartest. Glaubst du etwa, mein Vater wird tatenlos zusehen, wie deine Leute Finlaggan endgültig zurückerobern? Denkst du, er wird riskieren, dass du ihm eines Tages in den Rücken fällst?« Sie betrachtete ihn aus hellen Augen – den Augen der Furcht. »Er schmiedet sicher schon Pläne, wie er die MacDonalds endgültig aus dem Weg räumen kann. Du *musst* etwas unternehmen!«, sagte sie beschwörend. »Allein schon um deinen Clan zu schützen!«

Stück für Stück enthüllten ihm ihre Worte den Ursprung seiner eigenen Unruhe. Er hatte sein Heim zurück und endlich die Frau an seiner Seite, die er über alles liebte. Sein Glück war vollkommen. Beinahe.

Es war seine Pflicht, in die Fußstapfen seines Vaters zu treten. Er hatte es nicht gewollt, doch das Schicksal hatte ihm diesen Weg gewiesen. Was er in den Augen der Menschen Ballygrants und Finlaggans sah, bestärkte ihn in seinem Bestreben. Da war noch immer der Schmerz über den Verlust von Freunden und Verwandten. Zugleich lag Hoffnung in ihren Augen. Und der stumme Dank, dass er ihnen einen Teil ihres Lebens wiedergegeben hatte. Finlaggan zurückzuholen war erst der Anfang. Was immer er tun würde, er musste es bald tun. Noch hatte sich nicht herumgesprochen, dass die MacDonalds wieder auf Eilean Mor saßen. Das würde sich bald ändern. Dann würden MacMathain und MacKenzie mit aller Macht gegen ihn vorgehen. *Wir müssen schneller sein.* Ihm war schon vor einiger Zeit klar geworden, dass sie seinen Vater nicht töten würden. Sie konnten sich nicht erlauben ihr Druckmittel leichtfertig zu verspielen. Was sie mit ihm tun würden, wäre schlimmer als der Tod. *Sie werden ihn mir schicken, Stück für Stück.* Er erhob sich und trat ans Fenster. Sein Blick schweifte über die Dächer Ballygrants, wo sich Rauchsäulen aus den Kaminen kräuselten. Ohne die Augen von dem Ort – *seinem* Ort – zu wenden sagte er: »Wir haben es begonnen, jetzt bringen wir es zu Ende. Ich werde die Zusammenkunft einberufen.«

»Weißt du, was du da tust?«, fragte Diarmid ruhig.

Auf seinen Schultern lastete eine Verantwortung, die nicht danach fragte, was er wollte, sondern forderte, was für die Menschen, für deren Wohlergehen er zu sorgen hatte, das Beste war. Langsam wandte er sich um. »Ich tausche ein Leben gegen die Zukunft vieler.« –

Während des Tages war Alasdair überzeugt gewesen, dass es ihm gelingen würde, die Zusammenkunft einzuberufen. Jetzt, in der Dunkelheit seines Schlafgemachs, schlichen sich Zweifel ein. Er starrte in die Schatten an der Decke, bemüht die finsteren Gedanken an das Scheitern zu verdrängen.

Neben ihm regte sich Sessany. »Kannst du nicht schlafen?«, fragte sie leise. Er spürte ihre Wärme, als sie sich zum ihm herumdrehte und sich in seine Arme schmiegte. »Du hast die richtige Entscheidung getroffen.«

Er genoss ihre Nähe und lauschte ihren regelmäßigen Atemzügen. Bald würde er sie verlassen müssen. Auch wenn es nur für wenige Wochen war, fiel es ihm schwer, sich vorzustellen nur einen einzigen Tag ohne sie zu sein. Er hauchte ihr einen Kuss auf den Haaransatz. Sie hob den Kopf. Er spürte ihren Blick, obwohl er in der Dunkelheit kaum mehr als die Umrisse ihres Gesichts ausmachen konnte.

»Wir sollten versuchen herauszufinden, wo sie deinen Vater gefangen halten«, sagte sie plötzlich.

»Nicht. Lass uns jetzt an etwas anderes denken.« Er zog sie enger an sich und küsste sie. Seine Hände schoben sich unter das Laken und strichen über ihren Körper. Für einen Moment erwiderte sie seine Zärtlichkeiten und gab sich dem Drängen seiner Zunge und seinen sanften Berührungen hin. Dann jedoch versteifte sie sich in seinen Armen und richtete sich ein Stück auf. »Ich weiß, du willst das nicht hören. Darüber zu sprechen erinnert dich an das Opfer, das du bereit bist zu bringen. Was aber, wenn ich dir sage, dass dieses Opfer nicht sein muss?«

Ein Funken Hoffnung entzündete sich in der Dunkelheit. »Wovon sprichst du?«

»Davon, dass wir ihn vielleicht retten können, wenn wir nur schnell genug sind.« Ihr Haar kitzelte ihn an der Brust, als sie sich aufsetzte. »Ich werde noch einmal mit Iomaér sprechen. Wenn er –«

»Nein!« Er fuhr abrupt hoch. »Ich werde nicht zulassen, dass du dich in Gefahr bringst!«

»Er ist mein Bruder. Er wird mir nichts tun.«

»Ich weiß. Aber was ist, wenn dich jemand sieht?«

»Ich werde vorsichtig sein. Es gibt bald eine Gelegenheit, ihn allein zu sprechen. Lass es mich versuchen, Alasdair. Bitte. Ich kann es tun, während du den Chiefs deine Einladungen zur Zusammenkunft überbringst. Wenn Iomaér mehr weiß, können wir uns Gedanken machen, wie wir deinen Vater retten werden.«

Er schwieg lange Zeit. »Also gut«, sagte er endlich. »Aber du gehst nicht allein.«

## *19*

Die warme Septembersonne liebkoste Sessanys Gesicht und hüllte die blühende Heide in flammendes Violett. Erst jetzt, da Finlaggan hinter ihr lag, wurde ihr bewusst, wie eingesperrt sie sich während der letzten Wochen gefühlt hatte. Gerne wäre sie mit Alasdair ausgezogen, um zu jagen oder einfach nur um die Stille außerhalb der Burgmauern zu genießen. Seine Sorge, sie könnten auf versprengte Wikinger treffen, hatte sie auf Eilean Mor gefangen gehalten.

*Alasdair.* Manchmal erwachte sie mitten in der Nacht und streckte die Hand nach ihm aus um sich zu vergewissern, dass er wirklich da war. Wenn er sie dann im Schlaf in seine Arme zog, wusste sie, es war kein Traum. Ihr Blick fiel auf den Ring an ihrer Hand. Der Wappenring der MacDonalds. Er hatte ihn ihr angesteckt, ehe er aufgebrochen war. *Damit du immer weißt, zu wem du gehörst.*

Er hatte begonnen Pläne zu schmieden, sobald er seine Rolle als Chief akzeptiert hatte. Wenn er darüber sprach, loderte in seinen Augen ein Feuer, das sie jedes Mal wieder in Erstaunen versetzte. *Sag du noch einmal, du wärst kein Anführer, Alasdair MacDonald.* Er hatte nie ein Wort darüber verloren, dennoch wusste sie, dass er fürchtete, die Chiefs würden seinem Ruf nicht folgen. Er war nicht sein Vater. Trotzdem glaubte sie an ihn. Seine stille Kraft und seine Entschlossenheit stärkten ihr Vertrauen in ihn. Er mochte noch nicht die Erfahrung seines Vaters haben, aber gerade das konnte ihm zum Vorteil gereichen. Er bewegte sich nicht auf ausgetretenen Pfaden, konnte neue gehen, wenn die Situation es erforderte.

Sessany seufzte. Sie vermisste ihn. Wochen nach seinem Aufbruch war sie noch immer in Finlaggan gewesen und hatte die Zeit verflucht, die mehr und mehr zu ihrem Feind wurde. Wenn sich erst herumsprach, was Alasdair plante, war sein Vater in größerer Gefahr als bisher. Dennoch hatte sie sich erst auf den Weg gemacht, als die Zeit für Iomaérs Jagdausflug gekommen war. Obwohl ihr Vater ihm mehr und mehr Aufgaben übertrug, hatte er sich das Vergnügen der Jagd bisher nicht nehmen lassen. Jedes Jahr, Mitte September, verließ er Eilean Donan für einige Tage und zog sich tief in das Land der MacKenzies zurück um sich ganz der Jagd zu widmen. Früher hatte Sessany ihn begleitet. Sie hatte rasch herausgefunden, dass es ihm in diesen Tagen weniger darum ging, Wild zu erlegen, als darum, der Burg und seinen Pflichten für eine kurze Weile zu entrinnen. Abgesehen von Sessany hatte er während dieser Zeit niemanden bei sich geduldet. Nicht einmal die jungen Clanskrieger, die sonst kaum von seiner Seite wichen, durften ihn begleiten. *Ich hoffe, das hat sich nicht geändert.*

Eine Gestalt kam den Hügel herauf. Sessany schien es, als würde sie geradewegs aus der Heide emporwachsen. Mit einem raschen Schritt duckte sie sich hinter einen von Moos überwucherten Felsen. Bran ging neben ihr in die Hocke. Zuerst konnte sie kaum mehr als ein paar Konturen erkennen. Mit jedem Schritt, den die Gestalt näher kam, wurde die Erscheinung deutlicher. Schlank, hoch gewachsen, in einen braunen Plaid gehüllt, Bogen und Köcher über der Schulter. Iomaér. Erleichtert stieß sie den Atem aus.

Nachdem sie sicher war, dass er auch dieses Mal allein war, glitt ihr Blick zu Bran. Als Alasdair ihr eröffnet hatte, er wollte sie nicht allein gehen lassen, war sie überzeugt gewesen, dass Iain sie begleiten würde. Doch Iain war mit Alasdair geritten. Sie mit Bran ziehen zu lassen war seine Art, ihr sein Vertrauen auszusprechen.

»Warte hier«, sagte sie sehr leise zu Bran, bevor sie sich aufrichtete und sich ihrem Bruder zeigte.

Iomaér starrte sie an ohne auch nur zu blinzeln. Dann lief er zu ihr und riss sie in seine Arme. Eine lange Zeit verging, ehe er sich von ihr löste. Seine Hände glitten ihre Arme entlang, fanden ihre Hände und hielten sie fest. Äußerlich war er noch immer der Bruder, den sie kannte, doch in seinen Augen war eine Veränderung zu erkennen. Statt der Sorglosigkeit der Jugend lag darin das Wissen eines Mannes, der die unbeschwerten Tage der Kindheit unwiederbringlich hinter sich gelassen hatte.

»Bist du allein?«, waren die ersten Worte, die ihm über die Lippen kamen.

»Ein Freund ist bei mir.«

Sein Blick war unverändert auf sie geheftet. Als könne er noch immer nicht glauben sie zu sehen. »Bei Gott, Sessany! Was machst du hier?«

»Ich brauche deine Hilfe.«

Abrupt ließ er ihre Hände los. »Es gibt nichts, was ich für dich tun könnte.« Sein Blick wurde hart. »Du hast deinem Clan den Rücken gekehrt. Ich habe euch ziehen lassen. Mehr kannst du nicht von mir erwarten.«

»Wenn nicht für mich, tu es für den Clan MacKenzie. Für alle Highland-Clans. Hör mich wenigstens an. Dann kannst du entscheiden, ob du mir helfen möchtest.« Als er noch immer keine Reaktion zeigte, legte sie eine Hand auf seinen Arm und zwang ihn sie anzusehen. »Bitte.«

Die Härte wich aus seinen Zügen. »Ruf deinen Freund. Du kannst mir in meinem Lager erzählen, worum es geht.«

Die Dämmerung zog bereits über das Land, als sie endlich in Iomaérs Lager vor einem Feuer saßen. Er hatte Bran mit einem knappen Nicken bedacht und ihn danach keines Blickes mehr gewürdigt. Schweigend hatten sie sich in der kleinen, von Felsen eingesäumten Senke niedergelassen und eine Mahlzeit aus kaltem Hasenbraten, ein paar Beeren und Brot geteilt. Schließlich hatte Bran sich zurückgezogen um den Geschwistern die Gelegenheit zu geben, sich ungestört zu besprechen. Nach seinem Weggang herrschte noch immer tiefes Schweigen. Sessany sog das intensive Aroma milder Herbstluft ein, während sie sich bemühte ihre Unsicherheit zu verdrängen. Iomaér griff nach seinem Aleschlauch und nahm einen kräftigen Schluck, ehe er ihn ihr reichte. Sie nahm ihn dankbar entgegen und trank. Als sie ihn zur Seite legte, bemerkte sie, dass Iomaér sie ansah. Sein Blick ruhte auf dem silbernen Ring an ihrer Hand. Alasdairs Ring.

»Hattest du meinetwegen Schwierigkeiten?«, durchbrach sie endlich die Stille.

Iomaér sah auf. »Warum?«

»Du hast uns gehen lassen. Was hat Ranald gesagt, als du allein zurückgekommen bist?«

»Ich habe ihm klar gemacht, dass fünf Männer bezeugen können, wie er ein Bauernhaus in Brand gesteckt und eine harmlose Familie abgeschlachtet hat.« Sessany schüttelte ungläubig den Kopf. Bevor sie ihn mit Fragen überhäufen konnte, fuhr er fort: »Außer meinen eigenen Männern gibt es auch noch den einen oder anderen aus Ranalds Trupp, der bereit gewesen wäre das zu bezeugen. Ich hatte eine lange Unterhaltung mit dem Hauptmann. Ich denke, er hat begriffen, dass Vater nicht mehr der Jüngste ist und ich eines Tages sein Erbe antreten werde. Ich bin die Zukunft des Clans, das weiß er.« Iomaér hatte früher nie viele Worte über seine künftige Stellung als Chief verloren. Dass er es jetzt tat, überraschte sie. »Ich weiß, es ist nicht alles gut, was Vater tut«, sagte er plötzlich. »Ich war dabei, als die MacLennans endgültig zerschlagen wurden.«

Sessany fuhr auf. »Sag, dass das nicht wahr ist!«

»Du hast es noch nicht gehört? Es ist erst ein paar Wochen her. Ich habe in diesen Stunden Dinge gesehen … Es war ein Gemetzel. Eine Schlacht ohne Ehre, die meine Sicht auf vieles verändert hat. Ich weiß jetzt, dass Vaters Art der Politik nicht die meine ist und es niemals sein wird.« Seine Miene verfinsterte sich. »Ich kann seine Entscheidungen nachvollziehen, das bedeutet jedoch nicht, dass ich sie gutheiße oder dasselbe tun würde.« Ein Ausdruck tiefen Bedauerns lag in seinem Blick. »Vater weiß, dass du MacDonald geholfen hast. Wenn Ranald dich zurückgebracht hätte … ich weiß nicht, ob dir Gnade gewährt worden wäre. Ich bin froh dich nicht zur Rückkehr gezwungen zu haben, auch wenn das bedeutet, dass ich dich für immer verloren habe.«

»Du hast mich nicht verloren. Ich lebe nur an einem anderen Ort.« *Ich habe ein Zuhause gefunden.*

»Wie ich hörte, sitzen die MacDonalds wieder auf Finlaggan. Diese Nachricht hat eine Menge Unruhe in Vaters Halle gebracht.«

Seine Worte alarmierten sie. »Wird er etwas gegen uns unternehmen?«

»*Uns?*« Iomaér fuhr auf. »Du bezeichnest dich als eine von ihnen? Du bist noch immer eine MacKenzie! Vergiss das nicht!«

Ihr Blick richtete sich auf Alasdairs Ring. »In meinen Adern mag das Blut der MacKenzies fließen, doch mein Herz ist an die MacDonalds gebunden.« Sie hob den Kopf und blickte ihm in die Augen. »Glaubst du wirklich, ich würde mich einem Herrn verbunden fühlen, der sich nie für mich interessiert hat und nicht davor zurückschreckt, seine eigene Tochter für ein Bündnis zu verschachern?«

»Er ist nicht der Einzige, der seine Kinder verheiratet, um Bündnisse zu stärken und Allianzen zu bilden. Dafür kannst du ihn nicht verurteilen.«

»Nein, vielleicht kann ich das nicht«, entgegnete sie ruhig. »Wofür ich ihn jedoch verurteilen kann, ist die Wahl seiner Verbündeten.« Sie dachte an jenen Vormittag zurück, als Alasdair ihr die Wahrheit über den Fall Finlaggans gesagt hatte. Sie erinnerte sich an den Schmerz in seinen Augen, seine Verzweiflung und Einsamkeit. »Und ich verurteile die Wahl seiner Mittel.«

»Hör doch auf!« Iomaér sprang auf. »Du beklagst dich darüber, dass er dich an jemanden vermählen wollte, den du nicht haben willst!«

*Wie kann er glauben, dass es mir nur darum geht?* Als sie in seine Augen sah, begriff sie, dass er keine Ahnung hatte, wovon sie tatsächlich sprach. »Du weißt es nicht.« Sie war entsetzt, wie wenig er als Erbe des Chiefs über dessen Handlungen wusste. Zugleich war sie erleichtert, weil er nichts mit dem Gemetzel in Finlaggan zu schaffen hatte. »Hast du von einer Schlacht gehört, in der die MacDonalds besiegt und vertrieben wurden? Hast du das Bild eines ehrenhaften Kampfes vor Augen? Verabschiede dich davon! Du selbst hast gesagt, der Fall der MacLennans war ein Gemetzel. Glaube mir, was den MacDonalds angetan wurde, war ungleich schlimmer.« Iomaér öffnete den Mund um zu widersprechen. Sie ließ ihn nicht zu Wort kommen. »Es waren weder die MacDougals noch ein anderer Clan, der gegen die MacDonalds ins Feld gezogen ist. Es waren Wikinger. Angeworben von Lachlan MacMathain haben sich die Nordmänner nachts Zutritt zur Burg verschafft. Sie haben sie im Schlaf ermordet. Frauen, Kinder – alle, die sie finden konnten.« In knappen Sätzen gab sie wieder, was Alasdair ihr über jene Nacht erzählt hatte.

Während sie sprach, veränderte sich Iomaérs Miene. Die Wut in seinen Zügen gefror zu einer starren Maske. Die Lippen aufeinander gepresst sank er neben ihr zu Boden. Lange Zeit sagte er nichts. Als er endlich das Wort ergriff, war sein Blick auf das Feuer gerichtet. »Lachlan denkt sich so etwas nicht allein aus.« Seine Stimme schien von weit her zu kommen. »Er ist ehrgeizig, aber er würde nichts ohne …« Endlich wandte er den Kopf und sah sie an. »Vater wusste es!«

Eine Weile saßen sie schweigend nebeneinander, bis Iomaér fortfuhr: »Nach allem, was in Finlaggan geschehen ist, ist es ein Wunder, dass mich dein MacDonald nicht getötet hat, als er die Gelegenheit hatte.«

»Alasdair ist nicht so. Es geht ihm um die Sicherheit seines Clans, nicht um Rache. Abgesehen davon bin ich mir nicht sicher, ob er es wusste. Bis eben war ich mir selbst nicht darüber im Klaren, dass Vater etwas damit zu schaffen haben könnte.« Iomaér saß noch immer reglos da und starrte in die Flammen, als sie sich ihm zuwandte. »Wirst du mir helfen?«

»Nein«, sagte er ohne aufzusehen. »Ich kann nicht.«

»Nach allem, was er getan hat, stehst du noch immer auf seiner Seite?« *Was habe ich geglaubt? Dass er sich von ihm abwenden wird?*

»Ich bin diesem Mann meine Loyalität schuldig. Jetzt mehr denn je.« Sie wollte widersprechen, wollte ihn anbrüllen, er könne die mörderischen Pläne nicht auch noch unterstützen, doch er war schneller. »Was ich heute erfahren habe, schockiert mich. Es zeigt Vater in einem vollkommen anderen Licht. Dennoch bin ich überzeugt, dass all sein Handeln darauf ausgerichtet ist, das Wohlergehen des Clans zu sichern.« Iomaér griff nach ihren Händen. »Dieser Mann hat mich großgezogen. Er hat mir alles beigebracht, was ich heute weiß. Er ist noch immer mein Vater. Ihm jetzt den Rücken zu kehren würde alles nur schlimmer machen.«

Sie zog ihre Hände zurück. »Was willst du tun? Ihn auch beim nächsten Überfall unterstützen? Nächstes Mal selbst die Wikinger anheuern um einen weiteren Clan zu vernichten?«

Er schüttelte den Kopf. »Ich werde versuchen all meinen Einfluss geltend zu machen um zu verhindern, dass etwas Ähnliches noch einmal geschieht. Wenn ich mich jetzt von ihm abwende, verschenke ich alle Möglichkeiten, auf ihn einzuwirken. An seiner Seite kann ich den Schaden zumindest begrenzen. Und wenn ich eines Tages Chief bin, werden sich viele Dinge ändern. Das verspreche ich dir.«

»Dann ist es zu spät. Wenn sich *jetzt* nichts ändert, werden den MacLennans weitere Clans in den Untergang folgen. Nur die größten werden überleben und jene, die sich ihnen unterwerfen oder sich mit ihnen verbünden. Es wird Krieg geben. Keine vereinzelten Scharmützel, sondern einen richtigen Krieg. Unzählige Tote, deren Blut auch an deinen Händen kleben wird, auch wenn du nicht selbst das Schwert gegen sie erhebst. Dass du nichts getan hast um das zu verhindern, macht dich zu einem Schuldigen.« Der Gedanke an die Zukunft, die den Highlands bevorstand, trieb ihr die Tränen in die Augen. »Ich verlange nicht von dir den Clan zu verraten, Iomaér. Alles, worum ich dich bitte, ist, dass du mir sagst, wo sie Donald von Islay gefangen halten.«

»Selbst wenn ich es dir sage, wird es dir nicht weiterhelfen. Ihr bräuchtet schon eine Armee um ihn zu befreien und ich bezweifle, dass die MacDonalds in der Lage sind, einen Trupp aufzustellen, der groß genug für dieses Unterfangen ist.«

*Darüber machen wir uns Gedanken, wenn es so weit ist.* »Wo ist er?«

Statt zu antworten erhob er sich. »Ich muss nachdenken.« Er machte kehrt und verschwand zwischen den Felsen aus ihrem Blickfeld.

Er war noch nicht lange fort, da gesellte sich Bran zu ihr. »Wie ist es gelaufen?«, fragte er, als er sich neben sie setzte. »Wird er uns helfen?«

»Ich weiß es nicht.« Erfüllt von der Erkenntnis, wie fremd Iomaér ihr geworden war, schüttelte sie traurig den Kopf. »Ich weiß es wirklich nicht.«

Mit der Dunkelheit war die Wärme des Tages gewichen. Der Rauch des Feuers überlagerte mehr und mehr den frischen Duft der Heide. Fröstelnd zog Sessany ihren Schal enger um die Schultern, lehnte sich gegen einen Felsen und wartete. Bran teilte ihr Schweigen. Für eine Weile waren das Knistern des Feuers und das Krachen, wenn von Zeit zu Zeit ein Stück Holz in den Flammen zerbarst, die einzigen Geräusche. Mit der Frage, wie es Alasdair ergehen mochte, dämmerte sie in einen leichten Schlaf.

Ein Knacken schreckte sie auf. Sie öffnete die Augen. Neben ihr griff Bran nach seinem Schwert. Einen Atemzug später trat Iomaér zwischen den Steinen hervor. Unter ihren Blicken ging er zum Feuer und legte ein paar Scheite nach.

»Er ist in Dùntràth«, sagte er ohne aufzusehen.

Sie wechselte einen Blick mit Bran. Seine Augen waren ein Spiegel ihrer eigenen Gedanken. Jetzt verstand sie, warum Iomaér der Ansicht war, die MacDonalds wären nicht im Stande, ihren Chief zurückzuholen. Ihre Streitmacht würde niemals ausreichen, um gegen Lachlan MacMathain vorzugehen. *Und das, bevor ihm Gelegenheit bleibt, den alten Chief zu töten.* Und dennoch gab es einen Weg. Ihr stockte der Atem, als ihr bewusst wurde, welche Richtung ihre Gedanken einschlugen. »Bring mich zu ihm«, verlangte sie, ehe die Angst ihre Zunge lähmen konnte. »Bring mich zu MacMathain.«

Iomaér fuhr herum. »Das ist nicht dein Ernst!«

»Das ist Wahnsinn!« Bran sprang auf. »Wir wollten herausfinden, wo der Chief festgehalten wird, und mit dieser Information nach Hause zurückkehren!«

»Wenn sich herumspricht, was Alasdair vorhat, ist das das Ende für seinen Vater. MacMathain wird nicht davor zurückschrecken, ihn zu ermorden. Er wird –«

»Vielleicht ist jetzt der geeignete Zeitpunkt gekommen, dass du mir endlich erzählst, was dein MacDonald vorhat«, fiel Iomaér ihr ins Wort.

Für einen Moment rang sie mit sich. Iomaér mochte ihr fremd geworden sein, doch ein Blick in seine Augen genügte um zu wissen, dass er ihr nicht schaden wollte. »Er wird die Zusammenkunft einberufen.«

Iomaér schnalzte mit der Zunge. »Für jemanden, der sich weigert mir im Kampf gegenüberzutreten, hat er eine Menge Mumm. Mehr als ich dachte.«

»Wir sollten das wirklich mit den anderen besprechen«, gab Bran noch einmal zu bedenken, bevor sie etwas erwidern konnte.

Sie schüttelte den Kopf. »Der Weg nach Finlaggan ist zu weit. Wir müssen handeln, solange MacMathain noch nichts von der Zusammenkunft weiß. Nur so haben wir eine Chance.«

»Ich habe Alasdair geschworen auf dich Acht zu geben. Wenn ich zulasse, dass du das tust, breche ich meinen Schwur.«

»Dann wirst du sie begleiten müssen um sie zu beschützen«, mischte sich Iomaér ein.

»Ihr lasst Eure eigene Schwester sehenden Auges ins Verderben rennen, MacKenzie?« Nie zuvor hatte sie einen derart schneidenden Tonfall von Bran vernommen.

»Ich habe schon sehr früh gelernt, dass sich meine Schwester nicht aufhalten lässt, wenn sie sich etwas in den Kopf gesetzt hat.« Iomaér betrachtete sie nachdenklich. »Du liebst deinen MacDonald wirklich, nicht wahr?«

»Mehr als mein Leben.«

»Dann hat meine kleine Schwester also ihren Platz gefunden.« Schließlich nickte er. »Ich werde dir helfen. Unter einer Bedingung: Ich will, dass die MacDonalds keine Rache an den MacKenzies üben.«

»Ich werde tun, was ich kann.«

Iomaér nickte. »Das genügt mir. Was hast du vor?«

»Mir den Mann ansehen, den Vater für mich ausgesucht hat.«

## 20

Sessany saß in Lachlan MacMathains Empfangszimmer. Lachlan selbst hatte ihr einen Sessel vor den Kamin gerückt, ihr eine Decke um die Schultern gelegt und dafür gesorgt, dass sie einen Becher dampfenden Gewürzweins bekam. Sie war erleichtert, weil Iomaér das Gespräch bestritt, während sie sich damit begnügen konnte, einen verstörten Eindruck zu erwecken. Wie oft hatte sie sich in den letzten Tagen gefragt, ob es wirklich eine gute Idee gewesen war, Iomaér zu überreden sie nach Dùntràth zu bringen?

Ihre Finger klammerten sich um den Weinkelch. Sie sog den würzigen Duft ein und wartete, dass die beruhigende Wirkung der Kräuter einsetzte. Seit geraumer Zeit folgte sie der Unterhaltung zwischen Iomaér und Lachlan. Die beiden saßen einander an einer ausladenden Tafel gegenüber. Vor Iomaér stand ein Becher Wein, den er noch nicht einmal angerührt hatte. In allen Einzelheiten gab er die Geschichte ihrer Entführung wieder, die sie auf dem Weg hierher unzählige Male durchgesprochen hatten. Sie war froh, dass niemand von ihr erwartete sich an dem Gespräch zu beteiligen. *Wenn ich den Mund halte, wird er nicht bemerken, dass nichts davon wahr ist.*

Hin und wieder wanderte ihr Blick zu Bran, der mit ausdrucksloser Miene neben der Tür stand. Iomaér hatte ihn als seinen Jagdgehilfen vorgestellt und Lachlan hatte ihm nicht mehr Aufmerksamkeit gewidmet, als es einem Dienstboten gebührte.

»Seit MacDonalds Flucht war meine Schwester seine Gefangene. Es grenzt an ein Wunder, dass es ihr gelungen ist, ihm zu entfliehen.« Die Wut war aus Iomaérs Stimme gewichen, als er fortfuhr: »Ich fand sie vor drei Tagen. Entkräftet und vollkommen verstört irrte sie an den Ufern des Loch Linneh nahe der Grenze zu MacDonalds Land umher. Da Dùntràth näher war als Eilean Donan, dachte ich, ich bringe sie zu dir, ehe ich Vater Bericht erstatte.«

MacMathain fuhr auf. »Dieser verdammte Hundesohn! Hat er ...?«

Iomaér schüttelte den Kopf. »Er hat sie nicht geschändet, falls du das meinst.«

MacMathains Verhalten überraschte sie. Dieser Mann hatte sie bisher nur ein einziges Mal zu Gesicht bekommen – eine Begegnung, an die sie sich nicht einmal erinnern konnte – und dennoch war er ihr gegenüber voller Freundlichkeit und Mitgefühl. Das entsprach nicht dem Monster, das sie sich in ihrer Vorstellung ausgemalt hatte. Wann immer sein Blick in ihre Richtung wanderte, wich die Kälte aus seinen blauen Augen und machte offener Besorgnis Platz.

»Allein der Gedanke, dass meine Braut in der Gewalt dieses Abschaums war ...« Er schlug mit der Faust so hart auf den Tisch, dass das Holz erzitterte. »Dafür wird er bezahlen!« Er erhob sich. »Er wird keine Freude mehr an Finlaggan haben. Alasdair MacDonald ist ein toter Mann!«

Über seinen Wutausbruch erschrocken wandte sie den Blick ab. Ihre Augen hefteten sich auf den Finger, an dem sie vor wenigen Stunden noch Alasdairs Ring getragen hatte. Jetzt hing er – verborgen unter ihrem Kleid – an einem Lederband um ihren Hals.

Als sie das nächste Mal aufsah, kniete Lachlan vor ihr nieder und schloss seine Hände um ihre. Im flackernden Schein des Kaminfeuers schimmerte sein schulterlanges Haar golden wie Sommerweizen. »Ihr habt viel durchgemacht, Herrin. Verabschiedet Euch jetzt von Eurem Bruder. Ein Diener wird Euch Euer Zimmer zeigen. Legt Euch nieder und ruht Euch aus. Es wäre mir eine Ehre, wenn Ihr mir heute Abend das Vergnügen bereiten würdet, mit mir zu speisen.«

»Das werde ich gerne tun«, brachte sie hervor.

Er gab ihre Hände frei, erhob sich und zog seinen Plaid zurecht. Mit einem letzten Nicken in Iomaérs Richtung verließ er den Raum. Sessany stand auf und schloss Iomaér in die Arme. Eine Umarmung, die all das ausdrückte, was sie nicht auszusprechen wagte. Iomaér hatte versprochen Alasdair eine Nachricht zukommen zu lassen. Ebenso hatte er gelobt alles in seiner Macht Stehende zu tun, damit ihre Scharade nicht zu früh entdeckt würde. Zu ihrer Erleichterung habe er Lachlan gedrängt, Bran als ihren Leibwächter aufzunehmen. Er hatte behauptet, nach allem, was sie erlebt habe, könne ein vertrautes Gesicht in ihrer Umgebung Wunder wirken.

»Du musst Alasdair vor MacMathains Rachedurst warnen«, raunte sie ihm ins Ohr. »Er soll auf der Hut sein.«

Iomaér gab sie frei. »Das werde ich.« Er nickte ihr ein letztes Mal zu, dann ging er.

An diesem Abend saß sie mit Lachlan zu Tisch. Nachdem das Essen aufgetragen war, hatte er die Diener fortgeschickt. Er erwies sich als angenehmer Gesprächspartner, der sich nicht daran störte, den größten Teil der Unterhaltung allein zu bestreiten. Immer wieder versicherte er ihr, wie erleichtert er über ihre sichere Ankunft sei und wie sehr er sich auf die bevorstehende Vermählung freue. »Ich bin wirklich froh, dass wir endlich Gelegenheit haben, uns näher kennen zu lernen, Sessany. Ihr habt Euch verändert, seit ich Euch zum ersten Mal gesehen habe. Ihr seid erwachsen geworden«, sagte er lächelnd, während er ihr Wein nachschenkte. »Wenn ich in Eure Augen blicke, weiß ich, dass es richtig war, Euren Vater um Eure Hand zu bitten.« Er rückte näher, nahm ihr den Weinkelch aus der Hand und stellte ihn zur Seite. Sein Blick hing noch immer an ihren Augen, seine Lippen näherten sich den ihren.

»Ist es nicht zu warm hier?« Sie hob die Hand und fächelte sich Luft zu. Ehe er etwas erwidern konnte, sprang sie auf. »Warum gehen wir nicht spazieren? Zeigt mir Eure Burg, Lachlan.«

Einen Moment lang wirkte er enttäuscht. Dann kehrte das Lächeln in seine Züge zurück. »Natürlich.« Er erhob sich und reichte ihr den Arm. »Wie konnte ich vergessen, Euch mit Eurem neuen Zuhause vertraut zu machen.«

*Zuhause? Nicht an diesem Ort.* Mit gezwungenem Lächeln nahm sie seinen Arm und ließ sich aus dem Raum führen. Dùntràth war klein, eng und zugig. Das Fackellicht vermochte es kaum, die Gänge zu erhellen. Selbst um diese Jahreszeit saß die Kälte zwischen den Mauern, als lauere sie den Bewohnern auf. Während Lachlan ihr die Große Halle und seine privaten Gemächer zeigte, beschrieb er ihr den Weg zur Küche und zu den Dienstbotenquartieren. Je mehr Sessany von Dùntràth zu Gesicht bekam, desto stärker wurde ihr Unbehagen. Es mochte an der Stille auf den engen Gängen oder an der Unterwürfigkeit liegen, mit der die Diener ihrem Herrn begegneten – oder an der Art, wie er an ihnen vorüberschritt ohne sie wahrzunehmen. Er blickte durch sie hindurch, als wären sie nicht vorhanden. Vielleicht lag es auch nur daran, dass ihr mit jedem verstreichenden Augenblick deutlicher bewusst wurde, wie weit sie von Alasdair entfernt war.

»Wisst Ihr«, sagte er, als sie den Hof überquerten, »ich kann es kaum erwarten, Euch mit Vater bekannt zu machen. Er weilt in Cromarty, von wo aus er auch den Clan führt. Natürlich wird er zu unserer Vermählung kommen. Ihr werdet ihn mögen.« Mit einem versonnenen Lächeln fügte er hinzu: »Wenn ich erst Chief bin, werden auch wir in Cromarty leben. Es wird Euch dort gefallen. Eine mächtige Burg. Kein abgelegener Landsitz.«

*Abgelegen? Wie Dùntràth?* Sie musste sich nicht lange fragen, warum er sich diesen Ort ausgesucht hatte, wenn er ihm so wenig zusagte. Die Antwort lag auf der Hand. *Hier kannst du ungestört deine Intrigen spinnen.*

Der einzige Ort, der ihr vom ersten Moment an gefiel, war der kleine Garten. Ein farbenprächtiger Spiegel des Herbstes, voller bunter Blätter und saftig grüner Rasenflächen. Eine Mauer trennte das Kleinod vom übrigen Burghof und der einzige Zugang war ein kleines Türchen mit einem schwergängigen Riegel.

»Gefällt es Euch?«, fragte Lachlan, als sie durch den Garten spazierten.

»Sehr.« Ihr Blick wanderte zu der niedrigen Wehrmauer, die die Burganlage umgab. »Aber sagt mir, ist Dùntràth nicht ausgesprochen … ich weiß nicht, wie ich sagen soll, aber im Vergleich zu Eilean Donan erscheinen mir die Mauern –«

»Wenig wehrhaft?« Als Sessany nickte, fuhr er fort: »Dùntràth ist nicht auf eine Belagerung eingerichtet. Das ist wahr. Es ist tatsächlich nicht mehr als ein befestigter Landsitz. Die Mauern würden einem Sturm nicht standhalten.« Er lachte. »Gott, sogar der Garten hat eine eigene Pforte, die aus der Burg führt. Dort hinten, seht Ihr? Im Angriffsfall bliebe uns nichts anderes übrig, als uns im Bergfried zu verschanzen und auf Hilfe von außen zu warten.« Er griff nach ihrer Hand. »Aber macht Euch keine Sorgen. Niemand wäre verrückt genug uns anzugreifen. Jeder weiß, dass binnen kürzester Zeit Krieger meines – und Eures – Vaters hier wären um uns beizustehen. Ihr seht, es gibt nichts zu befürchten.«

*Sieht ganz so aus.* Sessany hatte Mühe, nicht zu offensichtlich auf die kleine Pforte zu starren, die zwischen Efeuranken in der Burgmauer eingelassen war. *Das wird einfacher, als ich zu hoffen gewagt habe.*

Auf dem Rückweg passierten sie eine offen stehende Tür, die in einen Turm führte. Der Wachposten davor nahm sofort Haltung an, als er seinen Herrn erblickte. Im Innern fiel eine Treppe in die Tiefe. Sessany tat einen Schritt darauf zu. Lachlans Finger bohrten sich in ihren Oberarm, als er sie zurückhielt. »Ich weiß, Ihr seid es gewohnt, Euch frei zu bewegen. Aber nicht hier.« Nach einer kurzen Pause lockerte er seinen Griff und fügte mit entschuldigendem Lächeln hinzu: »Dùntràth ist alt und baufällig. Ich möchte nicht, dass Euch etwas zustößt.« Er verneigte sich. »Gestattet mir, Euch in Euer Zimmer zu geleiten. Nach allem, was Ihr durchgemacht habt, solltet Ihr Euch schonen.«

Sessany konnte seinen Worten nur schwer folgen. Für sie gab es nur einen Gedanken: *Der Turm. Ich muss mir den Turm genauer ansehen.*

»Das kann nicht euer Ernst sein!«

Sessany hielt auf dem Gang inne, als sie Lachlans Gebrüll vernahm. Rasch warf sie einen Blick nach allen Seiten. Niemand zu sehen. Vorsichtig schob sie sich näher an die offene Tür heran und spähte in den Raum.

Lachlans Wut entlud sich auf die beiden Männer, die mit gesenktem Haupt vor ihm knieten. Eine Schicht Straßenstaub lag über ihren Plaids und hatte selbst vor den Claymores auf ihrem Rücken nicht Halt gemacht.

»Dieser Narr versucht tatsächlich die Zusammenkunft einzuberufen! Hat er denn aus dem, was seinem Clan zugestoßen ist, gar nichts gelernt! Er sollte längst tot sein!«

Sessany hielt den Atem an.

»Bisher scheint er mit seinem Unterfangen nicht gerade

auf offene Ohren zu stoßen, Herr«, berichtete der eine ohne den Blick vom Boden zu heben. »Die Chiefs halten sich zurück und warten ab.«

»Ganz wie mein Vater«, knurrte Lachlan. »Es wird Zeit, dass seine halbherzige Politik endlich ein Ende findet.«

»Wie lauten Eure Befehle?«

»Im Augenblick bedarf ich eurer Dienste als Leibwache nicht. Behaltet MacDonald im Auge.« Lachlan beugte sich zu ihnen. »Haltet mich auf dem Laufenden. Und jetzt geht.« Die Männer erhoben sich. Erst jetzt sah Sessany, dass sie einander wie ein Ei dem anderen glichen. Dasselbe dunkelblonde Haar, die gleichen grünen Augen und kantigen Gesichtszüge. Als die Männer sich vor ihrem Herrn verneigten, trat sie von der Tür zurück. Zu langsam. Lachlan hatte sie bemerkt. Seine Miene hellte sich auf. »Sessany.«

Erstarrt hielt sie inne. Die Zwillinge nickten ihr zu, als sie den Raum verließen, dann war sie mit Lachlan allein. Er winkte sie zu sich. »Kommt zu mir.«

Wie angewurzelt stand sie im Türstock. Die Angst um Alasdair klammerte sich wie eine eiserne Faust um ihr Herz. »Werdet Ihr etwas gegen MacDonald unternehmen?«

Als sie noch immer keine Anstalten machte, einzutreten, kam er zu ihr, nahm ihren Arm und führte sie in den Raum. Er geleitete sie zu einem Sessel und reichte ihr einen Becher Wein, bevor er nach einem Glöckchen griff. Wenige Augenblicke nachdem er geläutet hatte, erschien ein Diener auf der Schwelle.

»Bring Obst«, forderte Lachlan. Mit einer Verneigung zog sich der Diener zurück. Da endlich wandte Lachlan sich ihr zu. »Macht Euch keine Sorgen. Alasdair MacDonald wird Euch nichts mehr zu Leide tun. Keragh und Ruadh behalten ihn im Auge.«

»Werden sie ihn ...«, sie schluckte, »... töten?«

»Belastet Euch nicht damit.« Er nahm ihr gegenüber Platz.

Es kostete sie alle Kraft, ihre Angst zu verbergen. Obwohl sie am liebsten davongelaufen wäre, wusste sie, dass sie die Gelegenheit, mehr über MacMathains Pläne zu erfahren, nicht verstreichen lassen durfte. Sie nippte gezwungen ruhig an ihrem Wein. »Man kann über MacDonald denken, was man will, doch diese Zusammenkunft scheint mir eine gute Idee zu sein. Ist das nicht eine Hoffnung für Schottland?«

»Hoffnung?« Lachlan lachte bitter. »So mag es für jemanden aussehen, der keinerlei Verständnis für Politik hat. Was nutzt die Zusammenkunft, wenn es nur darum geht, diesen Rat der Chiefs ins Leben zu rufen?« Er verzog das Gesicht, als würde ihn die bloße Vorstellung anwidern. »Wenn die Macht auf mehrere Köpfe verteilt wird, ändert sich nichts. Wie sollen wir uns der Engländer erwehren? Was dieses Land braucht, ist *ein* Mann, der die Fäden zieht, keine Marionetten, die daran tanzen. Ein Herrscher, mächtig genug die Clans in Zaum zu halten. Ein Highland-König! Jemand, der den Chiefs den Weg in die Zukunft weist und die Lowlander ebenso im Zaum zu halten vermag wie die verdammten Engländer. Andernfalls wird es uns nie gelingen, das Blutvergießen zwischen den Clans zu beenden.«

*Ein Blutvergießen, zu dem Ihr rege Euren Beitrag leistet.*

»Männer wie Euer Vater sind es, die dem Land den Frieden bringen können. Seine Visionen sind unsere Zukunft«, erklärte er voller Inbrunst. »Wozu der MacDonald-Clan im Stande ist, hat man daran gesehen, was Euch zugestoßen ist.«

»Aber Euer Weg führt in den Krieg!«, platzte es aus ihr heraus. »Die Clans werden sich niemals einem Einzelnen unterwerfen. Sie werden gegen Euch ins Feld ziehen!«

Lachlan quittierte ihre Worte mit einem flüchtigen Stirnrunzeln. »Manchmal ist Krieg der einzige Weg zum Frieden. Das werdet auch Ihr eines Tages begreifen.« Sein Blick ruhte auf ihr. Einen Atemzug später schüttelte er den Kopf. »Nein, vermutlich werdet Ihr das nicht. Von Politik versteht Ihr nichts. Schätzt Euch glücklich, dass Ihr Euch Euren hübschen Kopf nicht darüber zerbrechen müsst. Krieg und Politik sind den Männern vorbehalten. Und so soll es auch bleiben.«

»Aber hat der alte MacDonald es nicht vollbracht, die Chiefs von der Notwendigkeit dieser Zusammenkunft zu überzeugen?«, bohrte sie weiter.

»Und zu welchem Preis würde er sein Vorhaben in die Tat umsetzen?«, schnaubte er. »Den Chiefs Macht und Einfluss zu versprechen ist ein Fehler. Die Macht muss in einer Hand liegen. Nur dann wird es eine Zukunft ohne Krieg geben.«

»Dennoch erscheint es mir vernünftig –«

»Davon versteht Ihr nichts!«, fiel er ihr so heftig ins Wort, dass sie zusammenzuckte. Augenblicklich hatte er sich wieder unter Kontrolle. »Ich bin mir sicher, dass Eure Erfahrungen mit den MacDonalds einige Fragen über den Zustand und die Zukunft unseres Landes aufgeworfen haben. Dennoch tätet Ihr besser daran, das alles so schnell wie möglich zu vergessen und Euch darauf vorzubereiten, mir ein gutes Eheweib zu sein.«

*Was sich zweifelsohne darauf beschränkt, Eure Kinder zu empfangen und den Mund zu halten.*

»Belastet Euch nicht mit den Problemen der Männer!«, fuhr er gereizt fort. Zum ersten Mal sah sie die harten Linien um seinen Mund. Als er dieses Mal lächelte, wirkte es gezwungen. »Ihr habt eine Menge durchgemacht. Lenkt Euch ab und denkt nicht länger über Dinge nach, von denen Ihr ohnehin nichts versteht.«

»Aber –«

»Genug!«

Der Diener kehrte zurück, eine Platte gezuckerter

Früchte vor sich her tragend. Auf Höhe des Tisches verfing sich sein Absatz in einem Läufer. Er geriet ins Stolpern. Es gelang ihm im letzten Augenblick, einen Sturz zu verhindern. Dabei rutschte ihm die Platte aus der Hand. Früchte und Honig verteilten sich auf dem Boden. Eine Flut von Entschuldigungen stammelnd warf sich der Diener auf die Knie und machte sich daran, alles aufzusammeln.

»Ungeschickter Nichtsnutz!« Lachlan trat nach ihm und traf ihn am Kopf. Der Mann fiel hin, richtete sich jedoch sofort wieder auf und fuhr fort das Obst aufzuklauben.

Lachlan sah Sessany an. »Verzeiht, dass Ihr das mit ansehen musstet. Man muss diesem wertlosen Pack von Zeit zu Zeit seinen Platz zeigen.«

Erschrocken starrte sie auf das Blut, das dem Diener über das Gesicht rann. *Bei Gott, was hat dieser arme Mann schon getan?* Obwohl sie noch nicht lange in Dùntràth war, waren ihr Lachlans häufige Stimmungswechsel nicht entgangen. Zu sehen, dass seine Launen in körperlicher Gewalt gipfelten, war mehr, als sie ertragen konnte. Entsetzt beobachtete sie, wie der Diener verzweifelt versuchte gleichzeitig das Obst einzusammeln und zu verhindern, dass sein Blut auf den Boden tropfte. Mit eingezogenem Kopf und fahrigen Bewegungen kam er seiner Arbeit nach.

Lachlan machte ihr Angst. »Mit Verlaub, Herr, gestattet mir mich zurückzuziehen.« Es gelang ihr nicht vollständig, das Zittern in ihrer Stimme zu verbergen.

»Hat Euch das Benehmen dieses Trampels die Laune verdorben?«

*Nein, das seines Herrn.* Sie schüttelte hastig den Kopf. »Ich bin nur noch immer ein wenig … angeschlagen.«

Er nickte. »Natürlich. Wie unaufmerksam von mir. Geht und ruht Euch aus.«

Sie erhob sich und verneigte sich. Sie hätte gerne gelächelt um den Schein zu wahren, doch ihre Lippen wollten sich nicht bewegen. Fluchtartig verließ sie den Raum. –

In den folgenden Tagen verwandte sie viel Zeit darauf, Lachlans Umgang mit der Dienerschaft zu beobachten. Schon Kleinigkeiten, wie verschütteter Wein oder ein vergessener Tischdolch, reichten aus, seinen Zorn zu wecken. Nicht selten verteilte er Ohrfeigen und Tritte. Den Sohn der Köchin – einen Jungen von nicht einmal sechs Jahren – ließ er mit dem Riemen züchtigen, weil er eine Pastete stibitzt hatte.

Tag für Tag wurde Sessany Zeugin seines Jähzorns. Sie sehnte sich nach Alasdair, vermisste seine Ausgeglichenheit und seine tröstliche Nähe. Mehr als einmal fragte sie sich, ob es nicht ein Fehler gewesen war, nach Dùntràth zu gehen. Immer wieder schob sie die Zweifel beiseite. Sie würde Donald von Islay finden und ihn befreien.

In den Tagen, die sie zwischen eintönigen Handarbeiten im Kreise der Damen aus Lachlans Haushalt und seiner Gesellschaft verbrachte, war Bran ihre einzige Stütze. Er sprach ihr Mut zu, wenn sie darüber zu verzweifeln drohte, dass sie noch immer nichts Neues über den Aufenthaltsort des alten Chiefs in Erfahrung gebracht hatten. In seiner Eigenschaft als Leibwache war er häufig in ihrer Nähe. Einzig wenn Lachlan ihre Gesellschaft suchte, hatte er sich zurückzuziehen. *Je schneller wir Chief Donald finden, umso besser.* Gott allein wusste, wann Lachlan sich auf seinen Gefangenen besinnen und ihn für Alasdairs Handeln bezahlen lassen würde.

## *21*

Der September schritt voran. Die Nächte wurden zunehmend kälter, die Tage kürzer und schon bald würde es den ersten Schnee geben. Brütend starrte Alasdair auf die Straße. Er hatte sich ein Stück von seinem Trupp abgesetzt und ritt mit Iain an der Spitze. Wochen waren seit seinem Aufbruch aus Finlaggan vergangen und was hatte er erreicht? Die Chiefs hielten sich bedeckt und quittierten seine Einladung mit Zurückhaltung oder Ablehnung. Manch einer war nicht einmal bereit sein Anliegen anzuhören. Wohin er auch kam, schlugen ihm Argwohn und Misstrauen entgegen. Er sei nicht sein Vater, bekam er oft genug zu hören. Er solle sich nicht einbilden, in die Fußstapfen dieses großen Mannes treten zu können. Alasdairs Antworten waren stets ruhig und wohl überlegt, wenn er zu bedenken gab, dass auch sein Vater den Titel des Chiefs nicht als großer Mann angenommen hatte, sondern erst mit der Zeit in diese Rolle hineingewachsen war. Mit jedem Wort warb er um das Vertrauen der Chiefs und stellte ihnen in Aussicht, die Geschicke der Highlands in neue Bahnen zu lenken. Nur wenige ließen sich überzeugen. Die meisten hatten zu viel Angst vor der Reaktion der MacKenzies und MacMathains – kaum einer fand den Mut, es auszusprechen. Manche gaben zur Antwort, sie würden sein Anliegen überdenken, ehe sie ihn fortschickten. Andere wiesen ihn sofort ab. Jede Zusage war ein kleiner Sieg. Obwohl sein Erfolg gering war, war er fest entschlossen die Zusammenkunft zu halten. Womöglich konnten auch wenige kleine Clans gegen die großen bestehen, wenn sie sich nur endlich dazu entschließen würden, zusammenzuhalten.

Die letzte Station seiner Reise lag endlich hinter ihm. Jetzt trennten ihn nur noch wenige Tage von Islay. *Und von Sessany.* Er konnte es kaum erwarten, sie endlich wieder in seine Arme zu schließen und zu hören, was sie erreicht hatte.

»Da folgt uns jemand!«

Alasdair sah sich um. Über die Köpfe seiner Männer hinweg konnte er lediglich eine Staubwolke ausmachen. Er wendete sein Pferd und lenkte es zum Ende des Trupps. Dort zügelte er das Tier und spähte dem Reiter entgegen, der sich in rasendem Galopp näherte. Iain gab den Männern ein Zeichen, die Bögen bis zum Anschlag zu ziehen.

Der Reiter gelangte in Schussweite. Ohne sich von den Waffen beeindrucken zu lassen kam er näher.

»Das ist Sessanys Bruder!« *Das ist kein gutes Zeichen.* Alasdair bedeutete den Männern die Waffen zu senken, löste sich aus der Gruppe und ritt Iomaér entgegen. Iain folgte ihm wie ein Schatten.

Iomaér wirkte abgekämpft. Alasdair gab ihm einige Augenblicke, zu Atem zu kommen, bevor er sein Pferd näher lenkte.

»Ich grüße Euch, Iomaér MacKenzie.« Es kostete ihn all seine Willenskraft, nicht sofort mit den Fragen herauszuplatzen, die ihm auf der Zunge brannten.

Iomaér nickte knapp. »Für einen Mann, dessen Reise sich längst im ganzen Land herumgesprochen hat, seid Ihr nicht leicht zu finden. Ich habe tagelang nach Euch gesucht.«

Da konnte Alasdair sich nicht länger zurückhalten. »Geht es Sessany gut?«

»Als wir uns trennten, ging es ihr gut.« Alasdair gestattete sich aufzuatmen. Iomaér fuhr fort: »Ich bin in ihrem Auftrag hier. Ich soll Euch warnen, MacDonald.«

*Verrat an Eurem Clan, um Eurer Schwester einen Gefallen zu erweisen?* Alasdair zog eine Augenbraue hoch. »Das letzte Mal, als wir uns begegneten, wolltet Ihr mich töten und heute überbringt Ihr mir eine Warnung?«

Ein nachdenklicher Ausdruck lag in Iomaérs Augen. »Manchmal ändern sich die Dinge.« Mit dem Handrücken wischte er sich den Schweiß von der Stirn. »Sessany ist in Dùntràth. Sie –«

»Was!« Alasdairs Ausruf ließ sein Pferd unruhig tänzeln. Er packte den Zügel fester. »Das ist nicht Euer Ernst!«

»Verdammter MacKenzie, Ihr habt sie ihm ausgeliefert!« Iains Hand glitt zum Schwert.

»Nicht.« Alasdair packte ihn am Arm und hinderte ihn daran, die Waffe zu ziehen. Einen Atemzug lang sah es aus, als würde Iain sich nicht zurückhalten lassen. Schließlich ließ er die Hand sinken. Die Augen zu schmalen Schlitzen verengt starrte er auf MacKenzie.

Es fiel Alasdair schwer, ruhig zu bleiben. »Erzählt mir alles. Jede Einzelheit. Ich muss wissen, was geschehen ist.«

Eine Weile betrachteten sie einander abschätzend. Endlich brach Iomaér das Schweigen. »Sie wollte wissen, wo Euer Vater ist. Und als ich es ihr sagte, war sie wild entschlossen keine Zeit zu verlieren. Euer Freund hat versucht, sie zu überzeugen nach Finlaggan zurückzukehren und sich erst mit Euch zu besprechen, doch sie meinte, dafür bliebe nicht genug Zeit.«

»Vater ist in Dùntràth?« Ein bitterer Geschmack breitete sich in seinem Mund aus. »Und Sessany ebenfalls?« *Bei dem Mann, den ihr Vater als ihren Gemahl ausgesucht hat.*

»Sie trug mir auf, Euch zu sagen, dass sie es schaffen wird und Ihr Euch keine Sorgen machen sollt.«

*Keine Sorgen!* Wie sollte er sich keine Sorgen machen, wenn er wusste, dass sie in der Burg seines Feindes war? »Hat sie sonst noch etwas gesagt?«

»Ihr sollt die Zusammenkunft abhalten. Und Ihr sollt auf der Hut vor MacMathains Rache sein. Er wird alles daransetzen, Euch zu zerstören. Abgesehen davon weiß er inzwischen sicher, was Ihr vorhabt. Ihr solltet Euch auf das Schlimmste gefasst machen.«

*Das Schlimmste ist bereits eingetreten. Sessany ist bei ihm.*

»Ich muss fort, ehe uns jemand zusammen sieht. Haltet diese Zusammenkunft, MacDonald. Und seid vorsichtig.« Mit einem letzten Nicken wendete Iomaér sein Pferd und ritt in die Richtung davon, aus der er gekommen war.

## 22

Die Tage vergingen, ohne dass Sessany Gelegenheit fand, den Kerker in Augenschein zu nehmen. Sie wusste, ihr lief die Zeit davon. Lachlan traf sich immer häufiger hinter verschlossenen Türen mit seinen Männern oder sandte Boten an ihren Vater aus. Ihr gegenüber verlor er kein Wort über seine Pläne, und nach seinem Zornesausbruch, als sie versucht hatte mit ihm über Politik zu diskutieren, wagte sie nicht, ihn danach zu fragen.

Obwohl er beschäftigt war, nahm er sich die Zeit, ihr häufig Gesellschaft zu leisten. Sie ritten gemeinsam aus oder unternahmen lange Spaziergänge. Mit jedem Tag wuchs seine Zudringlichkeit. Anfangs waren es Kleinigkeiten: ein Blick oder eine flüchtige Berührung. Dann versuchte er sie zu küssen. Sessany entzog sich ihm und schob Unwohlsein vor. Sie wusste, dass sie damit nicht lange durchkommen würde.

Eines Tages ertrug sie es nicht länger, auf eine Gelegenheit zu warten, die womöglich niemals kommen würde. Lachlan war in einer seiner Besprechungen. Sie beschloss, die Zeit zu nutzen und einen Vorstoß in Richtung des Kerkers zu unternehmen. Niemand kümmerte sich um sie, als sie das Haupthaus verließ und scheinbar ziellos über den Hof schlenderte. Ihr Blick blieb an der Turmtür hängen. Sie stand offen. Ein einzelner Posten lehnte an der Wand, einen Speer in der Hand, und blickte gelangweilt über den Hof. Als er sie erblickte, nahm er Haltung an. Sie straffte die Schultern, nickte ihm zu und wollte an ihm vorbei in den Turm. Er streckte den Arm aus und versperrte ihr mit seinem Speer den Weg. »Herrin, ich darf niemanden passieren lassen.«

Sie zog eine Augenbraue hoch. »Darfst du nicht?«

»Nein, Herrin.« Sein Blick war starr geradeaus gerichtet, über ihren Kopf hinweg.

»Ich wollte lediglich einen Blick auf die Verliese werfen. Ich bin neugierig.«

»Ich bedaure.« Noch immer sah er sie nicht an.

»Ich ebenfalls.« Sie nickte. »Ich bedaure, dass du es auf dich nimmst, dir den Zorn meines Bräutigams zuzuziehen, der es sicher nicht schätzt, wenn du deiner künftigen Herrin einen Wunsch abschlägst.«

Schlagartig richteten sich seine Augen auf sie. Selbst im Blick dieses stolzen Highland-Kriegers spiegelte sich ein Funke der Furcht wider, die sie tagein und tagaus in den Gesichtern der Dienerschaft sah. Es schmerzte, diese Furcht zu ihrem Werkzeug zu machen, doch sie konnte es sich nicht erlauben, wählerisch zu sein.

Sie glaubte ein misstrauisches Flackern in seinen Augen zu erkennen. Ein endloser Moment verstrich, in dem er sich nicht rührte. Dann zog er den Speer zurück und sagte: »Ich werde Euch führen.« Mit einer knappen Verneigung trat er vor ihr durch die Tür, griff nach einer Laterne und leuchtete ihr den Weg nach unten.

Treppenhaus und Gang waren schmal und niedrig, sodass er sich ducken musste um nicht mit dem Kopf anzustoßen. An einigen Stellen musste selbst Sessany den Kopf einziehen. Ihre Schritte hallten von den Wänden wider, ihre Absätze knirschten bei jedem Schritt leise. Wasser rann von den Wänden und sammelte sich in kleinen Pfützen auf dem Boden. Der Geruch von Moder und Fäulnis lag in der Luft.

Als sie eine verlassene Wachstube passierten, spähte Sessany hinein. »Wo sind die Wachen?«

»Es gibt keine.«

»Keine Wachen? Was soll das für ein Kerker sein?«

»Die Zeiten sind hart«, sagte er mit steinerner Miene. »Es gibt dieser Tage nur wenige Vergehen, die nicht sofort mit dem Tode geahndet werden.«

Sessany schluckte. »Aber die Kämpfe ... was ist mit den anderen Clansmen, die ...?«

»In diesen Kämpfen werden keine Gefangenen gemacht.«

Sie war nicht in der Lage, etwas zu erwidern. *Keine Gefangenen.* Den anderen Clans drohte ein ähnliches Schicksal wie den MacDonalds und den MacLennans, wenn sich nicht bald etwas änderte.

»Ich wollte Euch nicht erschrecken, Herrin.« Er betrachtete sie mit schuldbewusster Miene. »Dieser Tage geschehen Dinge, die nicht für die Augen und Ohren einer jungen Dame bestimmt sind.«

»Ich bezweifle, dass diese Dinge für *irgendjemandes* Augen bestimmt sind.« Sie schüttelte den Kopf. »Niemand sollte mit ansehen müssen, wie seine Verwandten und Freunde sterben – ganz gleich auf welcher Seite er steht.« Die Worte waren über ihre Lippen gekommen, ehe sie es verhindern konnte. Erschrocken sah sie auf. »Ich wollte damit nur sagen, dass –«

»Ich weiß, was Ihr sagen wolltet«, unterbrach er sie mit gedämpfter Stimme. »Dennoch solltet Ihr vorsichtig sein. Nicht jeder wird Euch verstehen.« Er wandte sich ab und setzte seinen Weg fort. Sie musste sich beeilen mit ihm Schritt zu halten.

»Wie ist dein Name?«, fragte sie, als sie wieder zu ihm aufgeschlossen hatte.

»Torkal, Herrin.« Er hob die Laterne in die Höhe, um ihr die großen Zellen rechts und links des Ganges zu zeigen. Gewaltige Gitterstäbe trennten die Bereiche der Gefangenen von denen ihrer Wärter. Die einfachen Holzpritschen waren verlassen. Altes Stroh lag auf dem Boden und faulte vor sich hin. »Dies sind die Zellen und dort hinten ist ein Raum für Verhöre.«

»Gar keine Gefangenen?« *Wo ist MacDonald? Er muss hier sein!*

»Nicht hier. Der letzte Winter war hart. Unsere Vorräte sind zu knapp, als dass wir es uns erlauben könnten, viele Gefangene durchzufüttern.«

Sessany nickte geistesabwesend. *Was, wenn ich ihn nicht finde? Was, wenn Lachlan ihn längst …* Lachlan würde nicht wagen ihn öffentlich hinrichten zu lassen. Wenn jemand erfuhr, dass sich Donald von Islay in seiner Gewalt befand, würde das viele Fragen aufwerfen. *Was, wenn er ihn unbemerkt ermordet hatte?* Es wäre ein Leichtes, seinen Leichnam im Loch Linneh verschwinden zu lassen … *Nein. Lachlan MacMathain würde keinen Vorteil vergeben, den er gegenüber Alasdair hatte.*

»Herrin? Ist Euch nicht wohl?« Torkal betrachtete sie mit gerunzelter Stirn. »Ihr seid blass!«

»Es geht mir gut. Danke.« Ihr Blick war auf die leeren Verliese gerichtet. »Ich weiß nur nicht, was bedrückender ist; Menschen in einem Kerker zu sehen oder einen leeren Kerker zu erblicken und zu wissen, dass jene, die sich darin befinden sollten, tot sind.«

»Ihr gehört nicht hierher«, sagte er plötzlich.

»Wirklich, es geht mir gut.«

»Ich meine nicht nur diesen Kerker, Herrin.«

Sie sah auf. »Jetzt bist du es, der besser auf seine Worte Acht geben sollte.«

Er senkte den Blick. »Wenn es Euch beliebt, bestraft mich.«

»Was meintest du, als du sagtest, *hier* wären keine Gefangenen? Gibt es denn andernorts welche?«

Der Anflug eines erleichterten Lächelns glitt über seine Züge, als sie keine Anstalten machte, auf seine Worte einzugehen. Er hob die Hand und deutete auf eine massive Tür, halb in den Schatten am Ende des Ganges verborgen. »Der einzige Gefangene befindet sich in dieser Zelle.«

Sie lief los und hörte, wie Torkal ihr etwas zurief, ohne ihn zu verstehen. All ihre Sinne waren auf ein kleines vergittertes Fenster gerichtet, das in Augenhöhe in das Holz eingelassen war. Vor der Tür blieb sie stehen. Sie legte die Hände auf das feuchte Holz und stellte sich auf die Zehenspitzen um in die Zelle spähen zu können. Ein beißender Gestank stieg ihr in die Nase, eine Mischung aus Urin, Schweiß und Fäulnis. Obwohl alles in ihr danach schrie, den Kopf abzuwenden, hielt sie den Atem an und starrte durch die dunkle Öffnung. Hinter ihr trat Torkal mit der Laterne näher. Der schwankende Schein erreichte sie und strömte in die Zelle. In einer Ecke erkannte sie eine zusammengekauerte Gestalt. Zu weit entfernt, als dass sie mehr als ein paar Umrisse hätte erkennen können.

»Warum ist er nicht in einer der großen Zellen?« Es kostete sie Mühe, nicht nach dem Namen des Gefangenen zu fragen.

Torkal zuckte die Schultern. »Diese Frage wird Euch nur der Herr beantworten können. Dieser Gefangene scheint etwas Besonderes zu sein.« Um ein Haar hätte sie erleichtert ausgeatmet. Sie hatte Donald von Islay gefunden. Und er war am Leben. »Herrin, wir sollten wieder nach oben gehen, bevor Euer Bräutigam Euren Ausflug bemerkt.«

»Er weiß, dass ich hier bin.«

Der Krieger schüttelte den Kopf. »Das bezweifle ich. Lasst uns gehen, ehe er es herausfindet.«

»Woher ...?«

»Mit Verlaub, Herrin, Ihr seid keine gute Lügnerin.«

»Und dennoch hast du meinem Wunsch entsprochen, mir die Kerker zu zeigen.«

»Und ich bin froh, dass ich es getan habe.« Mit einem Lächeln verneigte er sich, hob die Laterne und leuchtete ihr den Weg zurück. Oben angekommen trat sie hinter Torkal auf den Hof. Geblendet vom plötzlichen Sonnenlicht bemerkte sie Lachlan erst, als er unmittelbar vor ihr aufragte.

»Habe ich mich nicht deutlich ausgedrückt, als ich sagte, Ihr habt dort unten nichts verloren?« Zornesröte überzog seine Wangen. »Wie könnt Ihr es wagen, Euch meinem Befehl zu widersetzen!«

»Herr, ich –«

»Haltet den Mund! Ihr werdet Euch mir weder widersetzen noch werdet Ihr mir ins Wort fallen!« Er ballte die Hand zur Faust. Unwillkürlich duckte sie sich. Einen Augenblick später hatte er sich wieder in der Gewalt. Seine Stimme wurde ruhiger. »Ich habe Euch nicht ohne Grund verboten die Kerker aufzusuchen. Sie sind ein gefährlicher Ort. Was, wenn es dort unten Gefangene gäbe? Was, wenn einer von ihnen Euch durch die Gitter hindurch zu fassen bekäme? Nicht auszudenken, was Euch alles zustoßen könnte!« Er legte die Hände auf ihre Schultern. Sessany wollte zurückweichen. Seine Finger gruben sich in ihr Fleisch, hielten sie fest. Sein Blick heftete sich auf ihre Augen. »Der Gedanke, Euch zu verlieren, ist unerträglich.«

Sie senkte den Blick. »Verzeiht, ich wollte Euch keinen Kummer bereiten.« Die Worte fanden nur schwer den Weg über ihre Lippen.

Lachlan gab sie frei und wandte sich Torkal zu. »Du!« Die Wut kehrte in seine Stimme zurück.

Der Krieger neigte das Haupt. »Herr?«

»Wie konntest du zulassen, dass sich die Herrin in Gefahr begibt! Du nichtsnutziger Bastard!« Er holte aus und schlug dem Soldaten mit der flachen Hand ins Gesicht. Kein harter Schlag für einen Krieger, doch umso härter für seinen Stolz. Torkal nahm den Schlag in aufrechter Haltung entgegen. Lachlan holte erneut aus.

»Nicht!«, rief Sessany. »Es war meine Schuld.« Lachlan senkte die Hand. Erfüllt von neuem Mut fuhr sie fort: »Er kann nichts dafür! Ich habe mich an ihm vorbeigeschlichen. Er ist mir gefolgt und hat mich zurückgebracht.«

Erneut richtete sich sein Blick auf sie, stechend und kalt. »Ihr seid also an ihm vorbeigeschlichen«, stellte er ruhig fest. »Denkt Ihr, ich habe Blinde und Schwachköpfe in meinem Dienst?« Seine plötzliche Ruhe jagte ihr mehr Angst ein, als es sein Gebrüll je vermocht hätte. »Ich möchte, dass Ihr jetzt genau hinseht, Sessany. Seht Euch an, welche Konsequenzen Euer unbedachtes Handeln hat.« Ohne die Augen von ihr zu wenden streckte er die Hand zur Seite aus. »Meine Peitsche!«

Einer seiner Krieger, die in gebührendem Abstand warteten, reichte ihm, wonach er verlangte. Sessanys Beine zitterten und drohten nachzugeben. »Herr, ich flehe Euch an, tut das nicht. Ich …« Ihre Stimme brach.

Lachlan wandte sich an seine Männer. »Bindet ihn.«

Widerstandslos ließ Torkal sich zum anderen Ende des Hofes führen, wo zwei Pfähle in den Boden getrieben waren. Sie lösten die Spange, die seinen Plaid auf der Schulter hielt, rissen ihm das Hemd vom Leib und banden ihn zwischen die Pfähle.

»Herr, bitte.« Tränen füllten ihre Augen. »Bestraft ihn nicht für etwas, das ich getan habe.«

»Seht Euch an, was Ihr angerichtet habt!« Als sie sich sträubte, packte er sie beim Arm und zerrte sie mit sich. Er suchte einen Platz nahe dem gebundenen Krieger und befahl seinen Männern auf sie Acht zu geben. Dann entrollte er die Peitsche und ließ sie zweimal in der Luft schnalzen, ehe er zuschlug. Wieder und wieder biss sich der Lederstrang in Torkals Rücken, riss seine Haut auf und grub sich in sein Fleisch. Der Krieger bäumte sich unter jedem Schlag auf, doch er schrie nicht. Der Hof war in Stille erstarrt. Das Knallen der Peitsche war das einzig zu vernehmende Geräusch.

Immer wieder schlug er zu, bis sie es nicht länger mit ansehen konnte. »Herr, ich flehe Euch an, macht dem ein Ende. Er wurde genug bestraft.«

Lachlan hielt inne. »Ihr habt Eure Lektion noch nicht gelernt.«

»Ich schwöre Euch, dass ich es begriffen habe. Ich bitte Euch, haltet ein. Habt Erbarmen.«

Lachlan schlug noch einmal zu. Endlich gab er seinen

Männern ein Zeichen. »Schafft ihn fort.« Tränen rannen über Sessanys Wangen, während sie zusah, wie Torkal, der in seinen Fesseln zusammengesunken war, losgebunden und fortgebracht wurde. Lachlan trat zu ihr. »Geht auf Euer Zimmer und denkt darüber nach, was Ihr getan habt. Wir sprechen uns später.«

Einer von Lachlans Männern geleitete sie und bezog vor ihrer Tür Posten. Bran war nicht hier. Seit ihn einer der Hauptleute am Morgen zu sich gerufen hatte, damit er ihm mit den Pferden zur Hand ging, hatte sie ihn nicht mehr zu Gesicht bekommen. Sessany ließ sich aufs Bett sinken und vergrub weinend das Gesicht in den Kissen. Sie sehnte sich nach Alasdair und wünschte, sie könne sich in seine Arme flüchten.

Die Nacht war bereits über Dùntràth hereingebrochen, als Lachlan zu ihr kam. Er schloss die Tür hinter sich und entzündete schweigend die Kerzen. Schließlich wandte er sich ihr zu. Im Kerzenschein wirkten seine Züge verzerrt. Sie glitt vom Bett und wich zurück.

»Fürchtet mich nicht, Sessany«, sagte er sanft. »Ich musste das tun. Es ist wichtig, dass Ihr einige Regeln begreift.« Langsam kam er auf sie zu. Sie wich weiter zurück, bis sie die Wand im Rücken spürte. Lachlan nahm sie beim Arm und führte sie zum Bett. Er wartete, bis sie Platz genommen hatte, ehe er sich neben sie setzte. »Ich vergöttere Euch, seit ich Euch das erste Mal sah. Damals habt Ihr mein Herz gewonnen. Dennoch kann ich nicht zulassen, dass Ihr Euch gegen mich auflehnt – schon gar nicht in der Öffentlichkeit.« Er griff nach ihrer Hand. »Ihr musstet heute eine harte Lektion lernen, das ist mir bewusst. Es war nur zu Eurem Besten.«

*Zu meinem Besten?* Um ein Haar hätte sie aufgeschrien. Sie biss sich auf die Zunge und unterdrückte jeden verräterischen Laut, der über ihre Lippen kriechen wollte.

»Macht Euch keine Sorgen um Torkal. Das Gesinde

kümmert sich um ihn. Er ist bald wieder auf den Beinen.« Er streckte die Arme nach ihr aus und zog sie an sich. Er hielt sie umfangen und strich ihr über Haar und Rücken. Zitternd ertrug sie seine Nähe. »Es gibt keinen Grund, mich zu fürchten, solange Ihr beherzigt, was ich Euch eben erklärt habe.« Er hob den Kopf und sah sie an. Dann küsste er sie. Sie unterdrückte das Verlangen, ihn von sich zu stoßen. Sein Kuss wurde fordernder, sein Atem beschleunigte sich. Sessanys Gedanken begannen zu rasen, während sie fieberhaft nach einem Weg suchte, sich ihm zu entziehen. Sie glaubte seine Hände überall zu spüren, auf ihren Hüften, ihrem Rücken, ihren Brüsten. Seine Berührungen weckten Übelkeit und Schwindel in ihr. Gerade als sie dachte, sie könne es nicht länger aushalten, gab er sie frei und rückte ein Stück von ihr ab.

»Ich lasse Euch lieber allein, ehe ich mich vergesse«, stieß er keuchend hervor. »Ihr seid erschreckend bleich. Fühlt Ihr Euch nicht wohl?«

»Ich fühle mich ein wenig … schwach.«

Lachlan erhob sich. »Soll ich den Heiler rufen lassen?«

Sie schüttelte den Kopf. »Das wird nicht nötig sein. Es geht schon wieder.«

Er hauchte ihr einen Kuss auf die Wange. »Ruht Euch aus. Ich sehe morgen Früh wieder nach Euch.«

Die Tür war kaum hinter ihm zugefallen, da stieß Sessany erleichtert den Atem aus. Der Gedanke, wie nahe ihr Lachlan gekommen war, ließ sie noch immer erschauern. Sie sank in die Kissen zurück und dämmerte in einen unruhigen Schlaf, bis ein Geräusch sie aufschreckte. Jemand betrat leise den Raum.

»Sessany?«

Als sie Brans Stimme erkannte, öffnete sie die Augen.

Bran musterte sie besorgt. »Ich habe gehört, was heute geschehen ist. Wie fühlst du dich?«

Es dauerte einen Moment, ehe sie begriff, wovon er

sprach. *Torkal.* Dann war sie mit einem Schlag hellwach. »Ich weiß, wo der Chief ist. Wir müssen ihn noch heute Nacht befreien.«

Brans Miene hellte sich auf. »Gott sei Dank!« Als hätte ein Windhauch seine Erleichterung fortgeweht, veränderte sich seine Miene augenblicklich wieder. Nachdenklichkeit prägte nun seine Züge. »Wir sollten auf keinen Fall überstürzt handeln.«

»Nein. Dennoch müssen wir handeln.« *Ich ertrage es einfach nicht, wenn er mich noch einmal anfasst.* »Mit jedem Tag, den wir warten, wird es gefährlicher – für den Chief und für uns.«

»Dann sollten wir sehen, dass wir verschwinden.« Er grinste. »Es ist eine schöne Nacht für einen Ausflug.«

»Ich werde die Wache ablenken. Du befreist den Chief.«

»Was, wenn jemand merkt, dass du nicht in deinen Gemächern bist?«

»Ich bezweifle, dass jemand vor morgen Früh nach mir sehen wird.«

Wieder ruhte sein nachdenklicher Blick lange Zeit auf ihr. »Bist du sicher, dass du das durchstehst?«

»Nein. Du?«

Der Hof lag verlassen da. In den Stallungen und im Küchenhaus waren die Lichter erloschen. Einzig eine Laterne am Turm verströmte schwaches Licht und entriss der Nachtschwärze einen einzelnen Wachposten. Sessany schlich an der Rückseite des Küchenhauses am Turmzugang vorbei bis zur Gartenpforte. In der Dunkelheit hinter ihr wartete Bran in seinem Versteck. *Lieber Gott, was, wenn es mir nicht gelingt, die Wache vom Turm fortzulocken?* Sie straffte die Schultern, atmete tief durch und schob jeden Gedanken an Versagen in weite Ferne. Ihre Augen wanderten über den Riegel und fanden ihn – wie erhofft – fest verschlossen. Beherzt griff sie zu und begann daran zu rütteln.

»Wer ist da?«, ertönte eine Stimme. Einige Atemzüge später trat der Wachmann um die Ecke des Turms. Als er seine Laterne auf sie richtete, kniff sie geblendet die Augen zusammen. »Was habt Ihr mitten in der Nacht hier zu suchen, Herrin?«

»Ich wollte ein wenig Luft schnappen.« *Komm her! Geh weg von der Ecke!* »Die Gartenpforte. Sie ist verschlossen. Vielleicht könntest du …?« Bran würde den Augenblick, in dem die Turmwache abgelenkt war, nutzen, um sein Versteck zu verlassen. Wenn sich der Mann jetzt umwandte, würde er ihn erblicken. »Bitte öffne sie für mich.«

Einen endlos langen Augenblick fürchtete sie, er würde sich umwenden und auf seinen Posten zurückkehren, doch statt kehrtzumachen, kam er zu ihr. Ohne ein Wort hob er den Riegel und ließ sie ein. Sessany murmelte einen Dank und betrat den Garten. Die Pforte war kaum hinter ihr zugefallen, da hielt sie inne und lauschte seinen knirschenden Schritten, die sich wieder entfernten. Bange Momente verstrichen, in denen sie darauf gefasst war, gleich einen Alarmschrei zu hören. Als nach einer Weile noch immer kein Laut die Stille durchbrach, verließ sie ihren Platz an der Mauer und machte sich auf den Weg zu jenem verborgenen Ausgang, den Lachlan ihr an ihrem ersten Abend gezeigt hatte. Wie Lachlan gesagt hatte, war Dùntràth nicht im Stande einer Belagerung zu trotzen. Woran er jedoch nicht gedacht zu haben schien, war, dass die Burgmauern es ebenso wenig vermochten, einen Gefangenen zu halten, wenn er erst seinem Kerker entkommen war. Das Gelände außerhalb der Burg war uneben und voller trügerischer Schatten. Wenn es ihnen gelang, einen Augenblick abzupassen, in dem die Mauerwachen ihnen den Rücken zuwandten, sollte es ein Leichtes sein, zu entwischen. An der Tür angelangt tastete sie nach dem schweren Balken, der die Pforte gegen Eindringlinge sicherte, und hob ihn versuchsweise an. Er ließ sich bewegen. Erleichtert kehrte sie zur Mauer zurück. Plötzlich wurde ihr bewusst, wie hungrig sie war. Abgesehen von einem dürftigen Frühstück hatten ihr die Ereignisse des Tages keine Zeit mehr für eine Mahlzeit gelassen. Sie seufzte. *So schnell wird sich daran wohl nichts ändern.* Sie versuchte abzuschätzen, wie weit Bran gekommen sein mochte. Wie lange würde es dauern, bis er den Kerker erreichte? Wie lange, um den Chief aus der Zelle die Stufen hinaufzuschaffen? Die Zeit folgte eigenen Gesetzen, wenn man gezwungen war zu warten. Ungeduldig zählte sie jeden Atemzug, während ihre Gedanken durch die dunklen Kellergewölbe strichen.

Als sie glaubte, dass ausreichend Zeit vergangen war, pflückte sie eine Blume und schlüpfte durch die Pforte auf den Hof zurück. Sie ließ den Riegel ein Stück nach unten gleiten, während sie gleichzeitig mit aller Kraft daran zog, um zu verhindern, dass er in die Halterung fiel. Dann drehte sie sich um und folgte dem Verlauf der Turmmauer. Nachdem sie ein letztes Mal tief Luft geholt hatte, trat sie um die Ecke. Der Wachmann nahm augenblicklich Haltung an, als er ihrer ansichtig wurde.

»Wärst du so freundlich das Tor für mich zu schließen? Der Riegel scheint zu klemmen.«

»Natürlich, Herrin.« Mit einem knappen Nicken griff er nach seiner Laterne. Sobald er ihr den Rücken zuwandte, riskierte sie einen Blick ins Innere des Turms. Sie glaubte Brans Schopf in den Schatten auszumachen, war sich jedoch nicht ganz sicher. Hastig folgte sie der Wache. Ihre schweißnassen Handflächen schlossen sich um die Blume, während sie beobachtete, wie er einmal mit der flachen Hand gegen den Riegel schlug und ihn dann einrasten ließ. Viel zu schnell. Gerade als Bran im Durchgang erschien, eine gebeugte Gestalt stützend, macht die Wache sich auf den Rückweg.

Sessany trat ihm einen Schritt entgegen, um ihn ein Stück vor der Mauerecke abzufangen, und gab vor zu stolpern. Die Blume entglitt ihren Fingern, als sie sich mit einem leisen Aufschrei fallen ließ. Augenblicklich gehörte ihr seine ungeteilte Aufmerksamkeit.

»Herrin! Seid Ihr verletzt?« Er griff nach ihrem Arm. Sie lehnte sich mit vollem Gewicht in seinen Griff, sodass er sie nicht sofort zu fassen bekam und zweimal gezwungen war seine Haltung zu verändern, ehe er ihr auf die Beine helfen konnte. Zu ihrer Erleichterung war es ihr gelungen, sich so zu drehen, dass er dem Hof den Rücken zuwenden musste um ihr Halt zu geben.

»Ich bin mir nicht sicher.« Auf ihn gestützt belastete sie versuchsweise das Bein, während sie über seine Schulter spähte. In seinem Rücken überquerte Bran mit seinem Begleiter den Hof. Sessany hob ein Bein und betastete vorsichtig ihren Knöchel. Als die beiden Gestalten in der Dunkelheit verschwunden waren, sagte sie: »Ich glaube, es geht.« Sie löste sich von ihm und machte ein paar vorsichtige Schritte über den Hof. Sich der Blicke des Wachmannes in ihrem Rücken bewusst hinkte sie, bis die Schatten sie verschlangen. Erst dann änderte sie die Richtung und schlich vorsichtig weiter, bis sie auf Bran stieß. Neben ihm lehnte der Chief an der Rückwand des Schuppens, entkräftet und um Atem ringend. Sein graues Haar war lang und strähnig, seine Gestalt ausgemergelt, die Züge eingefallen.

»Wie kommt ihr hierher?« Heiser durchbrachen seine Worte die Stille. Sein Blick war auf Bran gerichtet, teilnahmslos und leer. »Was wollt ihr?«

»Wir bringen Euch nach Hause«, entgegnete Bran mit belegter Stimme.

»Ich habe kein Zuhause mehr. Sie haben mir alles genommen.« Seine Augen sprachen aus, was er nicht zu sagen wagte. *Ich will nur noch sterben.* »Alles ist sinnlos geworden.«

»Ich kann Euch versichern, dass nichts sinnlos ist.« Jetzt, da die Anspannung ein wenig von Sessany abfiel, fing sie an, zu zittern. »Wir brauchen Euch, Herr, und wenn Alasdair jetzt hier wäre, würde er Euch dasselbe sagen.«

»Alasdair?« Zum ersten Mal sah er sie an. »Ihr kanntet meinen Sohn?«

»Ich *kenne* ihn.«

»Er war verwundet«, sagte er leise. »Sie sagten, er sei tot.«

Sessany schüttelte den Kopf. »Er lebt.«

Ein Funken Leben zeigte sich in seinen Augen und ließ die einstige Stärke erahnen, die ihn zu einem so einflussreichen Mann gemacht hatte. »Wer bist du?«

Ehe sie antworten konnte, wurden auf dem Hof Stimmen laut. Sie bedeutete Bran, mit dem Chief zurückzubleiben, und schob sich leise ans Ende des Küchenhauses heran. Im Lichtkreis vor den Turm erkannte sie den Heiler, der mit dem Wachmann sprach.

»Ich werde die Nacht nutzen um Mondkraut zu ernten«, erklärte er und hielt einen Weidenkorb in die Höhe. »Wundere dich also nicht, wenn du mich im Garten hantieren hörst.«

*Das kann nicht wahr sein! Nicht heute Nacht!* Sie schluckte einen Fluch hinunter und kehrte zu Chief Donald und Bran zurück. Mit wenigen Worten umriss sie, was sie gehört hatte. »Ich werde ihn ablenken.« Sie wandte sich an Bran. »Ich will, dass ihr in den Garten geht und euch durch die Pforte davonmacht. Lauft so schnell und so weit, wie ihr könnt.«

»Was ist mir dir?«

»Wartet nicht auf mich. Ich folge euch, sobald ich kann.« Als sie Brans entsetzten Blick sah, schenkte sie ihm ein aufmunterndes Lächeln. »Mach dir keine Sorgen. Wir sehen uns in Finlaggan.« Sie umrundete das Küchenhaus und trat auf den Hof hinaus, wo der Heiler soeben im Begriff war, dic Gartenpforte zu öffnen.

»Hier seid Ihr.« Sie bemühte sich um einen Gang, von

dem sie hoffte, dass er erschöpft wirkte. »Ich flehe Euch an, gebt mir etwas, damit ich endlich Schlaf finde.«

Der Heiler blickte bestürzt drein. »Der Herr sagte mir schon, dass Ihr Euch nicht wohl fühlt. Ihr solltet Euch nicht hier draußen aufhalten. Kommt, ich bringe Euch in Euer Zimmer und bereite Euch einen Trank.« Er reichte ihr den Arm. *Es ist nur eine kleine Verspätung. In längstens einer Stunde folge ich Bran und dem Chief.* Mit zunehmender Beklemmung betrachtete sie das Portal des Haupthauses, das mit jedem Schritt größer wurde, bis es sie verschlang.

Unter endlosen Reden, ihren angeschlagenen Zustand und die ungünstigen Auswirkungen der nächtlichen Feuchtigkeit auf ihre Genesung betreffend, führte der Heiler sie in ihre Gemächer zurück. »Legt Euch nieder, ich hole meine Kräuter.« Er wandte sich ab und verließ die Kammer.

Mit jedem Herzschlag kämpfte sie gegen den Drang an, aufzuspringen und Bran und dem Chief zu folgen. *Ich muss warten.* Wenn der Heiler ihr Zimmer verlassen vorfand, würde er Alarm schlagen. Sie saß auf der Bettkante und starrte auf den Steinboden, als der Heiler zurückkehrte.

Eine leise Melodie summend breitete er in aller Ruhe einige kleine Säckchen auf dem Tisch aus. Sorgfältig maß er die einzelnen Ingredienzen, verschiedene Pilzpulver und Kräuter ab und vermischte alles mit verdünntem Wein.

Als sie schon glaubte, er würde gar nicht mehr fertig werden, hielt er ihr den Becher entgegen. »Trinkt.« Sessany griff nach dem Kelch und wollte ihn zur Seite stellen, doch er gab ihn nicht frei. »Ihr müsst ihn sofort trinken, damit er seine Wirkung entfalten kann.«

»Ich möchte mich nur noch umziehen«, wandte sie ein und unternahm einen weiteren Versuch, ihm den Kelch abzunehmen.

»Ihr braucht den Schlaf dringender als passende Gewänder.« Seine Augen waren auf sie gerichtet. »Ich bin für Euer Wohl verantwortlich, Herrin. Ich werde dieses Zimmer nicht verlassen, ehe Ihr nicht diesen Trank genommen habt.« Ihr blieb keine Wahl. Sie ergriff den Becher. Ein unangenehmer Modergeruch stieg ihr in die Nase. Vorsichtig nippte sie an der bitteren Flüssigkeit und ließ den Becher wieder sinken. Der Heiler schüttelte den Kopf. »Alles.« Unter seinem gestrengen Blick sah sie sich gezwungen den Becher auszutrinken. Mit einem zufriedenen Nicken nahm er ihr das leere Gefäß ab. »Und nun schlaft. Ich werde morgen wieder nach Euch sehen.« Er verneigte sich und verließ ihre Gemächer.

Kaum war er gegangen, sprang sie auf. Der Boden wankte, sie fühlte sich benebelt. Müdigkeit breitete sich in ihren Knochen aus. *Nein!* Sie griff nach dem Wasserkrug und nahm einen tiefen Zug. Es half nichts. Lediglich der bittere Geschmack in ihrem Mund ließ sich dadurch vertreiben. *Was musste ich auch einen Schlaftrunk verlangen! Hätte ich nicht sagen können, mir sei übel?* Ihre Glieder fühlten sich schwer an, als gehörten sie nicht mehr zu ihrem Körper. Ihre Augenlider sanken herab. Sie wollte zur Tür, war aber nicht in der Lage, einen einzelnen Schritt zu machen. Der Raum drehte sich. Immer schneller wirbelten die Wände um sie herum. Ihre Beine gaben nach. Sie sank auf das Bett und fiel in einen tiefen, traumlosen Schlaf.

»Aufwachen!«

Ein kurzer Ruck an ihrem Genick riss sie aus jener friedvollen Oase der Ruhe, in die der Schlaftrunk sie gesandt hatte. Ihr Geist weigerte sich diesen sicheren Ort zu verlassen, doch ihr Körper konnte den Schmerz nicht länger ignorieren. Benommen öffnete sie die Augen. Lachlan ragte über ihr auf. Seine Finger gruben sich in ihren Arm. Ein Blick in seine Züge genügte, um die Benommenheit wie eine zu klein gewordene Haut abzustreifen.

»Wo ist er?«, fuhr er sie an.

*Der Chief!* Halb durch seinen Griff gezwungen, halb von dem Drang getrieben, ihm aufrecht gegenüberzutreten, setzte sie sich auf. Mit einem Ruck gab er ihren Arm frei und trat vom Bett zurück. Sessany sprang auf. Die Nachwirkungen des Schlaftrunks ließen sie schwanken. Während sie sich noch um eine verwirrte Miene bemühte, schleuderte er ihr etwas vor die Füße. Ein kleiner silberner Ring landete auf dem Steinboden.

»Lachlan, was geht hier vor? Warum –«

»Schweigt!« Ein Wort wie ein Peitschenknall. Augenblicklich verstummte sie. Lachlans Blick richtete sich auf den Ring. »Ist es das, wofür ich es halte?« Als sie nicht sofort antwortete, brüllte er: »Ist das MacDonalds Ring?«

»Ich habe ihn gestohlen.«

»Schluss mit dieser Komödie!« Er machte einen Schritt auf sie zu. »Wo ist der Chief?«, donnerte er so laut, dass ihre Ohren dröhnten.

Sessanys Augen hingen an Alasdairs Ring, der sich schimmernd vom matten Grau des Steinbodens abhob. Bevor sie wusste, was sie tat, beugte sie sich hinab um ihn aufzuheben.

»Lasst ihn liegen!« Noch ehe ihre Finger das kühle Silber berühren konnten, stieß Lachlan sie zurück. Sessany verlor das Gleichgewicht, stolperte gegen den Bettpfosten und stürzte. Bei dem Versuch, sich abzufangen, gab das Gelenk ihrer linken Hand nach und brach mit einem trockenen Knacken. Der Schmerz raubte ihr den Atem.

»Wo ist er?« Lachlans zornige Worte durchbrachen den Nebel, der ihren Geist umgab. Sie klammerte sich daran, als wären sie ein Rettungsseil, das sie davor bewahrte, in der Schwärze zu ertrinken. Er packte sie und zerrte sie auf die Beine. Als sie nicht antwortete, schüttelte er sie und brüllte: »Redet!«

Nur von seinem Griff gehalten hing sie in seinen Armen.

»Ihr werdet ...« Ihre Stimme schien von weit her zu kommen. »... ihn nie ... finden«, brachte sie schließlich hervor.

Ein Zischen kam über Lachlans Lippen. Vielleicht waren es auch Worte. Sie konnte den Unterschied nicht länger erkennen. Das Rauschen ihres Blutes und das heftige Hämmern ihres Herzens waren die einzigen Geräusche, die sie noch wahrnahm, als ihr die Sinne schwanden. Wieder schüttelte er sie. Der Schmerz flammte erneut auf und riss sie aus der Dunkelheit zurück. Sie klammerte sich an die ausgefranste Schwärze, wollte ihr folgen, aber Lachlan ließ sie nicht gehen. Ihr Geist schrie danach, sich aus ihrem Körper zurückziehen zu dürfen. Doch die Dunkelheit war fort.

Mit einem Mal war es still. Ihr Atem dröhnte in ihren Ohren, bis sie glaubte ihr Schädel würde platzen. Lachlan hielt sie bei den Schultern und starrte sie an, die Züge verzerrt vor Wut. Dann kroch plötzlich ein Lächeln über seine Lippen. »Ich werde Dùntràth noch in dieser Stunde verlassen. Die Zusammenkunft Eures Liebsten wartet auf Euren Vater und mich. Nie war es einfacher, so viele Chiefs an einen Tisch zu bringen, um sie von den Vorteilen unserer Politik zu *überzeugen.*« Seine Stimme war ein sanfter Hauch, der ihr geradewegs unter die Haut kroch. Er würde alles zerstören, wofür Alasdair so hart gekämpft hatte. Sein Lächeln wurde breiter. »Freut Euch auf meine Rückkehr, mein Herz. Wenn ich wieder zu Euch komme, wird Euer MacDonald nur noch eine Erinnerung sein. Ihr jedoch werdet den Rest Eures Lebens mit mir verbringen.« Er beugte sich vor, bis sie seine Lippen an ihrem Ohr spüren konnte. »Ihr allein habt MacDonald um einen gnädigen Tod gebracht«, flüsterte er. Dann gab er sie frei und trat einen Schritt zurück. Ihre Beine knickten ein. Sie fiel auf die Knie. Der Schmerz in ihrem Handgelenk kroch ihren Arm entlang und dehnte sich immer weiter aus. Endlich kehrte die Dunkelheit zurück und breitete ihren Schleier über sie. –

Als sie zu sich kam, lag sie noch immer auf dem nackten Steinboden, wo Lachlan sie zurückgelassen hatte. Ihr gebrochenes Handgelenk sandte eine Welle rasenden Schmerzes nach der anderen durch ihren Leib. Ihr war übel und schwindlig und jede Bewegung machte es nur schlimmer.

Ein Knarren schreckte sie auf. Als sie die Augen öffnete, erhaschte sie einen verschwommenen Blick auf einen Diener, der ein Tablett mit Speisen neben der Tür abstellte und sich sofort wieder zurückzog. Die Nacht kam und ging und auch der nächste Tag verstrich, ohne dass Sessany das Essen anrührte. Zitternd lag sie da und wünschte, sie könne die Endgültigkeit von Lachlans Worten aus ihrem Geist zwingen. *Ihr allein habt MacDonald um einen gnädigen Tod gebracht.* Sie tastete über den Boden, bis ihre Finger Alasdairs Ring fanden. Brennende Tränen füllten ihre Augen und rannen über ihre Wangen.

Als sie später erneut ein Geräusch an der Tür hörte, machte sie sich nicht einmal die Mühe, aufzusehen. Alles, was sie erblicken würde, wäre ein weiterer Diener oder Lachlan. Selbst als sie Schritte vernahm, die sich langsam näherten, weigerte sie sich den Blick zu heben.

Eine kühle Hand legte sich auf ihre Stirn. »Herr im Himmel, Ihr glüht ja!«

*Diese Stimme.* Das war nicht Lachlan. Es war ... Sie blinzelte. Ein verschwommener Schatten ragte über ihr auf. Stück für Stück setzte ihr Verstand ein Bild aus den Einzelheiten zusammen. Licht. Eine Kerze. Ein Mann, der neben ihr kniete. Wettergegerbte Züge. Besorgnis in seinen Augen. Und endlich fand ihr Verstand einen Namen zu dem Gesicht: *Torkal.* »Ich ... du ...«

»Nicht sprechen.« Er löste ihre verkrampften Finger, nahm ihr den Ring aus der Hand und steckte ihn ihr an.

Sie wollte ihn fragen, wie er sich fühlte und warum er hier war, nach allem was er ihretwegen hatte erdulden müssen. Die Worte wollten nicht über ihre Lippen kommen. Torkal hob sie hoch und trug sie zum Bett. Die plötzliche Bewegung ließ alle Erschöpfung und Trauer über ihr zusammenbrechen. Ohnmächtig sank sie in seine Arme.

Als sie das nächste Mal zu sich kam, brannte ein Feuer im Kamin. Torkal saß neben ihrem Bett und beobachtete sie. Als sie die Augen aufschlug, griff er nach einem Becher und half ihr sich aufzurichten. Ihr gebrochenes Handgelenk war geschient und verbunden. Er setzte ihr den Becher an die Lippen und zwang sie, ihn in kleinen Schlucken zu leeren. Ein abscheulich bitterer Geschmack breitete sich in ihrem Mund aus. Sie fühlte sich seltsam entrückt und auch ihr Handgelenk schien weniger wehzutun. Vielleicht hatte ihre Trauer sie auch nur längst jenseits allen Schmerzes geführt.

»Ihr habt Fieber«, sagte er, als er den Becher zur Seite stellte.

»Lachlan.« Es war das einzige Wort, das sie hervorbrachte.

Er tupfte ihr die Stirn mit einem feuchten Tuch ab. »Macht Euch keine Sorgen. Er ist nicht hier. Er ist vor zwei Tagen aufgebrochen.«

*Zwei Tage? Bei Gott!*

Als könne er ihre Gedanken lesen, sagte er: »Es hat eine Weile gedauert, ehe ich nach Euch sehen konnte.«

Es war nicht schwer, zu erraten, was so lange gedauert hatte. Wenn sie die Augen schloss, hörte sie noch immer das Knallen der Peitsche. »Es tut mir Leid«, flüsterte sie heiser. »Bitte verzeih mir.«

»Es gibt nichts zu verzeihen.« Er schüttelte den Kopf. »Wichtig ist nur, dass Ihr gesund werdet. Ruht Euch aus.«

»Ich kann nicht. Lachlan will … ich muss …«

Torkal betrachtete sie mit gerunzelter Stirn, als versuchte er ihren Worten einen Sinn abzutrotzen. Schließlich sagte er: »Ihr solltet jetzt ruhen.«

*Er wird Alasdair umbringen!* Sie sammelte ihre Kräfte, wappnete sich gegen den Schmerz und setzte sich auf. Augenblicklich wurde ihr schwindlig. Sie klammerte sich mit der unverletzten Hand an die Bettkante und zwang sich sitzen zu bleiben. »Ich bitte dich nicht um Hilfe. Nicht nach allem, was du meinetwegen bereits durchgemacht hast. Ich bitte dich nur wegzusehen.«

»Ich könnte blind und taub sein und es würde Euch nicht weiterhelfen, was die Wache vor Eurer Tür angeht oder die Männer am Burgtor.« Wachen! Daran hatte sie nicht gedacht. Ihr sank der Mut. Ein Lächeln stahl sich in Torkals Züge. »Herrin, Ihr müsst mich nicht um Hilfe bitten. Ihr habt meine Unterstützung ohnehin. Gebt mir ein paar Stunden, dann habt Ihr Proviant, Ausrüstung und ein Pferd. Nutzt die Zeit und ruht Euch aus.« Ehe sie in der Lage war, etwas zu erwidern, erhob er sich und verließ ihr Zimmer. Obwohl sie es nicht wollte, sank sie in die Kissen zurück.

Sie wusste nicht, wie viel Zeit vergangen war, als sie das nächste Mal erwachte. Es war noch immer dunkel, als sie von einer sanften Berührung aus dem Schlaf gerissen wurde. Torkal beugte sich über sie und bedeutete ihr leise zu sein. »Es ist Zeit.« Auf ihn gestützt erhob sie sich. Es fiel ihr erschreckend schwer, zu stehen, und sie wusste, dass es im Sattel noch schlimmer werden würde. Während sie sich noch immer fragte, warum der Krieger ihr half, führte er sie zur Tür. Der Gang war verlassen.

»Wo ist die Wache?«

»Muss hungrig geworden sein.« Seine Augen funkelten amüsiert. Dumpf hallten ihre Schritte von den Wänden wider. Obwohl er sie stützte, fiel es ihr schwer, einen Fuß vor den anderen zu setzen. Vorsichtig führte er sie auf den Hof hinaus und brachte sie in die Nähe des Tors. Im Schatten des Küchenhauses wartete ein gesatteltes Pferd. Neben einem Beutel mit Proviant und einem Wasserschlauch hatte

Torkal eine Decke am Sattel verschnürt. Vorsichtig half er ihr aufzusteigen.

»Wie soll ich unbemerkt …«

Torkal grinste. »Jetzt, da der Herr nicht da ist, sind die Männer am Tor in ihr Würfelspiel vertieft. Ich werde mich gleich zu ihnen gesellen und dafür sorgen, dass niemand in Eure Richtung blickt.« Er griff in seinen Ärmel, förderte ein kleines verschnürtes Päckchen hervor und reichte es ihr. »Hier. Eine Alraunwurzel. Sie wirkt besser als der verdünnte Saft. Wann immer der Schmerz in Eurem Handgelenk übermächtig wird, beißt ein Stück ab und kaut es.«

Sie nahm das kostbare Geschenk entgegen und verstaute es in ihrem Umhang. »Ich danke dir, auch wenn ich nicht begreife, warum du mir hilfst.«

Er lächelte. »Ihr gehört nicht hierher.«

## *23*

Iomaérs Nachricht ließ Alasdair keine Ruhe mehr finden. Sessany schwebte in Gefahr – und er konnte nichts für sie tun! Seit seiner Rückkehr nach Finlaggan war er fieberhaft mit den Vorbereitungen für die Zusammenkunft beschäftigt, ohne seine Ängste mit jemandem zu teilen.

Vor drei Tagen waren die ersten Chiefs eingetroffen. Seither kamen stetig weitere. Unter ihnen Männer, die seine Einladung mit schroffen Worten zurückgewiesen hatten. Er fragte sich, was sie umgestimmt hatte.

Als Lachlan neben Kenneth MacKenzie, Iomaér und einigen ihrer Clansmen durch das Tor ritt, flog Alasdairs Blick ihnen zu, glitt über jedes Gesicht und jeden Schatten, ohne zu finden, wonach er suchte. Wo war Sessany? Seine Augen irrten weiter über den Hof, bis er begriff, dass er einem Traum hinterherjagte. *Sie wäre zu mir gekommen, wenn sie hier wäre.*

Es gefiel ihm gar nicht, so viele Männer, von denen die wenigsten einander wohl gesinnt waren, in Finlaggan zu wissen. Sie hatten daran gedacht, die Zusammenkunft an einem neutralen Ort stattfinden zu lassen, sich aber dagegen entschieden. Alasdair und seine Männer kannten Finlaggan bis in den letzten Winkel. Hier würden sie mit Schwierigkeiten am ehesten fertig werden. Sie hatten lange darüber gesprochen, wie sie Auseinandersetzungen zwischen den Gefolgsleuten der Chiefs verhindern und die Waffenruhe innerhalb der Mauern aufrechterhalten konnten.

Diarmid hatte vorgeschlagen, die Gefolgsleute auf dem Festland lagern zu lassen, und war entsetzt gewesen, als Alasdair seine Idee aufgegriffen hatte. »Alasdair, das war ein Scherz! Sollen sich die Clansmen draußen gegenseitig abschlachten, während du den Chiefs etwas von Frieden erzählst?«

Alasdair hatte den Kopf geschüttelt und auf den See geblickt. »Das wird nicht geschehen, wenn wir den Männern verfeindeter Clans Lagerplätze in gebührendem Abstand voneinander zuweisen. Natürlich müssen wir ihre Herren in die Pflicht nehmen, dafür zu sorgen, dass sich ihre Gefolgsleute benehmen. Sorgt dafür, dass die Chiefs vor dem Tor in Empfang genommen werden. Jedem steht eine Leibwache zu. Alle anderen bleiben draußen.«

Nachdem das geklärt war, blieb nur noch ein Problem: Wie ließ sich der Frieden zwischen den Chiefs *auf* Eilean Mor sichern? Die Lösung lag auf einem Gestell in seinem Schlafzimmer. Der Schwurstein der MacDonalds.

Noch vor Einbruch der Dämmerung ließ Alasdair den Schwurstein nach draußen bringen und für alle sichtbar auf der obersten Stufe vor dem Eingangsportal platzieren.

Dann rief er die Chiefs und ihre Leibwachen auf dem Hof zusammen. Die Anspannung war fast mit den Händen greifbar. Alasdair sah die Blicke, mit denen sie sich maßen. Er sah, wie einige tuschelnd die Köpfe zusammensteckten, während andere sich mühten einander aus dem Weg zu gehen. Die Leibwachen standen bei ihren Herren, jeden Anwesenden belauernd.

MacMathain und MacKenzie standen nahe der Treppe und unterhielten sich leise. Er hatte Iomaérs Warnung nicht vergessen. MacMathain wollte Rache. Was hatte er vor? Hinter dem alten MacKenzie entdeckte er Iomaér, daneben Ranald.

Alasdairs wunderte sich noch immer, wie viele seinem Ruf gefolgt waren. Der Einzige, der noch fehlte, war Cormac MacMathain, Lachlans Vater. Ein Bote hatte ausrichten lassen, er würde sich verspäten. Entschuldbar, wenn man bedachte, dass er von allen Chiefs der Älteste war, der obendrein einen weiten Weg hatte. Alasdair vergewisserte sich ein letztes Mal, dass seine Krieger auf ihrem Posten waren. Die Männer hatten sich in einem Ring um den Hof herum aufgestellt, bereit jederzeit einzugreifen. Er hob die Arme und gebot den Anwesenden zu schweigen. Nur langsam verstummten die Gespräche. Alasdair wartete, bis ihm die Aufmerksamkeit aller sicher war.

»Ihr Herren, ich danke Euch für Euer Kommen. Die Vielzahl, in der Ihr erschienen seid, zeigt mir, dass auch Euch das Wohl der Highlands am Herzen liegt und Ihr bereit seid, in den nächsten Tagen darüber zu beraten, wie wir den Frieden und unsere Unabhängigkeit auf Dauer bewahren können. Um die Sicherheit zu gewährleisten ist es für die Dauer dieser Zusammenkunft niemandem gestattet, im Haupthaus eine Waffe zu führen. Meine Männer werden gleich im Anschluss Schwerter und Dolche einsammeln.«

Aufgeregte Stimmen wurden laut. Einer rief: »Ich mache mich nicht zur Zielscheibe, indem ich meine Waffen abgebe, während ein anderer womöglich ein Sgian Dubh im Stiefel trägt!«

»*Niemand* wird etwas anderes als seine Füße im Stiefel tragen!« Alasdairs Augen streiften Lachlan, auf dessen Zügen sich der Anflug eines Lächelns zeigte. »Jeder, der in den nächsten Tagen das Haupthaus betreten will, wird einen Eid auf den Schwurstein der MacDonalds ablegen. Einen Eid, der ihn bindend verpflichtet, keine Waffen ins Haus zu bringen.«

»Euer Schwurstein ist doch nichts weiter als ein Ammenmärchen!«

»Wenn Ihr das glaubt«, sagte er an den Sprecher gewandt, »werdet Ihr Euch mit meinem Wort als Clans-Chief begnügen müssen.« Es war noch nicht lange her, dass er versucht hatte selbst einen Eid auf den Stein zu leisten. Sessany hatte ihn davon abgehalten, dennoch erinnerte er sich an das erhabene Gefühl, das ihn bei der Berührung des Steins durchströmt hatte.

»Wir erwarten von Euch dasselbe, MacDonald! Leistet den Eid und schickt Eure Krieger fort!«

Alasdair suchte nach einem Gesicht zu der Stimme und fand schließlich Campbell von Loch Awe. »Auch ich werde meinen Eid leisten. Meine Männer jedoch will ich nicht fortschicken. Ich werde Finlaggan nicht ohne Schutz lassen. Nie wieder«, sagte er fest. »Ich garantiere Euch Sicherheit innerhalb der Mauern des *Haupthauses*. Auch meine Männer werden dort keine Waffen tragen.«

»Was, wenn sich jemand nicht an den Eid hält?«, gab Grant von Glen Urquhart zu bedenken. »Dann können wir uns nicht einmal verteidigen.«

Alasdairs Ruhe geriet ins Wanken. Das Misstrauen dieser Männer strapazierte seine Geduld. Er fragte sich, wie die Chiefs es während der letzten Jahre fertig gebracht hatten, ihre Burgen zu verlassen, wenn sie hinter jedem Strauch einen Hinterhalt befürchteten. *Warum seid Ihr ge-*

*kommen, wenn Eure Furcht so groß ist?* Er deutete auf seine Männer, die am Rande des Hofes postiert waren. »Dies sind meine Wachen. Sie werden an jeder Tür und jedem Eingang stehen. Sie werden Zeuge Eures Eides sein und sie sind angewiesen jedem, der diesen Eid nicht geleistet und seine Waffen nicht abgegeben hat, den Zutritt zum Haus zu verwehren. Männer, Frauen, ja selbst Kinder werden diesen Schwur leisten, wenn sie während der nächsten Tage das Haupthaus betreten wollen.«

Grant wirkte noch immer skeptisch, dennoch sagte er nichts mehr. Auch den anderen waren ihr Zweifel deutlich anzusehen. Einige sprachen leise miteinander, andere starrten schweigsam in die Runde, als suchten sie nach Feinden, die nur darauf warteten, ihnen einen Dolch in den Rücken zu stoßen.

Alasdair wandte sich dem Schwurstein zu, der neben ihm auf seinem Gestell lag. Er spürte die Blicke, die auf ihm ruhten, als er niederkniete und die linke Hand auf den Stein legte.

»Bei den Seelen meiner Ahnen, bei der Ehre meines Clans.« Wie schon in jener Nacht, als er für Sessany auf den Stein hatte schwören wollen, veränderte sich auch jetzt die Oberfläche. Pulsierendes Licht hüllte den Stein in sanften Widerschein. Er fühlte sich warm an und vibrierte unter seiner Hand. Ein Raunen ging durch die Menge. Ein Geräusch wie das entfernte Rauschen der Brandung. »Von jetzt an bis zum Ende dieser Zusammenkunft wird meine Hand in diesem Haus keine Waffe berühren.« Der Lichtschein stieg an die Oberfläche und breitete sich aus, hüllte erst Alasdairs Hand, dann den Arm ein. Kraft durchströmte seinen Körper und erfüllte seinen Geist mit neuer Zuversicht. »Dies gelobe ich bei allem, was mir heilig ist. Sollte ich diesen Schwur brechen, beschwöre ich die Magie des Steins, meinen Eidbruch für jedermann kenntlich zu machen, auf dass mich die gerechte Strafe für diesen Frevel ereilen möge. Dies ist mein Eid. Möge Gott dafür sorgen, dass er eingehalten wird.« Als er die Hand zurückzog, erlosch das Glühen. Er erhob sich und blickte mit feierlicher Miene auf die Anwesenden. »Nun seid Ihr an der Reihe.«

Er trat einen Schritt zur Seite und wartete, dass sich der Erste ein Herz fasste. Ewen MacRuairi bahnte sich einen Weg durch die Menge und schritt die Stufen zu ihm empor. »Ich bin bereit mich der Macht des Steins zu unterwerfen.« Er kniete nieder und wiederholte Wort für Wort Alasdairs Eid. MacLeod von Skye und Campbell waren die Nächsten. Nach und nach folgten auch die anderen. Selbst MacMathain und MacKenzie beugten ihr Knie vor dem Stein, ohne dass es einer Aufforderung bedurfte. Zum Schluss kamen Alasdairs Clansmen an die Reihe. Nachdem der letzte seinen Eid geleistet hatte, ließ Alasdair sich einen Dolch reichen und wandte sich erneut an die Chiefs. »Ihr alle kennt die Legenden, die sich um diesen Stein ranken, und ihr alle habt gerade seine Kraft gespürt, nicht wahr?« Er wartete einen Moment, dann sagte er: »Wer noch immer zweifelt, möge jetzt vortreten und die Macht des Steins versuchen.« Seine Augen hefteten sich auf Grant. »Nehmt diesen Dolch und geht damit ins Haus. Wir werden sehen, was geschieht.« Grant rührte sich nicht. Niemand sagte ein Wort. Alasdair nickte und gab seinen Männern ein Zeichen, die Waffen einzusammeln. Schließlich richtete er noch einmal das Wort an die Chiefs.

»Meine Herren, in der Großen Halle wartet ein Mahl auf Euch. Die Zusammenkunft beginnt, sobald Cormac MacMathain eingetroffen ist.« Mit einem Nicken verabschiedete er sich und kehrte in seine Gemächer zurück.

Seufzend ließ er sich in einen Sessel sinken und streckte die Beine von sich. Er hatte getan, was in seiner Macht stand, um die Sicherheit der Chiefs zu gewährleisten. Nun hing alles davon ab, dass es ihm gelang, diese Männer von den Plänen seines Vaters zu überzeugen. Seine Gedanken kreisten um Sessany. Es brachte ihn beinahe um den Verstand, Lachlan zu sehen, ohne zu wissen, wo sie war. Der Drang, ihn nach Sessany zu fragen, wurde beinahe übermächtig. Auf der Suche nach Ablenkung machte er sich auf den Weg in die Küche. An einem Tisch neben dem Feuer saß Diarmid und löffelte Eintopf. Alasdair holte sich einen Humpen Ale und setzte sich zu ihm.

Diarmid musterte ihn über seine Schüssel hinweg. »Für jemanden, der gerade die Chiefs entwaffnet hat, blickst du ziemlich finster drein.« Als Alasdair nicht antwortete, meinte er: »Bisher ist doch alles gut gelaufen.«

»Gut gelaufen?«, schnappte Alasdair. »Wenn alles so gut gelaufen ist, warum ist sie dann nicht hier?«

»Sessany?«

»Natürlich Sessany!« Sein Wunsch nach Gesellschaft war verflogen. Er erhob sich und verließ die Küche.

Diarmid folgte ihm. »Alasdair – warte.« Er holte ihn ein und lief neben ihm her. »Ich weiß, dass du dir Sorgen machst. Wir alle tun das. Dennoch darfst du dich jetzt nicht ablenken lassen. Du hast so viel geschafft. Du musst dich jetzt auf die Zusammenkunft konzentrieren.«

»Wie soll ich mich denn konzentrieren, wenn ich nicht weiß ...« Er brach ab und schüttelte den Kopf. »Es war ein langer Tag und ich bin müde. Morgen sehen die Dinge sicher anders aus.«

Sie passierten den Gang vor der Halle, wo Grant, MacLeod und Robertson zusammenstanden und sich leise unterhielten. Ein Stück weiter hatte sich noch eine Gruppe gebildet. Ehe sie den Gang hinter sich ließen, löste sich Lachlan von der Wand und vertrat ihnen den Weg. Drei Schritte hinter ihm stand sein Leibwächter. Ein hoch gewachsener Mann mit dunkelblondem Haar und katzenhaft grünen Augen. Seine kantigen Züge wirkten so finster, als vermutete er hinter jedem Schatten eine Bedrohung für seinen Herrn. Obwohl niemand im Haupthaus bewaffnet war, trug er eine Lederrüstung, die leise knarzte, als er sich wachsam nach allen Seiten umsah.

»Was für ein glücklicher Zufall, dass wir uns begegnen.« Lachlan lächelte, doch seine Augen blieben hart.

»Ist Euer Vater inzwischen eingetroffen?«

»Ich wollte Keragh gerade auftragen einen Trupp auszusenden, der nach dem Rechten sieht.« Er wandte sich seinem Leibwächter zu. »Keragh, geh in unser Lager und gib den Männern Befehl, dem Chief entgegenzureiten.«

»Herr, ich bin zu Eurem Schutz hier. Wenn ich meinen Posten verlasse –«

»Geschieht dies auf meinen Wunsch«, beendete Lachlan seinen Satz. »Und nun geh.« Mit einer knappen Verneigung entfernte sich Keragh. Lachlan richtete seine Aufmerksamkeit wieder auf Alasdair. »Ihr seht müde aus. Ich denke, wir können Euch helfen, indem wir Euch die Last dieser Zusammenkunft von den Schultern nehmen und uns selbst aufbürden. Alles, was Ihr tun müsst, ist Kenneth und mir das Reden zu überlassen.« Sein zuckersüßer Tonfall konnte nicht darüber hinwegtäuschen, dass hinter seinen Worten mehr als ein freundlich gemeintes Angebot steckte.

Alasdair stand nicht der Sinn nach Spielchen. »Aus reiner Menschenfreundlichkeit, wie ich annehme.«

»Alles nur zum Besten für die Highland-Clans«, versicherte Lachlan. »Lasst Euch helfen, nehmt mein Angebot an.«

»Ich habe nicht vor, Euch in die Hände zu spielen«, entgegnete er bestimmt.

Lachlan blieb gelassen. »Ist Euch das Leben Eures Mädchens so wenig wert?«

Alasdairs Ruhe bröckelte wie trockener Schlamm. Heiße Wut erfasste ihn, gepaart mit dem Wunsch, MacMathain zu packen und zu schütteln, bis er ihm sagte, wo sie war. Er tat einen Schritt auf ihn zu. »Wo ist sie?« Ein paar der Chiefs wurden aufmerksam. Sie hoben die Köpfe und sahen sich nach ihnen um.

»Aber, aber, MacDonald«, raunte MacMathain. »Ihr macht uns zum Mittelpunkt des Geschehens. Das kann unmöglich in Eurem Interesse sein.« Alasdair entgegnete nichts. Mit geballten Fäusten stand er da und wartete angespannt, dass die Männer sich wieder ihren eigenen Gesprächen zuwandten. »Wenn Ihr wollt, dass sie lebt, solltet Ihr meinen Rat beherzigen«, sagte er in einem Ton, als plaudere er über Belanglosigkeiten. »Sie ist in Sicherheit. Ich glaube, ihr Handgelenk ist gebrochen. Nichts Ernstes. Nach meiner Rückkehr werde ich mich ihrer persönlich annehmen.«

Alle Selbstbeherrschung war vergessen. In diesem Augenblick hätte er Lachlan niedergeschlagen, wenn Diarmid ihn nicht gepackt und zurückgehalten hätte. Er stemmte sich gegen Diarmids Griff, kämpfte dagegen an, wie er gegen den Drang ankämpfte, Lachlan umzubringen. Nur langsam lichtete sich der Schleier der Wut. Mit einem Ruck befreite er sich ohne den Blick von Lachlan zu wenden. »Was wollt Ihr?«, presste er hervor.

»Versucht nicht, die Pläne Eures Vaters fortzuführen.« Alasdair starrte ihn an, zitternd vor Hilflosigkeit und Zorn. Lachlans Lächeln wurde breiter. Dieses Mal erreichte es seine Augen. »Ihr habt sicher noch einige Vorbereitungen zu treffen. Ich will Euch nicht länger aufhalten.« Er deutete eine Verneigung an und gab den Weg frei.

Alasdair stürmte an ihm vorbei, die Treppen hinauf und in sein Arbeitszimmer. Mit einem Schrei fegte er den Schreibtisch leer. Papiere, Bücher und Schriftrollen flogen durch die Luft, gefolgt von einem Tintenfass, dessen Inhalt sich über den Boden entleerte. Wie von Sinnen packte er einen Weinkrug und schleuderte ihn gegen die Wand. *Nach meiner Rückkehr werde ich mich ihrer annehmen.* Brüllend trat er nach einem Stuhl und wünschte, es wäre Lachlan, den er da unter seinen Stiefeln zermalmte. Schließlich wurde er ruhiger.

Diarmid stand in der offenen Tür. Sein Blick wanderte über den Raum und kehrte schließlich zu Alasdair zurück. »Was wirst du jetzt tun?«

»Was glaubst du wohl, was ich tun werde?«

Diarmid runzelte die Stirn. Scherben knirschten unter seinen Absätzen, als er näher trat. »Doch nicht etwa, was er verlangt? Himmel! MacKenzie will sich zum König der Highlands aufschwingen. Das hat uns gerade noch gefehlt! Ein weiterer König, der sich mit den anderen um die Macht schlägt! Und wenn Iomaér etwas zustößt, wäre Lachlan sicher nur zu gern bereit seine Stelle einzunehmen. Alasdair, das kannst du nicht zulassen! Das ist verrückt!«

»Verrückt ist es, das Leben der Frau zu opfern, die ich liebe!« *Ich habe schon meinen Vater geopfert!* Diarmids langes Schweigen kroch Alasdair unter die Haut. *Ich verrate meinen Clan für meine Liebe. Hat Colin nicht dasselbe getan? Habe ich ihn nicht genau dafür verurteilt?*

Endlich sah Diarmid auf. »Es ist dir gelungen, Männer zu versammeln, deren Clans sich durch Politik und Machtstreben so weit voneinander entfernt haben, dass es unmöglich schien, sie an einen Tisch zu bekommen. Du hast es geschafft! Wirf das jetzt nicht weg.«

Alasdair presste seine Handflächen gegeneinander. »Weißt du, was du da von mir verlangst?«

Wieder entstand eine lange Pause.

»Beim haarigen Arsch des Teufels!« Iain stand im Türstock. »Was ist hier passiert?«

Diarmids Blick war unverändert auf Alasdair gerichtet. »Du kannst nicht zusehen, wie MacKenzie und MacMathain die Zusammenkunft für ihre eigenen Zwecke missbrauchen«, sagte er eindringlich. »Willst du etwa als der Mann in die Geschichte eingehen, der MacKenzies Alleinherrschaft ermöglicht hat?«

Iain kam näher. »Worum geht es hier?«

»Es geht darum, dass Alasdair im Begriff ist, sich von MacMathain erpressen zu lassen!«

Zorn griff mit messerscharfen Klauen nach Alasdair. »Du machst es dir leicht! Das kannst du auch, immerhin ist es nicht dein Handeln, das über Leben und Tod entscheidet!« Mit dem letzten Ton war seine Wut schlagartig verraucht. Erschöpft ließ er sich in einen Stuhl fallen.

»Du weißt doch gar nicht, ob er die Wahrheit sagt.« Auch Diarmid war ruhiger geworden. »Was, wenn es nur eine Finte ist, damit du tust, was er will?«

»Ich hätte sie niemals gehen lassen dürfen«, sagte er leise. Quälende Furcht schloss sich wie ein eisernes Band um sein Herz und erstickte jedes andere Gefühl in ihm.

»Meine Schwester riskiert ihr Leben, damit Ihr diese Zusammenkunft abhalten könnt. Jetzt tut es auch.« Iomaér erschien plötzlich im Türrahmen. Ehe jemand ihn davon abhalten konnte, trat er in den Raum und schloss die Tür hinter sich. Seine Blicke streiften über die Trümmer. »Ihr habt mehr Temperament, als ich Euch zugetraut hätte.«

*Platzt heute jeder, wie es ihm gefällt, in mein Arbeitszimmer?*

Ohne eine Aufforderung abzuwarten kam Iomaér näher. »Wollt Ihr, dass Sessanys Opfer umsonst ist?« Seine ruhigen Worte standen in krassem Gegensatz zu dem Schmerz, der in seinen Augen brannte. »Haltet die Clans in Zaum und sorgt für Frieden, MacDonald. Das seid Ihr ihr schuldig.«

»Wie könnt Ihr ...« Die Worte blieben ihm im Hals stecken, als er begriff, dass Iomaér von Anfang an klar gewesen war, in welche Gefahr Sessany sich begeben hatte. »Warum habt Ihr zugelassen, dass sie nach Dùntràth geht?«

Iomaér lächelte traurig. »Habt Ihr je versucht meine Schwester von etwas abzuhalten, das sie sich in den Kopf gesetzt hatte?« Als Alasdair nickte, fragte er: »Ist es Euch gelungen?«

»Nein. Nie.«

»Dann wisst Ihr, es wäre sinnlos gewesen, ihr meine Hilfe zu verweigern.« Iomaérs Ruhe war erschreckend und wohltuend zugleich. »Lasst Euch jetzt nicht erpressen.«

»Warum helft Ihr mir?«

»Meine Schwester liebt Euch.« Er verzog die Lippen zu einem Grinsen. »Abgesehen davon wäre es schade um all das verschwendete Pergament.«

»Pergament?«

»Ist Euch aufgefallen, wie viele Chiefs erschienen sind? Viel mehr als bereit waren Eurer Einladung nachzukommen.« Ehe Alasdair etwas erwidern konnte, fuhr Iomaér fort. »Sie erhielten eine Nachricht meines Vaters, sich zur Zusammenkunft einzufinden. Nun ja, zumindest war es sein Siegel.«

Alasdair starrte ihn an.

Iain grinste. »Sichtlich haben wir mehr Verbündete, als wir angenommen hatten.« So schnell wie sein Lächeln gekommen war, verschwand es auch wieder. Er wandte sich Alasdair zu. »Ich weiß, wie sehr du sie liebst. Tod und Dämonen! Sie ist mir selbst ans Herz gewachsen! Und genau das ist der Grund, warum wir jetzt nicht aufgeben dürfen. Lass es nicht umsonst gewesen sein.«

Alasdair fuhr auf. »Hört auf, über sie zu sprechen, als wäre sie längst tot!«

Diarmids Augen ruhten auf Alasdair, dunkel wie Tinte. »Früher oder später müssen wir uns den Tatsachen stellen.«

»Glaubt Ihr wirklich, Lachlan würde davor zurückschrecken, sie zu töten?« Iomaér schüttelte den Kopf. »Ebenso wenig wird er Euch verschonen. Ihr steht seinen Plänen im Weg. Als wäre das nicht genug, habt Ihr ihm die Frau genommen, die er für sich begehrte. Lasst nicht zu, dass er alles zerstört, was Ihr erreicht habt. Eint die Chiefs und schickt Lachlan MacMathain geschlagen nach Hause!«

Alasdair sprang auf. »Ich muss nachdenken.« Er riss die Tür auf und stürmte über den Gang in sein Schlafgemach. Mit energischen Schritten durchquerte er den dunklen Raum und blieb vor der Fensteröffnung stehen. Nachtluft strömte herein und kühlte sein erhitztes Gesicht. Er setzte sich auf die Fensterbank und starrte in die mondlose Nacht. In gezwungener Ruhe versuchte er seine aufgewühlten Gedanken zu ordnen.

»Wir können es schaffen«, wiederholte er leise die letzten Worte, die sie vor seiner Abreise zu ihm gesagt hatte. Wie sehr hatte er glauben wollen, dass sie Recht hatte. Wie sehr hatte er es sich gewünscht. Und wie sehr wünschte er sich jetzt, sie aufgehalten zu haben. Ihr Gesicht tauchte aus der Dunkelheit vor ihm auf, zunächst verschwommen, dann immer deutlicher. Sie stand vor einem Fenster und blickte nach draußen, ähnlich wie er es gerade tat. Ihre Augen schimmerten violett. Eine steile Zornesfalte hatte sich auf ihrer Stirn gebildet. »Du weißt, was ich von dir erwarte, Alasdair.«

Alasdair fuhr hoch. Blinzelnd sah er sich um. Langsam gab die Nacht Umrisse und Linien preis. Er saß noch immer auf der Fensterbank, wo er eingenickt war. Als er in den samtschwarzen Himmel blickte, glaubte er wieder Sessanys Züge vor sich zu sehen. Sie lächelte. Er versuchte ihr Antlitz festzuhalten, als die Tür aufgestoßen wurde und Diarmid hereinstürzte.

»Es gab einen Anschlag!«

Die Stille zersplitterte wie Glas, geborsten unter der Wucht von Diarmids Worten. Ungläubig starrte er Diarmid an. »Was?«

»Grant erwachte, als ein vermummter Mann mit einem Dolch über ihm stand. Es ist ihm gelungen, den Attentäter in die Flucht zu schlagen.«

Ein Gewitter aus Gedanken, Empfindungen und Fragen schoss durch Alasdairs Kopf. »Iain soll sofort die Wachen verstärken. Die Männer sollen jeden Stein umdrehen. Ich will diesen Attentäter! Ich will wissen, wie es ihm gelungen ist, an den Wachen vorbei ins Haus zu kommen!«

»Das habe ich bereits veranlasst.«

*Ich habe alles getan, um Waffen aus dem Haus zu bannen.* »Wie konnte das geschehen?« Obwohl er hätte schreien mögen, kamen die Worte ruhig und beherrscht über seine Lippen. Er hatte schon zu viel Zeit darauf verwandt, sich von sinnloser Wut leiten zu lassen. »Lachlan!«

Diarmid runzelte die Stirn. »Grant ist einer von MacKenzies Gefolgsleuten«, überlegte er laut. »Warum sollte er einen Anschlag auf seine eigenen Verbündeten verüben? Damit versetzt er doch nur die Chiefs in Panik. Statt an der Zusammenkunft teilzunehmen werden sie abreisen wollen. Das ergibt doch keinen Sinn.«

»Wenn er darauf zählt, dass die Chiefs nach einem – natürlich misslungenen – Anschlag Schutz suchen, durchaus. Er baut darauf, dass sie MacKenzie und ihm zuhören werden, wenn er ihnen diesen Schutz gewährt.« Er lehnte sich mit dem Rücken gegen die Fensterbank. »Iain soll sich ein paar Männer suchen und MacMathain im Auge behalten. Ich will über jeden seiner Schritte informiert sein. Ich will wissen, was er isst, wann er aufsteht, wann er schlafen geht und wie oft er atmet. Einfach alles.«

Diarmid holte tief Luft. »Iain ist fort. Er sagte, er könne nicht länger herumsitzen und abwarten, was als Nächstes geschieht. Er wollte nach Dùntràth.«

Alasdair schloss für einen Moment die Augen. Als er sie wieder öffnete, hatte er seine Fassung zurückerlangt. »Wie stellt er sich das vor? Hat er denn überhaupt nicht –«

Diarmid fuhr sich müde über die Augen. »Nein, ich glaube nicht, dass er viel nachgedacht hat. Du weißt, wie er ist.«

»Warum hast du ihn nicht aufgehalten?«

»Aufhalten? Iain? Unmöglich.« Ein schwaches Lächeln zeigte sich in Diarmids Zügen. »Abgesehen davon hege ich die Hoffnung, dass er es irgendwie ... ich meine, was, wenn ...«

*Was, wenn er sie zurückbringt?*

»Ich habe unsere Männer bereits auf MacMathain angesetzt.« Diarmids Blick heftete sich auf Alasdair. »Was wirst du jetzt tun?«

»Sobald Cormac MacMathain eintrifft, beginnen wir mit der Zusammenkunft. Ich werde Lachlan und MacKenzie das Feld nicht kampflos überlassen.«

## *24*

Der Schüttelfrost hatte Sessany fest im Griff. Das Fieber war weiter gestiegen. Manchmal glaubte sie Alasdairs Stimme zu hören. Sanfte Worte, die ihr die Kraft gaben, sich immer wieder in den Sattel zu quälen und ihren Weg fortzusetzen.

Heute Morgen hatte sie das letzte Stück Alraunwurzel verbraucht. Seither befand sie sich in einem Zustand zwischen Wachsein und Besinnungslosigkeit. Geräusche rissen sie aus ihrer Lethargie. Das Wiehern von Pferden mischte sich unter gedämpfte Stimmen. Sessany richtete sich im Sattel auf. Ihr Körper war steif und reagierte mit einer Welle zornigen Schmerzes. Sie biss sich auf die Lippe und kämpfte dagegen an, während sie sich umsah. Zunächst war da nichts weiter als Büsche und Bäume, die den Pfad in einen schattigen Umhang hüllten. Dann entdeckte sie eine Straße, die ihren Weg kreuzte. Sie zügelte ihr Pferd und rutschte aus dem Sattel. Ihre Fußsohlen berührten kaum den Boden, als die Erschöpfung sie in die

Knie zwang. Sie atmete mehrmals tief ein und aus. Nach einer Weile war sie im Stande sich wieder zu bewegen. Sie stemmte sich auf die Beine, führte ihr Pferd vom Weg und schlang den Zügel um einen Strauch. Vorsichtig bewegte sie sich zwischen den Bäumen voran. Immer wieder musste sie innehalten, um Kraft für den nächsten Schritt zu schöpfen. Bald lichteten sich die Baumreihen und gaben den Blick auf die Straße frei. Kniend verharrte sie im Schatten eines Busches. Die Geräusche wurden lauter. Das Klirren von Zaumzeug, die ruckenden Räder einer Kutsche, das Schnauben von Pferden. Eine geschlossene Kutsche holperte – flankiert von zehn bewaffneten Kriegern – über die Straße. Die Vorhänge waren zugezogen, sodass sie nicht ins Innere blicken konnte, doch sie glaubte an den Kappen der Männer den Ginsterzweig der MacMathains zu erkennen.

Aufregung machte sich plötzlich unter den Reitern breit. Einer deutete nach vorne. Sessanys Augen folgten seiner Hand und fanden eine Staubwolke, die sich rasch näherte.

»Beschützt den Chief!« MacMathains Männer zogen ihre Claymores und bildeten einen Ring um die Kutsche. Schon bald waren die ersten Reiter im wirbelnden Staub auszumachen. »Das sind die Männer des jungen Herrn«, rief eine der Wachen bei der Kutsche.

Ein Reiter löste sich aus der Gruppe und ritt auf die Männer bei der Kutsche zu. Sessany vermochte nicht zu sagen, ob es Keragh oder Ruadh war. Ganz sicher war es einer der beiden. Die markanten Züge hätte sie überall wiedererkannt. Sie hielt nach dem anderen Zwilling Ausschau ohne ihn zu entdecken.

Keragh – *oder Ruadh* – hob die Hand zum Gruß und zügelte sein Pferd vor dem Anführer der Krieger. Während er mit ihm sprach, schlossen seine Männer zu ihm auf. Sie waren zu weit entfernt, als dass Sessany seine Worte hätte vernehmen können. Sie sah das Grinsen des Kommandanten und wie er seinen Männern mit einem Wink zu verstehen gab, den Ring um die Kutsche zu lösen.

Sessanys Blick wanderte über Keraghs Reiter, die sich unter den Trupp des Chiefs mischten. Zwanzig bewaffnete Männer. *Warum schickt Lachlan einen derart großen Trupp aus?* Sie verharrte reglos und beobachtete, wie Keragh sein Pferd neben die Kutsche lenkte. Einen Augenblick später wurde der Vorhang zurückgezogen und gab den Blick auf Cormac MacMathain frei. Plötzlich zückte Keragh sein Claymore, stieß es durch das Fenster und durchbohrte den Chief. Sessany unterdrückte einen Schrei und duckte sich tiefer in ihr Versteck. Waffen wurden gezogen. Mit wenigen Handstreichen machten Keraghs Männer ihre eigenen Clansmen nieder.

Schreie versengten Sessanys Verstand. Das Sonnenlicht spiegelte sich in den Klingen und blendete sie. Ihr wurde übel. Der Anblick der niedergemetzelten Krieger war zu viel. Sie brach zusammen.

Eine Stimme drängte sich in ihren Verstand und zerriss den Schleier der Ohnmacht. Anfangs vernahm sie nur einzelne Laute. Dann ein ganzes Wort. *Sessany.* Die Stimme kam ihr vage bekannt vor.

Sie wollte sich nicht erneut dem Schmerz stellen, der wie eine reißende Bestie in ihren Gliedern wütete. Doch es war zu spät. Mit ihren Sinnen war ihr Empfinden zurückgekehrt. Stöhnend öffnete sie die Augen. Eine verschwommene Gestalt ragte über ihr auf. Das Erste, was sie bewusst wahrnahm, waren die Umrisse eines Claymores über seinem Rücken. *MacMathain!* Sie fuhr hoch und wollte zurückzuweichen. Ein stechender Schmerz durchzuckte ihr Handgelenk. Die Gestalt griff nach ihren Schultern. Sessany versuchte sich loszureißen, kämpfte gegen den Griff an, der sie gefangen hielt. Sie war zu schwach um etwas ausrichten zu können. Starke Arme fingen sie auf, als sie kraftlos zusammensank.

Sie wusste nicht, wie viel Zeit verging. Immer wieder flößte ihr jemand einen zähen, widerwärtig riechenden Trank ein. Saft der Alraune. Endlich fand sie in die Wirklichkeit zurück. Vorsichtig öffnete sie die Augen. Es war Nacht. Sie lag neben einem prasselnden Feuer unter einer Decke. Neben ihr kauerte eine Gestalt und wärmte sich die Hände über den Flammen.

»Iain«, flüsterte sie heiser.

Mit einer blitzschnellen Bewegung war er auf den Beinen, griff nach einem Schlauch und kniete neben ihr nieder. »Wie fühlst du dich?«

»Finlaggan. Wir müssen –«

»Schschsch.« Er legte ihr einen Finger auf die Lippen. »In Finlaggan ist alles in Ordnung. Mach dir keine Sorgen.« Er grinste breit. »Einen Tag bevor ich dich gefunden habe, stieß ich auf Bran und Chief Donald. Sie sind nicht mehr weit von Islay entfernt. Der Chief ist ein wenig schwach, deshalb haben sie ein Lager aufgeschlagen, damit er sich erholen kann. Aber er ist am Leben. Bei Gott, Sessany! Du hast es tatsächlich geschafft!« Er entkorkte den Schlauch und setzte ihn ihr an die Lippen. »Trink.« Gierig schluckte sie die kühle Flüssigkeit. Iains Stoppelbart leuchtete im Feuerschein, als er den Schlauch zurückzog. »Die Kräuter werden das Fieber senken.«

Sie versuchte sich aufzusetzen. Er hinderte sie daran. »Wir müssen …« Ihre Zunge fühlte sich taub und schwer an, eine Nachwirkung des Trankes.

»Sobald du wieder auf den Beinen bist, bringe ich dich nach Hause.« Iain strich ihr übers Haar. »Ruh dich aus.«

»Nein!« Mit einem Ruck setzte sie sich auf. »Alasdair ist in Gefahr! Lachlan will ihn töten! Ich muss ihn warnen, bevor es zu spät ist!« Sie war so aufgeregt, dass sie nicht einmal bemerkte, wie sie in ihren Highland-Dialekt verfiel.

Erst als sie Iains verständnislose Miene sah, wurde ihr bewusst, dass er vermutlich nicht einmal die Hälfte ihres Wortschwalls verstanden hatte. Während er sie nötigte sitzen zu bleiben, wiederholte sie ihre letzten Worte betont langsam.

»Iomaér hat uns deine Warnung überbracht«, sagte er, als sie geendet hatte. »Alasdair hat einen Weg gefunden, sämtliche Waffen aus dem Haus zu verbannen. Kennst du den Schwurstein der MacDonalds?« Als sie nickte, berichtete er von Alasdairs Einfall, die Chiefs und ihre Wachen einen Eid auf den Stein leisten zu lassen. »Du siehst, auf Finlaggan ist alles in Ordnung. Vorkoster sorgen dafür, dass niemand Gift ins Essen mischen kann, der Schwur hindert sie daran, Waffen ins Haus zu tragen, und die Männer der Chiefs sind ausgelagert, damit sie keinen Ärger machen können. Alasdair ist klug. Er weiß sich zu schützen.«

Iomaér. Nach allem, was geschehen war, hatte sie vollkommen vergessen, dass Alasdair längst gewarnt war. Ihr entfuhr ein erleichterter Seufzer.

»In ein paar Tagen, wenn du dich besser fühlst, werden wir aufbrechen.« Er half ihr sich hinzulegen.

»MacMathain!« Die Erinnerung traf sie wie ein Blitz. Noch einmal fuhr sie hoch. »Wie lange war ich bewusstlos?«

»Drei Tage.«

»Herr im Himmel! Wir müssen sofort –«

Iain hielt sie zurück, als sie aufstehen wollte. »Was ist denn plötzlich los mit dir?«

»Der Überfall!« In knappen Worten berichtete sie, was sie gesehen hatte. »Wie konnte ich das nur vergessen!«

»Wie du das vergessen konntest? Sieh dich an! Es grenzt an ein Wunder, dass du dich überhaupt ...« Er stutzte und runzelte die Stirn. »Sagtest du gerade, Lachlans Männer hätten ihren eigenen Chief ermordet?«

Sie nickte. »Keragh hat sie angeführt. Er war es auch, der den Chief –«

»Keragh? Unmöglich. Er ist in Finlaggan, bei Lachlan.«

»Dann eben Ruadh. Ich kann die beiden nicht auseinander halten.«

»Die beiden? Wovon sprichst du? Ich kenne keinen Ruadh. Wer soll das sein?«

»Keraghs Zwilling.«

»Zwillinge?« Iain starrte sie an. »Wenn das wahr ist, hat nur einer von ihnen den Eid geleistet! Wenn sie ihren Platz tauschen –« Alle Farbe wich aus seinem Gesicht. »Wir brechen sofort auf!«

## *25*

Vier Tage waren vergangen, ohne dass Alasdairs Männer eine Spur des Attentäters gefunden hätten. Cormac MacMathain war noch immer nicht eingetroffen, sodass die Zusammenkunft noch nicht begonnen hatte.

Wie jeden Abend saß Alasdair in der Großen Halle und leistete den Chiefs bei ihrem Mahl Gesellschaft. Er stocherte in seinem Essen und beobachtete Lachlan, der am anderen Ende der Tafel saß und sich leise mit MacKenzie unterhielt. Sein Leibwächter war nicht bei ihm. Als er Alasdairs Blick bemerkte, sah Lachlan auf. Lächelnd prostete er ihm zu. Alasdair unterdrückte den Wunsch, zu ihm zu gehen und ihm ins Gesicht zu schlagen. Stattdessen hob er mit einem grimmigen Nicken ebenfalls seinen Becher.

Am Morgen nach dem Attentat war Alasdair Lachlan auf dem Gang begegnet. »Ich weiß, dass Ihr dahintersteckt«, hatte er zu ihm gesagt.

Lachlan hatte nicht einmal nachgefragt, wovon er

sprach. »Aber, aber, MacDonald. Habt Ihr nicht mit eigenen Augen gesehen, wie meine Männer und ich den Eid auf Euren Klumpen abgelegt haben? Wie sollte es mir da möglich sein, eine Waffe auch nur zu berühren?«

*Ich weiß nicht, wie du es getan hast. Sicher ist, du warst es.*

Es war das letzte Mal, dass er mit ihm gesprochen hatte. Nach diesem kurzen Wortwechsel hatte er seine Männer umso eindringlicher angewiesen, Lachlan im Auge zu behalten.

»Hör auf, ihn anzustarren.«

Diarmids leise Worte rissen Alasdair aus seinen Gedanken. Er senkte den Kopf über seinen Teller. *Ich würde lieber meine Hände um seinen Hals legen statt ihn bloß anzustarren.* »Ich wünschte, die Zusammenkunft könnte endlich beginnen«, brummte Alasdair. »Ich bin es leid, zu warten.«

Diarmid wollte gerade etwas erwidern, als Keragh in die Halle platzte. Eine Haarsträhne klebte ihm an der schweißnassen Stirn. Mit wehendem Plaid hastete er an die Seite seines Herrn und sprach leise mit ihm. Lachlan sprang so heftig auf, dass sein Stuhl umkippte. Gefolgt von Keragh stürmte er aus der Halle.

Diarmid runzelte die Stirn. »Was heckt er jetzt wieder aus?«

»Zweifelsohne nichts Gutes.« Alasdair glaubte Lärm auf dem Hof zu hören, schob es aber auf seine Anspannung, die ihm Geräusche vorgaukelte, die es nicht gab.

Dann wurde die Tür aufgestoßen und Lachlan stürmte wieder herein. Auf dem Gang herrschte Unruhe. Mitten in der Halle blieb er stehen. »Dieser Mann«, rief Lachlan mit donnernder Stimme und deutete auf Alasdair, »hat meinen Vater ermorden lassen!«

Grabesstille breitete sich aus. Alle blickten auf Alasdair. Einige ungläubig, andere, als wollten sie sagen: *Ich habe es immer gewusst.* Lachlans Anschuldigung kam so plötzlich, dass Alasdair unfähig war etwas zu erwidern.

»Der Trupp meines Vaters wurde überfallen«, durchbrach Lachlans Stimme das Schweigen. »Viele unserer Männer sind tot. Niedergemetzelt. Darunter mein Vater!« Lachlans bewaffnete Krieger, allesamt Männer, die keinen Eid auf den Stein geleistet hatten, betraten die Halle und bezogen nahe der Tür Posten. *Wie ist das möglich! Wo sind meine Wachen?*

Unruhe breitete sich aus, als die Chiefs der Bewaffneten gewahr wurden.

»Schickt sofort diese Männer weg, MacMathain!«, verlangte MacRuairi.

Andere stimmten ihm zu. Es wurde durcheinander gerufen und gebrüllt, bis Lachlan die Hände hob und ihnen Einhalt gebot. »Ich bitte Euch um Ruhe, Ihr Herren!« Nur langsam legte sich das Stimmengewirr. »Ihr habt mein Wort, dass niemandem etwas geschehen wird. Niemandem, außer dem Mörder meines Vaters!« Erneut deutete er auf Alasdair.

Alasdair sprang auf. »Ich fordere Euch auf, Eure Männer fortzuschicken und diese Angelegenheit in Ruhe zu klären!«

»Vielleicht werft Ihr erst einmal einen Blick auf das hier!« Auf sein Zeichen hin trugen zwei seiner Männer einen Leichnam herein und luden ihn vor Alasdairs Tisch ab. Mit einem widerwärtigen Klatschen schlug der Körper auf den Boden. »Er war einer der *Räuber*. Der Einzige, der nicht entkommen konnte.«

Alasdair starrte auf den leblosen Körper. *Colin!* »Das ist Unsinn, MacMathain! Das wisst Ihr!« *Du hast ihn erneut für deine Zwecke missbraucht!*

»Das ist doch einer Eurer Männer, MacDonald?« Es fiel Alasdair schwer, den Sprecher auszumachen. Schließlich fanden seine Augen Grant. »Wollt Ihr das etwa abstreiten?«

»Wie könnte ich das abstreiten?« Wenn er jetzt von Colins Verrat und davon, dass er ihn davongejagt hatte, sprach, würde ihm niemand glauben. Er ließ seinen Blick über die Anwesenden wandern. Nicht einer in der Halle saß noch an seinem Platz. Einige waren hinter ihren Stühlen stehen geblieben, andere näher gekommen. In vielen Gesichtern zeichnete sich Fassungslosigkeit ab, aber auch Feindseligkeit. Tiefer Zweifel prägte Ewen MacRuairis Züge. Ob an seiner oder an Lachlans Geschichte, vermochte Alasdair nicht zu sagen. »Ja, Colin war einer meiner Männer«, fuhr er an alle gerichtet fort. »Das heißt noch lange nicht, dass er – oder ein anderer meiner Männer – etwas mit dem Tod von Cormac MacMathain zu tun hatte!« *Womöglich ist der alte Chief nicht einmal tot!*

Als hätte er Alasdairs Gedanken erraten, rief Lachlan: »Der Leichnam meines Vaters befindet sich auf dem Hof! Wer von Euch bezweifelt, dass er ermordet wurde, soll ihn sich ansehen!« Sein Gesicht war dunkelrot vor Zorn. »So sieht kein Mann aus, der vom Pferd gestürzt ist! Alasdair MacDonald hat seinen Tod befohlen!«

»Das ist lächerlich! Aus welchem Grund sollte ich den Tod eines Chiefs befehlen?«

»Lächerlich? Ist das Eure Bezeichnung für den Tod meines Vaters? *Lächerlich?*«

Alasdair schluckte einen Fluch hinunter. »So war das nicht gemeint. Das wisst Ihr!« Er konnte kaum fassen, wie weit Lachlan ging. *Sogar den Tod seines eigenen Vaters nimmt er in Kauf.*

»Warum erklärt Ihr uns nicht, wie es gemeint war?« Lachlans Stimme triefte vor Hohn. »Erklärt es den Männern, die meinen Vater sterbend im Straßengraben fanden. Erklärt ihnen, es war Zufall, dass dieser Mann«, er trat mit der Stiefelspitze gegen Colins leblosen Leib, »dort gefasst wurde.«

»Ist es nicht sehr bequem, als einzigen Zeugen einen *to-*

*ten* Attentäter zu liefern, der nicht mehr befragt werden kann?«, entgegnete Alasdair an alle gewandt. »Habe ich nicht alles getan, um Eure Sicherheit zu gewährleisten?«

»Sicherheit! Ha!«, rief Grant. »Womöglich lag das nie in Eurer Absicht. Habt Ihr den Attentäter in mein Schlafzimmer geschickt? Vielleicht habt Ihr diese ganze Zusammenkunft nur einberufen, um uns wie die Hasen zusammenzutreiben und nacheinander abzuschlachten. Doch Lachlan hat Eure Pläne enthüllt!«

Alasdair spürte, dass sich die Stimmung gegen ihn wendete. »Welchen Grund sollte ich haben, etwas Derartiges zu tun?« Kaum hatte er die Worte ausgesprochen, wusste er, dass es ein Fehler war.

Lachlan ging sofort darauf ein. »War nicht jedem hier bekannt, dass mein Vater Eure Pläne nicht unterstützte?« Einige der Chiefs nickten. »Mein Vater hat von Anfang an gewusst, dass diese Zusammenkunft eine Falle ist!«

»Wenn Euer Vater davon wusste, warum hätte er dann kommen sollen?«, mischte sich Diarmid ein.

»Das werde ich Euch sagen!« Lachlan spielte die Rolle des trauernden, nach Rache dürstenden Sohnes hervorragend. Die Chiefs mochten das Glitzern in seinen Augen für Tränen halten. Alasdair wusste es besser. Es war Triumph. »Mein Vater wollte Euch warnen. Er wollte Euch allen sagen, was er«, er fuhr herum und zeigte auf Alasdair, »für ein durchtriebener Bastard ist! Dieser Mann, Alasdair MacDonald, hat meine zukünftige Gemahlin entführt.« Während er sprach, kam er näher, bis er vor Alasdair stand – lediglich durch den Tisch von ihm getrennt. »Gott sei Dank konnte sie entkommen!«

Alasdairs Blick bohrte sich in Lachlans. Er ballte die Hände zu Fäusten. In der Halle entbrannte eine lautstarke Diskussion darüber, wie mit Alasdair zu verfahren sei. Lachlan nutzte den Augenblick und beugte sich über den Tisch. »Sie gehörte Euch im Leben, MacDonald«, sagte er so leise, dass nur Alasdair ihn verstehen konnte. »Aber ihr Tod gehört mir.«

Lachlans Worte zermalmten seine mühsam aufrechterhaltene Beherrschung. »Verdammter Mistkerl!«, brüllte er und drosch ihm die Faust ins Gesicht. Lachlan taumelte zurück. Ehe Alasdair nachsetzen konnte, fand er sich von Lachlans Männern umringt. Er wurde bei den Armen gepackt und festgehalten. Obwohl er sich heftig wehrte, gelang es ihm nicht, sich zu befreien.

»Haltet den Mörder zurück!«, rief MacKenzie.

»Ihr glaubt doch nicht wirklich, dass ich Chief Cormac ermordet habe!« Alasdair versuchte noch immer sich loszureißen.

Lachlan wischte sich mit dem Handrücken das Blut von der Nase. »Ist es nicht so, dass ein anderer Eurer Vertrauten – Iain – ebenfalls seit Tagen nicht mehr gesehen wurde?« Seine nächsten Worte richtete er an alle. »Und wisst Ihr auch warum? Weil er zu jenem Trupp gehörte, der den Männern meines Vaters auflauerte!«

MacKenzie wandte sich an die Chiefs. »Lachlan hat Recht. Ich bin sicher, Chief Cormac war nur der Erste. MacDonald wird jeden aus dem Weg räumen, der ihn nicht unterstützt.« Seine hellen Augen bohrten sich in Alasdairs. »Wer wäre der Nächste? Lachlan? Iomaér? Ich?«

»Mein Vater ist nicht der Erste, den er auf dem Gewissen hat. Ist es nicht so, MacDonald? Er hat Tomas Baylor, einen meiner Gefolgsleute, ermordet!« Atemlose Stille folgte seinen Worten.

»Das ist nicht wahr!« Iomaérs klare Stimme durchbrach die Grabesstille. »Baylors Tod war ein Unfall. MacDonald hatte damit nichts zu tun! Ich weiß von meiner Schwester –«

»Deine Schwester ist eine Verbündete dieses Mannes!«, fiel Lachlan ihm ins Wort und deutete auf Alasdair. »Wie kannst du ihr da noch glauben!«

»Sagtet Ihr nicht eben, er hätte sie entführt?«, hakte MacLeod nach.

Aus dem Augenwinkel sah Alasdair, wie Diarmid sich auf die Tür zuschob. Sofort drängten ihn zwei von Lachlans Männern in eine Ecke.

»Was soll das, MacMathain?«, rief MacRuairi.

Alasdair hob den Kopf. Lachlans Augen waren auf ihn gerichtet. Einen Moment dachte der neue Chief der MacMathains nach, dann sagte er: »Wir werden ihn und seine Kameraden einkerkern. Dann können wir in Ruhe besprechen, wie wir mit ihnen verfahren wollen.«

»Das kann nicht Euer Ernst sein!« Noch einmal versuchte Alasdair sich zu befreien. Der Griff an seinen Armen verstärkte sich. Er krümmte sich unter dem Druck. »Erkennt ihr denn nicht, was er vorhat?!« Ein Schlag in den Nacken brachte ihn zum Schweigen.

»Wir werden diese Zusammenkunft abhalten«, erklang Lachlans Stimme aufs Neue. »Trotz oder gerade wegen der schrecklichen Ereignisse sollten wir nicht vergessen, weshalb wir hier sind. Es geht um den Frieden dieses Landes.« Aus seinem Munde klangen die Worte wie Hohn. »Sobald wir übereingekommen sind, was mit MacDonald zu geschehen hat, werden wir mit der Zusammenkunft beginnen.« Er wandte sich an seine Männer. »Sperrt ihn ein.«

Sie packten Alasdair und schleiften ihn aus der Halle. Das Bild, das sich ihm auf dem Hof bot, machte ihm den Ernst der Lage erst deutlich. Überall waren MacMathains und MacKenzies Krieger. Sie hatten Alasdairs Männer entwaffnet und mit Speeren zusammengetrieben. Einmal mehr befand sich Finlaggan in fremder Hand.

Alasdair wusste nicht, wie viel Zeit vergangen war, seit sie ihn in eine dunkle Zelle gestoßen und die Tür hinter ihm verriegelt hatten. Kaum waren die Männer gegangen, war er aufgesprungen. Er hatte mit den Fäusten gegen die Tür geschlagen und immer wieder gebrüllt, sie sollten ihn anhören. Niemand war gekommen. Er hatte getobt und gewütet, bis seine Stimme versagte und seine Hände schmerzten.

Er wusste, Lachlan hatte es darauf angelegt, dass er ihn angriff. Alasdair hatte alles getan, sich zu beherrschen und ihm diesen Gefallen nicht zu tun. In dem Augenblick, als er gedroht hatte Sessany etwas anzutun, war es um seine Gelassenheit geschehen gewesen. *Ich habe seinem Plan hervorragend gedient.* Er zweifelte nicht daran, wie das Urteil ausfallen würde. Lachlan und MacKenzie würden die wenigen Verbündeten, die ihm geblieben waren, durch Drohungen dazu zwingen, sich dem Schiedsspruch anzuschließen. *Falls sich überhaupt noch jemand für mich aussprechen sollte.* Lachlan hatte alles geschickt eingefädelt. Und Alasdair hatte mit jedem Wort und jeder Tat dafür gesorgt, dass sich die Schlinge enger zog. Bald würde er hängen.

Er trauerte um die Zukunft der Menschen, deren Vertrauen er so bitter enttäuscht hatte. Er trauerte um Sessany, deren Leben er hätte retten können, wenn er nicht so egoistisch gewesen wäre. *An dem Tag, als ich sie mit mir über die Klippe riss, habe ich ihr Schicksal besiegelt.*

Wie ein träger Strom floß die Zeit an ihm vorüber, ohne dass er hätte sagen können, wo ein Tag endete und der nächste begann. Lautes Hämmern durchdrang die eintönige Stille. *Sie bauen den Galgen.* Wann immer das Hämmern verstummte, erwartete er, dass sie kamen um ihn zu holen. Als endlich die Tür geöffnet wurde, waren es jedoch keine Wachen, die in der Zelle erschienen. Geblendet blinzelte er gegen den Schein der Laterne an, die sein Besucher in der Hand hielt. Als sich seine Augen an das Licht gewöhnten, erkannte er Ewen MacRuairi. Kaum hatte er die Zelle betreten, wurde die Tür hinter ihm verriegelt. Alasdair erhob sich.

Eine Weile stand Ewen reglos da und musterte ihn. Bedauern prägte seine Züge. »Ich weiß gar nicht, wie …« Er holte tief Luft. »Es gab eine große Versammlung. Sie haben über dich zu Gericht gesessen. Du kannst dir sicher vorstellen, wie das Urteil ausgefallen ist.«

Alasdair nickte. Das Hämmern der Zimmerleute hatte das Urteil längst verkündet. Ewen fuhr fort: »Die, die MacMathains Schauspiel nicht überzeugt hat, haben sich durch MacKenzies versteckte Drohungen einschüchtern lassen. Es tut mir Leid, Alasdair. Ich wünschte, ich könnte dir helfen. Ich habe versucht die Chiefs zu überzeugen. Viele von ihnen glauben an deine Unschuld, doch sie fürchten sich vor MacKenzies Rache.«

Alasdair hatte nichts anderes erwartet. *Sie sehen lieber meinen Hals in der Schlinge als ihren eigenen.* »Was passiert mit meinen Leuten?«

»Deine Krieger und Wachen sind im Kerker. Nach deiner Hin–?« Er rieb sich den Nacken. »Wenn es vorüber ist, wird MacKenzie sie vor die Wahl stellen.«

»Unterwerfung oder Tod. Was für eine Wahl!«

»Alasdair, da ist noch etwas.« Ewen trat einen Schritt nach vorne. »Ich werde nicht da sein, wenn … wenn es passiert. Ich habe eine Nachricht von meinen Männern bekommen. Draußen im Lager scheint etwas vor sich zu gehen, das meine Anwesenheit erforderlich macht.«

»Ich verstehe.« Alasdair nickte. »Geh zu deinen Männern. Sieh nach dem Rechten und sorge dafür, dass die Dinge, die hier geschehen, nicht zu einem Problem für deinen Clan werden.«

Einen Moment stand Ewen unschlüssig da, dann legte er Alasdair eine Hand auf die Schulter. »Ich werde für deine Leute tun, was ich kann. Das verspreche ich.« Seine Lippen bewegten sich in einem stummen Abschied. Die Worte dazu wollten ihm nicht über die Lippen kommen. Er nickte Alasdair ein letztes Mal zu, dann rief er nach den Wachen und verließ den Kerker. Als sich die Tür hinter ihm schloss, kehrte die Dunkelheit zurück.

Wieder konnte Alasdair nicht sagen, wie viel Zeit verstrichen war, als ihn erneut das Schaben des Riegels aufschreckte. Dunkel erhoben sich die Silhouetten zweier Wachen im Türrahmen. Sie fesselten ihm die Hände auf den Rücken, ehe sie ihn packten und auf den Hof führten.

Die plötzliche Helligkeit bohrte sich wie eine glühende Klinge in seine Augen. Blinzelnd verdrängte er den Schmerz. Als sein Blick auf den Galgen fiel, geriet seine Fassung jedoch für einen Moment ins Wanken. Die Wachen schoben ihn auf das Podest hinauf und zwangen ihn, unter der baumelnden Schlinge stehen zu bleiben.

Allmählich gewöhnten sich seine Augen an das Licht und hefteten sich auf Lachlan, der neben den Stufen stand, die zum Galgen emporführten. Die Chiefs hatten sich vollzählig auf dem Hof eingefunden. Sie alle trugen die Waffen, die sie am Tag ihrer Ankunft abgegeben hatten. Bewaffnete Clansmen säumten den Hof. Die meisten mit MacMathains und MacKenzies Zweigen an den Kappen. Einige gehörten zu MacKenzies Verbündeten. Nirgendwo war ein einziger MacDonald zu sehen.

Lachlan bestieg das Podest und wandte sich den Wartenden zu. »Ihr Herren, wir haben unser Urteil gefällt. Alasdair MacDonald wurde des Mordes an meinem Vater für schuldig befunden. Dafür soll er hängen.«

Eisige Ruhe erfüllte den Hof. Alasdair bemühte sich um eine aufrechte Haltung, während er beobachtete, wie ein Mann, dessen Gesicht unter einer Kapuze verborgen war, auf ihn zutrat. Der Henker.

Lachlan wandte sich ihm zu. »Habt Ihr noch etwas zu sagen, MacDonald?«

»Das habe ich.« Alasdair trat einen Schritt vor. Sofort packten ihn die Wachen und zerrten ihn zurück. Mit einem Ruck riss er sich los. Er blickte über den Hof ohne die einzelnen Gesichter wahrzunehmen. »Das ist eine Farce! Ihr merkt nicht einmal, dass MacMathain Euch nur benutzt – und jene, die es merken, lassen sich durch seine Drohungen einschüchtern! Ich mag am Galgen sterben, doch die Chiefs sind die eigentlichen Opfer! Geschlagen mit Blindheit führen sie ihre Clans in den Untergang!«

Wieder wurde er gepackt. Und wieder riss er sich los. Er wollte sich nicht wie ein Stück Vieh zur Schlachtbank führen lassen. Ehe die Wachen ihn erneut fassen konnten, trat er zurück und stellte sich auf die Luke unter dem Galgenbaum.

Der Henker wollte ihm die Augenbinde anlegen, doch Alasdair schüttelte den Kopf. »Ich will ihnen in die Augen sehen.« Als der Henker ihm die Schlinge um den Hals legte und Alasdair spürte, wie der raue Strick an seiner Haut rieb, wurde ihm schwindlig. Seine Handflächen waren schweißnass. Er zwang sich zur Ruhe. *Nun ende ich also doch am Galgen*, schoss es ihm durch den Kopf, als der Henker die Schlinge enger zog. *Wenigstens sterbe ich nicht als Wilderer.* Das Podest knarrte leise. Mit zusammengekniffenen Augen starrte Alasdair in die Sonne und wartete auf das Ende.

Er glaubte das Dröhnen stampfender Pferdehufe zu vernehmen. Unruhe breitete sich aus. In einiger Entfernung hörte er Stimmen. Ein Raunen ging durch die Chiefs, als zwei Reiter in vollem Galopp auf den Hof preschten. Staub wirbelte auf und legte sich wie dampfender Nebel über alles.

»Haltet ein!« Iains Stimme erfüllte die Luft, als er sein Pferd zügelte und aus dem Sattel sprang. Um ein Haar hätte Alasdair aufgeschrien, als er Sessany sah. Iain half ihr aus dem Sattel.

»Ist das nicht MacKenzies Tochter?«

Ein anderer rief: »Was hat sie an der Seite eines MacDonald verloren?«

Lachlan wandte sich dem Henker zu. »Vollstrecke das Urteil.«

Alasdair versuchte sich zu befreien. Der Strang um seinen Hals hielt ihn zurück. Der Henker griff nach dem Hebel.

»Nein!« Sessany hatte das Podest erreicht. Iain half ihr die Stufen hinauf, als könnte sie sich nicht aus eigener Kraft auf den Beinen halten. »Ihr macht einen Fehler! Hört mich an!«

»Warte!«, rief MacLeod dem Henker zu. Für einen Moment wanderte der Blick des Mannes zu Lachlan, dann nahm er die Hand vom Hebel.

»Diese Frau hat MacDonalds Lager geteilt!«, schnappte Lachlan. »Er hat ihr Lügen eingeflüstert und ihren Verstand vergiftet. Sie ist seine Komplizin. Sie sollte neben ihm hängen!«

»Überlege dir genau, wie du von meiner Schwester sprichst, Lachlan!« Iomaér löste sich aus der Menge, stieg die Stufen empor und stellte sich an Sessanys Seite. »Sie ist noch immer eine MacKenzie! Wenn du etwas gegen sie vorzubringen hast, solltest du es meinem Vater oder mir vortragen!«

Es war, als hätten Iomaérs Worte die Chiefs aus ihrer Erstarrung erweckt. Erste Stimmen forderten die Hinrichtung zu verschieben, bis man Sessany angehört hätte.

Am Rande des Podests hielt Sessany auf Iomaér und Iain gestützt inne. Für einen Moment traf Alasdairs Blick den ihren. Ihre Augen waren hellblau. Doch neben der Furcht fand er etwas anderes darin – Hoffnung und Liebe. Ein Anblick, der ihm neuen Mut verlieh. Dann wandte sie sich erneut den Chiefs zu.

»Lachlan MacMathain ist ein Lügner!« Ihre Stimme zitterte vor Erschöpfung, als sie weitersprach. Obwohl sein Leben von ihren Worten abhing, war er kaum im Stande, ihr zu folgen. Sie sagte etwas über Zwillinge, von dem er nicht einmal die Hälfte verstand, und vom Überfall auf Chief Cormac. Flüchtig fragte er sich, wie sie davon wissen konnte. »Nicht nur ließ Lachlan seinen eigenen Vater ermorden, um es Alasdair MacDonald anzulasten, sondern er war es auch, der die Wikinger gedungen hat Finlaggan zu erobern.« Bleich und zitternd lehnte sie sich gegen Iomaér. Als sie genügend Kraft gesammelt hatte, fuhr sie fort: »Chief Donald von Islay hat jene schreckliche Nacht überlebt ebenso wie Alasdair. Während es Alasdair gelang, zu entkommen, wurde Donald gefangen genommen und in Lachlans Kerkern in Dùntràth festgehalten. Doch auch er ist jetzt frei.«

»Warum ist er dann nicht hier?«, rief Robertson dazwischen.

»Weil es eine infame Lüge ist!«, rief Lachlan dazwischen. »Der wahre Mörder wartet mit einer Schlinge um den Hals auf die Vollstreckung!« Sein Blick war auf die Chiefs gerichtet. »Ich habe diese Frau geliebt.« Gerade laut genug, dass jeder es hören konnte, fügte er hinzu: »Das tue ich noch immer.« Dann hob er seine Stimme erneut. »Sie wurde mir von MacDonald entrissen, wie mir auch mein Vater entrissen wurde! Zögert nicht länger und lasst den Henker endlich seine Arbeit tun!«

»Nein!« Sessanys Stimme schwankte und drohte zu kippen. »Ihr tötet einen Unschuldigen! Ich bitte Euch nicht, ihn freizulassen. Alles, was ich will, ist, dass Ihr Euch anhört, was ich zu sagen habe.« Einige stimmten ihr zu, andere brachten lautstark zum Ausdruck, wie wenig ihnen ihre Forderung gefiel.

Die Gelassenheit wich aus Lachlans Zügen. »Sie ist eine Lügnerin!«

»Dann wartet auf Chief Donald und hört ihn an!«, gab sie zurück. »Er wird bald hier sein.«

Alasdair wagte nicht, sich die Bedeutung ihrer Worte vor Augen zu führen. Zu sehr fürchtete er, dass sie lediglich versuchte Zeit zu gewinnen.

»Wann wird das sein? Wie lange wird er brauchen, bis er kommt – wenn er überhaupt kommt?«, wollte jemand wissen.

Ehe sie antworten konnte, drängte sich Kenneth MacKenzie nach vorne und trat auf das Podest. »Das reicht! Du kannst nicht hier erscheinen und eine ehrenwerte Versammlung durcheinander bringen!«

»Ich bringe nichts durcheinander. Ich sorge dafür, dass diese Männer die Wahrheit erfahren!«

»Es wird Zeit, dass dir jemand deinen Platz zeigt!« Er packte sie und wollte sie vom Podest zerren.

Iomaér vertrat ihm den Weg. Mit einer einzigen Handbewegung befreite er Sessany aus dem Griff seines Vaters und zog sie an seine Seite.

Sessany wandte sich wieder an die Versammlung der Chiefs. »Ich flehe Euch an, macht diesem Spektakel ein Ende. Geht mit mir ins Haus und hört Euch an, was ich zu sagen habe!«

»Wir *werden* diesem Spektakel ein Ende bereiten!«, rief Lachlan. Alasdairs Aufmerksamkeit war so sehr auf Sessany konzentriert gewesen, dass er nicht bemerkt hatte, wie er näher gekommen war. »Wenn keiner von Euch den Mumm hat, werde ich das Urteil vollstrecken.« Er streckte die Hand aus. Alasdair zerrte an seinen Fesseln und versuchte sich zu befreien. Die Stricke schnitten in seine Handgelenke ohne nachzugeben. Lachlans Blick bohrte sich in Alasdairs Augen. Er verzog die Lippen zu einem zufriedenen Lächeln. Dann zog er den Hebel.

Sessany stieß einen gellenden Schrei aus, als sich der Boden unter Alasdairs Füßen auftat. Für den Bruchteil eines Herzschlags blickte er in die gähnende Öffnung und hoffte, die Zeit würde stehen bleiben oder ein Wunder möge geschehen, das ihn vor einem Sturz bewahrte. Dann fiel er. Die Schlinge um seinen Hals zog sich mit einem schrecklich endgültigen Laut zusammen. Das Seil spannte sich und schnitt ihm die Luft ab. Im gleichen Moment ging ein Ruck durch seinen Körper und beendete seinen Sturz. Der Knoten presste sich gegen seinen Nacken, dass er fürchtete, der Druck würde ihm jeden Augenblick das Genick brechen. Hilflos strampelnd suchte er nach einem Halt für seine Beine. Unerträgliche Hitze durchströmte ihn und ließ grelle Flecken vor seinen Augen aufblitzen. Kein Lufthauch drang in seine Lungen. Während er noch darum kämpfte, die Hände frei zu bekommen, wurde ihm schwarz vor Augen.

Ein schmerzhafter Griff riss ihn in die Wirklichkeit zurück. Er wurde nach oben gezogen. Plötzlich verschwand der qualvolle Druck um seine Kehle. Seine Füße trafen auf festen Boden. Alasdair fiel auf die Knie und rang keuchend um Atem. Grellrote Flecken tanzten vor seinen Augen.

»Seid Ihr verletzt?«

Blinzelnd starrte er in die Richtung, aus der die Stimme gekommen war. Nur allmählich erkannte er Iomaér, der einen Dolch zückte und Alasdairs Fesseln mit einem Ruck durchtrennte. Alasdair rieb sich die schmerzende Kehle. Als er aufsah, blickte er direkt in Sessanys Gesicht.

»Alles wird gut«, flüsterte sie heiser. »Sie werden mich anhören.«

Alasdair brachte keinen Ton hervor. Pfeifend rasselte der Atem in seiner Brust. Mühsam stemmte er sich auf die Beine und kam wankend zum Stehen. Seine Augen glitten über den Hof, wanderten über die Anwesenden, die in einer Mischung aus Schrecken und Überraschung erstarrt waren, und fanden Lachlan, der am Rande des Podests stand und seinen Blick voller Hass erwiderte.

Langsam trat er einen Schritt näher. »Kein MacDonald wird je bekommen, was mein ist!«, zischte er in die Stille. »Ihr werdet sterben, ganz so, wie ich es Sessany versprochen habe. Doch erst sollt Ihr leiden.« Er wirbelte herum. »Ruadh!«

Ein Mann tauchte aus der Menge auf, den Alasdair unter dem Namen Keragh kannte. Da dämmerte ihm, was Sessany über die Zwillinge gesagt hatte. Endlich begriff er, wie es Lachlan gelungen war, einen bewaffneten Mann ins Haus zu bekommen.

Ruadh hob seinen Bogen und schoss. Beinahe verwundert blickte Alasdair auf den Pfeil, der ihm in atemberaubender Geschwindigkeit entgegenraste. Es dauerte einen Augenblick, bevor er begriff, dass er nicht für ihn gedacht war.

»Sessany!« Er versuchte sie zur Seite zu stoßen, doch er war nicht schnell genug. Ein gebrochener Schrei entrang sich ihrer Kehle, als sich der Pfeil zwischen ihre Schulterblätter bohrte. Die Wucht des Aufpralls ließ sie in Alasdairs Arme taumeln. Er sank auf die Knie.

Sie öffnete den Mund. Er strich ihr über die Stirn. »Halte durch, Liebes.« Die Worte brannten in seiner geschundenen Kehle.

»Du musst ... lass nicht zu ...«

»Schschsch.« Ein sanfter Kuss brachte sie zum Schweigen. »Nicht sprechen. Lass uns erst deine Wunde versorgen.«

Erst da wurde ihm bewusst, wie still es geworden war. Er hob den Kopf. Lachlan stand inmitten seiner Männer, Kenneth MacKenzie an seiner Seite. Zusammen mit MacKenzies Männern hatten seine Krieger die Chiefs umzingelt und hielten sie in Schach.

»Dies ist die Stunde der Entscheidung!«, rief MacKenzie, sichtlich ungerührt vom Schicksal seiner Tochter. »Stellt Euch auf unsere Seite und lebt ... oder sterbt an der Seite dieses armseligen Weichlings!«

»Niemand nennt einen MacDonald einen Weichling!«, schallte eine donnernde Stimme über den Hof. Alasdair hob den Blick. Überall standen plötzlich Bogenschützen auf den Zinnen – MacMathains und MacKenzies Krieger im Visier. *MacRuairis Männer.* Er erkannte Ewen und Bran auf der Mauer. Doch es war die Gestalt zwischen ihnen, die seine Aufmerksamkeit auf sich zog. *Vater! Bei Gott!* Ein Raunen ging durch die Chiefs, als sie Donald von Islay erblickten.

»Befehlt Euren Männern die Waffen zu strecken!« Die Stimme des Chiefs hatte nichts an Kraft verloren. Weder Lachlan noch MacKenzie reagierten. »Wollt Ihr Eure eigenen Männer in den Tod treiben, um Eure Intrige zu Ende zu bringen?«

Eisiges Schweigen folgte seinen Worten. Schließlich trat Iomaér vor. »Ihr habt gehört, was er gesagt hat. Ranald!« Der Blick des Hauptmanns richtete sich auf Iomaér. Einen Moment schien es, als fochten sie einen Machtkampf aus. Dann hob Ranald die Hand und gab das Zeichen, die Waffen zu senken. Daraufhin legten auch Lachlans Männer die Waffen nieder.

Ein paar von Ewens Kriegern stiegen von der Mauer, um Schwerter, Bögen und Dolche einzusammeln. Kenneth MacKenzie rührte sich nicht. Während die Männer ihn umzingelten, ruhten seine Augen vorwurfsvoll auf Iomaér.

»Nehmt Eure Schwerter und kämpft!«, brüllte Lachlan. Niemand gehorchte ihm. Fluchend schleuderte er sein Claymore von sich.

Sessany bäumte sich hustend auf, dann sank sie zusammen. Ihr Brustkorb hob und senkte sich unter unregelmäßigen Atemzügen. Alasdair zog sie enger an sich. »Du darfst nicht sterben, hörst du? Wage ja nicht, dich einfach davonzustehlen!« Tränen liefen ihm über die Wangen, als er aufsah und brüllte: »Holt endlich einen Heiler!«

»Lass sie sterben, MacDonald.« Lachlans Stimme dröhnte in seinem Kopf. Alasdairs Augen hefteten sich auf ihn, während er Iomaér zu sich rief. »Kümmert Euch um sie.« Er bettete Sessany in die Arme ihres Bruders und erhob sich. »Ein Schwert!« Als er die Hand ausstreckte, reichte man ihm, wonach er verlangte. Langsam ging er auf Lachlan zu, die Finger so hart um das Heft des Schwertes geklammert, dass es schmerzte. Alles, was er noch sah, war Sessanys flackernder Blick, ehe sie das Bewusstsein verloren hatte. Hass und Verzweiflung hatten seinen Verstand ausgelöscht.

Gelassen erwiderte Lachlan seinen grimmigen Blick. »Sie hätte es gut bei mir gehabt. Ich hätte ihr jeden Wunsch von den Augen abgelesen. Doch sie wollte nicht. Sie wollte dich.« Er spuckte auf den Boden, dann bleckte er die Zähne zu einem Grinsen. »Zumindest hat sie dich noch einmal gesehen, bevor –«

Alasdair setzte ihm die Klinge an die Kehle. »Halt dein verdammtes Maul!«

»Worauf wartest du?« Eisig starrte Lachlan ihm entgegen. »Stoß zu!«

»Mach dich nicht unglücklich.« Iain war neben ihn getreten.

Alasdair war kaum im Stande, die Worte zu begreifen. Er wusste, dass Lachlan für seine Taten bezahlen würde. Was sollte ihn davon abhalten, das Urteil sofort zu vollstrecken? *Weil er genau das will: ein schnelles Ende.* Seine Finger zuckten. Mühsam unterdrückte er den Wunsch, zuzustoßen.

»Wenn du mich fragst, hat sie bekommen, was sie verdient.«

Brüllend holte Alasdair zum Schlag aus.

»Alasdair. Nicht.«

Zwei leise Worte, herangetragen auf den Schwingen des Windes und dennoch übertönten sie sein eigenes Brüllen. *Sessany!* Er fuhr herum. Sie lag in Iomaérs Armen. Schwach, aber bei Besinnung. Sein Blick kehrte zu Lachlan zurück, dann warf er das Schwert fort. »Ich bin nicht wie Ihr.«

# *Epilog*

Als Alasdair Sessany ins Haus trug, verlor sie erneut das Bewusstsein. Auf dem Gang vor seinem Schlafzimmer eilte ihm der Heiler entgegen, einen Gehilfen an seiner Seite.

»Bring Bandagen, warmes Wasser und das Kästchen mit den Salben. Spute dich!«, wies er seinen Gehilfen an.

Alasdair brachte Sessany zum Bett und legte sie vorsichtig auf die Seite. Als er seine Arme zurückzog, streifte sein Blick den Pfeil, der noch immer zwischen ihren Schulterblättern steckte.

Der Heiler zückte ein Sgian Dubh und zerschnitt ihr Kleid. Vorsichtig zog er den Stoff von den Schultern. Alasdair stand am Kopfende des Bettes und fühlte sich hilflos wie selten zuvor. Er konnte nichts weiter tun als den Heiler bei seiner Arbeit beobachten und hoffen. Als der Mann die Wunde freilegte, bäumte sich Sessany unter heftigem Stöhnen auf.

Der Heiler drückte ihre Schulter nieder. »Haltet sie fest! Sie darf sich nicht bewegen, solange der Pfeil in der Wunde steckt!«

»Himmel, dann entfernt ihn endlich!« Alasdair umrundete das Bett und legte eine Hand auf Sessanys Schulter und die andere auf ihre Hüfte. Sie war so schwach, dass es ihm mühelos gelang, sie festzuhalten. Zitternd lag sie da, die glühende Haut von einem dünnen Schweißfilm überzogen. Stumme Tränen drängten unter ihren geschlossenen Lidern hervor und rannen über ihr Gesicht. Ihr Atem ging schwer.

Eine Ewigkeit schien zu verstreichen, ehe endlich der Gehilfe zurückkehrte, beladen mit den Utensilien des Heilers. Eine Magd folgte ihm mit einer Schale voll Wasser. Obwohl sie sich längst beruhigt hatte, hielt Alasdair Sessany noch immer fest. Sie sollte wissen, er war bei ihr.

Doch sie war jetzt so still, dass er nicht einmal sagen konnte, ob sie bei Bewusstsein war.

Der Heiler war gerade dabei, eine Paste anzurühren und seinem Gehilfen zu sagen, wie er die Bandagen vorbereiten sollte, als die Tür aufgerissen wurde und Iain in den Raum stürmte.

»Alasdair, ich …« Sein Blick blieb an Sessany hängen. Für einen Moment schloss er die Augen. Als er sie wieder öffnete, richtete er seine Aufmerksamkeit auf Alasdair. »Ich muss wissen, was wir mit MacMathains und MacKenzies Kriegern machen sollen.«

»Diarmid soll sich darum kümmern.«

Iain schüttelte den Kopf. »Ich habe nicht die geringste Ahnung, wo er steckt! Keiner unserer Männer ist –«

»Natürlich!« Alasdair fluchte. »Das kannst du nicht wissen. MacMathain hat ihn und die übrigen in den Kerker gesperrt!«

»Ich werde sofort dafür sorgen, dass sie befreit werden.« Iain wollte schon kehrtmachen, doch auf der Schwelle hielt er noch einmal inne. »Alasdair, dein Vater steht auf dem Hof und gibt Anweisungen. Er hat die erhitzten Gemüter der Chiefs beruhigt, doch nach allem, was er durchgemacht hat, sollte er sich ausruhen!«

Alasdairs Blick zuckte zwischen Iain und Sessany hin und her.

»Herr, geht«, sagte der Heiler. »Hier könnt Ihr nichts tun, doch Eure Männer brauchen Euch.« Als Alasdair noch immer zögerte, fügte er hinzu: »Falls sich ihr Zustand ändert, werde ich Euch rufen lassen.«

Alasdairs Finger strichen noch einmal über Sessanys Schulter, dann erhob er sich. »Sie darf nicht sterben.«

Damit eilte er gefolgt von Iain auf den Hof. Die Lage hatte sich entspannt. Während die Chiefs zusammenstanden und debattierten, hatten Ewens Männer MacMathains und MacKenzies Soldaten entwaffnet und in einer Ecke zusammengetrieben. Lachlan und Kenneth MacKenzie standen fernab ihrer Clansmen, umringt von mehreren Bewaffneten.

Dann entdeckte Alasdair seinen Vater. Schon von weitem sah er, was Iain gemeint hatte. Sein Vater stand mit Bran an seiner Seite im Zentrum des Hofes und erteilte Befehle. Auf den ersten Blick war er noch immer der Ehrfurcht gebietende Chief, doch die letzten Monate hatten ihn verändert. Sein Haar hatte jeden Glanz verloren, das Gesicht war eingefallen und seine Züge ausgezehrt. Seine abgetragenen Gewänder schlotterten um seine hagere Gestalt. Es bereitete ihm sichtlich Schwierigkeiten, sich auf den Beinen zu halten.

»Lass unsere Männer aus dem Kerker, Iain«, befahl Alasdair, als sie den Hof überquerten. »Diarmid soll dafür sorgen, dass MacKenzies und MacMathains Männer aus der Burg verschwinden. Ich will keine fremden Krieger in Finlaggan. Seht zu, dass es keine erneute Aufregung unter den Chiefs gibt. Am besten bringt ihr sie in die Große Halle.« Seine Augen hefteten sich auf Lachlan. »Sperrt ihn und MacKenzie ein!«

Iain nickte und machte kehrt, als Alasdair Chief Donald von Islay erreicht hatte. Sein Mund war plötzlich trocken. »Vater.«

Donalds Blick richtete sich auf ihn. Für einen Moment streiften seine Augen über seinen Jüngsten, als wolle er sich vergewissern, dass er tatsächlich vor ihm stand. Endlich breitete sich ein Lächeln über seine Züge. Alasdair tat einen Schritt vor und einen Atemzug später umarmten sich Vater und Sohn.

»Komm, ich bringe dich ins Haus«, sagte Alasdair.

»Wir müssen erst –«

Alasdair schüttelte den Kopf. »Diarmid weiß, was zu tun ist. Er und Iain werden sich darum kümmern. Lass uns gehen.«

Nur widerwillig folgte der Chief seinem Sohn. Alasdair wusste, wie er sich jetzt fühlen musste. Er hatte dasselbe empfunden in jener Nacht, als sie Finlaggan zurückerobert hatten und ihn die Verletzung von seinen Männern fern gehalten hatte. Als sie über den Hof gingen, bemerkte er erst, wie schwach sein Vater tatsächlich war. Er stützte sich schwer auf seinen Arm und hinkte bei jedem Schritt. Sein Atem ging keuchend, Schweiß glänzte auf seiner Stirn.

Im Schlafzimmer des Chiefs angekommen half Alasdair ihm sich niederzulegen. Obwohl es ihm schwer fiel, wollte er gehen, damit sein Vater sich ausruhen konnte.

»Bleib«, sagte Chief Donald, als Alasdair Anstalten machte, den Raum zu verlassen.

»Ruh dich aus. Ich komme später wieder.«

Der Chief schüttelte den Kopf und zum ersten Mal, seit Alasdair ihn auf dem Hof erblickt hatte, lag etwas von der alten unnachgiebigen Stärke in seinem Blick. »Du denkst doch nicht im Ernst, dass ich jetzt auch nur einen Augenblick Ruhe finden könnte! Dafür ist zu viel geschehen. Setz dich zu mir.«

Alasdair zog sich einen Stuhl heran.

Kaum saß er, sagte sein Vater: »Ich dachte … Gott, ich dachte, ich hätte alles verloren. Doch ich habe noch meinen Sohn!« Ein leises Lächeln stahl sich in seine erschöpften Züge. »Und sichtlich habe ich mit Sessany ein weiteres Familienmitglied hinzugewonnen. – Wie geht es ihr?«

»Der Heiler tut, was er kann«, sagte Alasdair tonlos, den Blick starr nach vorn gerichtet. »Vater, du solltest wissen, dass …« Es hatte ihm schon Mühe bereitete, Diarmid und den anderen zu sagen, wer Sessany war. Bei seinem Vater fiel es ihm ungleich schwerer. »Sie ist –«

»Ich weiß längst, wer sie ist.«

Alasdair sah ihn erstaunt an.

»Ich hatte noch nicht wirklich Gelegenheit, mit ihr zu sprechen, doch Bran hat mir während der vergangenen

Tage viel über sie erzählt. Ich weiß, was sie dir bedeutet. Halt sie fest.« Der Chief lehnte sich zurück und schloss die Augen. Alasdair glaubte schon, er sei eingeschlafen, als er sie plötzlich wieder öffnete. »Jetzt will ich alles wissen! Was ist während der vergangenen Monate geschehen? Wie habt ihr es geschafft, die Wikinger aus Finlaggan zu vertreiben?«

Alasdair begann zu erzählen. Er kam nicht einmal bis zu jener Stelle, an der er Sessany mit sich über die Klippe gerissen hatte, als er sah, dass sein Vater eingeschlafen war. Eine Weile blieb er noch an seiner Seite, bis er sicher sein konnte, dass er tatsächlich fest schlief. Schließlich erhob er sich und verließ leise den Raum.

Eine innere Unruhe trieb ihn zu Sessany. Als er das Schlafzimmer erreichte, legte der Heiler gerade ein feuchtes Tuch auf ihre Stirn. Neben einer Schale auf dem Tisch lagen einige blutige Bandagen. Das Wasser in der Schale war von roten Schlieren durchzogen.

Er straffte die Schultern. »Wie geht es ihr?«

»Sie schläft jetzt. Morgen Früh wissen wir mehr.« Der Heiler lächelte müde. »Sie ist stark.«

Alasdair nickte stumm, zog sich einen Stuhl heran und setzte sich. »Kann ich etwas tun?«

»Sorgt dafür, dass das Tuch immer feucht ist«, erklärte der Heiler ruhig. »Gebt ihr regelmäßig etwas zu trinken, damit das Fieber sie nicht austrocknet – kleine Schlucke, immer wieder. Ich werde jede Stunde nach ihr sehen.«

»Ich danke Euch. Bitte kümmert Euch jetzt um meinen Vater. Er ist in seinem Schlafzimmer.«

Der Heiler nickte und zog sich zurück.

Während dieser Nacht fand Alasdair keine Ruhe. Er saß an Sessanys Bett, sorgsam darauf bedacht, den Anweisungen des Heilers zu folgen. Dabei zwang er sich, jeden Gedanken daran zu verdrängen, was geschehen würde, wenn die Behandlung erfolglos bliebe. Der Heiler sah regelmäßig nach ihr. Zweimal rührte er einen Kräutertrunk an, den Alasdair ihr dann in kleinen Schlucken einflößte. Als sie im Morgengrauen zu sich kam, war sie noch immer erschreckend schwach, doch das Fieber war gesunken.

Die kommenden Tage verbrachte Alasdair abwechselnd bei Sessany und seinem Vater. Stück für Stück berichtete er dem Chief, was sich während seiner Gefangenschaft ereignet hatte. Manchmal ertappte er sich dabei, wie er seinen Vater anstarrte, erfüllt von der bloßen Freude, ihn am Leben zu sehen. Donalds Kräfte kehrten jeden Tag ein wenig mehr zurück. Nach nicht einmal einer Woche weigerte er sich das Bett noch länger zu hüten und begann seine Aufgaben als Chief wieder wahrzunehmen.

Während die Chiefs der anderen Clans mit dem Beginn der Zusammenkunft warteten, bis sein Vater daran teilnehmen konnte, nutzte Alasdair jede freie Minute, um bei Sessany zu sein. Sie schlief viel. Doch das hielt ihn nicht davon ab, an ihrer Seite zu sitzen und über ihren Schlaf zu wachen, während sie sich langsam erholte. Häufig war auch Iomaér bei ihr. Dann saßen die Männer einander schweigend gegenüber, durch nichts verbunden als ihre Liebe zu Sessany.

Eines Nachmittags suchte Alasdair die Chiefs auf, um ihnen zu erklären, was Tomas Baylor zugestoßen war. Er hatte Zorn erwartet. Stattdessen war er auf Verständnis gestoßen. Niemand machte ihm oder Sessany einen Vorwurf für das, was geschehen war.

Schließlich kam der Tag, an dem sich die Chiefs zum ersten Mal in der Großen Halle einfanden um sich zu beraten. Alasdair saß neben seinem Vater, am Kopf der hufeisenförmigen Tafel. Sein Blick wanderte über die Anwesenden. *Vollzählig.* Einzig MacKenzie und MacMathain fehlten. Iomaér hatte den Platz seines Vaters eingenommen. Er nickte ihm zu. Alasdair erwiderte den Gruß, ehe er seine

Aufmerksamkeit auf seinen Vater richtete, der seinen Stuhl zurückschob und sich erhob.

Sein Haar schimmerte silbern im Feuerschein. Er stand aufrecht und blickte stolz auf die Männer, die sich an seiner Tafel zusammengefunden hatten. »Ich träume seit Jahren von diesem Tag. Einem Tag, an dem die Chiefs friedlich an einem Tisch versammelt sind, bereit über die Zukunft der Highlands nachzudenken«, begann Donald mit fester Stimme. »Und obwohl diese Zusammenkunft meine Idee war, ist es meinem Sohn zu verdanken, dass sie nun stattfinden kann.« Lächelnd fuhr er fort: »Da dieser Tag sein Verdienst ist, möchte ich es ihm überlassen, den Standpunkt der MacDonalds darzulegen.« Er nickte Alasdair zu und setzte sich.

Es dauerte einen Augenblick, bis Alasdair begriff, wozu ihn sein Vater aufgefordert hatte. Langsam erhob er sich. Er sah in Gesichter von Männern, die zu den Freunden seines Clans zählten, und in andere, die seinem Clan keine oder nur wenig Sympathie entgegenbrachten. Ganz gleich ob Freund oder Feind, eines hatten sie alle gemeinsam: Sie waren gekommen, um die Zukunft zu verändern. Es erfüllte ihn mit Stolz, dass es ihm gelungen war, diese Männer zu versammeln.

»Lasst Euren Vater sprechen! Ihr seid kein Chief! Ihr habt hier nichts verloren!« Grants Worte waren ein Stachel in seinem Stolz.

»Für eine Weile war ich einer von Euch. Und Ihr alle habt das akzeptiert. Es ist seltsam, dass Ihr zwar meiner Einladung gefolgt seid, mich aber plötzlich nicht mehr anhören wollt.«

»Unsinn!« Ewen MacRuairi schüttelte den Kopf. »Natürlich wollen wir hören, was du zu sagen hast! Grant hat nur wieder gesprochen, ehe er nachgedacht hat.«

*Das tun viele von Euch. Und viele sprechen die Sprache des Schwertes.*

Grant erhob sich. »Ich denke, ich spreche nicht nur für mich. Tatsache ist, dass dies eine Zusammenkunft der Chiefs ist. Jeder Clan hat *einen* Vertreter an dieser Tafel. Die MacDonalds sollten da keine Ausnahme bilden.« Er blickte in die Runde. »Lasst uns abstimmen. Wer ist dafür, dass Alasdair MacDonald bleibt?«

MacRuairi hob die Hand ebenso wie Alasdairs Vater, MacLeod, Campbell und einige andere. Alles in allem weniger als die Hälfte. Grant nickte. »Das ist deutlich. Ich würde vorschlagen, Ihr eröffnet die Zusammenkunft und zieht Euch dann zurück.«

Alasdair schluckte seinen Zorn hinunter. Es dauerte einen Moment, bis er seine Gedanken so weit geordnet hatte, dass ihm die passenden Worte einfallen wollten. Schließlich schob er seinen Verdruss weit von sich und ließ seine Augen über die Anwesenden wandern. »Ihr alle wisst, warum wir heute hier sind. Es geht um die Zukunft. Nicht um die eines Einzelnen, sondern um unser aller Zukunft! Gott weiß, dass wir MacDonalds in den letzten Monaten eine Menge Kämpfe auszufechten hatten. Doch wir waren nie allein, wir hatten Unterstützung aus anderen Clans. Das hat mich gelehrt, dass es unwichtig ist, zu welchem Clan jemand gehört. Das Einzige, was zählt, ist der Mensch, nicht der Name seiner Familie. Und genau das ist der Punkt: Wenn die Ablehnung erst überwunden ist, ist man in der Lage, miteinander zu sprechen. Das ist es, was ich mir für dieses Land wünsche: Chiefs, die im Stande sind, über Streitfragen zu sprechen und eine friedliche Lösung zu finden.« Nach einer kurzen Pause fragte er: »Sehnt Ihr Euch nicht danach, nicht mehr kämpfen zu müssen und endlich Frieden zu schließen? Mit Euren Feinden und mit Euch selbst?« Einige nickten, andere zeigten keine Reaktion, doch alle schienen an seinen Lippen zu hängen. Das war mehr, als er sich erhofft hatte. »Was dieses Land braucht, ist Einigkeit, Stabilität und Frieden. All das werden wir nur erlangen, wenn wir endlich beginnen an einem Strang zu ziehen.«

»Wir werden wie Marionetten an diesem Strang baumeln, während andere die Fäden ziehen!«, fiel ihm Grant ins Wort.

»Das wird nur geschehen, wenn Ihr es zulasst.« Ansichten wie diese waren es, die die Highland-Clans an diesen Punkt gebracht hatten. »Ihr alle müsst die Fäden ziehen. Nicht ein Einzelner. Ihr müsst endlich lernen über Probleme zu diskutieren. Erzielt ihr keine Einigkeit, stimmt ab, so wie Ihr es gerade getan habt, und beugt Euch der Mehrheit! Hört auf, alle Hindernisse mit dem Schwert aus dem Weg schaffen zu wollen! Das wird uns auf Dauer alle zerstören!« Er stützte die Handflächen auf den Tisch und beugte sich vor. Langsam sah er von einem zum anderen. »Es ist an der Zeit, dass Ihr eine Entscheidung trefft. Entscheidet Euch, wie es mit diesem Land weitergehen soll!« Er richtete sich kerzengerade auf, dann drehte er sich um und verließ die Halle.

Um Sessanys Ruhe nicht zu stören, ging er nach draußen. Mit straffen Schritten marschierte er am Ufer des Loch Finlaggan entlang und versuchte seine Gedanken daran zu hindern, immer wieder zur Großen Halle zu schweifen. Als die Dämmerung über den See herankroch, zog es ihn nach Finlaggan zurück. Sessany saß in einem Sessel vor dem Fenster und schlief. Als er eintrat, öffnete sie die Augen. Er ging zu ihr und küsste sie. »Wie fühlst du dich?«

»Jeden Tag ein wenig besser. Solltest du nicht in der Zusammenkunft sein?« Schrecken zeigte sich in ihrer Miene. »Es ist doch nichts passiert? Sie findet doch statt?«

»Mach dir keine Sorgen. Im Augenblick gehen sie sich vermutlich gerade gegenseitig an die Kehle, während sie versuchen ihren Einfluss zu wahren.«

»Warum bist du nicht dort, um das zu verhindern?« Sie

verzog das Gesicht, als sie ihre Position ein wenig zu hastig veränderte.

»Einige Chiefs haben mir vor Augen geführt, dass ich keiner der ihren bin – nicht, nachdem mein Vater am Leben ist. Sie haben abgestimmt.«

Sie zog eine Augenbraue hoch. »Macht es dir nichts aus, hier zu sitzen und nicht zu wissen, worüber sie sprechen?«

»Warum sollte es?«

»Weil diese Zusammenkunft dein Werk ist.«

»Sie ist das Werk meines Vaters.«

»Sie ist die *Idee* deines Vaters. Alles andere ist dein Verdienst. *Du* hast die Chiefs versammelt. *Du* hast sie dazu gebracht, dir zuzuhören. *Du* hast –«

Alasdair hob abwehrend die Hand. »Du kannst aufhören.« Er hauchte ihr einen Kuss auf die Wange. »Ich sage dir, wie es ausgegangen ist.«

Entschlossen machte er sich auf den Weg zur Großen Halle. Dieses Mal würde er sich nicht fortschicken lassen. *Aber wie kann ich von ihnen verlangen sich an mehrheitliche Entscheidungen zu halten, wenn ich es selbst nicht tue?* Sollte er sich wirklich gegen die Mehrheit stellen?

Als er die Halle erreichte, wurde ihm die Entscheidung abgenommen. Einer Einladung gleich standen die Türen weit offen. Alasdair blieb auf der Schwelle stehen, den Blick auf die Männer geheftet, die in eine hitzige Debatte vertieft waren. Als sie ihn bemerkten, verstummten sie.

Grant setzte an, etwas zu sagen. Alasdair kam ihm zuvor. »Versucht nicht, mich fortzuschicken. Ich werde nicht gehen. Das ist *meine* Zusammenkunft. Ich werde keinen Einfluss auf Eure Entscheidungen nehmen, aber ich habe ein Recht darauf, zu hören, was beschlossen wird.«

»Da kommt Ihr zu spät«, bemerkte Grant trocken. »Unsere Entscheidung ist bereits gefallen.«

MacLeod wandte sich ihm zu. »Allerdings könntet Ihr uns helfen, wenn Ihr schon einmal hier seid. Wir versuchen gerade zu einer Einigung zu gelangen, welches Urteil MacMathain und MacKenzie zu erwarten haben. Was meint Ihr?«

Alasdair schüttelte den Kopf. »Ich bin kaum der Richtige, um das zu beurteilen. Wie könnt Ihr mir diese Frage überhaupt stellen, nachdem Ihr wisst, was die beiden meinem Clan und mir angetan haben?«

MacLeod ließ sich nicht beirren. »Welches Urteil würdet Ihr fällen?«

Es fiel Alasdair schwer, zu sprechen. In seinem Kopf wirbelte eine rasche Abfolge an Bildern durcheinander. Alle zeigten die beiden sterbend. Hundert verschiedene Todesarten. Eine grausamer als die andere und keine eine ausreichende Strafe für das, was sie getan hatten. »Wenn es nach mir ginge, müssten sie sterben.« Er verdrängte den Wunsch nach Rache. »Lachlan MacMathain hat das Massaker an meiner Familie angezettelt, meinen Vater gefangen gehalten und seinen eigenen Vater ermordet, um seine Pläne voranzutreiben. Es gibt nur einen Weg, diese Vergehen zu sühnen: den Strang. Was Kenneth MacKenzie angeht ...« Sein Blick wanderte kurz zu Iomaér. »Wir können Kenneth MacKenzie nicht nachweisen, an MacMathains Unternehmungen beteiligt gewesen zu sein. Lediglich der bewaffnete Übergriff auf den Hof ist ihm anzulasten. Das verstößt gegen alle Gebote der Ehre.« Alasdair blickte in die Runde. »Seine Strafe sollte die Verbannung sein.«

»Ein gerechtes Urteil.« MacLeod und MacRuairi wechselten einen viel sagenden Blick, dann grinste MacLeod. »Interessiert Euch, was wir beschlossen haben?«

»Was für eine Frage!«

Da wandten sich ihm alle zu. Mit einem Mal hatte Alasdair das Gefühl, der Mittelpunkt zu sein. Er stand im Zentrum der Halle und blickte den Chiefs entgegen.

»Die Oberhäupter der fünfzehn großen Clans werden künftig den Rat der Chiefs bilden.«

Die Erleichterung und Freude, die Alasdair ergriffen, machten es ihm schwer, MacLeods Ausführungen weiter zu folgen. Nur mit Mühe verstand er, dass diese fünfzehn Männer künftig auf Islay tagen und über das Wohl des Landes entscheiden sollten. Die Chiefs der kleineren Clans hatten zugestimmt und unterwarfen sich dem Schutz und der Rechtsprechung des Rats.

»Wir haben uns Gedanken über das Wohl der Highland-Clans gemacht und sind zu dem Schluss gekommen, dass wir jemanden benötigen, der uns zwingt den Frieden zu wahren. Die erste Amtshandlung des Rates wird es daher sein, einen König zu erwählen.«

»Seid Ihr noch ganz bei Trost?!« Sein Hochgefühl war verflogen. »Das Letzte, was dieses Land braucht, ist noch ein König! Wie könnt Ihr so dumm sein, die Macht in die Hände eines Einzelnen zu legen!«

»Die Chiefs des Rats sind in der Lage, Zwistigkeiten unter ihren Clansmen zu schlichten. Was wir dringend benötigen, ist jemand, der Zwistigkeiten zwischen uns schlichtet. Die Aufgabe des Königs wird es sein, Recht zu sprechen und darauf zu achten, dass das Überleben der kleineren Clans gesichert ist. Dieser König wird dem Rat vorstehen und hat die Clans zu schützen – vor sich selbst und vor den Einfällen der Engländer. Um nicht von vornherein Schwierigkeiten mit Alexander von Schottland und dem Engländer-König zu provozieren, haben wir beschlossen nicht offiziell einen Highland-König auszurufen. So soll unser künftiger Herrscher lediglich den Titel *Herr der Inseln* tragen, doch er wird nichts Geringeres als unser König sein!« MacLeods Grinsen wurde breiter. »Wo könnte diese Macht besser aufgehoben sein als in den Händen eines Mannes, der sie nicht will?«

Es dauerte eine Weile, bis Alasdair die volle Bedeutung dieser Worte erfasste. Selbst als er Sessany später davon berichtete, fiel es ihm noch immer schwer, die Neuigkeiten zu begreifen. Kaum hatte er MacLeods letzte Worte wiedergegeben, begann sie zu lachen. »Sie machen also den Mann, der kein Chief sein wollte, zu ihrem König.«

»Und du sollst meine Königin sein.« Ihr Lachen erstarb so schlagartig, dass er Angst bekam. »Muss ich fürchten, du läufst mir davon?«

»Du hast einmal gesagt, dass ich dich nicht mehr loswerde. Vielleicht sollte ich aufhören es zu versuchen.«

# *Nachwort der Autorin*

Wenn man in der schottischen Clansgeschichte des 12. und 13. Jahrhunderts zu forschen beginnt, geschehen zwei Dinge: Zum einen wird man immer tiefer in die Ereignisse hineingezogen und will mehr darüber wissen. Zum anderen wächst – mit steigender Informationsmenge – die Verwirrung, da kaum zwei Quellen das Gleiche über ein und dasselbe Ereignis berichten. Grund dafür ist die damals im keltischen Raum vorherrschende mündliche Überlieferung, wodurch vieles im Laufe der Zeit verfälscht wurde oder verloren ging. Welche Quellen die wahren Ereignisse von einst wiedergeben, werden wir nie erfahren. Für mich als Geschichtenerzählerin ist das der ideale Nährboden, um Fantasie mit historischen Ereignissen zu verknüpfen.

Die *Herren der Inseln* (Lordship of the Isles) gab es wirklich – auch schon vor 1354, als John MacDonald von der schottischen Krone offiziell als erster Lord of the Isles anerkannt wurde. Darüber, ob der Rat, der später auf der kleineren der beiden Inseln im Loch Finlaggan tagte, schon im 12. Jahrhundert unter Somerled (Donalds Großvater) oder erst später ins Leben gerufen wurde, gibt es unterschiedliche Überlieferungen. Einige berichten, dass sich Somerled selbst zum König der Inseln ernannte. Andere wissen davon nichts. Bis zu ihrem Niedergang Mitte des 16. Jahrhunderts hatten die Lords of the Isles etwa ein Drittel der Gesamtfläche Schottlands unter Kontrolle. Ihre Herrschaft sicherte den Clans des Westens Stabilität und politische Unabhängigkeit von der Krone.

Meine Version über die Entstehung der Lordship of the Isles ist reine Spekulation. Donald von Islay hat es wirklich gegeben, ebenso wie seine Söhne Alasdair und Angus. Damit enden die historischen Tatsachen. Die Eroberung Finlaggans durch die Wikinger und die daraus resultierenden

Ereignisse entspringen vollständig meiner Imagination. Was die Burgen und Orte in meiner Erzählung angeht, habe ich mich an Überlieferungen gehalten. Einzig Dùntràth hat es nie gegeben.

Einige Quellen wissen zu berichten, dass im 13. Jahrhundert ein gewisser Kenneth MacKenzie auf Eilean Donan saß, andere benennen die MacRaes und die Mathesons (MacMathains) als Herren von Eilean Donan. Ich habe mich Kenneth' Namens bedient, der von mir geschilderte Charakter ist jedoch – wie alle anderen auch – frei erfunden.

Was die Details der Lebensumstände angeht, habe ich mich, so weit möglich, an historische Gegebenheiten gehalten. Das ist auch der Grund, warum dies eine schottische Geschichte ohne Whisky ist – dieser kam nämlich erst einige Zeit später durch irische Mönche nach Schottland. Branntweinartige Getränke gab es allerdings auch damals schon.

Die Steinbrücke, die Eilean Donan mit dem Festland verbindet, wurde erst bei der Renovierung im 20. Jahrhundert erbaut. Es gibt Spekulationen, dass schon zur Zeit der Skoten und Pikten, jener Stammesverbände, aus deren Zusammenschluss im 9. Jahrhundert Schottland hervorging, überall im Land gewaltige Festungsanlagen errichtet worden waren. Es könnte also durchaus sein, dass einst eine Holzbrücke nach Eilean Donan führte. Auf Grund der begrenzten Haltbarkeit des Materials gibt es jedoch keine historischen Beweise dafür.

Und der Schwurstein der MacDonalds? Wer weiß …?

# *Glossar*

*Broch:* Fluchtturm, Relikt aus der Zeit der Pikten

*Chief:* Titel des Clansoberhaupts

*Clan:* gälisch für Sippe oder Stammesverband

*Claymore:* schottisches Zweihandschwert

*Eilean:* gälisch für Insel

*Glen:* gälisch für Tal

*Loch:* gälisch für See

*Plaid:* Vorläufer des Kilts – ein großes Stück Wollstoff, dessen untere Hälfte in Falten gelegt und mit einem Gürtel um die Hüfte befestigt wird, während die obere Hälfte wie eine Schärpe über die Schulter gelegt und von einer Spange gehalten wird.

*Sgian Dubh:* kleiner, häufig im Strumpf oder Hemd verborgener Dolch

# *Danksagung*

Ein Buch wie dieses kann nicht ohne Hilfe entstehen. Darum möchte ich all jenen danken, die mir während dieser Monate zur Seite standen, mich aufbauten und mir wertvolle Unterstützung gaben.

Einige möchte ich hier besonders hervorheben:

Da wäre zunächst einmal mein Mann Oliver, der viel zu lange ohne mich auskommen musste, während ich mich mühsam durch die schottische Clansgeschichte recherchierte. Danke für deinen Glauben an mich und deine Geduld – und auch dafür, dass du (trotz des Regens) begonnen hast, meine Begeisterung für dieses unglaubliche Land zu teilen.

Christlin Kunath, die das Manuskript in all seinen Stadien so oft gelesen hat, dass sie die Charaktere inzwischen wohl besser kennt als ich. Deine entrüsteten »So etwas würde Alasdair niemals tun!«-Ausrufe haben mir an unzähligen Stellen weitergeholfen, wo ich längst »betriebsblind« war. Vielen Dank für deinen unglaublichen Einsatz, die Kartoffelabende und vor allem für deine Freundschaft.

Außerdem geht mein Dank an Christian »den Imperator« Krimpmann, der meine historischen Fragen in kürzester Zeit beantwortete. Ebenfalls nicht vergessen möchte ich meine Probeleser Denise Aboudou, Peggy Kriening und Daniel Westermayr, die womöglich ziemlich erstaunt darüber sein werden, was aus der Geschichte geworden ist, die sie gelesen haben.

Meiner Lektorin, Susanne Evans, möchte ich danken, dass sie mich so hartnäckig gedrängt hat, endlich einen historischen Highland-Roman zu schreiben.

Und nicht zuletzt geht mein Dank an Felix Ferlic, ohne dessen Inspiration einige meiner Geschichten gar nicht möglich wären.